DER FLUCH VON AARAU

Ina Haller wurde 1972 geboren. Nach dem Abitur studierte sie Geologie. Seit der Geburt ihrer drei Kinder ist sie «Vollzeit-Familienmanagerin» und Autorin. Zu ihrem Repertoire gehören Kurz- und Kindergeschichten sowie Kriminalromane. Sie lebt mit ihrer Familie im Kanton Aargau, Schweiz. Im Emons Verlag erschienen «Tod im Aargau», «Gift im Aargau», «Der Metzger von Aarau», «Schatten über dem Aargau» und «Aargau-Fieber». www.inahaller.ch

Dieses Buch ist ein Roman. Handlungen und Personen sind frei erfunden. Ebenso sind die Orte, an denen die Verbrechen stattfinden, nur Fiktion. Ähnlichkeiten mit lebenden oder toten Personen und realen Handlungen sind nicht gewollt und rein zufällig.
Auf Seite 283 findet sich ein Glossar.

INA HALLER

DER FLUCH VON AARAU

Kriminalroman

emons:

Bibliografische Information der Deutschen Nationalbibliothek
Die Deutsche Nationalbibliothek verzeichnet diese Publikation in der Deutschen Nationalbibliografie; detaillierte bibliografische Daten sind im Internet über http://dnb.d-nb.de abrufbar.

Umschlagmotiv: manun/photocase.de
Umschlaggestaltung: Nina Schäfer, nach einem Konzept von Leonardo Magrelli und Nina Schäfer
Umsetzung: Tobias Doetsch
Gestaltung Innenteil: César Satz & Grafik GmbH, Köln
Lektorat: Irène Kost, Biel/Bienne (CH)
Druck und Bindung: CPI – Clausen & Bosse, Leck
Printed in Germany 2018
ISBN 978-3-7408-0284-4
Originalausgabe

Für Urs, Pascale, Rebecca und Manuela

EINS

Eine Schmerzwelle jagte durch den Körper und setzte sich im Kopf fest, der zu explodieren schien. Unverhofft war der Schmerz weg. Andrina empfand Erleichterung. Langsam driftete sie von einem dunklen Ort weg. Es war wie ein Auftauchen aus dem Wasser. Aus warmem Wasser. Es wurde immer heller. Sie gelangte näher an die Oberfläche, stoppte aber, bevor sie diese durchbrechen konnte. Ein Lichtpunkt schimmerte in weiter Ferne. Warmes Licht. Wie das einer Kerze. Andrina fühlte sich magisch davon angezogen. Genau dort wollte sie hin. Fort aus der Dunkelheit. Sie fühlte sich federleicht. Eine angenehme Wärme machte sich in ihr breit. Es war nur ein kleines Stück, bis sie durch die Oberfläche stossen würde.

Mit einem Mal gab es einen Ruck. Als würde jemand sie an den Füssen nach unten ziehen. Neue Finsternis hüllte sie ein. Kälte verdrängte die Wärme. Andrina versuchte sich zu befreien, aber sie wurde schwer wie ein Stein und sackte nach unten. Sie versuchte gegen den Sog anzukämpfen. Andrina wollte strampeln. Um sich schlagen. Sich bewegen war jedoch unmöglich.

Sie fror. Es war, als sei sie in der Kälte gefangen. Das kalte Gefängnis war ihr Körper, realisierte sie auf einmal. Ich will raus, wollte sie schreien, brachte aber keinen Ton über die Lippen. Lass mich los. Der Drang, aus dem Körper auszubrechen, steigerte sich ins Unermessliche. Sie wollte zu dem Ort, wo es eben warm gewesen war. Kurz gelang es ihr, sich zu befreien. Sie schwamm zurück und konnte das Licht kurz aufblitzen sehen. Weiter kam sie aber nicht. Wer hielt sie so hartnäckig fest? Der Sog wurde stärker. Das Licht verschwand. Eisige Kälte hüllte sie ein. Ein Druck auf ihren Oberkörper, und die Schmerzen waren wieder da. Sie zuckten wie Blitze durch ihren Körper.

Es tut so weh, wollte sie schreien. Lass mich los.

Jemand sagte etwas, und sie erschrak. Wer sprach mit ihr? Wo war sie? Wer fügte ihr diese Schmerzen zu? Ich will raus! Weg von hier. Lass mich gehen.

Nach und nach drangen weitere Stimmen in ihr Bewusstsein. Zuerst verstand Andrina deren Bedeutung nicht. Nach einer Weile konnte sie einzelne Wörter herausfiltern. Mindestens vier Männer, die wild durcheinandersprachen.

«Kein Puls.»

«Doch, ganz schwach.»

«... nicht aufhören.»

«Sie ist total unterkühlt.»

Jemand fluchte.

«Jede Hilfe ... zu spät.»

«Konzentriere dich lieber und gib endlich den Beutel.»

«Die Körpertemperatur beträgt knapp dreissig Grad.»

«Scheisse!»

«Sie ist tot.»

Tot? Wer? Ich? Ich will nicht sterben. Der Lichtpunkt. Die Wärme. War das gleichbedeutend mit Sterben?

Die Schmerzen nahmen weiter zu. Andrina wollte weg. Fliehen. Warum tat alles weh, wenn man tot war? Hiess es nicht, man wäre schmerzfrei?

Das Stimmengemurmel wurde zu einem Hintergrundgeräusch. Andrina merkte, wie sie wegdriftete.

Plötzlich wurde sie geblendet. Eine Schmerzexplosion im Kopf war die Folge. Hatte sie die Augen offen? Warum konnte sie nichts erkennen? Wo kam dieses Licht her? Grell. Wie ein Blitz. Andrina wollte die Augen zusammenpressen, was nicht ging. Sie spürte einen Druck unterhalb der Augenbraue. Wer quälte sie?

«Die Pupille reagiert.»

In der nächsten Sekunde klappte das Lid zu. Erleichterung.

«Zieht ihr endlich die nassen Kleider aus!»

Ausziehen? Jemand zerrte an ihrem Körper. Nein! Bitte keine weiteren Schmerzen. Wenn sie sich nur bewegen und wegrennen könnte.

«Was machen wir mit der Leiche?»

Leiche? Wessen Leiche? Meinte der Mann sie? Ihr war kalt, und es gelang ihr nicht, richtig zu Bewusstsein zu kommen und ihre Gedanken zu ordnen. Natürlich ging das nicht, wenn sie tot war. Keine Panik, dachte sie. Der Lichtpunkt war ein Wegweiser gewesen. Er hatte sie führen wollen. Nach … Wohin?

Etwas wurde über ihre Beine gestreift. Wollten die Männer sie vergewaltigen? Eine Tote?

«Können wir die Leiche mitnehmen?»

«Ja, ich bin fertig.»

Etwas wurde über sie ausgebreitet. Eine Decke? Sie wurde angehoben und auf eine harte Unterlage gelegt. Der Untergrund schwankte. Ihr Kopf pochte. Das Pochen steigerte sich unaufhörlich. Ein Knacken. Wie ein Ast, der abgebrochen wurde. Ein Rauschen. Tropfen auf ihrem Gesicht.

«Pass auf!»

«Entschuldige, ich bin über eine Wurzel gestolpert.»

Schritte. Knacken. Rascheln. Andrina wurde übel. Ein Knall. Sie erschrak. Das hatte wie die Schiebetür eines Wagens geklungen. Immerhin hatte sie nicht mehr das Gefühl auf hoher See zu sein. Ein Motor wurde angelassen. Das Brummen war tief und fand die Fortsetzung im schmerzenden Kopf. Andrina wollte erneut die Augen öffnen, was nicht funktionierte.

Der Untergrund begann von Neuem zu schwanken. Etwas stach in ihren Handrücken. Wärme breitete sich aus. Dunkelheit kam wie eine Wolke auf sie zu. Dieses Mal fühlte sie sich anders an und war willkommen. Die Stimmen wurden zu einem Rauschen und verschwanden. Stille. Endlich.

ZWEI

Langsam wurde es heller. Andrina wehrte sich. Sie wollte nicht aufwachen, sondern in ihrem warmen Kokon bleiben. Gerüche drangen in ihr Bewusstsein. Beissend. Unangenehm. Eindeutig Desinfektionsmittel. Mit der rechten Hand tastete Andrina über die Fläche, auf der sie lag. Weich. Sie öffnete die Augen und starrte an eine weisse Decke. Vorsichtig drehte sie den Kopf. Sie erblickte einen Infusionsständer, an dem ein Beutel mit einer durchsichtigen Flüssigkeit hing. Sie brauchte einige Sekunden, um zu verarbeiten, was sie sah.

Andrina betrachtete ihre Hände. In der linken steckte eine Infusionsnadel. Sie hob den Arm ein Stück weiter. Der weisse Ärmel des Spitalhemdes rutschte nach unten. Sie wackelte mit den Zehen und zog die Beine an. Alles liess sich bewegen. Einzig in ihrem Kopf pochte es. Es fühlte sich wie ein unterdrückter Schmerz an. Mit der rechten Hand tastete sie sich an die Stirn. Ein Verband. Vorsichtig fuhr sie den Verband entlang. Was war passiert? Sie grub in ihrem Gedächtnis. Leere. Das Unwissen verunsicherte sie.

Das Einzige, an das sie sich erinnerte, war ein Licht. Gesichter, die sich über sie gebeugt hatten. Wann war das gewesen? Sie drehte den Kopf auf die andere Seite. Niemand sonst war im Raum. Panik brandete auf. Sie wollte nicht alleine sein. Sie brauchte Klarheit.

Feller. Wo war er? War er dabei gewesen, als … was auch immer … passiert war? Andrina grub weiter im Gedächtnis. Waren sie mit dem Auto unterwegs gewesen? Andrina erschrak. War er verletzt oder gar …? Nicht weiterdenken. Er würde bestimmt gleich kommen. Gemeinsam würden sie Licht in das Dunkel bringen, das in ihrem Kopf herrschte. Andrinas Blick wanderte zum Fenster. Draussen regnete es. Äste schwankten hin und her. Sie waren nicht zusammen unterwegs gewesen. Oder doch? Marco, wo bist du, fragte sie lautlos. Geht es dir gut?

Andrina drehte den Kopf zurück und starrte auf die Tür. Marco … Was war an diesem Gedanken falsch? Sie hob ihre Hände. Der Ring war weg. Feller hatte ihn ihr gegeben, als sie sich im Frühling verlobt hatten. Sie tastete mit der Hand an ihren Hals. Die Kette war nicht da. Das ist logisch, versuchte sie sich zu beruhigen und schloss die Augen. Die Sachen hatte man ihr abgenommen, als sie im Spital angekommen waren. Die Ärzte würden sie zu ihren privaten Sachen gelegt haben. Sie wurde schläfrig. Sogleich fuhr ihr ein Schreck in die Glieder. Feller – sie waren nicht mehr zusammen.

Nach den Ereignissen rund um das Pharmaunternehmen JuraMed und Fellers Halbbruder Enrico Bianchi waren sie sich nicht sicher gewesen, ob sie ihre Beziehung fortsetzen konnten oder ob zu viel kaputtgegangen war. Gemeinsam hatten sie eine Beziehungspause für sechs Monate beschlossen. Feller hatte sie gebeten, solange nicht aktiv den Kontakt zu suchen. Nach und nach war sie sich klar geworden, Feller immer noch zu lieben. Sie hatte sich dennoch an seinen Wunsch gehalten und gehofft, es werde sich einrenken.

Vor knapp drei Wochen hatte Feller allerdings diese SMS geschickt. Andrina dachte an den seltsamen Wortlaut. Es gab keine Anrede. «Vielleicht ist es wirklich das Beste, wenn wir unsere Beziehung beenden», stand da als erster Satz. Im Anschluss wünschte er ihr alles Gute, und das war es. Er war zu feige gewesen, es ihr persönlich zu sagen. Sie hatte ihn angerufen. Kurz und knapp hatte er erklärt, er wolle in Ruhe gelassen werden, und hatte aufgelegt, bevor Andrina etwas hatte erwidern können.

Fellers Trennung hatte ihr den Boden unter den Füssen weggezogen. Nur die Routine des Alltags hatte sie am Morgen aufstehen lassen.

Ihre Schwester, bei der sie seit dem Sommer wohnte, hatte versucht sie zu trösten. Es sei besser so, hatte Seraina gesagt.

Andrina konnte dem nichts Positives abgewinnen und schlich weiterhin wie ein Gespenst durch den Tag – sehr zum Missfallen ihrer Schwester. Die Diskussionen, die sie beinahe täglich mit Seraina führte, drängten in den Vordergrund. Nicht jetzt. Andrina schob sie zur Seite.

Ein anderer erschreckender Gedanke blitzte auf. War die Trennung von Feller der Grund, weshalb sie hier war? So ein Blödsinn, beantwortete sie die Frage selber.

Sie blickte zum Fenster und musterte die Bäume. Welches Datum war überhaupt heute? Wie sollte sie das wissen, wenn sie nicht wusste, wie lange sie bereits hier war.

Es klopfte. Ein Mann in einem weissen Kittel trat ein. Er musste Ende zwanzig sein.

«Wie schön, Sie wach zu sehen», rief er. Bei dem Satz schwang etwas zwischen den Zeilen mit, das Andrina nicht einordnen konnte. Er zog einen Stuhl heran und setzte sich neben das Bett. «Ich bin Jonas Bertram, Assistenzarzt. Wie fühlen Sie sich?»

Andrina starrte den Mann an. Bekannt kam er ihr nicht vor.

«Haben Sie Schmerzen?», fragte er weiter, als Andrina nichts sagte.

«Ein wenig, aber sie lassen sich aushalten.»

«Wenn sie stärker werden, melden Sie sich bitte. Wir können Ihnen mehr Schmerzmittel geben. Bevor ich es vergesse. Hier ist etwas, das Ihnen in der Notaufnahme abgenommen worden ist.» Er kramte in der Tasche seines Kittels und hielt Andrina eine Lappengoldkette hin. Andrina starrte die Kette an, ohne sie zu nehmen. Hatte sie die etwa getragen? Richtig, Feller hatte in der SMS nur den Ring – ein Familienerbstück, das seine Mutter bereits zu ihrer Verlobung getragen hatte – zurückverlangt. Ihr kam in den Sinn, sich gewundert zu haben, weil er nicht die Kette wiederhaben wollte, die er ihr im Sommer als verfrühtes Geschenk zur Hochzeit überreicht hatte. Vermutlich hatte er nicht daran gedacht, und freiwillig wollte Andrina ihm die Kette nicht zurückgeben. Ein Andenken an die glückliche Zeit mit ihm wollte sie behalten. Wenn er sie wiederwollte, musste er es explizit sagen.

Tränen sammelten sich in ihren Augen. Sie blinzelte sie weg.

«Ist das nicht Ihre Kette?», fragte Bertram, der verstört wirkte.

«Doch, doch.» Andrina hob die Hand, und Bertram liess die Kette hineingleiten. Andrina betrachtete das unregelmässige Viereck und fuhr mit dem Zeigefinger die Kanten entlang.

Bertram holte eine kleine Taschenlampe aus seinem Kittel. «Darf ich Ihnen kurz in die Augen leuchten?»

Als Andrina nickte, beugte er sich über sie und hielt das rechte Lid fest. Tränen schossen in ihre Augen, als er den Lichtstrahl in ihr rechtes Auge richtete. Nachdem er das Gleiche beim linken Auge wiederholt hatte, steckte er die Lampe weg. «Das sieht gut aus. Die zuständige Pflegeschwester hat mir bei der Übergabe vorhin gesagt, Ihr Zustand habe sich weiter stabilisiert. Sie waren heute Morgen kurz wach und haben mit ihr gesprochen. Das ist erfreulich.»

War sie das tatsächlich gewesen? Wieso sprach er mit ihr in diesem sanften Tonfall, als sei sie ein Kind, oder bildete sie sich das ein?

«Ihre Schwester war heute Morgen da. Sie war erleichtert, Sie wach gesehen zu haben.»

Sie hatte mit Seraina gesprochen? Auch das wusste Andrina nicht mehr.

«Sie hat sich grosse Sorgen um Sie gemacht. So konnten wir sie beruhigen.» Bertram nickte, als wolle er das Gesagte unterstreichen.

Die Worte prasselten gegen Andrina, und sie hatte Mühe, sich zu konzentrieren.

«Nachdem Ihre Schwester gegangen ist, sind Sie eingeschlafen. Sie werden die nächsten Tage viel schlafen und müde sein. Das ist normal. Haben Sie Hunger?»

«Nein.»

«Sie waren stark unterkühlt und haben eine Gehirnerschütterung.»

Unterkühlung? Wovon sprach der Mann? Andrina fühlte sich verunsichert. Sie tastete nach dem Verband.

«Die Wunde am Haaransatz oberhalb der Schläfe haben wir genäht. Keine Sorge, die Narbe wird kaum zu sehen sein. Sie werden sich einige Tage schonen, das heisst Bettruhe wegen der Gehirnerschütterung. Zum Glück gab es keine weiteren Befunde.»

«Was für Befunde?»

«Keine Blutungen oder ein Schädelbruch. Sie hatten grosses Glück.»

«Was ist überhaupt passiert?» Auf einmal hatte sie das Gefühl, er rede um den heissen Brei herum. Warum sagte er nicht, was vorgefallen und warum sie hier war? War das nicht das Erste, über das man einem Patienten neben seinem Gesundheitszustand Auskunft gab?

Er schwieg.

Andrina war zunehmend beunruhigt. «Hatte ich einen Unfall?»

«Sie wissen nicht, was vorgefallen ist?» Bertram wirkte schockiert. Falsch, schockiert stimmte nicht. Er war eher überrascht, weil Andrina ihm diese Frage stellte.

«Nein. Das Letzte, was ich weiss, ist, dass ich auf der Terrasse bei meiner Schwester sass.»

Bertram runzelte die Stirn. «Wieso sagen Sie *meiner Schwester*?», fragte er misstrauisch. «Wissen Sie nicht, wie sie heisst?»

Was für eine seltsame Frage, dachte Andrina. «Seraina Steiger.» Ihr wurde bewusst, wie monoton sie sprach.

Sein linker Mundwinkel zuckte leicht. Hielt er Andrina für unzurechnungsfähig? Das war es nicht. Der junge Arzt wirkte, als sei er mit der Situation überfordert. Deutlich sah Andrina, wie es in seinem Kopf arbeitete.

«An das, was nach der Terrasse geschah, können Sie sich nicht erinnern?»

«Nein. Warum bin ich hier? Hatte ich einen Unfall?», wiederholte Andrina.

Unfall. Im Kopf liess sie das Wort Buchstabe für Buchstabe vorbeigleiten. Ein neuer Gedanke nahm Gestalt an, und Andrina erschrak. «Habe ich einen Unfall verursacht? Ich meine, einen Verkehrsunfall oder so. Wurde eine weitere Person dadurch verletzt?» Oder war diese Person gar gestorben? Das

Pochen hinter der Stirn verstärkte sich. Hatte sie ein Menschenleben auf dem Gewissen?

«Wie kommen Sie darauf?»

«Ich weiss nicht. Es ist nur so eine Vermutung, was passiert sein könnte.»

«Sie können sich definitiv nicht erinnern?» Das war zwar als Frage formuliert, klang aber wie eine Feststellung. Der Arzt hatte seine Hände in den Schoss gelegt und knetete die ineinander verschränkten Finger. Er wich Andrinas Blick aus.

«Nein.»

Das Schweigen zog sich in die Länge. Bertrams Augen kehrten zu Andrina zurück. Er musterte sie, was Andrina einschüchterte.

«Wie ist Ihr Name?», fragte Bertram und traf Andrina damit völlig unvorbereitet.

«Meiner?», fragte Andrina verwirrt.

Bertram nickte.

Was sollte das? Die Situation wurde zunehmend unheimlicher und surrealer. Fragte er das, weil er es nicht wusste oder weil er sie testen wollte?

Andrina fiel auf, dass er, seitdem er den Raum betreten hatte, sie nicht mit ihrem Namen angesprochen hatte. Konzentriere dich, dachte sie, öffnete den Mund und klappte ihn wieder zu. «Andrina ...» Etwas blitzte in Bertrams Augen auf, was Andrina aus dem Konzept brachte. Sie setzte nochmals an. «Andrina Kaufmann.»

Er musste ihr Zögern als Unwissen interpretiert haben, so wie er sie anschaute.

«Wo wohnen Sie?»

«Zurzeit bei meiner Schwester in Erlinsbach.» Andrina nannte die Adresse.

«Wie alt sind Sie?»

«Vierunddreissig. Warum fragen Sie das?»

«Wann haben Sie Geburtstag?»

Diese Frage konnte Andrina genauso ohne Zögern beantworten.

Bertram stand auf und trat ans Fenster. Andrina betrachtete seine breiten Schultern und den schlanken, athletischen Körper. In der Freizeit machte er bestimmt viel Sport.

Was sollten diese Fragen? Sie kam sich wie in einem schlechten Film vor. Die Verunsicherung wuchs. Gleich würde er sie fragen, wer Präsident von Amerika oder wer Bundespräsident in diesem Jahr war. Bundespräsident? Wer war das überhaupt? Richtig, Johann Schneider-Ammann. Nein, falsch. Er war es letztes Jahr gewesen. Dieses Jahr war Doris Leuthard dran. Andrina ging im Kopf die sieben Bundesräte durch. Das klappte ohne Probleme. Lass dich nicht verrückt machen.

«Die Schmerzen sind wirklich nicht schlimm?»

Das hatten sie schon mal. Wieso wiederholte er sich? «Der Kopf tut ein wenig weh.»

Bertram nickte. «Falls Sie etwas benötigen, müssen Sie nur klingeln.» Er durchschritt den Raum, stiess dabei gegen den Stuhl neben ihrem Bett, der stark nach hinten kippte. Andrina befürchtete, er werde umfallen. Das tat er zum Glück nicht. Mit einem Knall schlugen die vorderen Stuhlbeine auf dem Boden auf. Gleich darauf war Bertram zum Zimmer hinaus. Verunsichert schaute Andrina auf die Tür, die mit einem Klicken ins Schloss gefallen war und eine unheimliche Stille zurückliess. Der Abgang hatte fluchtartig gewirkt.

Andrina starrte an die Decke und ging Wort für Wort das Gespräch mit Bertram durch. Die Lücke in ihrem Kopf beunruhigte sie. Es war, als hätte sie die Kontrolle über sich verloren. Alles bis zu dem Zeitpunkt auf Serainas Terrasse war präsent. Was danach bis zu ihrem Erwachen im Spital geschehen war, wusste sie nicht mehr. Andrina schloss die Augen und konzentrierte sich. Ein Bild blitzte auf. Zwar nur verschwommen, aber immerhin. Kurz war sie zu sich gekommen. Sie war aus einem Ambulanzwagen herausgehoben worden. Hektik hatte geherrscht. Sie konnte sich an das Stimmengemurmel entsinnen, aber nicht mehr an einzelne Wörter. Man hatte sie einen Gang entlanggeschoben. Nein, die, die sie geschoben hatten, waren gerannt. Ein Mann war neben ihrem Oberkörper mit einem Infusionsbeutel in der Hand entlanggeeilt. Ein anderer hatte Befehle gerufen. Was er gesagt hatte, wusste sie nicht mehr. Gleich darauf war sie in einem grossen Raum gewesen. Das Licht hatte sie geblendet.

Was war danach geschehen? Beziehungsweise davor? Leere. Mehr gab ihr Gehirn nicht preis. Warum hatte Bertram sich so seltsam verhalten? Je länger Andrina nachdachte, desto mehr verunsicherte sie sein Verhalten. Verunsichern war das falsche Wort. Es jagte ihr Angst ein.

Was hatte sie getan? Hatte sie wirklich ein Menschenleben auf dem Gewissen? Bitte nicht, dachte sie. Wie sollte sie damit fertigwerden, wenn sie den Tod einer Person verursacht hatte? Angestrengt suchte sie nach weiteren Erinnerungsfetzen und kehrte zu Serainas Terrasse zurück. Es war Donnerstagnachmittag gewesen. Heute war Samstag, wie ihr eine Pflegeschwester gesagt hatte, als sie ihr etwas zu trinken gebracht hatte, kurz nachdem Bertram gegangen war. Was war dazwischen passiert?

Als sie auf Serainas Terrasse gewesen war, hatte die Sonne geschienen. Von Westen her waren dunkle Wolken aufgezogen, die Regen ankündigten. Sie wusste, wie ihre Stimmung im Keller gewesen war. Wie die meiste Zeit seit Fellers Trennung.

Zurück zum Grund, warum du hier bist, dachte sie. Fang von vorne an: Hing alles doch mit Feller und dem Beenden ihrer Beziehung zusammen?

Sie hatte ihn seit Anfang August nicht mehr gesehen. Es war nun fast drei Wochen her, als sie zum letzten Mal mit ihm am Telefon gesprochen hatte. Ihre Gedanken kehrten zu dem auslösenden Ereignis für die Trennung zurück.

Fellers Halbbruder Enrico Bianchi war wie aus dem Nichts aufgetaucht. Feller hatte ihn für einen Scharlatan gehalten.

Als kurz darauf bei dem Pharmaunternehmen, in dem Enrico arbeitete, Leute ermordet wurden, hatte Feller in ihm den Schuldigen gesehen.

Ein Klopfen riss sie aus ihren Gedanken. Die Tür öffnete

sich einen Spaltbreit. Ein Mann Ende vierzig mit grauem Vollbart streckte den Kopf herein. Andrina erkannte ihn sofort.

«Dr. Clausen», rief sie.

Clausen war vor sechs Wochen der verantwortliche Arzt für Seraina und sie gewesen. Andrina musste sich eingestehen, sich darüber zu freuen, weil der Arzt, der aus Celle im norddeutschen Niedersachsen stammte, bei ihr vorbeischaute, obwohl er nicht für sie zuständig war.

«Frau Kaufmann. Wie schön, Sie wiederzusehen», sagte Clausen in lupenreinem Hochdeutsch. Er setzte sich auf den Stuhl neben dem Bett. «Weniger schön ist es allerdings, Sie hier anzutreffen.» Seine Gesichtszüge wurden ernst.

«Glauben Sie mir, ich wäre lieber woanders. Dabei weiss ich nicht einmal, warum ich hier bin.»

«Sie haben eine mittelschwere Gehirnerschütterung und waren stark unterkühlt, als Sie eingeliefert wurden.» Er nahm die Brille ab und musterte Andrina einen Moment, bevor er die Brille an seinem Kittel putzte und wieder aufsetzte.

«Das hat Dr. Bertram mir gesagt. Was ich nicht weiss, ist, wie es dazu gekommen ist.» Andrina war allmählich frustriert. Clausen schien wie alle anderen eine Erklärung von ihr zu erwarten. «Bevor ich Dr. Bertram richtig fragen konnte, hatte er die Flucht ergriffen.»

«Flucht?»

«Wie soll ich den zügigen, ein wenig ungeordneten Abgang sonst erklären?»

Ein Lächeln huschte über Clausens Gesicht. «Sie sind immer noch die Gleiche. Das finde ich beruhigend.»

«Was soll das heissen?»

«Bitte entschuldigen Sie meinen Kollegen. Jonas ist erst seit ein paar Wochen bei uns. Er hat noch nicht viel Erfahrung und hatte bisher einfache Fälle.»

«Vielen Dank!», sagte Andrina sarkastisch. Wie schön, als komplizierter Fall angesehen zu werden.

Clausen nahm ihre Hand und tätschelte sie. «Trotzdem hätte er das alles professioneller angehen müssen.»

Andrina zog ihre Hand zurück. «Ich wäre froh, wenn mir jemand sagen könnte, was genau los ist.»

«Soviel ich weiss, wurden Sie bewusstlos in einem Waldstück bei Erlinsbach gefunden.»

«Im Wald? Also kein Unfall? Also bin ich gestürzt und habe mir den Kopf angeschlagen?»

Clausen schwieg, und Andrinas Gedankenmaschinerie setzte sich in Gang. Die Gedanken drohten sich zu überschlagen.

«Erlinsbach? Dort wohnt meine Schwester. Ich könnte einen Spaziergang gemacht haben. Wo genau wurde ich gefunden?»

Clausen drehte als Antwort die Handinnenflächen nach oben. Andrina glaubte ihm sogar.

Ein Spaziergang. Das klang plausibel. War sie alleine unterwegs gewesen, oder war Seraina mitgekommen? Mit Regina. Das war ein guter Erklärungsansatz. Sie hatte in den letzten Wochen öfter mit ihrer Schwester und ihrer Nichte Spaziergänge unternommen, um in der Natur ein wenig Ruhe zu finden. Erleichterung flammte auf, verschwand aber genauso schnell wieder. Sie brauchte keine Erklärungsansätze. Sie sollte sich lieber aktiv erinnern, sonst würden Fragen zurückbleiben.

Ein erschreckender Gedanke nahm Gestalt in ihrem Kopf an. Sollte sie mit Seraina im Wald gewesen und gestürzt sein, warum hatte ihre Schwester ihr nicht geholfen?

Hatte Seraina es darauf angelegt, Andrina etwas anzutun? Hatte sie Andrina in den Wald geführt und niedergeschlagen? Andrina konnte sich das nicht vorstellen beziehungsweise sie wollte solche Gedanken nicht zulassen. Wieso sollte Seraina so was tun? Andrina bremste ihr Gedankenkarussell ab und lenkte es in eine andere Richtung. Sie musste alleine im Wald gewesen sein. Was war zwischen Wald und Terrasse passiert? Andrinas Überzeugung, alleine dort gewesen zu sein, wuchs. Also konnte ein Streit ausgeschlossen werden. Konnte er das wirklich? War sie alleine auf der Terrasse gewesen, weil Seraina im Haus geblieben oder ins Haus zurückgekehrt war?

Ihre Überlegungen schweiften ab. Andrina versuchte sich

zu konzentrieren. Wenn sie nicht so müde wäre, würde ihr das Nachdenken leichter fallen.

Sie hatten eine Meinungsverschiedenheit gehabt, fiel ihr ein. Das Thema war Feller gewesen. Wie so oft in den letzten Wochen. Seraina hatte ihr erklärt, sie an Andrinas Stelle würde ihm keine Träne nachweinen. Sie solle es endlich akzeptieren und ihr Leben selber in die Hand nehmen. Das Telefon hatte geklingelt. Genau. Das war der Grund gewesen, warum Andrina alleine auf der Terrasse gewesen war.

Sie merkte, wie Clausen sie beobachtete. Warum sprach er nicht weiter? Testete er sie, was sie wirklich wusste?

«Keine Spur einer Erinnerung, was passiert ist und warum ich in dem Wald war. Warum weiss ich das nicht mehr? Alles, was nach der Terrasse geschah, ist weg. Das macht mir Angst. Heisst das, ich bin verrückt?» Andrina sprach immer schneller.

Clausen lächelte. Sein Lächeln verfehlte die beruhigende Wirkung nicht.

«Sie sind nicht verrückt. Sie leiden möglicherweise an einer dissoziativen Amnesie, die retrograd und vermutlich posttraumatisch ist.»

«Wovon sprechen Sie? Retrograd? Amnesie? Menschen mit Erinnerungsproblemen sind nicht Ihr Fachgebiet.»

«Ich habe während meines Studiums einige Kurse Psychologie belegt. Also, retrograd bedeutet rückwärtsgerichtet. Das, was im Wald und kurz davor vorgefallen ist, muss für Sie dermassen schrecklich, also traumatisierend, gewesen sein. Ihr Gehirn hat all das in einer Art Selbstschutz ausgeblendet.»

«Selbstschutz», wiederholte Andrina. «Traumatisierend.» Das klang alles andere als beruhigend. «Wie lange dauert dieser Gedächtnisverlust? Ich finde diese Lücke im Kopf belastend.»

«Es kann Stunden oder Tage dauern, bis die Erinnerung zurückkehrt. Genauso gut ist es möglich, dass sie für immer wegbleibt.»

«Das hiesse, ich hätte auf Ewigkeit eine Lücke im Kopf?»

Clausen zuckte mit den Schultern.

«Ich bin aber nicht verrückt?», hakte Andrina nach.

«Nein.» Erneut lächelte er. Dieses Mal beruhigte es sie aber nicht. «Das Einzige, das Sie aus medizinischer Sicht haben, ist die Gehirnerschütterung, die durch einen Schlag auf den Kopf verursacht wurde.»

«Jemand hat mir auf den Kopf geschlagen?» Andrinas Puls beschleunigte sich.

«Ja oder Sie sind gestürzt, wie Sie eben vermutet haben.»

Andrina hatte mit einem Mal das Gefühl, Clausen wisse mehr, als er ihr sagte. Warum verschwieg er ihr Details, die eventuell wichtig waren, um die Lücke zu schliessen?

«In meinem Gehirn ist, wie soll ich das sagen, nichts kaputtgegangen?»

«Sie waren bewusstlos. Wir haben ihren Kopf geröntgt und ein CT gemacht, um Ernstes, wie zum Beispiel einen Schädelbruch, auszuschliessen.»

«Haben Sie dabei Hinweise auf die Amnesie sehen können?»

«Eine Amnesie kann man nicht mit CT, MRT oder beim Röntgen feststellen.» Clausen lehnte sich im Stuhl zurück. Die Ruhe, die er ausstrahlte, verfehlte weiterhin ihre Wirkung.

«Wie bekomme ich meine Erinnerung zurück?»

«Das kann ich nicht beantworten, da es von Fall zu Fall unterschiedlich ist. Wichtig ist, sich nicht unter Druck zu setzen. Nach und nach werden einzelne Fetzen zurückkommen, die sich wie ein Puzzle zu einem Ganzen zusammenfügen. Da bin ich mir sicher.»

«So klingt das für mich, als sei ich verrückt.»

«Nein, wieso sollten Sie?» Clausen lächelte. Fältchen bildeten sich in seinen Augenwinkeln. «Weil ich meine bescheidenen psychologischen Kenntnisse vor Ihnen ausbreite?»

Andrina erwiderte nichts.

«Ein Psychiater oder ein Psychologe könnte Ihnen dabei durchaus behilflich sein.»

«Ich will zu keinem Psychiater», sagte Andrina mit Nachdruck.

«Denken Sie darüber nach.»

DREI

Andrina starrte auf die Buchstaben, ohne den Inhalt des Textes wahrzunehmen. Es war ihr unmöglich, sich auf das Buch zu konzentrieren. Sie hob den Kopf und starrte nach draussen. Der September zeigte sich heute von seiner trüben Seite: grau und Nieselregen. Ein leichter Wind ging und bewegte die Äste der Eiche vor ihrem Fenster. Sie hatte einen Stuhl vor das Fenster gestellt, weil sie es nicht länger im Bett ausgehalten hatte. Langsam wollte sie nach Hause, das hiess zu Seraina. Sie hatte das Gefühl, ihr Gedächtnis eventuell zurückzuerlangen, wenn sie auf Serainas Terrasse stand.

Andrina klappte das Buch zu und legte es auf den Schoss. Sie nahm das Haarband, das sich gelöst hatte, heraus und fasste ihre langen dunkelbraunen Haare neu im Nacken zu einem Rossschwanz zusammen. Eine Amsel setzte sich auf einen Ast. Ein Vogel zu sein und davonfliegen zu können erschien Andrina auf einmal verlockend.

Andrina tastete an die Schläfe. Dr. Bertram hatte den Verband entfernt und die Wunde mit Steri-Strips verbunden. Diese Klebestreifen solle sie nach vier Tagen beim Hausarzt wechseln lassen. Die Fäden müssten nicht gezogen werden. Sie würden sich selber auflösen, hatte er erklärt.

Hinter ihr wurde die Tür geöffnet. Andrina wandte sich nicht um. Sie hatte keine Lust, mit jemandem zu sprechen, weder mit Clausen noch mit Bertram oder jemandem vom Pflegepersonal.

Schritte, die schräg hinter ihr stoppten. Ein Räuspern. Andrina blickte hartnäckig weiter zum Fenster.

«Ich habe eine gute Neuigkeit für Sie», sagte Bertram. «Sie dürfen morgen nach Hause.»

«Nach Hause?» Endlich!

«Medizinisch gesehen geht es Ihnen so weit gut. Wir sind der Ansicht, zu Hause werden Sie sich schneller erholen. Sie sollten sich allerdings wegen der Gehirnerschütterung weiterhin schonen. Das heisst, eine Woche keinen Sport oder ähnliche Anstrengungen. Ich schreibe Ihnen für zwei Wochen ein Arztzeugnis für den Arbeitgeber. Ausserdem werde ich Ihnen ein Rezept für Schmerzmittel ausstellen, da Sie in den nächsten Tagen noch einen Brummschädel haben werden.»

«Was ist mit meinem Gedächtnis?», fragte Andrina und drehte sich zu Bertram um. Neben ihm stand Clausen, der sie anlächelte.

«Da können wir Ihnen leider nicht helfen», übernahm Clausen. «Entweder kommen die Erinnerungen von selber zurück, oder Sie nehmen professionelle Hilfe in Anspruch.» Er kramte in der Tasche seines Kittels und holte eine Visitenkarte hervor, die er Andrina hinhielt. «Ich habe auf die Rückseite den Namen und die Telefonnummer eines Kollegen notiert. Er ist wirklich sehr gut, und Sie müssen keine Befürchtungen haben, er könnte Ihre Situation ausnutzen.»

Andrina nahm die Karte nicht. «Ich möchte zu keinem Psychiater.»

«Wenn man die Hilfe eines Psychiaters aufsucht, heisst es nicht automatisch, man sei verrückt. Man kann solche Hilfe in Anspruch nehmen, wenn man beispielsweise ein traumatisches Erlebnis hatte. Damit meine ich einen Unfall, einen Überfall, den Tod eines Familienmitgliedes oder Kriegserlebnisse, um einige Beispiele zu nennen. Bei privaten Problemen kann ein Psychiater genauso helfen. Zum Beispiel, wenn man die Trennung von seinem Partner nicht überwunden hat.»

Andrina richtete sich auf. Spielte er etwa auf Feller an? Woher sollte er von der Trennung wissen? Hatte Seraina ihn informiert? Oder hatte er eins und eins zusammengezählt, weil Feller sie nicht besucht oder sich nach ihr erkundigt hatte? Andrina beschloss, nicht darauf einzugehen, und starrte an den beiden Ärzten vorbei zur Tür.

«Arnold Ulmann stammt wie ich aus Niedersachsen. Wir sind zusammen zur Uni gegangen. Er ist durch und durch professionell. Ich kann ihn mit gutem Gewissen empfehlen.»

«Ich will nicht auf die Couch.»

«Das ist ein weitverbreitetes Klischee, das überhaupt nicht stimmt. Bitte gehen Sie zu ihm. Er wird Ihnen helfen. Das ist nämlich kein Zustand so.» Er nickte ihr aufmunternd zu. «Nun packen Sie und rufen Ihre Schwester an. Vielleicht kommt die Erinnerung in der vertrauten Umgebung wieder zurück.»

Er legte die Visitenkarte vor Andrina auf den Tisch und reichte ihr die Hand. «Ich wünsche Ihnen alles Gute. Bitte schonen Sie sich.»

Auch Bertram reichte ihr die Hand.

Nachdem die Männer gegangen waren, rief Andrina Seraina an. Ihre Schwester freute sich und versprach, sie morgen am Vormittag zu holen.

***

Als Andrina das Gespräch beendet hatte, drehte sie sich um und starrte nach draussen. Die Amsel war weg. Andrina blickte auf den Ast, auf dem sie gehockt war. Das, was Clausen ihr gesagt hatte, kreiste in ihrem Kopf. Sie wünschte sich nichts sehnlicher, als den Nebel aus dem Kopf zu verbannen. Trotzdem schreckte sie vor dem Gedanken, einen Psychiater aufzusuchen, zurück. Andrina griff nach der Visitenkarte und drehte sie in den Händen. Was würde er tun? Ganz einfach, ihr einige Fragen stellen, sie erzählen lassen und sie dabei mustern. Ein Heilmittel würde er genauso wenig haben.

Es klopfte, und die Tür öffnete sich kaum eine Sekunde später. Zwei Männer betraten den Raum. Sie trugen Jeans und Pullover und keinen Kittel darüber. Die Mienen der beiden waren ernst. Langsam erhob Andrina sich.

«Frau Kaufmann, dürfen wir kurz mit Ihnen sprechen?»

Andrina antwortete nicht.

«Entschuldigen Sie bitte. Dr. Bertram hat uns zugestanden, mit Ihnen zu reden. Wir sind von der Kantonspolizei Aargau. Ich bin Silvan Brogli, und das ist mein Kollege Klaus Aeschlimann.»

Kantonspolizei? Warum hatte Andrina das Gefühl, gewusst zu haben, früher oder später würden Polizisten bei ihr vorbeikommen? Die Anwesenheit der beiden gab ihren Befürchtungen, etwas getan zu haben, eine neue Dimension. Hatte sie tatsächlich jemanden getötet oder verletzt? Wer war mit ihr im Wald gewesen?

Sie versuchte dem Blick der beiden ruhig zu begegnen und sich die Angst nicht anmerken zu lassen. Diese Beamten kannte sie nicht – weder vom Sehen noch vom Hörensagen. Sie gehörten demzufolge nicht zu Fellers Team, es sei denn, in den vergangenen zwei Monaten hatte es personelle Veränderungen gegeben.

Brogli hielt ihr einen Ausweis hin. Er sah wie der von Feller aus.

Andrina musterte den Mann, der Anfang fünfzig sein musste. Seine grauen Haare begannen sich zu lichten und waren an den Schläfen ein Stück nach hinten gewandert. Sein Gesicht war nichtssagend. Andrina war die Erste, die den Blick abwandte und zu Aeschlimann schweifen liess. Er musste ein wenig jünger sein. Seine grauen Haare waren voller als die von Brogli, aber auch ihm schienen sie nach und nach auszugehen. Seine Miene war wie Broglis ausdruckslos und ähnelte dem Pokerface, das Feller aufsetzen konnte, wenn er seinem Gegenüber nicht preisgeben wollte, was er dachte.

«Wir sind hier, weil wir mit Ihnen über die Geschehnisse von vor drei Tagen im Wald sprechen möchten.»

Andrina zuckte innerlich zusammen. Es versetzte sie in grössere Panik, da er es nun in Worte gefasst hatte. Brogli zog einen Stuhl heran und setzte sich. Aeschlimann folgte seinem Beispiel und holte ein Notizheft und einen Kugelschreiber hervor.

«Ich weiss überhaupt nicht, was genau passiert ist», sagte Andrina und wusste, wie dünn ihre Stimme klang. Sie war völlig eingeschüchtert.

«Das wissen wir von Dr. Bertram. Vielleicht gelingt es uns, Ihrem Gedächtnis auf die Sprünge zu helfen.» Das hatte er in einem neutralen Ton gesagt. Trotzdem klang es bedrohlich.

«Können Sie mir sagen, wie Sie in den Wald gekommen sind? Sind Sie aus freien Stücken dort hingegangen, oder hat Sie jemand dazu gezwungen?»

«Ich kann mich überhaupt nicht erinnern, in den Wald gegangen zu sein. Ich weiss nicht einmal, wo genau ich mich befand, als … als man mich gefunden hat.» Das Pochen im Kopf kündigte das Nachlassen des Schmerzmittels an. Sie berührte ihre Stirn.

Brogli und Aeschlimann wechselten einen Blick.

«Was ist das Letzte, woran Sie sich entsinnen, bevor Sie im Spital erwacht sind?»

«Ich sass auf der Terrasse meiner Schwester.» Andrina wusste inzwischen nicht mehr, wie oft sie das gesagt hatte.

«Wissen Sie, welche Kleidung Sie zu diesem Zeitpunkt trugen?»

So eine seltsame Frage. Andrina überlegte und wurde sich bewusst, das nicht mit Bestimmtheit sagen zu können. «Meine Alltagskleidung, denke ich.» Der Kopfschmerz verstärkte sich, und sie spürte, dem Gespräch nicht gewachsen zu sein.

«Denken Sie?»

«Was soll ich sonst getragen haben?»

«Das ist ja das, was ich wissen will.»

So ein absurder Wortwechsel. «Da wir nichts Bestimmtes vorhatten, wird es das gewesen sein, was ich normalerweise tagsüber trage.» Andrina war klar, sich aufs Glatteis zu begeben. Zum einen konnte sie nicht mit Bestimmtheit sagen, welche Kleidung sie getragen hatte. Zum anderen gab es keine Erinnerung, was nach der Terrasse geschehen war. Daher wusste sie nicht, ob sie etwas Spezielles vorgehabt hatten. Dennoch könnte die Frage nach der Kleidung hilfreich sein, weil dies ein Ansatz war, den sie bisher nicht gehabt hatte. Sie überlegte, was sie geplant haben könnten. Beispielsweise könnte ein gemeinsamer Ausgang am Abend vorher abgemacht gewesen sein. Das hiesse, daran müsste sie sich entsinnen.

«Wie sieht Ihre Alltagskleidung aus?», fragte Brogli in ihre Gedanken und gab dabei dem Wort «Alltagskleidung» einen Beiklang, der Andrina nicht gefiel.

«Jeans und … Pullover … Es war mild … Ich brauchte keine Jacke.» Andrina schloss die Augen. Es war schwer, sich mit diesen Kopfschmerzen zu konzentrieren.

Ein Erinnerungsfetzen blitzte auf und drängte das Pochen in den Hintergrund. Bäume – aber nicht die in Serainas Garten. Dämmerung. Nieselwetter. Als Andrina versuchte die Bilder festzuhalten, verschwanden sie sofort. Sie hatte das Gefühl, durch ein Vakuum zu schweben.

Andrina zwang ihre Gedanken zur Terrasse zurück. Ein neues Bild tauchte auf. Sie hatte sich auf einen Liegestuhl gesetzt, als Seraina sich ihr gegenüber in den anderen niederliess. Sie hatten über Feller gesprochen. Worüber sonst. Er war mehr oder weniger das Dauerthema zwischen ihnen und entwickelte sich zunehmend zu einem Dauerstreitpunkt.

Dieses Mal hatte Seraina sie gefragt, warum sie die Kette nach wie vor trug und nicht zusammen mit dem Ring in Fellers Briefkasten gelegt hatte.

«Er hat nur den Ring in der SMS zurückgefordert.»

«Was hast du davon, wenn du die Kette trägst?»

«Sie ist alles, was mir von ihm bleibt.» Nicht ganz. Sie tastete an ihren linken Oberarm an die Stelle, an der sie Fellers Kugel getroffen hatte, als er sie aus der Gewalt eines Mörders befreit hatte. Die Wunde war zwar gut verheilt, aber die Narbe war rot und der Arm nicht uneingeschränkt einsetzbar. Wenn sie ihn zu weit anhob, liess sie der Schmerz jedes Mal zusammenzucken.

«Du willst sagen, der Rest von dem Scherbenhaufen», sagte Seraina. «Ich finde es nicht gut, weil du dich nicht lösen kannst. Du blockierst dein Leben.»

«Das tue ich nicht», widersprach Andrina. «Die Zeit mit ihm gehört zu meinem Leben wie andere Dinge in der Vergangenheit. Lass mir wenigstens ein Andenken.»

«Wach endlich auf», hatte Seraina gerufen. «Es ist vorbei mit euch. Wenn du die Kette weiterhin trägst, wirst du dich nie lösen können.»

«Vielleicht lege ich sie irgendwann ab …»

Seraina schnaubte. «Weisst du, wenn ich das Ganze rückblickend betrachte, bin ich im Grunde genommen froh, dass es mit euch vorbei ist.»

«Warum das denn?», rief Andrina.

«Überlege mal, wie er mit dir umgesprungen ist.»

«Er hat mich geliebt. Vor dem Ende.»

«Das glaube ich inzwischen nicht mehr.»

«Woher dieser Sinneswandel? Hast du nicht mehrfach betont, froh zu sein, weil ich einen Partner wie Marco gefunden habe.»

«Ich habe mich wie du in ihm getäuscht.»

Andrina hatte zu einer Erwiderung angesetzt, aber das Klingeln des Telefons war dazwischengekommen. Vor Erleichterung, einen Augenblick Pause zu haben, war sie im Liegestuhl zusammengesackt und hatte Richtung Aarekanal geschaut, den man von Serainas Garten sehen konnte. In der Zwischenzeit hatten Wolken die Sonne verdeckt. Die Berge, die man von Serainas Terrasse erkennen konnte, waren ebenfalls verschwunden gewesen.

Seraina war ins Haus geeilt.

Der Film vor Andrinas inneren Augen stoppte. Es gelang ihr nicht, ihn weiterlaufen zu lassen, sosehr sie sich bemühte. Stattdessen verstärkte sich das schwebende Gefühl.

«Frau Kaufmann», sagte Brogli und holte Andrina zurück ins Spitalzimmer.

Sie öffnete die Augen. War sie tatsächlich in Gegenwart der beiden Männer beinahe eingeschlafen?

Sie bemerkte, wie Brogli sie beobachtete. «Es gibt etwas, woran Sie sich erinnern.»

«Nein, oder besser, es betrifft nur das Gespräch, das ich mit meiner Schwester auf der Terrasse geführt habe und ist wahrscheinlich unwichtig.»

«Lassen Sie uns das entscheiden.»

Es klopfte, und Dr. Bertram betrat den Raum. Er wandte sich an die beiden Beamten. «Ich denke, es ist genug. Frau Kaufmann braucht Ruhe.»

«Wir sind nicht fertig.» Brogli klang frustriert.

«Sie können das Gespräch gerne morgen fortsetzen.»

Brogli stand auf und nickte Aeschlimann zu. Der Widerwille war ihm dabei deutlich anzusehen.

«Wie geht es Ihnen?», fragte Bertram, als die beiden Männer gegangen waren.

«Ich bin müde, und mein Kopf tut weh.»

«Ich gebe Ihnen ein Schmerzmittel, und Sie ruhen sich aus. Wenn Sie sich zu viel auf einmal zumuten, wird das mit der Entlassung morgen nichts.»

VIER

«Wie geht es Ihnen?», fragte Brogli.

Andrina war klar gewesen, die beiden würden zurückkehren. Dass dies bereits am nächsten Vormittag der Fall sein würde, hatte sie jedoch nicht gedacht. Wenigstens war sie nicht mehr so erschöpft wie am Vortag. Vermutlich gab die Aussicht, heute nach Hause zu dürfen, Energie.

«Es geht mir ein wenig besser», sagte sie wahrheitsgemäss.

«Dürfen wir dort weitermachen, wo wir gestern stehen geblieben sind?»

Ungern, dachte sie, antwortete aber: «Ja.»

Am besten sie brachte das Gespräch so schnell wie möglich hinter sich. Vielleicht kehrten dabei sogar die Erinnerungen zurück, und der Nebel in ihrem Kopf verzog sich endlich.

Brogli nickte Aeschlimann zu, der sein Notizbuch hervorholte.

«Worüber haben Sie mit Ihrer Schwester auf der Terrasse gesprochen?», fragte Aeschlimann, nachdem er einige Mal hin und her geblättert hatte. Er hatte eine tiefe Stimme und hätte bestimmt einen guten Samichlaus abgegeben. «Worum ging es dabei?»

Am liebsten hätte Andrina das Gespräch beiseitegelassen, war sich gleichzeitig bewusst, nicht darum herumzukommen. «Meine Schwester und ich haben über die Trennung von meinem Verlobten gesprochen.»

«Marco Feller», sagte Brogli.

Es fühlte sich wie eine Ohrfeige an. Nur mit Mühe gelang es Andrina, nicht zusammenzuzucken. Natürlich wusste er davon. Was hatte sie anderes erwartet? Andrina senkte den Kopf und starrte auf ihre Hände.

Das Schweigen dehnte sich aus. Andrina fühlte sich gezwungen, Brogli erneut anzuschauen. Seine Augen bohrten sich in ihre. Sie konnte seine Neugierde zu diesem Thema spüren.

Würde er das, was sie hier besprachen, wirklich für sich behalten, oder würde es Klatschthema Nummer eins im Polizeikommando sein? Es war ihm deutlich anzusehen, wie er eine Frage im Kopf formulierte, sie verwarf und einen neuen Ansatz versuchte.

«Können wir dieses Thema bitte beenden?», fragte Andrina.

War es Belustigung, die über sein Gesicht huschte? Er musterte Andrina weiter, und sie fühlte sich zunehmend unwohler.

«Okay», sagte er, wobei er jeden Buchstaben einzeln zu betonen schien. «Lassen wir das vorerst.» Die Erleichterung musste Andrina deutlich anzusehen sein. «Ich sagte vorerst.» Andrina schluckte. Nahm er an, ihre Erinnerungsprobleme könnten mit der Trennung zu tun haben? Was hatte Feller ihm erzählt? Die beiden mussten miteinander gesprochen haben. Zu gerne hätte sie gewusst, ob Brogli und Aeschlimann entweder neu im Team, nur Verstärkung oder Vertretung für einen kranken Kollegen waren.

«Können Sie mir ein wenig von sich erzählen?», fuhr Brogli fort. «Über Ihren Arbeitsplatz, welche Hobbys Sie haben ...»

«Am Ende wollen Sie mein Leibgericht wissen», rief Andrina.

Sein Mund wurde zu einem Strich. «Entschuldigen Sie, Frau Kaufmann, das gehört dazu, damit wir uns ein Bild von dem Gegenüber machen können.»

«Wozu soll das gut für das Verhör sein?»

«Verhör? Wie kommen Sie darauf, wir würden Sie verhören?», mischte sich Aeschlimann ein und senkte den Stift.

«Warum kommt sonst die Polizei zu mir ins Spital. Wohl, weil ich etwas angestellt habe. Sonst hätte es warten können, bis ich zu Hause bin.»

«Haben Sie das?»

«Was?»

«Was angestellt.»

«Nein! Oder besser, ich weiss nicht. Ich denke, das wissen Sie besser.»

«Glauben Sie?»

Lass dich nicht provozieren, dachte Andrina. Du weisst nicht, was du getan hast.

Das Schweigen war eisig.

«Ich verzichte darauf, zu erfahren, was Sie gerne essen und was nicht», sagte Brogli sarkastisch. «Dafür erzählen Sie mir von Ihrer Arbeit und was Sie in Ihrer Freizeit unternehmen. Vielleicht können wir so eine Brücke zu den Erinnerungen schlagen, warum Sie im Wald waren.»

Andrina kam sich auf einmal dämlich vor. Warum hatte sie nicht in Erwägung gezogen, die beiden könnten ihr einfach nur helfen wollen? Weil sie von der Polizei sind, beantwortete sie sich die Frage. Die hat Besseres zu tun, als jemandem auf die Sprünge zu helfen, was seine Erinnerungen betraf. Es sei denn, diese Person hatte etwas verbrochen. Trotzdem war es besser, das Spiel mitzumachen.

Der Blick, mit dem Brogli Andrina betrachtete, verursachte neues Unbehagen. Auf einmal hatte sie das Gefühl, er nahm ihr ihre Gedächtnislücke nicht ab. Jetzt bist du albern, dachte sie.

«Ich arbeite beim Cleve-Verlag in Aarau», begann Andrina, nachdem sie sich geräuspert hatte. «Dort bin ich vorwiegend für das Lektorat und Korrektorat zuständig.»

Die nächsten fünfzehn Minuten sprachen sie über Andrinas Job und wechselten als Nächstes zu ihren Hobbys.

«Eine Lektorin, die gerne reist, joggt und Ski fährt», fasste Brogli zusammen und richtete seinen Blick auf einen Punkt hinter Andrina.

Schweigen stellte sich ein, und Andrina war froh darüber. Es verschaffte ihr eine kleine Verschnaufpause. Aeschlimann schaute abwechselnd sie und Brogli an, als wolle er fragen, wie es nun weiterginge. Sein Stift, der die ganze Zeit über das Papier gehuscht war, schwebte einige Millimeter über dem Notizbuch, das auf seinen Knien lag.

Broglis Blick kehrte zu Andrina zurück. «Das deckt sich mit den Informationen, die ich bisher erhalten habe.»

Was sollte das heissen? Andrina wurde heiss. Bestimmt hatte er mit Elisabeth und den anderen vom Verlag gesprochen. War er über die verfahrene Situation im Bilde? Über Andrinas Degradierung im Sommer? Über ihren Zwist mit Sophia? Hatte er Sophia befragt, die nach wie vor krankgeschrieben war? Falls dem so war, würde diese kein gutes Haar an ihr gelassen haben. Suchte er hier nach einer Begründung oder einem Motiv für … ja, für was eigentlich?

Brogli holte aus seiner Jackentasche ein Bild hervor, das er ihr reichte.

«Kennen Sie diese Frau?», fragte er.

Verwundert betrachtete Andrina das Bild. Sie erkannte die Schülerin von der Alten Kantonsschule sofort und fragte sich, was sie mit ihrem Gedächtnisverlust zu tun hatte. Sogleich begann eine Alarmglocke irgendwo hinten im Kopf zu klingeln. Das Gefühl, sie kämen langsam zum Grund des Besuches der beiden Beamten, drängte in den Vordergrund.

«Und?», fragte Brogli, da Andrina nichts sagte. Die Ungeduld war nicht zu überhören.

«Ja. Das ist Caroline. Den Nachnamen weiss ich nicht mehr. Sie geht oder besser ging auf die Alte Kantonsschule. Im Frühling hat sie Matur gemacht.» Andrina wollte weitersprechen, liess es dann aber lieber bleiben.

«Ja?», fragte Brogli, dem das offenbar nicht entgangen war. «Reden Sie weiter.»

«Soviel ich weiss, möchte sie Journalistin werden und hat nach den Sommerferien mit der Ausbildung begonnen.»

Brogli nickte und wirkte dabei, als wisse er das bereits. «Kennen Sie sich privat?»

«Nein, nur von der Schule.»

«Moment.» Es war das dritte Mal während der Befragung, dass Aeschlimann das Wort ergriff. «Sie sagten eben, Sie seien Lektorin und nicht Lehrerin. Wie passt der Cleve-Verlag mit der Alten Kanti zusammen?»

«Im vergangenen April wurde der Cleve-Verlag von der Alten Kanti angefragt, ob er ein Schreibprojekt für eine Anthologie leiten könne. Ich habe diese Leitung übernommen.»

«Ah, richtig. Stimmt. Diese Geschichtensammlung wurde

sogar veröffentlicht.» Aeschlimann senkte den Stift und machte eine Notiz.

«Caroline war in dem Kurs», folgerte Brogli.

«Genau. Obwohl sie nicht zu den für das Projekt ins Auge gefassten Klassen gehörte und einen Monat später für sie die Maturitätsprüfungen anstanden, hat sie sich für das Projekt beworben. Sie war sehr engagiert und hatte Spass am Schreiben. Ihre Geschichte war eine der besten. Was hat Caroline mit meinem verlorenen Gedächtnis zu tun?»

Aeschlimann und Brogli wechselten einen Blick, und auf Andrinas Armen bildete sich eine Gänsehaut.

«Haben Sie Caroline ausserhalb der Schule getroffen?», fragte Brogli, anstatt auf Andrinas Frage einzugehen.

«Nein. Es ist durchaus möglich, dass ich sie mal in der Stadt gesehen habe, aber bewusst kann ich das nicht sagen.»

«Hatten Sie nach Abschluss des Projektes Kontakt mit ihr?»

«Sie hat mir eine E-Mail geschickt und sich für das Buch bedankt, das ich ihr nach Fertigstellung zugesandt habe.»

«Wann war das?»

«Ende Juni oder Anfang Juli.»

«Danach gab es keinen weiteren Kontakt?»

Andrina schüttelte den Kopf.

Neues Schweigen setzte ein.

«Was ist mit ihr?», fragte Andrina. «Was hat sie mit meiner momentanen Situation zu tun?»

«Sie wissen wirklich nicht, was Sie gemacht haben, als Sie die Terrasse Ihrer Schwester verlassen haben?» Da war er wieder, der Unglaube in Broglis Gesicht.

Andrina schaute auf das Foto, von dem ihr Caroline entgegenlächelte. Warum schwiegen sich die Beamten so hartnäckig über den Zusammenhang aus? Andrinas Beunruhigung wuchs.

«Sie wollen wissen, ob ich mich mit Caroline getroffen habe?»

Keine Antwort. Nur unbewegte Mienen.

«Hat sie angegeben, dass wir verabredet waren oder uns gesehen haben?» Das machte alles keinen Sinn. Andrina hatte mit keinem der Schüler, die an dem Projekt teilgenommen hatten, seit Abschluss des Projektes persönlich Kontakt gehabt.

«Wollen Sie etwa andeuten, sich mit der Schülerin getroffen zu haben?», fragte Brogli.

«Das habe ich nicht gesagt.» Warum drehte er den Satz um?

«Wissen Sie das ganz genau?»

«Bis zu dem Zeitpunkt auf der Terrasse meiner Schwester hatte ich keinen Kontakt mehr zu ihr. Falls ich mich danach spontan mit ihr verabredet habe, kann ich hierzu keine Angaben machen, weil ich mich, wie ich mehrfach erwähnt habe, an nichts mehr nach diesem Zeitpunkt erinnern kann.» Andrina fühlte sich zunehmend in die Ecke gedrängt.

Sie forschte in Broglis Gesicht. Seine Miene hatte sich verändert. Er wirkte mit einem Mal furchteinflössend. Deutlich war, er glaubte ihr nicht. Aus welchen Gründen auch immer.

«Sie waren nicht alleine im Wald, als Sie gefunden wurden.»

«Caroline hat mich gefunden?», rief Andrina fassungslos. «Warum war sie dort?»

In dem Fall verdankte sie der Studentin ihr Leben. So wie sie die Ärzte verstanden hatte, hätte sie nicht mehr lange durchgehalten, wenn man sie später gefunden hätte. Andrina nahm sich vor, sich bei Caroline zu bedanken, sobald sie bei Seraina zu Hause war.

«Na ja, das trifft es nicht ganz. Ein Mann, der mit seinem Hund spazieren ging, hat Sie beide gefunden. Sie lagen neben der Leiche von Caroline Schmidt.»

***

Andrina presste die Hände vor das Gesicht. Seraina legte ihren Arm um ihre Schultern. Andrina zuckte leicht zusammen, als ihre Finger die Narbe der Schussverletzung am linken Oberarm streiften.

Nachdem die Polizisten gegangen waren, hatte sie keinen klaren Gedanken fassen können und war dankbar gewesen, als Seraina eine Stunde später auftauchte.

«Langsam und von vorne. Dieser Polizist behauptet, du hättest neben einer Toten gelegen?»

Verwundert hob Andrina den Kopf. «Sag bloss, du hast davon nichts gewusst? Die Polizei war bestimmt bei dir und hat Fragen gestellt.»

Seraina druckste herum. Mit dem Zeigefinger spielte sie mit einer Strähne ihrer dunkelbraunen Haare. Die dunklen Augen, die Andrinas glichen, schauten an Andrina vorbei in die Ferne.

Andrina fühlte sich hintergangen. Warum tat ihre Schwester so, als wisse sie nichts von Caroline?

«Mich wundert, dass sie erst jetzt zu dir gekommen sind», sagte Seraina nach einer Weile.

«Warum hast du mir nichts gesagt?»

«Es hiess, wir sollten dich nicht unnötig aufregen und es dir überlassen, ob und worüber du sprichst. Du weisst, Samthandschuhe.»

«Trotzdem hätte ich es lieber anders erfahren als so. Die Polizisten sind nicht zimperlich vorgegangen.»

«Ich habe angenommen, die Ärzte hätten mit dir darüber geredet. Ich fand es besser, wenn du von dir aus mit mir darüber sprechen würdest, und ich wollte dich nicht drängen.»

«Die ganze Zeit habe ich dir gesagt, wie verzweifelt ich versuche mich zu erinnern», rief Andrina.

«Ich weiss.» Seraina seufzte. «Wie gesagt, wir sollten dich erzählen lassen. Mir war nicht klar, dass du nichts von dem Mädchen weisst. Zudem dachte ich, du wärst dazu längst befragt worden und wolltest nicht darüber sprechen.»

«Befragt ist das falsche Wort.»

«Willst du etwa sagen, sie verdächtigen dich, dem Mädchen was angetan zu haben?» Der Unglaube in Serainas Gesicht war wenigstens nicht gespielt.

Andrina nickte.

«Bei mir klangen die Fragen eher neutral.»

«Was habe ich nach unserer Diskussion auf der Terrasse gemacht?»

Seraina zuckte zusammen, und Andrina tat es leid, die Frage so scharf formuliert zu haben. Seraina traf am wenigsten Schuld, obwohl sie mit Andrina über Caroline hätte reden können.

«Woher soll ich das wissen?»

«Du weisst bestimmt, was ich vorhatte?», hakte Andrina nach.

«Nein.» Seraina wich Andrinas Blick aus. «Hat er wörtlich gesagt, er würde dich verdächtigen?»

Andrina schwieg.

«Du musst es falsch auffassen. Falls sie dich verdächtigen, wärst du jetzt an einem anderen Ort.»

«Vielleicht werde ich das sein, sobald ich aus dem Spital entlassen werde.»

«Blödsinn», rief Seraina.

«Genauso gut könnten sie keine konkreten Beweise haben, sondern nur den Verdacht.»

«Hat Herr Brogli sich dazu detailliert geäussert?», fragte Seraina.

Andrina schüttelte den Kopf.

«Noch mal, hat er dir direkt ins Gesicht gesagt, du wärst tatverdächtig?»

«Nicht direkt», antwortete Andrina gedehnt. «Aber ich habe es zwischen den Zeilen herausgehört.»

«‹Zwischen den Zeilen› ist keine Anschuldigung.»

«So wie sie mich in die Mangel genommen haben», rief Andrina.

«Das macht alles keinen Sinn, und ich kann es nicht nachvollziehen. Wie solltest du das bewerkstelligen? Soviel ich weiss, wurde die Studentin erwürgt. Sie war kräftig. Du hättest das gar nicht geschafft. In meinen Augen bist du selber ein Opfer. Du lagst mit einer Kopfwunde bewusstlos daneben. Wenn du sie getötet hättest, hättest du eher das Weite gesucht und dir nicht selber eine Wunde am Kopf zugefügt.»

«Gemäss Herrn Brogli gehen sie davon aus, ich könne gestolpert und mit dem Kopf auf den Stein gestürzt sein.»

Unglaube und Verwirrung wechselten in Serainas Gesicht ab.

«Es gab keinen kleineren Stein, der mit Blut verschmiert war …»

«Kleinere Steine?»

«Die man in die Hand nehmen kann, um mir eins über den Kopf zu ziehen. Es war nur dieser Fels am Boden. Ich lag daneben. Meine Kopfwunde passt nicht zu einem Szenario, bei dem ich mit einem Stein niedergeschlagen wurde. In dem Fall hätte ich eine Wunde am Hinterkopf.»

«Du kannst genauso von vorne niedergeschlagen werden.»

«In dem Fall hätte ich es kommen gesehen und mich gewehrt, was wohl nicht passiert ist.»

«Sagen das die Beamten?», fragte Seraina.

«Ja. Gemäss Herrn Brogli muss ich gestolpert und mit dem Kopf auf diesen grossen Stein gefallen sein. Danach bin ich auf die Seite gerollt.»

«Wenn man stolpert und nach vorne fällt, nimmt man die Hände nach vorne, um sich abzustützen. Du musst also wie ein Mehlsack zu Boden gegangen sein.»

«Ich weiss nicht, wie ich gefallen bin», rief Andrina. «Das Einzige, was Tatsache ist, dieser Stein ist mit Blut verschmiert. Gemäss Untersuchungen handelt es sich um meine Blutgruppe – AB negativ. Die kommt ja nicht so oft vor, also stammt das Blut logischerweise von mir. Caroline war erstens nicht äusserlich verletzt, und zweitens hat sie eine andere Blutgruppe. Das hat Herr Brogli vorhin gesagt.»

«Was ist mit dieser Variante», sagte Seraina. «Du hast die Tote gesehen und bist vor Schreck zurückgetaumelt und dabei gestürzt? Das ist für mich naheliegender.»

«Für ihn nicht, zumal ich nicht weiss, warum ich im Wald war. Sie gehen davon aus, ich habe mich mit Caroline dort verabredet.»

Seraina senkte kurz den Kopf. «Also gut. Zwar haben Dr. Bertram und Dr. Clausen mich angewiesen, nichts zu sagen, weil sonst deine möglicherweise wiederkehrende Erinnerung verfälscht werden könnte. Du hast mir gesagt, du wolltest joggen, weil der Tag im Verlag stressig gewesen war.»

Joggen. Erleichterung durchflutete Andrina. Das machte Sinn. Warum hatte sie über diese Möglichkeit nicht früher nachgedacht?

«Bevor du dich umziehen wolltest, habe ich die Kette an deinem Hals entdeckt, und es gab eine dieser leidigen Diskussionen über Marco.»

«Das weiss ich inzwischen wieder.»

«Nun ja», druckste Seraina herum. «Wir wurden unterbrochen, als das Telefon klingelte. So ein dummer Werbeanruf. Als ich zurück auf die Terrasse kam, warst du unterwegs. Inzwischen verwünsche ich mich dafür.»

«Weil ich joggen gegangen bin?»

«Nein, ich gebe mir die Schuld daran, was dir passiert wäre, wenn der Typ mit dem Hund dich nicht gefunden hätte. Hätten wir uns nicht gestritten ...»

«... wäre ich trotzdem joggen gegangen.»

«Vielleicht wärst du woanders gelaufen und nicht dort. Oder du wärst gar nicht joggen gegangen, sondern mit uns gekommen.»

«Mit euch gegangen?»

«Wir, also du auch, waren bei Mikes Eltern zum Nachtessen eingeladen.»

«Ich wollte mit?» Von dem geplanten Besuch bei Mikes Eltern wusste Andrina nichts mehr. Doch jetzt, als Seraina das sagte, kam es ihr in den Sinn.

«Egal, ob Streit oder nicht, das hatte auf meine Routenwahl keinen Einfluss.»

«Bist du dir sicher? Du hast eine sehr grosse Runde gedreht und wärst ohne Streit nicht so weit gegangen. Ich sollte aufhören, dir die Tatsache, was Marco für ein Mensch ist, dauernd vor Augen zu führen.»

«Hast du dich denn nicht gewundert, weil ich nicht zurückkam?»

«Ich nahm an, du wolltest nach unserem Streit nicht mehr mitkommen, und wir sind gegangen, als du nicht zurückgekommen bist. Mike wollte länger warten und hat mich zusammengestaucht, weil wir uns gestritten hatten. Ein wenig Ablenkung hätte dir gutgetan, hat er gesagt.»

«Du hast dich nicht gewundert, weil ich nicht zu Hause war, als ihr nach Haus gekommen seid?»

«Nein. Ich habe dir eine Nachricht in die Küche gelegt. Sie war noch dort, als wir kurz nach dreiundzwanzig Uhr zurückkamen. Ich dachte, du hast sie ignoriert. Ausserdem war es dunkel in deinem Zimmer, und ich nahm an, du wärst im Bett. Ich wollte dich nicht stören. Zudem war ich damit beschäftigt, die schlafende Regina ins Bett zu legen, ohne sie dabei zu wecken, und mich danach selber hinzulegen. Am frühen Morgen kam der Anruf aus dem Spital.»

Andrina liess sich das, was Seraina ihr sagte, durch den Kopf gehen und versuchte die Puzzleteile zu sortieren, in der Hoffnung, es werde mehr Klarheit geben. Das stimmte, Seraina hatte Andrina am Morgen gefragt, ob sie spontan mitkommen wolle. Andrina kannte Mikes Eltern und schätzte sie. Daher hatte sie zugesagt. Sie lehnte den Kopf in den Nacken und starrte an die Decke. Einzelne Bilder tauchten kurz vor ihrem inneren Auge auf, verschwanden aber ebenso schnell wieder. Der Ablauf des Tages, wie Seraina ihn erzählte, passte langsam zusammen. Trotzdem konnte Andrina kein Bild von dem heraufbeschwören, was geschehen war, nachdem sie die Terrasse verlassen hatte. Genauso wenig wusste sie, ob sie wirklich joggen gegangen war oder ob sie das Haus zu einem Spaziergang verlassen hatte, um Abstand zu dem Streit mit Seraina zu bekommen.

«Es war schlimm, von den Beamten auf diese Art und Weise verhört zu werden, als sei ich eine Schwerverbrecherin», sagte sie.

«Meinst du nicht, du hast in das Gespräch zu viel hineininterpretiert?»

Das hatte Andrina sich bereits selbst gefragt. Momentan war sie recht empfindlich.

«Marco könnte dir eins auswischen wollen», sagte Seraina nachdenklich.

«Er war nicht dabei.»

«Logisch. Er darf nicht dabei sein, denn er ist nach wie vor befangen. Das hindert ihn nicht dran, seine Kollegen anzustiften.»

Die Aggressivität, mit der Seraina das sagte, erschreckte Andrina. Ihre Schwester hatte rote Flecken auf ihren Wangen bekommen, und in den Augen blitzte Zorn.

«Gehst du nicht zu weit?», versuchte Andrina zu besänftigen. «Von aussen betrachtet, finde ich es logisch, dass sie mich unter die Lupe nehmen.»

«Warum krebst du zurück und zeigst Verständnis für die Beamten?»

«Immerhin war ich am Tatort.»

«Das ist für Marco gleichbedeutend mit: Du bist die Täterin. Seine Handlanger werden das Gleiche denken.» Seraina schien sich in Rage zu reden. «Dafür wird er sorgen.»

«Welche Handlanger?», fragte Andrina.

«Max Wagner, Susanna Marioni, Peter Häusermann und die anderen aus seinem Team. Da keiner von ihnen dich befragen darf, haben die diesen Brogli vorgeschoben.»

«Marco mag sich unfair verhalten haben, als er unsere Beziehung mit einer SMS beendet hat.»

«Unfair ist nur der Vorname. Sein Verhalten ist alles andere als akzeptabel.»

Bitte nicht schon wieder, dachte Andrina. Sie wollte Seraina unterbrechen, aber ihre Schwester sprach einfach weiter. «Erst macht er dir Hoffnungen, dass alles so wie früher wird. Am nächsten Tag ist er sich plötzlich nicht mehr sicher.»

«Um fair zu bleiben, ich war es mir genauso wenig.»

«Diese Idee mit der mehrmonatigen Beziehungspause ist auf seinem Mist gewachsen. Wie es mir scheint, hat er die Regeln definiert und nicht ihr gemeinsam.»

Andrina schwieg.

«Am Ende bricht er sie – kein Gespräch nach Ablauf der Frist von sechs Monaten, sondern diese feige SMS nach ungefähr zwei Wochen.»

«Das hatten wir mehr als einmal. Bitte, Seraina, wärm es nicht dauernd auf.»

«Ich würde das nicht mit mir machen lassen.»

«Es bringt nichts.» Andrina legte ihre Hand auf Serainas Unterarm.

Wie oft sie das die letzten Wochen diskutiert hatten, wusste sie nicht mehr. Jedes Mal war die Diskussion in einen Streit ausgeartet.

Inzwischen war Andrina klar, sie war wegen dieser Diskussion auf der Terrasse in den Wald gegangen.

«Es ist, wie Mike gesagt hat. Vorbei ist vorbei. Am besten wir lassen es dabei bewenden, denn wir haben genug über dieses Thema gestritten.»

Seraina schüttelte den Kopf. Ihre Haare, die sie beim letzten Coiffeurbesuch kinnlang hatte schneiden lassen, flogen um ihr Gesicht.

«Was soll ich tun, wenn es für ihn nicht mehr stimmt? Zu einer funktionierenden Beziehung gehören zwei.»

Seraina schnaubte. «Warum verteidigst du ihn? Dich hat er am meisten von allen verletzt.»

Damit hatte ihre Schwester recht. Andrina senkte den Kopf und starrte auf ihre Hand, die weiterhin auf Serainas Unterarm lag. «Ich bin es leid, das Thema immer wieder aufzuwärmen. Inzwischen ist es eh egal ...»

«Du verzeihst ihm alles, weil du ihn liebst und nicht von ihm loskommst. So jemanden wie dich hat er nicht verdient. Am liebsten würde ich ihm die Meinung sagen. Er hat dein Leben zerstört.» Es verwunderte Andrina, weil Seraina auf einmal andere Töne anschlug. Bisher hatte sie Andrina kritisiert, weil sie sich nicht mit der Trennung abfinden konnte. Nun liess sie Verständnis für ihre Gefühle durchblicken. Woher kam der Wandel?

«So theatralisch würde ich das nicht bezeichnen.» Andrina versuchte zu lächeln.

«Ist doch wahr! Schau dich an.»

«Der Liebeskummer verfliegt irgendwann. Andere Mütter haben auch hübsche Söhne. Seit Marcos Trennung liegst du mir ununterbrochen damit im Ohr.»

«Hier geht es um mehr. Hinzu kommt, jetzt macht er dir das Leben zur Hölle, obwohl du jemanden an deiner Seite brauchst, der zu dir steht und dir Beistand in dieser schwierigen Zeit leistet.»

«Das ist nicht mehr sein Job. Dafür habe ich dich.» Andrina war erstaunt, wie fest ihre Stimme klang.

«Das ist nicht das Gleiche, und das weisst du. Am liebsten würde ich zu ihm fahren und ihn fragen, was das alles soll. Warum er dir ausgerechnet in dieser Situation die beiden auf den Hals hetzt, anstatt seinen Job zu machen.»

«Das lässt du bitte schön bleiben. Die Sache ist kompliziert genug, und mehr Komplikationen kann ich beim besten Willen nicht gebrauchen.»

«Trotzdem wüsste ich gerne, warum er der Meinung ist, du hättest die Studentin getötet.»

«Erstens weisst du nicht, was er darüber denkt, und zweitens weisst du nicht, was sie für Beweise gefunden haben.»

«Beweise?» Die Röte verschwand aus Serainas Gesicht, und es wurde aschfahl.

«Es könnten Beweise sein, die für eine Festnahme nicht ausreichend sind.»

Seraina wurde noch eine Spur blasser. «Du willst hoffentlich nicht andeuten, du hast es getan.»

«Ich wünschte, ich könnte dir sagen, ich war es nicht, und ich wünschte, ich würde mich endlich erinnern.»

«Und ich wünschte, ich könnte dir helfen.»

«Dr. Clausen meinte, ich solle es mit einem Psychiater versuchen.»

«Was?», rief Seraina. Sie verschränkte die Arme vor der Brust. «Ganz bestimmt setzt du dich keinem solchen Hokuspokus aus.»

«Welchem Hokuspokus?»

«Hypnose und was es sonst gibt.»

«Das habe ich nicht vor. Psychiater verfügen über das Wissen, was man in solchen Situationen machen kann.»

«Wer sagt das?»

«Dr. Clausen. Er hat mir sogar einen Kollegen empfohlen.»

«Das machst du ganz sicher nicht. Du und ich können darüber reden, was ich ausreichend finde. Ich kenne dich besser als so ein Quacksalber.» Seraina nahm Andrinas linke Hand in ihre beiden. «Eins verspreche ich dir, es gibt keine weiteren Grundsatzdiskussionen über Marco. Nun pack schnell die restlichen Sachen, damit wir endlich gehen können.»

***

Seraina hielt vor ihrem Haus an, das sich in dem Quartier unterhalb des Erlinsbacher Buechwaldes befand. Andrina starrte auf das weisse Gebäude mit den grünen Fensterläden. Niemand schien da zu sein.

«Wo ist Regina?», fragte sie.

«Sie ist mit Mike unterwegs. Er hat heute Nachtdienst. Ich wollte dich alleine abholen. Regina weiss aber, dass du nach … du entlassen wurdest. Sie freut sich auf ihre Gotte.»

«Nach Hause kommst», hatte Seraina wohl ursprünglich sagen wollen. Andrina fuhr mit der Hand über ihren linken Oberarm. Die Schussverletzung spürte sie heute besonders.

Zu Hause … Wo war das? Einmal mehr wurde Andrina bewusst, kein Zuhause zu haben. Ihre Bemühungen, seit der alles beendenden SMS eine Wohnung zu finden, hatten bisher wenig Erfolg gehabt. Meistens war es an Andrina gescheitert. Sie hatte sich nicht wohlgefühlt. Ein anderes Kriterium war die Miete. Das, was sie bereit war beziehungsweise wozu sie in der Lage war zu zahlen, reichte für keine Luxuswohnung. Sie war sehr verwöhnt worden von Fellers Haus mit dem grossen Garten im Gönhardquartier. Die Wohnungen, für die sie sich beworben hatte, waren an andere Mieter vergeben worden. Andrina hatte inzwischen aufgehört zu zählen. Nie hatte sie sich vorgestellt, es könne so schwer sein, eine Wohnung in Aarau zu finden. In der näheren Umgebung hatte sie es ebenfalls versucht – ohne Erfolg. Allzu weit weg von Aarau wollte sie nicht ziehen, da sie kein Auto hatte und auf das Velo oder den ÖV angewiesen war.

Wie häufiger in letzter Zeit formierte sich der Gedanke, den Aargau zu verlassen. Ein Neuanfang erschien verlockend. In jeder Hinsicht – beruflich wie privat.

Im Cleve-Verlag hatte sich die Situation beruhigt. Andrina hatte angenommen, Elisabeth werde sie entlassen, als sie im Sommer aus dem Spital gekommen war. Immerhin war sie von heute auf morgen nicht mehr bei der Arbeit erschienen und hatte sich mit einem vermeintlichen Mörder auf die Flucht begeben. Das war zu ihrem Erstaunen nicht geschehen. Im Gegenteil, Elisabeth trug Andrina wieder vermehrt Kompetenzen zu, die sie ihr seit Sophias Anstellung vor einem Jahr laufend weggenommen und Sophia übertragen hatte. Es erschien Andrina wie ein Versuch, zu dem Verhältnis zurückzukehren, das sie gehabt hatten, bevor Sophia im Verlag angefangen hatte. Zudem nahm sie an, Elisabeth mache sich dafür verantwortlich, was im vergangenen halben Jahr geschehen war, und wollte es so wiedergutmachen. Andererseits war Sophia seit August krankgeschrieben. Daher stellte Andrina sich wiederholt die Frage, ob sich der Trend fortsetzen würde, wenn sie zurückkehrte.

Andrina war hin- und hergerissen, sich jobtechnisch umzuorientieren, wusste allerdings nicht, was sie anderes machen sollte. Im Grunde liebte sie die Arbeit beim Verlag. Als Geologin, die nie die Gelegenheit erhalten hatte, in ihrem Beruf zu arbeiten, gab es zudem nur begrenzte Möglichkeiten, und Chancen rechnete sie sich keine aus. Bei einer Versicherung arbeiten, wie sie es gemacht hatte, bevor Brigitta Clemens, die ermordete Schwester von Elisabeth, sie gefragt hatte, im Verlag anzufangen, wollte sie nicht.

Genauso wenig hatte sie eine Vorstellung davon, wo genau sie hinziehen sollte – in eine Stadt oder lieber in eine ländliche Gemeinde? Der Vorteil einer Stadt war, eventuell einfacher einen Job zu finden. Auf dem Land gab es weniger Möglichkeiten, es sei denn, sie würde pendeln. Pendeln wäre mit Kosten verbunden.

Die Alternative, in Aarau zu bleiben, gefiel Andrina immer weniger. Ein wichtiger Punkt war, die ganze Zeit an Feller erinnert zu werden. Um diese Wunde heilen zu lassen, müsste sie Aarau verlassen.

«Was geht dir durch den Kopf?», fragte Seraina.

Andrinas Gedanken kehrten in die Gegenwart zurück. Ihr wurde bewusst, nach wie vor mit ihrer Schwester im Auto zu sitzen. Sie spürte Serainas Blick auf sich.

«Viel, aber nichts Schlaues.»

«Gehen wir rein.»

Andrina folgte Seraina zur Haustür. Dort wandte sie sich um und blickte zur Strasse. Es war durchaus denkbar, joggen gewesen zu sein und den Weg zum Wald genommen zu haben. Meistens war sie zum Aarekanal gegangen und dort entlanggejoggt, aber hin und wieder hatte sie den Weg zum Wald eingeschlagen. Besonders an stressigen Tagen, an denen sie eine grössere Runde notwendig gehabt hatte. War sie an dem verhängnisvollen Tag ebenfalls in den Wald gegangen? Sie dachte an das sich verschlechternde Wetter. Es war Regen mit vereinzelten Gewittern vorausgesagt gewesen. Das musste einen Einfluss auf ihre Routenwahl gehabt haben. Sie schloss die Augen und sah die aufziehenden Wolken vor sich, als sie auf der Terrasse gestanden war. Das hätte für den Aarekanal gesprochen, da es an bewölkten Tagen im Wald dunkler und ihr somit unheimlicher war. Der Streit mit Seraina musste also ausschlaggebend für ihren Entschluss gewesen sein, trotzdem in den Wald zu gehen. Sie könnte es bewusst darauf angelegt haben, dass Seraina und Mike fort waren, wenn sie heimkehrte. Das sprach für eine grosse Runde im Wald.

«Ist dir etwas eingefallen?»

«Nein. Gähnende Leere.»

Den Ausdruck in Serainas Gesicht interpretierte Andrina als Enttäuschung, was zur Folge hatte, sich mehr bedrängt zu fühlen, als sie es ohnehin war. Jeder, dem sie seit ihrem Erwachen im Spital begegnet war, fragte sie, ob sie sich erinnerte. Das geschah zwar nicht unbedingt mit Worten, aber die Gesten und Mienen waren unmissverständlich. Die Erwartungen nahmen mit jedem Mal zu.

Das Auftauchen der Beamten hatte ihrem Gedächtnisverlust eine bedrohliche Dimension verliehen. Befürchtete Seraina, Andrina könne der Studentin tatsächlich etwas angetan haben? Traute sie ihr so was zu?

Vorhin im Spital hatte es nicht den Anschein gehabt. Als sie vorwiegend schweigend nach Hause gefahren waren, musste sie wie Andrina darüber nachgedacht haben. Zu welchem Schluss würde sie kommen? Andrina wagte den Gedanken nicht zu Ende zu führen. Seraina war ihr einziger Halt, den sie im Moment so dringend nötig hatte. Sollte sie den verlieren, wusste sie nicht, was sie tun sollte.

Andrina folgte Seraina ins Haus und danach zur Terrasse.

«Hier ist der Ort, an den du die letzten Erinnerungen hast», sagte Seraina.

In ihrem Gesicht blitzte erneut diese Erwartungshaltung auf. Der Druck nahm zu. Trotzdem tat Andrina ihr den Gefallen und betrat die Terrasse. Sie drehte sich einmal um ihre eigene Achse und schaute zum Aarekanal. Heute sah es anders aus als am Donnerstag. Das konnte natürlich daran liegen, weil heute die Sonne schien. Die Berge waren zu erkennen. Sie waren weitestgehend schneefrei. Das würde sich in den nächsten Wochen ändern. Auf der Aarauerstrasse fuhren Autos vorbei. Sie versuchte die Gedanken auszuschalten und horchte dem Geräusch nach, das die Pneus auf dem Asphalt machten. Es wurde zu einem Rauschen, ähnlich dem eines Windes. Wind … Für den Bruchteil einer Sekunde tauchte ein Gedankenblitz auf.

«Und?»

«Nichts.» Andrina wagte nicht, ihre Schwester anzuschauen. «Ich denke, ich sollte den Rat von Dr. Clausen annehmen und mich mit Dr. Ulmann treffen.»

«Diesem Psychiater? Vergiss es.»

«Meinst du nicht, einen Versuch wäre es wert? Hilft es nicht, so schadet es nichts.»

«Dem bin ich mir nicht so sicher. Er könnte dich manipulieren und macht am Ende mehr kaputt.»

«Eine gewisse Seriosität muss er haben, sonst –»

«Vergiss es», fiel ihr Seraina ins Wort. «Einen Seelenklempner brauchst du nicht.»

«Je länger ich darüber nachdenke, desto klarer wird mir, Hilfe zu brauchen. Wenn ich hier stehe, macht es nicht klick im Kopf, wie ich es gehofft habe.»

«Lass dir Zeit.» Dieser Satz stand im Kontrast zu ihrem Gesichtsausdruck, in dem Andrina Ungeduld, aber auch Furcht las. In Andrina keimte erneut der Verdacht auf, Seraina frage sich, ob sie eine Mörderin beherberge.

«Du und ich schaffen das. Alleine, ohne Psychodoktor.»

Andrina erschrak über die Heftigkeit, mit der Seraina das sagte. Im Gesicht ihrer Schwester las sie etwas, was sie irritierte. Seraina sah aus, als hoffe sie, Andrina werde sich nicht erinnern. Wieso das? Oder bildete sie es sich nur ein? Je länger der Gedächtnisverlust andauerte, desto öfter ertappte Andrina sich dabei, etwas in den Gesichtern der Gegenüber lesen oder aus dem Tonfall heraushören zu wollen, weil sie annahm, ihr werde nicht alles gesagt. Sie musste damit aufhören und sich auf ihr eigentliches Problem konzentrieren. Ein solches Rätselraten war kontraproduktiv und raubte Kraft, die sie dringend nötig hatte.

Ihre Schwester wandte sich um und verschwand im Haus. Andrina schaute ihr nach. Warum wollte Seraina nicht, dass sie professionelle Hilfe in Anspruch nahm? Erneut keimte der Verdacht auf, Seraina wolle nicht, dass sie sich erinnerte. Hatte ihre Schwester Befürchtungen, Andrina könne den Mord begangen haben, und wollte es lieber nicht ans Tageslicht kommen lassen? Andrina spürte mit einem Mal eine Distanz zu ihrer Schwester, die bisher nie da gewesen war.

Hör auf, ermahnte sie sich. Gegenseitiges Misstrauen würde die Situation nicht vereinfachen.

FÜNF

Andrina sass Brogli und Aeschlimann gegenüber. Sie studierte ihr Aussageprotokoll von den beiden Gesprächen mit den Beamten, das Brogli ihr zum Lesen und Unterschreiben gereicht hatte. Die Wörter verschwammen vor ihren Augen. Sie versuchte, den Text zu fokussieren. Das war nicht einfach, denn sie war hundemüde, weil sie den ersten Tag nach dem Spital anstrengend empfunden hatte.

Zudem hatte sie in der Nacht wach gelegen. Ununterbrochen hatte sie über Caroline nachgedacht. Sie sah die Schülerin vor sich und liess das Gefühl der Trauer um diese lebensfrohe junge Frau zum ersten Mal, seit sie von dem Mord wusste, zu. Als Caroline von ihren beruflichen Plänen und was sie sonst vorhatte erzählt hatte, hatte sie es mit einem Rieseneifer getan. Sie hatte vor Tatendrang nicht gewusst, wohin mit ihrer Energie. So jemand konnte nicht einfach tot sein. Andrina konnte und wollte den Tod nicht wahrhaben. Falsch, korrigierte sie, Caroline war nicht nur tot, sondern sie war ermordet worden. Andrina versuchte Carolines Gesicht zur Seite zu drängen und ihre Aufmerksamkeit zurück auf das Blatt vor sich zu lenken.

Ihr kam der Schreck in den Sinn, den sie bekommen hatte, als Brogli am Morgen angerufen und sie ins Polizeikommando bestellt hatte. Auf ihre Frage, ob es wirklich notwendig sei, das dort zu erledigen, hatte er mit einem unnachgiebigen «Ja» geantwortet.

Andrina war froh gewesen, auf dem Weg in das Vernehmungszimmer, in dem sie früher öfter gewesen war, niemandem begegnet zu sein, den sie kannte. Besonders Angst hatte sie gehabt, unverhofft Feller gegenüberzustehen. Wusste er von ihrer Anwesenheit? Bestimmt. Ihm entgingen keine Details.

Brogli rutschte auf dem Stuhl hin und her, und Andrina fühlte sich veranlasst, aufzuschauen.

«Stimmt was nicht?», fragte Brogli.

«Soweit ich es sehen kann, stimmt das hier mit meiner Aussage von gestern und vorgestern überein.»

Brogli nickte Aeschlimann mit einem Gesichtsausdruck zu, der Andrina verwirrte. Sogar meinte sie, ein kurzes Lächeln in seinem Gesicht gesehen zu haben. Sie wurde aus dem Mann nicht schlau. Aeschlimann reichte ihr einen Stift, und Andrina setzte ihre Unterschrift auf jede Seite der Aussage.

«Wie geht es nun weiter?», fragte sie, als sie Aeschlimann den Stift zurückgab und Brogli ihre Aussage über den Tisch zuschob.

«Gibt es ein Detail, das Ihnen inzwischen eingefallen ist, aber nicht in der Aussage abgefasst ist?»

Andrina schüttelte den Kopf.

«In diesem Fall dürfen Sie gehen, halten sich aber bitte weiterhin zur Verfügung.» Das klang sogar richtig freundlich. Als sei Andrina eine grosse Hilfe gewesen.

«Ich bin nicht mehr tatverdächtig?», rutschte es Andrina heraus. Sie ärgerte sich über die Erleichterung, die in ihrer Stimme mitschwang.

«Das habe ich nicht gesagt», antwortete er barsch. Sofort bildete sich eine Gänsehaut. Das war eher der Silvan Brogli, den sie bisher kennengelernt hatte.

«Ich darf trotzdem gehen?» Sei ruhig, ermahnte sie sich.

«Die Beweise sind nicht ausreichend.» Das klang drohend. Sie würden sie weiterhin im Auge behalten und jeden ihrer Schritte verfolgen.

Brogli stand auf, und sein Mund verzog sich zu einem unerwarteten Lächeln. «Falls Ihnen was einfällt, wären wir froh, wenn Sie uns das wissen liessen.»

Mit der Hand wies er zur Tür. Die Geste hatte etwas Abschliessendes. Andrina war bewusst, dass es nur den Anschein hatte. Es würde weitere Gespräche geben. Selbst wenn Andrina aus dem Fokus als Tatverdächtige herauskommen sollte, war sie eine wichtige Zeugin. Die Beamten würden keine Ruhe geben und ungeduldig darauf warten, dass sie sich erinnerte.

Als Aeschlimann Andrina nach unten begleitete, hörte sie aus einem der Räume Lachen.

«Bist du sicher?» Das war Fellers Stimme. Andrina verharrte stocksteif.

«Ja.» Wagner.

«Du musst ihm nicht alles glauben.» Susanna.

Andrina konnte sich immer noch nicht rühren.

«Manchmal frage ich mich wirklich, wie ich das den ganzen Tag mit euch aushalte», sagte Feller.

Neues Gelächter.

Aeschlimann berührte kurz ihren Arm. «Ist alles in Ordnung mit Ihnen?» Sein Blick folgte dem Andrinas zur Tür und kehrte gleich darauf zu ihr zurück. Er ahnte, was ihr zu schaffen machte.

«Ja. Es ist ein wenig viel im Moment.»

«Das kann ich nachvollziehen.»

Überrascht wandte sie sich ihm zu. Aeschlimann lächelte – ein offenes, freundliches Lächeln. Fältchen bildeten sich in den Augenwinkeln. Ihr wurde bewusst, zum ersten Mal mit ihm alleine zu sein – ohne Brogli. Er schien sie nicht unbedingt der Tat zu verdächtigen. Oder gehörte das zum Spiel der beiden – guter und böser Polizist?

In dem Zimmer, aus dem die Stimmen zu ihr gedrungen waren, wurden Stühle gerückt. Andrina hatte das Bedürfnis, so schnell wie möglich von hier wegzukommen.

Als sie im Empfangsbereich waren, verabschiedete Aeschlimann sich mit einem festen Händedruck.

Andrina nahm ihr Velo. Sie bog am Kreisel links ab und fuhr durch das Parkhaus des Blocks auf die andere Seite. Im Wald angekommen bog sie nicht links, sondern rechts ab. Als sie den Punkt erreichte, an dem die Suhre in die Aare mündete, hielt sie an und setzte sich auf eine Bank. Ein leichter Wind strich über ihr Gesicht und verbreitete eine angenehme Wärme. Eine Frau ging mit ihrem Hund an ihr vorbei, und ein Jogger lief in die andere Richtung. Andrina legte den Kopf in den Nacken und starrte in den blauen Himmel. In ihrem Kopf hallten Fellers

Stimme und sein Lachen nach. Erneut wurde ihr bewusst, wie sehr sie ihn vermisste. Wie sehr sie ihn brauchte, besonders in dieser Situation. Würde sie es je schaffen, über die Trennung hinwegzukommen?

SECHS

Andrina legte die Hände in den Schoss und verschränkte die Finger ineinander. Sie hätte nicht herkommen sollen. Es war eine Verzweiflungshandlung gewesen. Seit dem Unterschreiben ihrer Aussage im Polizeikommando war eine Woche verstrichen. Soviel Andrina aus den Medien entnommen hatte, gab es keine Fortschritte in den Ermittlungen.

Verzweifelt hatte sie während dieser Woche versucht, ihre Erinnerung zurückzuerlangen. Ohne Erfolg. Der Nebel in ihrem Kopf lichtete sich nicht. Nicht einmal ansatzweise. Nacht für Nacht fiel sie erst in den frühen Morgenstunden in einen unruhigen Schlaf, der meistens nicht mehr als zwei bis drei Stunden andauerte, weil sie hochschreckte und danach keine Ruhe mehr fand.

Wenig hilfreich war, den ganzen Tag bei Seraina herumzuhängen. Zwar unternahm sie Spaziergänge – bewusst nicht in den Wald –, dennoch gab es für sie nichts Weiteres zu tun. Seraina beharrte darauf, sie müsse sich schonen und solle lieber ein Buch lesen. Das alles verstärkte die Grübeleien. Inzwischen war sie völlig gerädert und schlich durch den Tag wie ein Gespenst.

Als sie an diesem Morgen im Dunkeln an die Decke gestarrt hatte, war ihr klar geworden, dringend etwas an ihrem momentanen Zustand ändern zu müssen. Sie hatte einen Entschluss gefasst, den sie nun bereute.

Kaum war Seraina mit Regina zum Einkaufen aufgebrochen, hatte Andrina Dr. Ulmann angerufen. Er hatte am Nachmittag einen Termin freigehabt, den ein anderer Patient krankheitshalber kurzfristig abgesagt hatte. Sie hatte gerade aufgelegt, da hatte Brogli angerufen. Er habe eine Frage. Zum Glück hatte es zeitlich keine Kollision der beiden Termine gegeben. Zu Andrinas Erstaunen war das Gespräch mit Brogli nach wenigen Minuten beendet gewesen. Er hatte einige Dinge zu dem Anthologieprojekt an der Alten Kantonsschule wissen wollen.

Es waren eher allgemeine Fragen über die Teilnehmer und die Schule gewesen.

Dr. Ulmann hatte sich über das Anmeldeformular gebeugt und studierte ihre Antworten. Er hatte das gleiche Alter wie Clausen und sprach wie er lupenreines Hochdeutsch. Im Gegensatz zu Clausen hatte er dunkelbraune Haare und trug keine Brille. Dafür lag eine vor ihm auf dem Tisch – vermutlich eine Lesebrille.

Andrina hatte sich das Zimmer eines Psychiaters ganz anders vorgestellt. Von einer Couch war keine Spur. Am Fenster stand ein schwarzer Schreibtisch mit hellgrauen Beinen, an dem Ulmann gerade sass. Vor dem Tisch befanden sich zwei schwarze Lederstühle. Der Boden war mit einem hellgrauen Teppich belegt. An den Wänden hingen gerahmte Fotografien. Ein Foto von einer Tempelanlage, vermutlich aus China, und ein stimmungsvolles Bild von Bäumen im Nebel, der sich gerade auflöste und den Blick auf die Berge im Hintergrund freigab. Daneben hingen zwei farbenfrohe Kinderzeichnungen – eine mit einem Haus und einer vierköpfigen Familie und eine mit mehreren Autos. Andrina vermutete, sie stammten von Ulmanns Kindern.

Ulmann hob den Kopf und musterte Andrina einen Moment mit seinen braunen Augen.

«Das ist in der Tat eine unglaubliche Geschichte. Bevor wir anfangen ins Detail zu gehen, möchte ich Ihnen sagen, alles, was wir besprechen, wird vertraulich behandelt. Sogar falls die Polizei sich an mich wendet, fällt es unter die Schweigepflicht. Wo wir gerade dabei sind, ich meine aus Ihren Schilderungen herausgehört zu haben, dass die Polizei Sie bedrängt.»

«Im Spital hatte ich das Gefühl. Heute hingegen nicht mehr so.»

«‹Nicht mehr so› klingt für mich dehnbar. Es kann nicht sein, Sie als Tatverdächtige zu behandeln. Das finde ich in dieser Situation unprofessionell.»

«Sie wollen wissen, was wirklich im Wald geschehen ist», erwiderte Andrina. «So weit kann ich das Handeln der Beamten nachvollziehen.»

«Aber nicht so, wie Sie die Vernehmung im Spital geschildert haben.»

«Was ist, wenn ich die Studentin doch auf dem Gewissen habe?»

Ulmann schwieg einen Moment. «Falls sich am Ende herausstellt, dass Sie die junge Frau getötet haben, ist es früh genug, Sie wie eine Verbrecherin zu behandeln.» Er machte eine Notiz. «Ich denke, vorerst lassen wir die Polizei in unserem Gespräch aussen vor, denn es ist in meinen Augen zuerst wichtig, dass Sie sich erinnern. Das funktioniert unter Druck nicht. Ein wichtiger Punkt dabei ist, Sie selbst dürfen sich nicht unter Druck setzen. Ich werde die Polizei entsprechend informieren, Sie bitte ein wenig in Ruhe zu lassen und Sie nicht mit Vernehmungen zu bombardieren.»

Andrina fragte sich, ob das tatsächlich so funktionierte, beliess es jedoch dabei. Dafür war sie Ulmann dankbar. Unsicher war sie indessen, wie Brogli reagieren würde, wenn er erfuhr, Andrina habe sich in psychiatrische Behandlung begeben. Würde Feller die Info erhalten? Was würde er denken? Das kann dir egal sein, dachte sie und versuchte sich auf das Gespräch zu konzentrieren.

«Ich weiss, die Polizei braucht so schnell wie möglich Ihre Aussage, und je länger sich das hinzieht, desto schlechter ist es für die Aufklärung des Mordes. Allerdings ist klar, wenn Sie sich durch die Fragen bedroht fühlen, wird es nicht funktionieren.»

«Bedroht?», wiederholte Andrina. «Durch wen oder was?»

Ulmann beugte sich vor und legte seine Hände auf das Formular. «Sie empfinden die Polizei als Bedrohung.»

Tat sie das? Andrina senkte den Kopf. Darüber hatte sie bisher nicht nachgedacht, aber das, was Ulmann sagte, machte Sinn.

«Unter Stress wird es weiter zu einer Fluchtreaktion kommen.»

«Flucht? Was meinen Sie damit?»

«Die Amnesie bezieht sich auf einen gewissen Zeitabschnitt.

Mit einbezogen wird bei Ihnen das, was kurz vor dem Ereignis passierte. Daher wissen Sie nicht, was nach der letzten bewusst abrufbaren Handlung auf der Terrasse Ihrer Schwester geschah. Irgendwann zwischen der Terrasse und dem Erwachen im Spital liegt das traumatische Ereignis. Es ist ein Schutzmechanismus. Ganz nach dem Motto ‹Was ich nicht weiss, hat nicht stattgefunden›, was natürlich ein Trugschluss ist.»

«Wie wollen Sie mir meine Erinnerung zurückgeben?»

«Nicht ich werde das tun. Sie werden das selber machen. Ich versuche Ihnen hierzu nur Mittel zu geben, damit das gelingt.»

«Welche Mittel? Meinen Sie zum Beispiel Hypnose?» Mit Mühe drängte Andrina die Panik zurück. Hypnose bedeutete für sie, sich auszuliefern. Das war das Letzte, das sie wollte.

Kurz verfinsterte sich Ulmanns Gesicht. «Ich halte nicht so viel davon und praktiziere sie nicht. Persönlich arbeite ich mit anderen Ansätzen. Wie ich erwähnt habe, müssen Sie Ihre Sicherheit zurückfinden. Erst wenn Sie sich sicher fühlen, wird sich diese Blockade im Gehirn – ich nenne das mal so – lösen und die angstmachenden Bilder freigeben.»

«Sind Sie sicher?»

«Sicher kann man nicht sein. Genauso gut kann dieses Ereignis immer im Dunkeln bleiben. Aber ich strahle mal Optimismus aus, und Sie sollten ebenfalls ganz fest daran glauben.»

«Wie lange wird es dauern?», fragte Andrina.

«Es kann einige Tage, mehrere Wochen oder gar Jahre dauern. Zerbrechen Sie sich bitte nicht den Kopf darüber und versuchen Sie entspannt an die Sache heranzugehen. Ich weiss, ich habe gut reden. Aber mit Sich-zwingen-Wollen wird es, wie eben erwähnt, schwer werden.»

***

«Hier bist du», sagte Seraina. «Warum sitzt du alleine im Dunkeln?»

«Ich wollte nachdenken.» Andrina richtete sich auf, und der

Liegestuhl klappte in eine aufrechte Position. Sie zog die Jacke fester um ihre Schultern. Es war kühl, und ein leichter Wind wehte über die Terrasse.

«Ich weiss nicht, ob Dunkelheit förderlich für deine Gedanken und den Versuch, dich zu erinnern, ist.»

«Ich denke nicht nur darüber nach. Es gibt genügend andere Dinge, die ich in den Griff bekommen sollte.»

«Die da wären?» Seraina setzte sich neben Andrina in den anderen Liegestuhl. Ihre Beine befanden sich in dem schmalen Lichtstreifen, der vom Wohnzimmerfenster auf die Terrasse fiel. Das Gesicht ihrer Schwester lag im Dunkeln.

«Morgen werde ich arbeiten gehen.»

«Du meinst, zum Verlag?»

«Wohin denn sonst?» Sogleich bereute Andrina ihren Ausbruch. Einen solch patzigen Tonfall konnte sie sich in ihrer Situation nicht erlauben, zumal Seraina ihr nicht mehr so aggressiv begegnete wie vor dem Zwischenfall im Wald. Sie hatte bis jetzt ihr Versprechen gehalten und ihr Hauptkonfliktthema Feller nicht mehr erwähnt.

«Du bist nicht so weit.»

Andrina war Seraina dankbar, weil sie auf die Provokation nicht einging.

«Wenn ich hier herumhocke, bringt es nicht viel. Ich muss das Gefühl haben, mich irgendwo nützlich zu machen.»

«Beim Verlag? Bei diesem Arbeitsklima, das dort herrscht, ist es im Moment nicht der geeignetste Ort dafür. Konflikte und ein vergiftetes Arbeitsklima sind mit das Letzte, das du momentan gebrauchen kannst.»

«Es fing an, sich zu bessern.»

«Was geschieht, wenn Sophia zurückkommt?»

«Darüber zerbreche ich mir den Kopf, wenn es so weit ist.»

«Hm.» Seraina beugte sich vor, und ihre linke Wange wurde vom Licht erfasst. Dennoch konnte Andrina den Ausdruck in ihrem Gesicht nicht erkennen. «Ich wüsste eine Menge anderer Dinge. Zum Beispiel könntest du mir helfen, den Keller zu entrümpeln. Ich habe nämlich die Idee einer eigenen Physiotherapiepraxis nicht begraben. So könntest du dich nützlich erweisen, müsstest aber dafür nicht unterwegs sein.»

«Ich denke, es wäre nicht schlecht, wenn ich mal unterwegs wäre. Es könnte mir helfen, wenn ich unter Leute komme.»

«Ich weiss nicht, ob das wirklich gut wäre. Solange du dich nicht entsinnen kannst, bist du hier besser aufgehoben.»

«Ich möchte aber nicht weiter abgeschottet sein, sondern ich möchte so weitestgehend Normalität einkehren lassen.»

«Normalität?»

«Ich meine einen geregelten Tagesablauf, wie ich ihn früher hatte. So ist es eine Art Ausnahmezustand.»

«Das bleibt es, egal, ob du arbeitest oder nicht. Es hat sich seit dem Sommer so viel verändert und nun dieser Vorfall.»

«Umso wichtiger finde ich es für mich, unter Leute zu kommen. Solange ich hier abgegrenzt bin, bleibt es ein Ausnahmezustand.»

«Du bist hier nicht abgegrenzt.»

«Normalität ist für mich, morgens aus dem Haus zu gehen. Mit meinen Kollegen im Verlag zusammen zu sein. Normalität bedeutet Sicherheit. Das Sicherheitsgefühl könnte förderlich für das Zurückkehren meiner Erinnerungen sein.»

«Wer behauptet das?» Seraina richtete sich auf. Deutlich konnte Andrina ihr Misstrauen spüren.

«Niemand. Ich habe mir selber überlegt, was helfen könnte.» Andrina vermied es, in Serainas Richtung zu schauen. Obwohl ihre Schwester ihren Gesichtsausdruck genauso wenig erkennen konnte, hatte sie das Gefühl, sie würde ihre Lüge merken, wenn Andrina in ihre Richtung schaute. Dennoch würde sie ihr nicht erzählen, dass das mit dem Sicherheitsgefühl von Ulmann stammte.

«Du bist krankgeschrieben.»

«So anstrengend ist die Arbeit im Verlag nicht. Ich habe mit Elisabeth telefoniert. Sie meinte, wenn ich möchte, könnte ich schrittweise anfangen. Das heisst, nicht automatisch den ganzen Tag zu arbeiten. Teilzeit wäre möglich. Dafür wird jeder Verständnis haben.»

«Wenn du es übereilst, hilft es eventuell nicht. Wozu brauchst du fremde Leute um dich?»

«Gabi, Lukas und Elisabeth sind keine Fremden», widersprach Andrina.

«Sie gehören nicht zur Familie. Du hast mich, Mike und Regina. Das sollte reichen.»

Andrina wandte sich ihrer Schwester zu. «Du möchtest mich beschützen, und das ehrt dich. Auf die Dauer wird das nicht funktionieren. Vielleicht entwickle ich mehr Störungen, wenn ich nicht versuche, mein normales Leben aufzunehmen.»

«Störungen? Warst du etwa bei diesem Psychiater?»

Andrinas Herzschlag beschleunigte sich. Um keinen Preis wollte sie vor Seraina zugeben, bei Ulmann gewesen zu sein. Ihren Standpunkt hatte ihr Seraina mehr als deutlich zu verstehen gegeben, und ihre Meinung zu diesem Thema hatte sich nicht geändert. Hier lag neues Konfliktpotenzial.

Andrina ging also nicht auf ihre Frage ein und versuchte möglichst ruhig zu sprechen. «Wenn man herumhängt, denkt man viel nach. Heute Nachmittag ist mir bewusst geworden, wie sehr ich mein altes Leben brauche. Zumindest so weit, wie das möglich ist. Dazu gehört der Cleve-Verlag.»

«Wo warst du den ganzen Nachmittag?» Serainas Misstrauen blieb. Andrina musste aufpassen.

«Hier und da», wich sie aus. «Ich bin durch Aarau spaziert, habe einen Kaffee getrunken und, wie gesagt, nachgedacht.» Das war nicht einmal gelogen, denn das hatte sie nach dem Besuch bei Ulmann tatsächlich getan. Dabei hatte sie überlegt, ob sie es mit einer Therapie bei ihm versuchen sollte. Vieles sprach dafür. Zum einen war er von Clausen empfohlen worden, und seine ruhige Art empfand sie als sympathisch. Sie hatte sich bei ihm gut aufgehoben gefühlt. Diese beiden Punkte hatten am Ende den Ausschlag gegeben. Sie würde einige Sitzungen machen. Falls es nichts half, konnte sie die Sache jederzeit abbrechen. Genau wie er es ihr beim Abschied angeboten hatte.

Andrina stand auf. «Mir ist kalt. Ich mache mir einen Tee.»

SIEBEN

Ein wenig unsicher fühlte Andrina sich, als sie am Dienstagmorgen das Gebäude betrat, in dem der Verlag seine Büroräume hatte. Sie stieg die Treppe in den ersten Stock hoch und hielt vor der Tür mit der blauen Aufschrift «Cleve-Verlag» und dem Logo des aufgeschlagenen Buches an.

Noch konnte sie zurück. Sie hatte zwar mit Elisabeth gesprochen, aber offengelassen, wann sie kommen werde. Elisabeth hatte ihr gesagt, sie freue sich, wenn Andrina zurückkäme, aber sie solle sich Zeit lassen. Am Morgen hatte sie beschlossen, bereits heute zur Arbeit zu gehen.

«Sei kein Feigling», murmelte Andrina. Entschlossen stemmte sie die Tür auf.

Als sie hinter ihr ins Schloss fiel, kamen Gabi Hug und Lukas Sandmeier aus der Büroküche. Beide hielten eine Tasse Kaffee in der Hand.

Gabi entdeckte sie zuerst. «Andrina», rief sie und drückte Lukas die Tasse in die Hand. Mit ausgebreiteten Armen eilte sie auf Andrina zu. «Du kommst uns besuchen – wie schön.» Sie umarmte Andrina so fest, dass diese meinte, keine Luft mehr zu bekommen.

Lukas stellte die Tassen auf ein Regal, fasste Andrina an den Schultern und küsste sie dreimal auf die Wangen. «Hallo, altes Haus. Wie geht es?»

«So lala. Ich brauche einen Tapetenwechsel.»

«Ich freue mich, weil der ein Besuch bei uns ist.»

«Ich komme nicht zu Besuch. Ich werde arbeiten.»

Gabi legte den Kopf schief. «Elisabeth hat zwar schon so etwas angedeutet, aber soviel ich weiss, bist du krankgeschrieben.»

«Wer hält mich davon ab, trotzdem zu arbeiten?» Das kam schnippischer, als Andrina gewollt hatte. Warum hatten alle das Gefühl, sie mit Samthandschuhen anfassen zu müssen.

«Verstehe mich nicht falsch, ich freue mich ja, dass du da bist. Ist es trotzdem nicht ein wenig zu früh?»

«Lass mich das entscheiden», brummte Andrina, und Gabi wich ein Stück zurück.

«Wenn ich ehrlich bin, ich finde die Idee nicht schlecht», mischte Lukas sich ein. «Es gibt allem Normalität. Das ist genau das, was du brauchst.»

«Richtig.» Andrina lächelte Lukas dankbar an. Sie streckte den Rücken durch und ging an den beiden vorbei in Richtung Büro.

«Wir haben eine Besprechung», rief Lukas ihr nach und deutete auf das Sitzungszimmer. «Ich hole dir einen Cappuccino.»

Elisabeth war genauso erstaunt, Andrina zu sehen. Aber sie lächelte sie an, was Andrina erleichtert zur Kenntnis nahm. Vielleicht würde sich ihr Wiedereinstieg in den Alltag leichter erweisen als befürchtet.

Sie war dankbar, weil keiner weitere Fragen zu ihrem Entschluss oder ob sie sich inzwischen erinnerte stellte. Elisabeth ging sofort zum Geschäftlichen über. Lektorate wurden verteilt, ein Cover besprochen und darüber diskutiert, ob sie von drei eingegangenen Leseproben das Manuskript anfordern wollten. Einstimmig wurde es abgelehnt. Andrina fand sich schnell wieder ein. Das war genau das, was sie gebraucht hatte. Sie merkte, dass sie sich auf die Arbeit freute. Der Arbeitstitel und das Exposé des ihr zugeteilten Krimis klangen vielversprechend. Sie hatte mit der Autorin bei ihrem Debütroman zusammengearbeitet, was viel Spass gemacht hatte.

Zum Schluss beugte Elisabeth sich vor. «Nun zu einem dringenden Thema. Der Ersatz für Sophia.»

«Ersatz?», fragte Andrina verwirrt.

«Sie hat gestern gekündigt», klärte Lukas sie auf.

«Warum das?»

«Das ist unwichtig», knurrte Elisabeth. «Wichtig ist, dass es ausgerechnet jetzt passiert ist, wo wir nicht wissen, wie wir die Arbeit bewältigen sollen. Ursprünglich sollte sie nächsten Monat zurückkommen. Ich habe fest mit ihr gerechnet. Ich bin froh, dass du zurück bist.» Sie warf ein neues Lächeln in Andrinas Richtung. Das fühlte sich ungewohnt an. Wann hatte Elisabeth das zum letzten Mal getan? Obwohl sich die Situation vor dem Mord an Caroline entspannt hatte, war Elisabeth ihr gegenüber reserviert geblieben.

***

Andrina nahm das Sandwich entgegen und verliess das Igelweid Center. Sie bog nach links ab und konnte knapp einem Mann ausweichen.

«Hoppla», sagte er.

Andrina schaute auf und erschrak. «Oh, hallo, Enrico», stammelte sie.

Warum musste sie ausgerechnet beinahe mit Fellers Halbbruder zusammenstossen?

«Andrina!»

Er fasste sie an den Schultern und küsste sie auf beide Wangen. Danach schob er sie ein Stück zurück und betrachtete sie aufmerksam.

«Lange nicht mehr gesehen», sagte er in seinem italienisch angefärbten Hochdeutsch.

Seit August hatte sie ihn nicht mehr gesehen. Sie musterte ihn. Wie häufig auf ihrer gemeinsamen Flucht wurde ihr bewusst, wie stark er Feller glich, obwohl er vom Teint her eher nach seiner Mutter, einer Süditalienerin, schlug. Enricos dunkle, fast schwarze Augen, die die gleiche Form wie Fellers hatten, waren auf sie gerichtet.

«Wie geht es dir?», fragte er auf Italienisch.

Als sie zusammen auf der Flucht gewesen waren, war das die Sprache gewesen, in der sie miteinander gesprochen hatten.

Was wusste er von ihrer momentanen Situation? Wusste er von Fellers Entschluss, sich definitiv von ihr zu trennen?

«Es geht so», antwortete Andrina und wechselte automatisch in Enricos Muttersprache.

Die Strassenmusiker, die sich vor dem Schuhladen gegenüber

postiert hatten, fingen zu spielen an. Zuerst die Trommel, danach setzte die Gitarre ein, und der Gitarrist begann zu singen. Das Lied klang nach Südamerika.

«Tut das fest weh?» Enrico hob die Hand und deutete auf Andrinas Schläfe, an der die Steri-Strips klebten.

«Nicht mehr. Es ziept nur ein wenig, und ich bin froh, wenn ich sie heute Abend abnehmen darf.»

«Wie geht es deinem Arm?» Enrico strich vorsichtig kurz über den linken Oberarm.

«Davon spüre ich fast nichts mehr», log Andrina und trat einen Schritt zurück. «Vermutlich bleibt eine kleine Narbe. Das wird das einzige Andenken an Marcos Schuss sein.» Sie zuckte zusammen, als sie Fellers Namen erwähnte. Über ihn wollte sie definitiv nicht mit Enrico sprechen.

In diesem Moment gab es ein Gepolter, und Andrina erschrak. Sie blickte in die Richtung, aus der das Geräusch kam. Vor der Warenannahmestelle stand ein Lastwagen, aus dem gerade ausgeladen wurde. Vor der Laderampe lagen Kisten verteilt. Sie mussten heruntergefallen sein. Einer der Männer fuhr die Laderampe schnell nach unten. Es rumpelte von Neuem, was fast wie Donner klang. Unverhofft sah Andrina Schemen von Bäumen vor sich, die im Wind hin- und herschwankten. Entfernt grollte Donner. Die Haare auf Andrinas Unterarmen richteten sich auf. Sie unterdrückte ein Zittern. Andrina schaute nach oben und sah blauen Himmel. Sie blinzelte.

«Was ist?», fragte Enrico. «Du bist auf einmal so blass.» Er berührte ihre Schulter. Sie wich noch einen Schritt zurück.

«Es ist nichts.» Andrina horchte in sich hinein. Was war das eben gewesen? Mitten am helllichten Tag. Was fühlte sie? Erschrocken musste sie feststellen, Angst zu haben. Wovor? Vor Enrico? Nein. Sie schaute sich um. Fürchtete sie sich vor den Menschen, die an ihnen vorbeigingen? Das war es auch nicht. Etwa der Lastwagen? Nein. Der stand weit genug weg und stellte keine Bedrohung dar. Was war der Grund für ihre Angst?

«Dich einzuladen ist längst überfällig. Zu meiner Verteidigung muss ich sagen, dass du dich nach deiner Entlassung aus dem Spital rargemacht hast.»

Andrina senkte den Kopf. Sie musste zugeben, sich nicht getraut zu haben, enger mit ihm in Kontakt zu bleiben. Auf ihrer gemeinsamen Flucht im Sommer waren sie einander sehr nahegekommen, näher, als gut gewesen war. Als er sie anschliessend im Spital besucht hatte, hatte sie ihm erklärt, nicht mehr als Freundschaft für ihn zu empfinden. Enrico hatte es gelassen aufgenommen, als habe er damit gerechnet. Dennoch war seine Enttäuschung greifbar gewesen. Später hatte er sie ein- oder zweimal angerufen. Andrina war freundlich, aber reserviert gewesen. Die Anrufe hatten aufgehört. Anscheinend hatte er ihre Botschaft verstanden.

Gleichzeitig kam Feller mit dem Vorschlag, eine Beziehungspause zu machen. Andrinas Gefühlswelt war damit endgültig aus den Fugen geraten. Sie hatte sich zurückgezogen und keinen an sich herangelassen. Genauso hatte sie mit keinen Freunden und Kollegen abgemacht.

«Ausserdem war die letzten drei Wochen viel los und ich öfter im Ausland.» Er lächelte sie mit Fellers Lächeln an, was Andrina einen Stich versetzte. «Inzwischen gibt es bestimmt einiges zu erzählen. Wir sollten das überfällige Treffen nachholen.»

«Viel ist in letzter Zeit nicht passiert.»

Enrico hob eine Augenbraue, und Andrina schaute rasch zur Seite. Er musste mehr wissen. Feller hatte ihm bestimmt von Caroline und ihrem Gedächtnisverlust erzählt. Die Frage war nur, wie viel. Wenn sie wüsste, wie nah sich die Brüder inzwischen standen. Loser oder enger Kontakt? Oder doch keinen? Andrina wollte sich nicht in eine heikle Situation manövrieren, wenn das Thema auf Feller kam. Besser sie hielt Enrico weiterhin auf Abstand.

«Was hältst du ganz spontan von einem gemeinsamen Mittagessen?» Er machte eine einladende Bewegung ins Migros-Restaurant.

«Geht leider nicht. Ich muss sofort in den Verlag zurück.»

Andrina hielt zur Bestätigung ihr Sandwich hoch, was es vereinfachte, die Lüge so leicht über ihre Lippen rutschen zu lassen.

«Was hältst du von heute Abend oder am Wochenende?»

«Ich muss schauen. Im Moment läuft viel im Verlag, und ich komme am Abend erst spät weg.»

Andrina schaffte es, Enricos Blick standzuhalten.

«Am Wochenende?», fragte er.

Andrina hatte das Gefühl, als durchschaue er ihre Ausflüchte und wolle sie nicht so einfach davonkommen lassen. «Da wollen Seraina und ich etwas unternehmen. Mike hütet Regina, und wir geniessen ein Frauenwochenende.» Diese zweite Lüge rutschte ihr genauso mühelos über die Lippen, was sie erschreckte. «Eventuell nächste Woche.» In diesem Moment klingelte Enricos Handy.

Er blickte auf das Display. «Auf den Anruf warte ich den ganzen Morgen. Ich melde mich bei dir», sagte er und nahm das Gespräch entgegen.

Andrina war um den überstürzten Abschied froh. Sie schaute ihm nach, als er mit dem Handy am Ohr Richtung Kasinostrasse ging und um die Ecke bog.

Eine Frage formierte sich in ihrem Kopf, die sie sich bisher nicht gestellt hatte. Was spielte er für eine Rolle bei Fellers Trennung von ihr? Hatte er gar nachgeholfen und Feller Dinge erzählt, die zwischen ihnen auf ihrer Flucht nie so vorgefallen waren? Sie erinnerte sich, wie Enrico gehadert hatte, weil Andrina sich von Feller nicht lösen konnte. Hatte Enrico ihre Entscheidung mehr zugesetzt, als er gezeigt hatte? War er daher so zum wichtigen Punkt ihrer Trennung geworden? War das möglich? Nach dem Motto: Wenn er Andrina nicht haben konnte, sollte das sein Bruder auch nicht.

Falls das so gewesen war, wäre Fellers Reaktion, definitiv Schluss zu machen, verständlich. Er musste sich von ihr hintergangen gefühlt haben.

War es Enrico zuzutrauen, Feller Lügen aufzutischen? Dem Enrico Bianchi, mit dem sie unterwegs gewesen war, nicht.

Zwar meinte sie, ihn auf ihrer Flucht gut genug kennengelernt zu haben, aber sie wurde sich bewusst, ihn in Wirklichkeit nicht zu kennen. Ihre Flucht war ein Ausnahmezustand gewesen, und man verhielt sich in solchen Situationen nicht unbedingt so, wie man es normalerweise tat. Was war Enrico im normalen Leben für ein Mensch? Andrina blickte auf die Stelle, wo er gerade um die Ecke gebogen war, und schämte sich mit einem Mal für ihre Gedanken.

***

«Ich bin gespannt, wen Elisabeth dieses Mal einstellt», sagte Gabi, als Andrina zurück im Büro war. «Bei der letzten Runde hat sie nicht das Händchen für eine brauchbare Auswahl gehabt.»

«Wie bitte?», fragte Lukas, der am Fenster lehnte. Sein brauner Wuschelkopf sah in dem Licht, das durch das Fenster hereinfiel, noch wirrer als sonst aus.

«Ich meine nicht dich.»

«Sophia und ich sind zusammen eingestellt worden.»

«Ja, ja», sagte Gabi. «Wir haben keine Zeit, uns darüber den Kopf zu zerbrechen. Elisabeth hat gesagt, wir sollen uns die Arbeit aufteilen, bis der Ersatz gefunden ist.» Sie nahm aus der Packung, die neben ihrer Tastatur lag, ein Schokoladenbiskuit und schob es sich in den Mund.

«Ich weiss, ich sollte nicht zu viel davon essen, aber ich brauche Nervennahrung.» Gabi fuhr sich über den fülligen Bauch und strich eine Strähne ihrer langen blonden Haare aus dem Gesicht.

«Möchtet ihr auch eins?», fragte sie und hielt die Packung hoch. Als Lukas und Andrina den Kopf schüttelten, nahm sie eine Liste in die Hand, die vor ihr auf dem Tisch gelegen hatte. Lukas hatte sie entworfen und Andrina und Gabi zum Lesen gegeben. «Ich bin einverstanden.» Gabi schaute Andrina an, die einen neuen Blick auf die Liste warf.

So viel zu einem langsamen Einstieg in das Berufsleben. «Mir ist es recht, wenn ich Lukas beim Marketing unterstütze und du dich vertieft um das Lektorat kümmerst», sagte Andrina. Zwar war das Lektorat der Bereich, der ihr am meisten Spass machte, und sie kannte sich mit Marketing nicht besonders gut aus, aber sie sah es als Chance, einen anderen Arbeitsbereich kennenzulernen und somit vielseitiger zu werden. Wer wusste, wann ihr das einmal zugutekam. «Es ist ja nicht auf ewig so.»

«Ich übernehme zusätzlich alles, was mit Rechnungen zu tun hat», sagte Gabi.

«Und ich kümmere mich um Lesungen und Veranstaltungen», fügte Andrina an.

«Danke, ihr beiden. So sollte es funktionieren. Ich bin froh, dass du zurück bist, Andrina.» Lukas stiess sich von der Fensterbank ab und drückte Andrina im Vorbeigehen die Schulter. Als sich die Tür hinter ihm geschlossen hatte, wandte Gabi sich Andrina zu.

«Ist das alles keine zu grosse Belastung für dich? Du hast viele Aufgaben übernommen – mehr als ich.»

«Amnesie ist keine Krankheit, sondern nur eine Art Ausnahmezustand des Gehirns.» Andrina war froh darüber, wie locker sie das sagen konnte. «Ich werde mit meinem Arzt reden und ihn wissen lassen, dass ich wieder mit der Arbeit angefangen habe. Ich bin froh, wenn ich mich nützlich machen kann. Herumsitzen und Nichtstun bringt nichts. Da kreisen meine Gedanken unaufhörlich um das, woran ich mich nicht entsinnen kann. Nicht gerade förderlich für die Rückkehr der Erinnerungen.»

Es klopfte an der Tür, und Frank, Gabis Mann, streckte den Kopf herein. Fast hätte Andrina ihn nicht erkannt. Er musste beim Coiffeur gewesen sein, denn seine blonden Haare waren anders geschnitten, als er sie normalerweise trug. Ausserdem schien er sich einen Bart wachsen zu lassen. «Es tut mir leid, wenn ich mich verspätet habe. Hey, Andrina!» Freude blitzte in den braunen Augen auf. Er kam auf sie zu und küsste sie auf beide Wangen. «Gabi hat mir eine SMS geschrieben, dass du zurück bist. Kommst du mit uns zum Mittagessen?»

«Ich habe mir ein Sandwich geholt.»

«Komm schon.»

«Lieber nicht. Elisabeth hat recht wohlwollend auf das, was die letzten Wochen geschehen ist, reagiert. Ich will es nicht ausnutzen.»

«Mittagspausen haben nichts mit Ausnutzen zu tun. Sie sind rechtlich festgelegt.»

«Trotzdem möchte ich sie nicht zu lange ausdehnen.»

«Ist es nicht ein wenig früh, sich ins Getümmel der Arbeitswelt zu stürzen?», fragte Frank. Er musterte sie aufmerksam. «Du bist recht blass und siehst angeschlagen aus.»

«Himmel!», brach es aus Andrina heraus. «Warum glauben alle, mich mit Samthandschuhen anfassen zu müssen?»

«Wir wollen, dass es dir gut geht. Erst Marcos definitive Trennung und nun das.»

«Was meinst du mit *das*?», fragte Andrina scharf. «Nenn das Kind beim Namen und rede nicht um den heissen Brei herum.»

«Der Tod der Studentin», sagte Frank mit einem Seufzen. Andrina sah ihm an, wie ungern er es ihr gegenüber in Worte fasste. «Ich finde es heftig, was Marco sich geleistet hat. Ich kann nicht glauben, dass er dich verdächtigt, die Studentin getötet zu haben.»

Andrina warf Gabi einen giftigen Blick zu. Warum musste sie ungefragt ihre Meinung verbreiten. Frank war bestimmt nicht der Einzige, bei dem sie sich über das Thema ausgelassen hatte.

Gabi senkte den Kopf und betrachtete betont aufmerksam ihre Hände, was Andrina einen Moment ablenkte. Seit wann lackierte Gabi sich die Fingernägel? Bis jetzt war es ihr nicht aufgefallen. Das sah nach einer professionellen Arbeit aus – Muster mit kleinen Steinchen.

«Die Polizei hält oder besser hielt mich für tatverdächtig», nahm Andrina die Diskussion auf und setzte sich auf ihren Bürostuhl. «Nicht Marco.»

«Polizei und Marco sind für mich das Gleiche», entgegnete Frank. «Schliesslich ist er der Chef von der Truppe.»

«Was soll er machen, wenn ich neben der Leiche gefunden werde? Sie müssen verschiedene Szenarien in Betracht ziehen.»

«Aber nicht so eines. Du warst bewusstlos, weil jemand …»

«… weil ich gestolpert bin und mir den Kopf angeschlagen habe.»

«Ist das deine Erinnerung, oder sagen sie das?» Frank beugte sich vor und musterte Andrina eindringlich. Ihr wurde unwohl. Es fühlte sich wie ein Verhör an.

«Sie sagen das.»

«Dir ist nach wie vor nichts eingefallen?» Sein Blick bohrte sich in ihren.

Andrina schüttelte den Kopf.

«Lass sie», sagte Gabi und zog Frank von Andrina fort.

«Du solltest dich nicht beeinflussen lassen. Kann man gegen den Gedächtnisverlust etwas unternehmen?», fragte er.

«Abwarten und hoffen, dass die Geschehnisse irgendwann an die Oberfläche kommen. Ich gehe zu einem Psychiater.»

Frank runzelte die Stirn. «Du bist nicht verrückt.»

Dem war sich Andrina inzwischen immer weniger sicher. «Dr. Clausen hat mir das empfohlen. Hilft es nicht, so schadet es nichts. Ich wäre einfach froh, wenn ich mich erinnern könnte, egal, was dabei herauskommt.»

«Vielleicht ist die Sache mit dem Psychiater gar nicht so schlecht», sagte Gabi. «Er ist aussenstehend und kennt dich nicht.»

Endlich hielt jemand diesen Versuch für einen guten Ansatz, ihr Problem in den Griff zu bekommen.

«Sie kann mit uns darüber reden. Wozu sind Freunde da?», hielt Frank dagegen.

Das Gleiche hatte Seraina gesagt.

«Das kann hinderlich sein. Wir kennen Andrina zu gut und leiden mit ihr. Wir wünschen uns genauso sehnsüchtig, dass es ihr wieder einfällt, und setzen sie damit womöglich unter Druck.» Wie wahr, dachte Andrina. «Ein Aussenstehender beurteilt die Situation anders.»

«Dafür kostet er einen Haufen Geld», erwiderte Frank.

«Andrina muss bestimmt nicht alles selber bezahlen. Wofür haben wir die Krankenversicherungen.»

Frank schnitt eine Grimasse. «Ich finde es nicht gut, wenn die Sache so viel Raum in Andrinas Alltag einnimmt.»

«Nicht ich gebe dem viel Raum. Das geschieht durch euch, weil ihr dauernd davon anfangt.» Sie kehrte den beiden den Rücken zu und verschränkte die Arme vor der Brust.

Frank brummte etwas, das Andrina nicht verstand. In ihren Ohren begann es zu rauschen. Etwas Schwarzes tauchte vor ihrem inneren Auge auf. Kälte breitete sich in ihrem Körper aus. Im Nacken bildete sich eine Gänsehaut, die sich über den Rücken nach unten fortsetzte. Ein Schatten huschte vorbei. Bevor sie das Bild fassen konnte, war es verschwunden. Sie merkte, wie sie ihre Augen aufgerissen hatte. Sofort setzte sie einen unbeteiligten Gesichtsausdruck auf. Langsam drehte sie sich zu den beiden um und versuchte dabei möglichst entspannt zu wirken.

Weder Frank noch Gabi schienen etwas bemerkt zu haben.

Andrina realisierte, dass ihr Herz angefangen hatte, heftig zu pochen. Wieder spürte sie diese undefinierbare Angst, die sie bei dem Treffen mit Enrico vorhin empfunden hatte und die sie sich nicht erklären konnte. Gleichzeitig machte sich Frust breit, da sie das Bild nicht hatte festhalten können.

Konzentriere dich lieber auf Frank und Gabi.

«Fragt mich daher bitte nicht andauernd, ob ich mich erinnere, und behandelt mich wie einen normalen Menschen, der versucht, sich in einem normalen Alltag zurechtzufinden», nahm sie das Gespräch wieder auf.

«Fangen wir gleich damit an», sagte Frank. «Komm heute Abend zum Nachtessen zu uns. Das bringt dich auf andere Gedanken.»

***

«Wie geht es Ihnen?», fragte Ulmann.

«Es geht so», antwortete Andrina. «Ich fühle mich besser, da ich angefangen habe zu arbeiten.»

Ulmann beugte sich vor. «Meinen Sie nicht, das ist ein wenig früh?»

«Nach unserem letzten Gespräch bin ich auf diese Idee gekommen. Wenn ich zu Hause sitze, bin ich die ganze Zeit am Grübeln. So werde ich abgelenkt.»

«Ablenkung ist nicht unbedingt das Beste.»

«Grübeln auch nicht. Das haben Sie selber gesagt.»

«Richtig. Was ich damit meine: Wenn man sich zu früh in den, wie soll ich sagen, Alltag stürzt, kann es – muss aber nicht – kontraproduktiv sein.»

Andrina setzte zu einer Antwort an. Ulmann hob die Hand.

«Ich sagte *kann*. Der Alltag kann Ihnen aber genauso helfen. Das ist durchaus richtig. Er kann Ihnen die notwendige Sicherheit geben, damit Ihr Gehirn das Ereignis freigibt. Das ist von Fall zu Fall abzuwägen.»

«Wie sieht es in meinem Fall aus?»

Ulmann zögerte. «Das finde ich schwer zu sagen. Wenn Sie meine persönliche Meinung haben wollen: Es ist zu früh für Sie. Allerdings sitze ich nicht in Ihnen drin. Sie müssen selber ein Gespür entwickeln, was für Sie gut ist und was nicht.»

Das war nicht gerade eine zufriedenstellende Antwort. Nachdem Frank und Gabi in ihre verspätete Mittagspause verschwunden waren, hatte Andrina genug Zeit zum Überlegen gehabt. Sie hatte sich gefragt, ob sie den Wiedereinstieg in den Alltag nicht überstürzt hatte. Jeder, den sie traf, wirkte unsicher, als wüsste er nicht, wie er mit ihr umgehen sollte. Ausserdem konnte Andrina jedem die Neugierde ansehen. Nicht alle sprachen die Frage, ob sie sich erinnern könne, direkt aus. Sie las sie in ihren Gesichtern. Diese Indirektheit machte Andrina zu schaffen.

Als Andrina Ulmann davon berichtete, nickte er. «Das ist eine der Konsequenzen, wenn Sie sich in den Alltag eingliedern wollen. Die einen sind einfach neugierig, andere wollen an Ihrem Schicksal teilnehmen und mit Fragen und Ratschlägen Ihnen ihre Anteilnahme ausdrücken. Und Dritte wissen nicht, wie sie damit umgehen sollen, wenn sie Ihnen gegenüberstehen. Was immer in den Leuten vorgehen mag, das Resultat ist das Gleiche, worüber sich die meisten nicht bewusst sind. Hiermit meine ich die Verunsicherung und den Druck, den sie auf Sie ausüben. Nicht zu wissen, wie man mit der Situation umgeht, betrifft Sie genauso. Sie wollen den Zustand von vor dem Vorfall, was nicht möglich ist. Das birgt Stress für beide Seiten, da niemand dem anderen zu nahe kommen möchte.» Andrina setzte zu einer Erwiderung an, aber Ulmann hob erneut die Hand. «Bevor Sie fragen, ein Rezept, wie Sie sich am besten verhalten, kann ich Ihnen nicht geben. Jeder Mensch ist verschieden und reagiert anders auf die Situation.»

«Am liebsten würde ich sagen, Sie sollen es nicht zur Sprache bringen.» Andrina dachte daran, wie Gabi und Frank reagiert hatten, als sie sie gebeten hatte, sie nicht mit Samthandschuhen anzufassen. Beide hatten verstört gewirkt, und Andrina hatte sich gefragt, ob sie richtig reagiert hatte. Beide meinten es nur gut, genau wie Ulmann es ihr eben erklärt hatte.

«Tun Sie es», erwiderte er auf ihre Frage. «Wenn Sie Ihren Wunsch plausibel begründen, werden die Leute Verständnis haben. Zudem wird es für alle eine Erleichterung bringen, da die Regeln festgesetzt sind.»

«Was ist eine plausible Begründung?»

Ulmann schwieg. Es war eindeutig, dass Andrina die Antwort selber liefern musste.

«Gebe ich mir eine Blösse, wenn ich ehrlich bin und sage, ich würde mich unter Druck gesetzt fühlen und dass das nicht unbedingt förderlich für die Rückkehr meiner Erinnerungen ist?»

«Ehrlichkeit ist in diesem Fall das Beste, das Sie tun können. Wenn Ihr Gegenüber die Ehrlichkeit spürt, wird es die Situation für beide Seiten erleichtern. Klare Regeln und klare Wünsche sind gefragt.»

«Besteht hier nicht die Gefahr, jemandem auf die Füsse zu treten?»

«Die besteht immer. Egal, ob in Ihrer oder in anderen Situationen. Was Sie sich dabei vor Augen führen sollten, ist, es geht hierbei um Sie und um Ihre Erinnerungen.» Ulmann schwieg einen Moment, bevor er fortfuhr. «Wo wir gerade dabei sind, haben Sie sich inzwischen an etwas entsinnen können? An ein Bruchstück?»

Andrina schüttelte den Kopf, hielt aber mitten in der Bewegung inne. «Ehrlich gesagt, ich weiss es nicht. Manchmal blitzt etwas auf.»

«Was meinen Sie mit ‹etwas blitzt auf›? Sind es Bilder oder Worte?»

«Eher Bilder, die für mich völlig zusammenhangslos auftauchen. Manchmal passiert das nach einem Geräusch, nach Gesten oder nach einem Wort, das etwas in mir auslöst.»

«Was meinen Sie mit ‹auslösen›?»

«Ich weiss nicht, wie ich es erklären soll. Es ist wie wenn ich erschrecken würde. Nein, das ist falsch. Es gibt so einen Ruck im Inneren. Wenn ich dem aber nachgehe oder das Bild, das vor meinem inneren Auge auftaucht, festzuhalten versuche, ist es weg. Zurück bleibt ein Gefühl der ...» Andrina suchte nach Worten. «Ein Gefühl von Frust, etwas verpasst zu haben. Manchmal ist es ein Unwohlsein oder», sie zögerte, «sogar Angst.»

«Angst?»

«Es ist, als sei etwas Dunkles in meinem Inneren, das kurz beleuchtet wird, bevor das Licht ausgeht und alles stockfinster ist. Diese Finsternis macht mir Angst.»

«Nicht das, was kurz beleuchtet wird?»

«Das auch irgendwie. Aber die Zeit ist zu kurz, um es zu erkennen und zu wissen, ob das wirklich der Auslöser für die Angst ist.»

Ulmann legte Zeige- und Mittelfinger gegen seine Lippen und schaute Andrina an. «Sie wissen, dass das, was ausgeblendet wird, etwas Schreckliches ist. Kaum drängt es an die Oberfläche, schaltet sich dieser Schutzmechanismus ein. Trotzdem werte ich es positiv. Es will zurückkommen. Sie fürchten sich davor, sich zu erinnern. Daher bleibt die Erinnerung stecken und verflüchtigt sich schnell wieder.»

«Dabei möchte ich es wirklich wissen», rief Andrina. «Diese Ungewissheit, was geschehen ist, macht mir mehr Angst. Ich habe Angst davor, meine Befürchtungen könnten wahr sein, und ich könnte dieser Studentin wirklich das angetan haben.» Andrina senkte den Kopf und schaute auf die ineinander verkrampften Hände in ihrem Schoss. Die Knöchel traten weiss hervor, und sie lockerte den Griff. «Dabei weiss ich gar nicht, ob das, was kurz aufblitzt, wirklich etwas mit dem Vorfall zu tun hat, ob ich es mir nur einbilde oder es etwas ganz anderes aus meiner Vergangenheit betrifft.»

«Ist es Ihnen schon einmal passiert, sich nicht an einen Vorfall erinnern zu können?»

«Ich glaube nicht. Bisher hatte ich das Gefühl, wie alle anderen zu sein, die nicht mehr alles wissen, was in der Vergangenheit vorgefallen ist – egal, ob schöne oder schlechte Dinge. Also nicht mehr wissen, was sie als Kind erlebt haben oder wie das Hotel geheissen hat, in dem sie vor fünf Jahren Ferien gemacht haben.»

Ulmann legte die Hände auf den Tisch und beugte sich vor.

«Versuchen wir mal einen anderen Ansatz. Sie fühlen sich nicht sicher genug, um die Erinnerung an die Oberfläche kommen zu lassen, und brauchen einen sicheren Ort dafür. Es dürfte leichter sein, wenn Sie sich irgendwohin zurückziehen könnten, wo Sie sich geborgen fühlen. Sei es mental oder real. Wo wäre für Sie ein schöner Ort, an den Sie sich zurückziehen können, weil Sie sich dort wohlfühlen?»

«Ich soll mich in meiner Vorstellung beispielsweise an einen Strand unter Palmen oder auf eine Blumenwiese versetzen?» Das klang nach Klischee, und Andrina war von Ulmann enttäuscht, weil er ihr Derartiges vorschlug.

«Nicht unbedingt. Wo fühlen Sie sich geborgen? Das kann ein Sofa im Lesezimmer sein, wo Sie sich beispielsweise nach einem anstrengenden Arbeitstag zurückziehen, um ein Buch zu lesen. Also ein Ort, an dem Sie sich besonders wohlfühlen und an dem Sie Kraft tanken. Genauso gut kann ein Sitzplatz im Garten oder –»

«Der Strandkorb», fiel Andrina ihm ins Wort.

«Wie bitte?»

«In unserem … Marcos Garten …» Tränen schossen in ihre Augen. Andrina kniff sie zusammen, konnte aber den Tränenstrom nicht zurückdrängen. «Entschuldigen Sie bitte», stiess sie hervor und wandte sich ab. Es dauerte einen Augenblick, bis sie sich unter Kontrolle hatte. Bisher war es ihr gelungen, vor anderen ihre Gefühle unter Verschluss zu halten. Wenn sie um Feller getrauert hatte, war das geschehen, wenn sie alleine war. Selbst zu Hause war sie nach und nach dazu übergegangen, ihre Gefühle zurückzudrängen, da sie nicht wollte, dass Seraina sie hörte, wie sie weinte. Sie wollte ihr keinen weiteren Grund geben, sich über Feller auszulassen.

Als sie Ulmann anschaute, hatte er seine Position nicht verändert und blickte Andrina nach wie vor an.

«Entschuldigen Sie bitte», wiederholte Andrina.

«Das ist gut so. Lassen Sie Ihre Gefühle zu. Zurückdrängen bringt nichts. Benötigen Sie eine Pause? Sollen wir aufhören und die Sitzung verschieben, oder möchten Sie weitermachen.»

«Weitermachen», antwortete Andrina leise. Mit dem Handrücken wischte sie über ihre Augen. Sie war froh, Ulmann bereits in der ersten Sitzung von der Trennung berichtet zu haben. So fühlte sie sich nicht genötigt, den Grund für ihren Kontrollverlust zu nennen. Dazu wäre sie nicht in der Lage gewesen, da die Gefühle mit aller Macht weiter nach oben drängten.

Ulmann nickte. «Können Sie von diesem Strandkorb erzählen?»

Eine einzelne Träne sammelte sich in Andrinas rechtem Augenwinkel und bahnte sich langsam einen Weg über ihre Wange. «Er steht in Marcos Garten und ist umgeben von Büschen. Auf der Seite zum Haus hin befindet sich ein Teich. Ich gehe … bin dorthin gegangen, um Kraft zu schöpfen, wenn es beispielsweise ein anstrengender Tag war oder etwas nicht so gelaufen war, wie ich dachte. Marco setzt sich regelmässig dorthin, wenn ihm ein Fall an die Nieren geht. Es ist ein Ort der Ruhe, den wir regelmässig aufsuchen. Im Sommer wie im Winter. Zum Beispiel haben wir einmal an einem der seltenen tief verschneiten Abende den Plastikschutz weggenommen, Kerzen aufgestellt und Glühwein getrunken.»

«Sie haben diesen Garten seit dem Sommer nicht mehr betreten.» Das war nicht als Frage, sondern als Aussage formuliert.

Andrina nickte wieder.

«Das bedeutet, dieser Ort, der für Sie sehr wichtig ist, ist im Moment nicht für Sie zugänglich.»

Andrina nickte.

«Es gibt keine Möglichkeit für Sie, in den Garten zu kommen.»

Andrina schüttelte den Kopf.

«Es ist sein Garten, und fragen können oder wollen Sie nicht.»

«Er hat sich getrennt und möchte keinen Kontakt mehr. Das ist für mich gleichbedeutend mit: Ich habe dort nichts zu suchen.»

«Im Moment sind Sie in einem Ausnahmezustand. Meinen Sie nicht, Sie könnten –»

Andrina unterbrach Ulmann mit einem erneuten heftigen Kopfschütteln.

«Ich muss zugeben, ich kann Ihre Ablehnung in diesem Punkt nachvollziehen. Besonders da Marco zu denen oder besser zu der Personengruppe gehört, die Ihnen den Mord … wie soll ich das sagen … zutraut.»

Andrina senkte den Kopf und starrte auf ihre nach wie vor verkrampft gefalteten Hände.

«In dem Fall müssen wir es versuchen, dass Sie sich vorstellen, in dem Strandkorb zu sein, oder einen Ort finden, der diesem ähnlich ist.»

«Wie soll das gehen? Der Strandkorb ist mit Marco verbunden.»

«Aber mit guten Erinnerungen. Diese Szene mit dem Glühwein im Winter finde ich sehr schön, und sie klingt nach genau dem, was Sie brauchen. Lassen wir es auf einen Versuch ankommen. Probieren Sie es aus. Setzen Sie sich in Serainas Garten und versuchen Sie sich vorzustellen, Sie befänden sich in dem Strandkorb. Versuchen Sie sich darin hineinzuversetzen, wie Sie sich dort gefühlt haben und wie der Ort Ihnen Kraft und Sicherheit gegeben hat.»

«So sollen meine Erinnerungen zurückkommen?», fragte Andrina skeptisch.

«Möglich ist es.»

«Sollte ich nicht lieber an den Ort gehen, an dem es passiert ist? Ich habe gelesen, so ein Vorgehen habe anderen in einer ähnlichen Situation geholfen.»

«Ich bin mir nicht sicher, ob es bei Ihnen funktionieren würde. Zwar kenne ich Sie erst kurze Zeit, dennoch würde ich momentan von diesem Schritt abraten.»

«Warum?»

«Dort ist das Gefühl, bedroht zu werden, am grössten.»

«Bei anderen –»

«Sie sind nicht ‹die anderen›», sagte Ulmann mit Nachdruck. «Die Situationen sind nicht zu vergleichen.» Er machte eine kurze Pause. «Eventuell können wir es zu einem anderen Zeitpunkt versuchen. Wichtig finde ich hingegen, dass Sie nicht alleine sind, sondern mit jemandem dort hingehen.»

«Sie meinen mit Ihnen?»

«Das spielt keine Rolle. Wenn es so weit ist, sollte es eine Person sein, der Sie vertrauen. Wenn Sie mich mitnehmen möchten, komme ich gerne mit.»

Andrina nickte.

«Eine Bitte habe ich dabei, Frau Kaufmann. Machen Sie keine Kurzschlusshandlung. Das könnte den gegenteiligen Effekt haben.» Er machte eine neue Pause. «Sie wissen also, wo genau Sie im Wald gefunden wurden?»

«Im Wald bei Erlinsbach, dem Buechwald.»

«Ich meine den genauen Ort. Die Waldwege dort haben Namen, soviel ich weiss. Können Sie sagen, in welchem Weg Sie und Caroline gefunden wurden?»

Guter Punkt. Das wusste sie nämlich nicht. So weit hatte sie darüber nicht nachgedacht.

«Hat die Polizei Ihnen den genauen Standort genannt?», fragte Ulmann, als Andrina weiterhin schwieg.

Langsam schüttelte sie den Kopf.

«Dürfen Sie überhaupt dorthin? Ist die Spurensicherung abgeschlossen?»

Sie zuckte mit den Schultern, da sie auf diese Frage ebenfalls keine Antwort hatte.

«In dem Fall werden Sie im Moment nicht an den Ort gehen können. Versuchen Sie es bitte mit meinem Vorschlag, dem Strandkorb. Gehen Sie aber nicht mit der Voraussetzung, sich erinnern zu müssen, an diese Übung.»

«Falls das funktioniert», Andrina konnte nicht verhindern, skeptisch zu klingen, «kommt alles auf einmal oder nur teilweise zurück?»

«Das kann ich Ihnen nicht sagen.»

Das klang ungewiss und machte Andrina Angst.

«Was ist, wenn es nur so einzelne Erinnerungsfetzen sind oder ich nicht weiss, ob sie im Zusammenhang mit dem Vorfall stehen?»

«Notieren Sie einfach alles.»

«Ein Bruchstück könnte aber jederzeit zurückkehren, oder? Wenn ich das später notiere, könnte ich es vergessen haben beziehungsweise es könnte sich durch andere Eindrücke verfälschen.»

«Das ist durchaus möglich. Tragen Sie ein Notizbuch bei sich, in dem Sie sofort den Gedanken oder alles, was Ihnen relevant erscheint, aufschreiben können.»

Ulmann schob den Stuhl zurück, stand auf und kam um den Tisch herum. «Leider ist unsere Zeit um. Sie können mich jederzeit anrufen. Sie haben meine Handynummer.»

Andrina erhob sich ebenfalls. «Ja, danke.»

***

Nachdem Andrina die Praxis verlassen hatte, hatte sie sich zwei Wohnungen angeschaut. Die eine war perfekt, aber die Miete lag ausserhalb ihrer Möglichkeiten. Bei der zweiten, im Parterre eines Zweifamilienhauses an der Schönenwerderstrasse, lag die Miete im Rahmen von dem, was sie sich leisten konnte. Dagegen sprach, wie ungemütlich die Zweizimmerwohnung gewesen war. Das lag nicht daran, dass sie sehr alt und renovierungsbedürftig war. Sie war dunkel und muffig gewesen. Der Lärm von der stark befahrenen Strasse war trotz der geschlossenen Fenster gut zu hören gewesen. Trotzdem hatte Andrina dem Vermieter gegenüber Interesse bekundet und die Unterlagen mitgenommen. Es wurde Zeit, endlich eine Bleibe zu finden. Sie musste auf eigenen Füssen stehen. Anders würde sie ihr Leben nicht in den Griff bekommen.

Sie hatte Serainas Geduld genug strapaziert. Zwar hatte sich ihr Verhältnis ein wenig entspannt, aber die Frage war, wie lange das anhielt. Deutlich spürte Andrina, wie sie zu einer Belastung für Seraina wurde. Dabei konnte sie ihrer Schwester keine Vorwürfe machen. Andrina versuchte sich in Seraina hineinzuversetzen, wie sie die Situation empfinden würde.

Deutlich war zudem die unausgesprochene Botschaft zwischen den Zeilen: Seraina hoffte, Andrina werde bald ausziehen. Sie stand ihr im Weg, was die eigenen Pläne – eine Physiopraxis zu eröffnen – betraf. Sie hatte erklärt, sie würden zuerst nicht anbauen müssen. Die Räumlichkeiten würden für den Anfang ausreichen. Das Arbeitszimmer könnte in dem Zimmer, in dem Andrina im Moment war, eingerichtet werden. Dafür wäre das momentane Arbeitszimmer der ideale Ort als Praxiszimmer.

Andrina schaute zu dem Haus zurück, in dem die Wohnung lag. Ein Mann stand vor der Haustür und schaute in ihre Richtung. Seine Gesichtszüge konnte sie nicht erkennen, da sie zu weit weg war, aber es schien sich um eine jüngere Person zu handeln. War er ein weiterer Interessent? Andrina hoffte es nicht.

Sie stiess ihr Velo das Trottoir entlang Richtung Aarau. Autos fuhren in beide Richtungen an ihr vorbei. Sie würde noch nicht nach Erlinsbach zurückkehren, denn sie brauchte etwas Zeit, um über den Nachmittag nachzudenken. Sie blieb stehen und blickte ein weiteres Mal kurz zurück. Der Mann war verschwunden. Bei dieser Wohnung an der Schönenwerderstrasse bestand durchaus die Aussicht, sie zu bekommen. Viele Interessenten gab es offenbar nicht. Die Wohnung war nicht besonders verlockend. Das Haus strahlte ein wenig von dem Charme aus, den es wohl mal besessen hatte, aber die Fassade wirkte jetzt schmuddelig, und die Risse in dem Verputz legten den Verdacht nahe, es könnte baufällig sein. Aber wohlfühlen wollte Andrina sich dort nicht. Die Wohnung diente nur dem Zweck, ein Dach über dem Kopf zu haben. So käme sie von Seraina weg und würde Zeit gewinnen, eventuell eine bessere Wohnung zu finden.

Das klang nach einem Plan, und Andrina musste lächeln. So würde sie es machen. Sie bog in den Rain ab. Während sie das Velo durch die Aarauer Altstadt Richtung Kettenbrücke schob, drängte sich das Gespräch mit Ulmann in den Vordergrund. Er hatte gesagt, sie brauche einen Ort, an dem sie sich sicher und wohlfühle, um die Erinnerungen zurückzubringen. Fellers Haus. Fellers Garten. Der Strandkorb ... Sollte sie ihn fragen, wie Ulmann am Anfang vorgeschlagen hatte?

Nein. Schlag dir das aus dem Kopf, dachte sie und blieb an der Kreuzung Zollrain/Flösserstrasse am Zebrastreifen stehen. Als ein roter Kombi anhielt, überquerte sie die Strasse und bog rechts ab. Auf dem Philosophenweg stieg sie auf das Velo und fuhr ein Stück. Dabei wich sie Joggern und Frauen mit Kinderwagen aus. Zwei Männer, die ihre Hunde ausführten, kamen ihr entgegen. Die Sonne schien und wärmte ihren Rücken. Beim Wehr stieg sie ab und betrachtete das schäumende Wasser. Ein leichter Wind blies ihr die Haare aus dem Gesicht. Sie liess ihren Blick schweifen. Das Grün der Bäume erschien nicht mehr so satt wie im Sommer. Leicht mischten sich die ersten Rot- und Gelbtöne in die Blätter. Es war aber nicht der richtige Farbwechsel, sondern erst eine Ahnung, die ankündigte, wie nah der Herbst war.

Es war Zeit, sich langsam auf den Weg nach Erlinsbach zu machen. Seraina bestand darauf, pünktlich zu Abend zu essen, damit Regina früh genug ins Bett kam.

Andrina kehrte um und stiess ihr Velo zurück. Dabei liess sie ihre Gedanken weiter um die Sitzung mit Ulmann kreisen. Machte sein Vorschlag Sinn, sich gedanklich in den Strandkorb zu versetzen und somit ihre Erinnerung zurückzuerlangen? Wären die Schmerzen, die sie mit diesem Ort verband, nicht ein zu grosses Hindernis? Die Skepsis nahm überhand. Wenn sie an den Garten dachte, verstärkte sich der Schmerz. Der Schmerz über den Verlust. Es würde schwer sein, ihn zu ignorieren und die schönen Erlebnisse zuzulassen. Trotzdem wollte sie es versuchen. Sollte es nicht funktionieren, konnte sie immerhin sagen, es wenigstens probiert zu haben. Einen Schaden würde sie jedenfalls nicht davontragen. Am besten fing sie sofort an, wenn sie in Erlinsbach war. Andrina hob den Kopf und erkannte den Parkplatz Mühlematt. Als sie sich ihm weiter näherte, blieb sie abrupt stehen. Unmöglich, dachte sie und schaute genauer hin. Es war tatsächlich Feller, der auf einer Bank am Flussufer sass. Andrina versteifte sich. Seit ihrem Spitalaufenthalt im August hatte sie ihn nicht mehr persönlich gesehen.

«Dieser Ort ist also für Sie unerreichbar», echote Ulmanns Stimme in ihrem Kopf. So wie sie ihn verstanden hatte, war die Lösung, sich mental an den Ort zu versetzen, nur die Zweitlösung. Besser wäre es, wenn sie sich körperlich an diesen Ort begeben könnte. Sie könnte Feller fragen, ob sie sich in den Strandkorb setzen dürfe. Hier bot sich eine Gelegenheit dazu. Er würde ihr nicht ausweichen können, wie wenn sie anrief.

Sofort wischte Andrina diese Idee zur Seite. Er und sein Team zogen es in Betracht, sie könnte der Studentin etwas angetan haben. Zumindest hatten sie das. Immerhin liess das letzte Gespräch mit Brogli und Aeschlimann etwas in diese Richtung vermuten. Hatten sie neue Erkenntnisse, die Andrina entlasteten? Warum hatten die Beamten ihr das nicht mitgeteilt? Vermutlich durften sie aus ermittlungstechnischen Gründen nichts Näheres sagen.

Andrina wäre jedoch froh darum gewesen, denn es hätte ein wenig den Druck genommen. Sie wollte Gewissheit, denn ihr war klar, diese Anschuldigung war einer der Faktoren, die sie blockierten. Sie könnte Feller direkt fragen. Jetzt und hier. Das war die Gelegenheit. Sie könnte ihn zur Rede stellen, warum er mit ihr Schluss gemacht hatte und sich so feige verhielt, es ihr nicht direkt ins Gesicht zu sagen, sondern so eine seltsam formulierte SMS schickte. So könnte sie sich eventuell eher damit abfinden, wenn sie ein klärendes Gespräch gehabt hatte.

Fast erschrak Andrina über ihre plötzliche Entschlossenheit, was sie zögern liess. Denk nicht darüber nach und mach einfach, befahl sie sich und ging mit festen Schritten auf Feller zu.

Als sie die Hälfte des Weges hinter sich gebracht hatte, realisierte sie, dass Feller nicht alleine auf der Bank sass. Er hatte sich einer Frau, deren gelockte Haare auf Schulterlänge geschnitten waren, zugewandt. Die beiden waren in ein Gespräch vertieft.

Andrina blieb stehen und überlegte, ob sie die Frau schon einmal gesehen hatte. Sie kam zu keinem Schluss, da sie die Frau nur im Profil sehen konnte. Andrina machte einige weitere Schritte auf die beiden zu. Sie blieb abrupt stehen, als Feller seinen Arm um die Blonde legte und sie an sich zog.

Andrinas Herz machte einen Sprung, und sie hatte das Gefühl, es werde stehen bleiben. Gleich darauf begann es zu rasen. Die Entschlossenheit, die sie eben verspürt hatte, löste sich in Luft auf und machte einem starken Schmerz Platz, der ihr fast den Atem raubte. Sie schwankte einige Schritte zurück und stiess gegen eine ältere Frau, die sie verwundert anschaute.

«Ist Ihnen nicht gut?», fragte sie.

«Alles in Ordnung», stammelte Andrina.

«Sind Sie sicher?» Die Frau legte eine Hand auf Andrinas Unterarm. «Sie sind ganz weiss im Gesicht.»

«Nur ein kurzer Schwindel. Das geht gleich vorbei.» Andrina schielte zur Bank. «Ich bin das gewohnt, weil mein Blutdruck zu tief ist.» Andrina kramte in ihrer Jackentasche und holte einen Traubenzucker hervor, der von ihrem letzten Ausflug mit Regina stammte. Sie schob ihn in den Mund. «Das hilft.»

Die Frau wirkte nicht überzeugt, ging aber zu Andrinas Erleichterung weiter.

Der Drops quoll in ihrem Mund auf. Die Süsse verursachte Übelkeit. Sie zwang sich zu schlucken und blickte zur Bank zurück. Dabei kam sie sich wie eine Stalkerin vor und hoffte, sie errege keine Aufmerksamkeit. Ein Mann mit einem Golden Retriever joggte an ihr vorbei und wich einem kleinen Mädchen auf einem Laufvelo aus. Die Mutter hastete hinter dem Kind her. Keiner schien Andrina zu beachten.

Feller sagte etwas zu der Frau, und sie nickte. Beide standen auf. Die blonde Frau war fast gleich gross wie Feller und schlank. Kurz schaute sie in Andrinas Richtung. Ihre Augen trafen sich. Andrina war ihr bisher nicht begegnet.

Geh weg, dachte sie, aber ihre Füsse gehorchten der Aufforderung nicht.

Die Blonde sagte etwas zu Feller. Er legte seinen Arm um ihre Schultern, und sie schlenderten in die Richtung des Parkplatzes. Dort stiegen sie in Fellers BMW, den Andrina erst jetzt bemerkte. Der Wagen fuhr rückwärts aus der Parklücke und war kurz darauf verschwunden.

ACHT

«Du solltest ihn dir endlich aus dem Kopf schlagen und aufhören, dir Hoffnungen zu machen, es könne gut werden», sagte Gabi. «Er hat mit dieser SMS Schluss gemacht. Das heisst, er ist frei. Ich finde es zwar heftig, dass er nach so kurzer Zeit eine Neue hat, aber die einen sind schneller, und andere brauchen länger.»

Andrina sass an ihrem Schreibtisch. Sie hatte die Ellenbogen angewinkelt und den Kopf auf die Hände gestützt. Sie starrte auf den Bildschirm, ohne die Buchstaben wahrzunehmen. Seitdem gestern für sie die Welt endgültig zusammengebrochen war, konnte sie nicht mehr klar denken. Wie betäubt lief sie durch die Gegend.

Seraina hatte sie nichts von ihrer Beobachtung erzählt und war froh, weil sie ihr nichts anmerkte. Einer Diskussion mit ihrer Schwester zu diesem Thema fühlte sie sich nicht gewachsen. Bestimmt wäre Serainas Fazit «Ich habe es dir ja gesagt» gewesen.

Andrina horchte in sich hinein. Der Hoffnungsschimmer, es könne sich trotz dieser SMS zum Guten wenden, war verloschen. Die Neue verlieh der Sache eine Endgültigkeit, die lähmte. Nur mit grösster Willensanstrengung war Andrina am Morgen aus dem Bett gekrochen und hatte den Weg zum Verlag gemeistert. Besonders weh tat, dass er nach dieser kurzen Zeit in festen Händen war. Oder hatte sich etwas zwischen den beiden angebahnt, als sie offiziell noch zusammen waren? Andrinas Gedanken schweiften zu Ende Juli. Hätten sie Heiratspläne geschmiedet, wenn er eine neue Freundin oder eine Affäre hatte? Oder waren die beiden zusammengekommen, als sie mit Enrico auf der Flucht war? Andrina dachte an Fellers Besuch im Sommer im Spital. Hätte er sie zum Abschied geküsst, wenn er bereits eine andere gehabt hätte? Es war kein leidenschaftlicher Kuss gewesen. Ihre Lippen hatten sich nur kurz berührt. Inzwischen war ihr klar, Feller hatte testen wollen, ob er weiterhin etwas für sie empfand.

«Hier», sagte Gabi und erschreckte Andrina beinahe zu Tode. Als Andrina das Papiertaschentuch in Gabis Hand erblickte, bemerkte sie, wie Tränen über ihre Wangen rannen.

Sie ergriff es und tupfte sich die Augen ab.

«Er ist es nicht wert», sagte Gabi.

Einspruch, dachte Andrina, Feller war es wert. Egal, was vorgefallen war, so viel hatte sie bisher für keinen Mann empfunden. Fest war sie davon überzeugt gewesen, er wäre der, mit dem sie bis zum Lebensende zusammen sein würde. Wie kitschig das klang. Beinahe musste sie lächeln.

«Ich weiss, wie unfair das ist», fuhr Gabi fort. «Meine Krise ist vorbeigegangen, und deine hat sich zum Schlechten entwickelt.»

Andrina hob den Kopf. «Bei euch ist tatsächlich wieder alles in Ordnung?»

Im Sommer hatte es so ausgesehen, als stünde Gabis Ehe vor dem Aus. Als gestern Frank im Büro gewesen war, hatte sie, obwohl die beiden es gut überspielt hatten, eine Spannung gespürt. Oder hatte sie es sich nur eingebildet, da sie selber in einer Krise steckte?

«Wir haben uns ausgesprochen. Es war alles nur ein Missverständnis.»

Wirklich? Damals hatte es anders ausgesehen. Genau hatte Gabi ihr nie gesagt, was zwischen ihnen vorgefallen war. Auch jetzt machte es den Anschein, dass sie nicht näher auf das Thema eingehen wollte. Andrina war es nur recht.

«Möchtest du heute Abend zu uns kommen?», fragte Gabi. «Die Einladung steht weiterhin. So als Aufmunterung.»

«Ich weiss nicht.» Gestern Abend hatte Andrina Gabi angerufen und ihr gesagt, sie fühle sich nicht wohl und wolle daher lieber zu Hause bleiben.

«Komm schon. Wenn du alleine Trübsal bläst, ist dir nicht gedient.»

«Mal schauen.» Andrina warf einen Blick auf die Uhr. Sie

nahm einen Block und einen Stift und stand auf. «Ich muss zu Elisabeth», sagte sie und wischte die Tränen fort.

Nachdem sie das Büro der Verlegerin betreten hatte, bat Elisabeth sie, sich zu setzen. Sie schaute Andrina einen Moment schweigend an, sodass es ihr unwohl wurde. Ihre geröteten Augen verrieten bestimmt, dass sie geweint hatte. Oder gab es einen anderen Grund, Andrina so intensiv zu mustern?

Sie will dir künden, dachte sie und bekam einen Schreck. Obwohl es die letzten Tage definitiv anders ausgesehen hatte, lag eine Kündigung im Bereich des Möglichen. Ein anderer Arbeitgeber hätte sie nach allem, was geschehen war, längst gefeuert.

«Du machst gerade eine schwere Zeit durch. Zuerst die Trennung von deinem Verlobten und nun die Sache im Wald mit der toten Studentin. Ich dachte, ich traue meinen Augen nicht, als die Polizei hier war und Fragen stellte.»

Das ist das Tüpfelchen auf dem i, dachte Andrina. Bestimmt würde Elisabeth den Tod der Studentin als Aufhänger nehmen, sie zu entlassen.

Zu gerne hätte Andrina gewusst, worüber Brogli und Aeschlimann mit Elisabeth gesprochen hatten. Sie traute sich nicht nachzufragen. Oder war es sogar Feller gewesen, der sie befragt hatte? Ein schaler Geschmack breitete sich in Andrinas Mund aus.

«Ich finde es bewundernswert, dass du zum Arbeiten kommst, obwohl du krankgeschrieben bist. Hast du den Arzt informiert?»

Andrina nickte und war froh, nicht lügen zu müssen.

«Was hat er dazu gemeint?»

«Wenn ich möchte, dürfe ich in den Job zurückkehren. Ich solle es aber langsam angehen und auf meinen Körper hören.»

«Du bist also nicht mehr offiziell krankgeschrieben?» Andrina schüttelte den Kopf.

«Wenn du eine Pause brauchst, lass es mich wissen. Jeder hätte Verständnis dafür, denn es bringt nichts, wenn du es erzwingen willst.»

«Arbeiten lenkt ab. Ich brauche den normalen Alltag, sonst ist es nicht leicht, das auszuhalten.»

Ein kurzes Lächeln huschte über Elisabeths Gesicht, Andrina wurde sich bewusst, wie trotzig sie geklungen haben musste.

«Das sagst du, obwohl die Zeit vor der Sache mit JuraMed nicht die angenehmste für dich gewesen ist», erwiderte Elisabeth. «Es ist einiges zwischen uns schiefgelaufen, und ich möchte mich dafür bei dir entschuldigen.»

Erstaunt richtete Andrina sich auf. Keine Kündigung. Eine Entschuldigung war das Letzte, das sie erwartet hatte. Sie musterte Elisabeth genauer. Sie sah müde aus. Ihre grauen Haare verstärkten diesen Eindruck.

«Kommen wir zum Punkt», sagte Elisabeth. Das klang brüsk – als sei ihr die Situation peinlich. «In der Sitzung gestern habe ich erwähnt, Sophia so schnell wie möglich ersetzen zu wollen. Dieses Mal möchte ich eine Person haben, die nicht eine solche Unruhe in den Verlag bringt.»

Andrina traute ihren Ohren nicht. Elisabeth hatte viel von Sophia gehalten – sehr zum Unverständnis aller anderen. Dauernd waren ihr Fehler unterlaufen. Ausserdem hatte die Qualität ihrer Arbeit zu wünschen übrig gelassen. Elisabeth hatte darüber hinweggesehen und die Schuld den anderen, allen vorweg Andrina, zugeschoben.

«Du besitzt eine gute Menschenkenntnis. Daher würde ich dich gerne in den Rekrutierungsprozess miteinbeziehen.»

«Ich soll gute Menschenkenntnis haben?» Andrinas Gedanken schweiften zu Feller. «Na ja.»

«Ja. Im Berufsleben auf jeden Fall.» Elisabeth schob Andrina einen Stapel an Mappen zu. «Ich habe eine Vorselektion der ersten Bewerber vorgenommen, von denen ich das Gefühl habe, sie passen am besten zu dem Profil, das ich erstellt habe.»

Andrina musterte den Stapel. Das war schnell gegangen.

Gut, dachte sie, wir leben im Zeitalter von Internet und E-Mail. Wenn Elisabeth die Stelle am Montag online aufgeschaltet hatte, lag es durchaus im Möglichen innerhalb so kurzer Zeit viele Bewerbungen zu erhalten.

«Wie die Personen menschlich sind und ob sie zu uns passen, kann man aber nicht unbedingt aus dem Lebenslauf ersehen.»

«Das ist mir bewusst», erwiderte Elisabeth. «Ich möchte, dass du die Bewerbungsunterlagen durchgehst und mich wissen lässt, wen wir zum Vorstellen einladen sollen. Ich möchte dich beim Vorstellungsgespräch dabeihaben. Hier ist das Profil, das ich erstellt habe.» Sie nahm einen Bostitch, heftete mehrere Blätter zusammen und schob sie Andrina zu.

Andrina war perplex. «Du meinst, ich bin die Richtige für diese Aufgabe?»

«Warum solltest du das nicht sein? Du bist gewissenhaft, und auf dein Urteil kann ich mich verlassen.»

***

«Was ist das?», fragte Frank, als Andrina ein gefülltes Brot auf den Tisch stellte.

«Moudschärre.»

«Noch nie gehört.»

«Es ist ein altes Rezept vom Grosi.»

«Du meinst die Bündner Grossmutter?»

«Nein, die Aargauer.» Andrina hatte darauf bestanden, ein Dessert zu bringen. Als sie bei Seraina in der Küche stand, hatten allerdings diverse Zutaten gefehlt. Während sie überlegte, ob sie rasch einkaufen sollte, war ihr auf einmal ein altes Rezept, an das sie über all die Jahre nicht mehr gedacht hatte, eingefallen. Die Zutaten wie Mehl, Hefe und Äpfel hatte sie in der Küche ihrer Schwester vorrätig vorgefunden.

Sie hatte sich in die Küche ihrer Grossmutter versetzt gefühlt und das Bedürfnis verspürt, Moudschärre zu backen. Es hatte ihr so etwas wie Geborgenheit verliehen, etwas, das sie seit Längerem nicht mehr verspürt hatte.

«Beim Grosi hat es das öfter mal gegeben, als ich klein war.»

Kurz keimte Trauer auf. Ihre Grossmutter war gestorben, als Andrina acht Jahre alt gewesen war. «Es ist ein altes Rezept, das in Vergessenheit geraten ist. Als die Frauen früher Brot gebacken haben, blieb ein Rest vom Teig in der ‹Moude› zurück. Den haben sie herausgekratzt. Mit Kratzen meine ich Scharren, also gleich ‹schärre›. Daher der Name Moudschärre. Der Teig wurde zu einem Fladen ausgerollt. Darauf haben sie Käse gestreut und den Fladen immer an der neu entstehenden Ecke zur Mitte gefaltet, bis es dieses flache Brot ergab.»

«Käse?», fragte Frank. «Ich dachte, du bringst ein Dessert.»

«Ich habe die süsse Variante gemacht. Die da ist mit Äpfeln und Rosinen gefüllt.»

«Fein», rief Gabi und schnitt das Brot in Stücke. Frank nickte anerkennend, als er kaute. «Fein und so einfach.»

Sie assen eine Weile schweigend weiter, bis Frank sich Andrina zuwandte.

«Ich kann es immer noch nicht glauben, dass du zu einem Psychiater gehst», sagte er, und der Unglaube war deutlich aus den Worten herauszuhören. Er legte seine Gabel neben den Teller und musterte Andrina, die bereute, der Einladung nachgekommen zu sein, kaum hatte er das gesagt. «Ich dachte, das wäre ein Witz. Du bist nicht verrückt.»

«Das hat damit nichts zu tun», erwiderte Andrina. «Obwohl ich inzwischen das Gefühl habe, verrückt zu sein.»

«So ein Blödsinn», warf Gabi ein. «Du bist der normalste Mensch, den ich kenne.»

«Was ist mit mir?» Frank klang gespielt beleidigt.

«Bei dir bin ich mir nicht so sicher.» Gabi grinste.

Frank boxte sie leicht gegen den Oberarm.

Andrina senkte den Kopf. Es tat weh, die beiden bei ihrem Geplänkel zu sehen.

«Nun mal im Ernst. Andrina, meinst du wirklich, das bringt was?», fragte Frank.

«Ich weiss es nicht. Es ist einen Versuch wert – Psychiater sind Ärzte, und mein Gehirn hat gewissermassen einen Schaden, den ich reparieren will.»

«Du steckst in einer Krise, da ist man empfänglich für ... wie soll ich sagen ... nicht seriöse Dinge.»

«Dr. Ulmann ist seriös. Dr. Clausen hat ihn mir empfohlen.» Andrina hatte das Gefühl, sich verteidigen zu müssen. Es war ein Fehler gewesen, davon zu erzählen. Eigentlich hatte sie keine andere Reaktion erwartet. Zunehmend fühlte sie sich unter Franks Blick unwohl. Er schien sie auf einmal mit anderen Augen zu sehen. Andrina hätte gerne gewusst, was er dachte. Vermutlich ging ihm die Frage durch den Kopf, ob sie eine Spinnerin oder psychisch krank sei.

«Obwohl ich die Sache mit dem Psychiater eine gute Idee finde, habe ich mich dennoch gefragt, ob es wirklich gut ist, damit zu einem fremden Menschen zu gehen», sagte Gabi. «Sicher hat es Vorteile. Allerdings habe ich mich ausserdem gefragt, was mit deiner Schwester ist? Die wäre die Erste, an die ich mich in deinem Fall wenden würde.»

«Seraina möchte davon nichts wissen.»

«Von deinen Problemen?»

«Nein, vom Psychiater. Ich solle mit ihr darüber reden.»

«Genau das meine ich.»

«In letzter Zeit habe ich das Gefühl, sie ist mit mir überfordert, und ich habe ihre Geduld überstrapaziert.»

«Warum das denn?», fragte Gabi.

«So wie sie sich mir gegenüber verhält. Ich werde zunehmend zu einer Last. Sie wirkt so, als fühle sie sich von mir ausgenutzt.»

«So ein Blödsinn. Du bist in dieser Situation übersensibel und interpretierst zu viel in verschiedene Sachen hinein, was ich verständlich finde.» Gabi machte eine kurze Pause. «Wenn du jemanden zum Reden brauchst, sind wir für dich da. Jederzeit.»

«Du brauchst keinen Seelenklempner», warf Frank ein. «Es ist besser, mit Leuten darüber zu sprechen, die dich kennen.»

«Genau aus diesem Grund gehe ich zu ihm. Ich finde es leichter, mit jemandem, der mich nicht kennt und Erfahrung mit solchen Fällen hat, über alles zu sprechen. Ausserdem gehe ich nicht wegen meiner Probleme zu ihm, sondern weil ich endlich wissen möchte, was passiert ist.»

«Hast du dir einmal ...» Frank hob den Kopf und schnupperte. «Jetzt rauchen die schon wieder auf dem Balkon unter uns.» Er stand auf und schloss das gekippte Fenster mit einer heftigen Bewegung. «Das ist der einzige Nachteil an dieser Wohnung.» Andrina musste sich zusammenreissen, um nicht zu grinsen. Frank war der passionierte Nichtraucher. Wehte nur der Hauch von Zigarettenrauch in seine Richtung, wurde er fuchsteufelswild. «Hast du dir einmal überlegt, ob es wirklich erstrebenswert ist, sich zu erinnern?», nahm Frank seine abgebrochene Frage wieder auf.

«Wie meinst du das?»

«Manchmal ist es besser, wenn man nicht mehr alles weiss.»

«Ich möchte wissen, ob ich Caroline getötet habe oder nicht.»

«Ich kann nicht verstehen, wie die Polizei eine derartige Schlussfolgerung ziehen kann.» Gabi hob die Hand, als Andrina sie unterbrechen wollte. «Ich weiss, inzwischen scheint es nicht mehr so zu sein. Trotzdem finde ich es absurd und würde gerne wissen, wieso sie das überhaupt in Betracht gezogen haben.»

«Genau darum möchte ich mich erinnern.»

«Ich kann deinen Wunsch sogar ein wenig nachvollziehen», sagte Frank. «Wir können nicht nachempfinden, wie es sich anfühlt, so eine Lücke im Kopf zu haben. Weisst du wirklich nichts mehr? Keinen Gedankenblitz?»

«Ich weiss es nicht. Manchmal sind da so kleine Fetzen, die kurz auftauchen, aber sofort verschwinden.»

Frank beugte sich vor. «Was meinst du mit Fetzen?»

«Ein Geräusch, ein Bild. Ich weiss nicht, wie ich es erklären soll.»

«Du hast aber in diesen Gedankenblitzen nicht gesehen, wie du sie getötet hast?»

Andrina schüttelte den Kopf.

«Wie gesagt, ich würde es lieber ruhen lassen», sagte Frank.

«Was bringt es dir ausser einem Haufen Schuldgefühle und dem Wissen, eine Mörderin zu sein?»

«Die Ungewissheit ist schlimmer», sagte Andrina.

«Falls alles zurückkehrt, ist das möglicherweise schlimmer.»

«In dem Fall bekäme ich meine gerechte Strafe. Ich will wissen, ob ich wirklich so ein Monster bin und eine Studentin, die ich während des Anthologieprojektes an der Alten Kanti kennengelernt und sehr geschätzt habe, umgebracht habe.»

«Andrina, hör auf, du hast sie nicht umgebracht!», rief Gabi.

«Was wäre, wenn ich es getan hätte? Würdet ihr mit mir überhaupt noch reden?»

NEUN

Andrina hielt vor dem Einfamilienhaus an. Langsam stieg sie vom Velo und musterte den Garten. Er war mit viel Liebe gestaltet. Vor der Terrasse gab es einen kleinen Teich mit Seerosen. Teilweise war er von Schilf umgeben, das nur einen beschränkten Blick auf die Terrasse zuliess. Ein leichter Wind bewegte die Halme sanft hin und her und liess sie rascheln, was die friedliche Atmosphäre des Quartieres in Buchs zwischen dem Restaurant zur Burestube und der Suhre unterstrich.

Alles an dem Grundstück wirkte verlassen. Sie sollte es lieber bleiben lassen.

Als sie gestern Abend von Gabi und Frank nach Hause gefahren war, war die Idee aufgeflammt, mit Carolines Eltern zu sprechen, in der Hoffnung, ein solches Gespräch könne ihr helfen herauszufinden, was passiert war.

Jetzt, da sie hier stand, fragte sie sich, ob diese Idee schlau war. Grenzte es nicht an Taktlosigkeit? Immerhin hatte die Familie ihre Tochter verloren – womöglich mit Hilfe von Andrinas Zutun. Es war egoistisch, ihnen weiteres Leid anzutun. Auf der anderen Seite war es für die Familie genauso schmerzhaft, nicht zu wissen, was in dem Wald geschehen war. Andrina wusste aus eigener Erfahrung nach dem Mord an Brigitta, wie wichtig die Auflösung war, um abschliessen zu können.

Ein Mann, der um die fünfzig sein musste, ging an ihr vorbei. Er musterte Andrina und wirkte dabei betont aufmerksam. Sie sah ihm nach und überlegte, ob sie ihm schon einmal begegnet war. An der nächsten Strassenabzweigung blieb er stehen und schaute zurück, bevor er abbog.

Andrina schloss das Velo ab und trat langsam durch das Gartentor. Mit jedem Schritt, mit dem sie sich der Haustür näherte, wurden ihre Füsse schwerer. Als sie endlich vor der Haustür stand und die Hand zum Klingeln heben wollte, brauchte sie drei Anläufe dazu.

Sie zuckte zusammen, als im Inneren des Hauses der volle Klang einer Glocke ertönte. Als sie meinte, es wäre tatsächlich keiner zu Hause, öffnete sich die Tür. Eine hagere blonde Frau musterte Andrina erstaunt. Sie trug eine graue Hose und eine schwarze Bluse, die die Blässe ihres Gesichts betonte.

Andrina war wie gelähmt und brachte keinen Ton heraus. Die Frau schaute sie fragend an.

«Frau Schmidt?», schaffte Andrina endlich zu sagen. Ihre Stimme klang fremd in ihren Ohren.

«Ja?»

«Ich bin Andrina Kaufmann, und ich …» Andrina konnte nicht weitersprechen.

Es war keine gute Idee gewesen herzukommen. Am liebsten hätte sie auf dem Absatz kehrtgemacht. Nur mit Mühe konnte sie den Drang unterdrücken.

Ein Ausdruck flammte kurz in Frau Schmidts Gesicht auf, den Andrina als Erkenntnis deutete. Mehrere neue Ausdrücke huschten über das Gesicht der Frau. Andrina erkannte Wut, Verzweiflung und etwas, das sie nicht interpretieren konnte. Wie würde Carolines Mutter auf ihr Auftauchen reagieren? Würde sie ausfallend werden? Ihr mit der Polizei drohen, weil Andrina sie belästigte? Die Sekunden verstrichen. Andrina überlegte, wie sie am besten einen Rückzieher machen konnte.

Zögernd hob die Frau ihre Hand und reichte sie Andrina. Mechanisch ergriff Andrina sie. Damit hatte sie nicht gerechnet. Die Hand fühlte sich kalt und trocken an. Ganz im Gegenteil zu ihrer, die schweissnass war.

«Kommen Sie bitte herein», sagte Frau Schmidt.

«Ich möchte Sie nicht belästigen.»

«Wir hätten längst zu Ihnen Kontakt aufnehmen sollen, haben uns aber nicht getraut.»

Getraut? Warum hätten Carolines Eltern zu ihr, einer möglichen Mörderin, Kontakt aufnehmen sollen?

Frau Schmidt führte Andrina ins Wohnzimmer. Vor der Glasfront, hinter der Andrina nun die andere Seite der Terrasse erkannte, standen ein Sofa, ein Glastisch und zwei Sessel.

«Bitte nehmen Sie Platz.»

«Ich möchte nicht lange stören», sagte Andrina und blieb stehen. Frau Schmidt machte mit der Hand eine Geste in Richtung des Sofas, die ungeduldig wirkte. Widerwillig liess Andrina sich darauf nieder.

Frau Schmidt setzte sich ihr gegenüber auf einen Sessel. «Mein Mann ist nicht da. Er meinte, er müsse arbeiten gehen, damit es den Anschein von Alltag gebe. Das Leben geht ja weiter.»

Andrina senkte den Kopf. Jetzt wären Worte des Trostes notwendig gewesen, aber sie schaffte es nicht, sie auszusprechen.

«Wir alle funktionieren mehr oder weniger weiter. Das müssen wir. Um Carolines willen.»

Andrina hatte das Gefühl zu versagen. Sie sollte Carolines Mutter Trost spenden und nicht umgekehrt.

Frau Schmidt stand auf und setzte sich neben sie. «Die Polizei hat gesagt, Sie können sich nicht erinnern.»

Andrina hob den Kopf. «So ist es.»

«Das muss belastend für Sie sein.»

«Ich versuche mit allen Mitteln herauszufinden, was passiert ist.»

«Erzwingen wird nicht funktionieren.»

Wo nahm Carolines Mutter die Kraft her, so ruhig zu sprechen und mit ihren Worten Andrina eine Stütze anzubieten? Sie war das genaue Gegenteil von Andrina, die sich immer schwächer vorkam. Der Wunsch keimte auf, lieber an Carolines Stelle zu sein. Ihr Tod wäre kein grosser Verlust gewesen.

«Das haben mir schon andere gesagt», sagte sie und musste sich räuspern. «Der Arzt meint, irgendwann werde sich der Nebel lichten.»

«Sie fürchten sich davor, was dahinter zum Vorschein kommt, nicht wahr?»

Andrina nickte. «Ich habe Angst, ich könnte … ich habe … ich …»

«Sie meinen, Sie haben mit dem Mord an meiner Tochter

zu tun?», kam Frau Schmidt auf den Punkt und sah für einen Moment erschrocken aus. Einige Sekunden später wurden ihre Gesichtszüge weicher. «Nein, das haben Sie nicht. Egal, was passiert ist, Sie haben Caroline eher versucht zu helfen als sie getötet.»

Die Direktheit der Worte war schockierend.

«Was ist, wenn ich es getan habe?»

«Schauen Sie sich an, wie Sie sich quälen. Als weiterer Gegensatz dazu steht das, was Caroline über Sie erzählt hat. Wie sie Sie beschrieben hat.»

«Jeder kann sich täuschen», hielt Andrina dagegen.

Frau Schmidt schüttelte den Kopf. «Nicht sie. Caroline hat Sie sehr gerngehabt. Sie hat bedauert, weil Sie keine Lehrperson waren, sondern nur dieses Anthologieprojekt geleitet haben. Sie habe viel von Ihnen gelernt. Nicht nur schreibtechnisch, sondern auch viele andere Dinge.»

«Anderes?»

«Ihre menschliche Art und Persönlichkeit hat Caroline beeindruckt. Wenn ich Sie nun so sehe, muss ich meiner Tochter recht geben. Wer würde in Ihrer Lage den Mut aufbringen und zu uns kommen?» Frau Schmidt machte eine kurze Pause.

Andrina fühlte Bewunderung für diese Frau, von der eine enorme Kraft auszugehen schien. Hätte Andrina andersherum für sie Partei ergriffen? Wäre sie ihr genauso ruhig und kontrolliert begegnet? An der Stelle von Carolines Mutter hätte sie sich bedrängt, sich endlich zu erinnern, und Schuldzuweisungen gemacht.

Frau Schmidt beugte sich vor und stützte sich mit den Ellenbogen auf ihren Oberschenkeln ab. «Ich vermute, Sie waren zum falschen Zeitpunkt am falschen Ort.»

Andrina schluckte und brachte keinen Ton hervor. Woher nahm die Frau diese Gewissheit? Nur aus dem, was Caroline ihr erzählt hatte und was sie nun vor sich sah? Eine neue Last senkte sich auf Andrinas Schultern. Sie musste sich dringend erinnern, damit diese Frau, Mutter einer ermordeten Tochter, endlich wusste, was geschehen war. Andrina wurde sich bewusst, dass Frau Schmidt hoffte, Andrina habe den Mörder gesehen und könnte helfen, ihn zu finden.

Was würde geschehen, wenn sich Frau Schmidt in ihr täuschte? Für sie musste die Welt ein weiteres Mal zusammenbrechen, wenn sich Andrina als Mörderin oder am Mord Beteiligte entpuppte.

«Es gibt neue Erkenntnisse», sagte Frau Schmidt in Andrinas Gedanken hinein.

«Neue Erkenntnisse?», echote Andrina. Sie forschte in ihrem Gedächtnis. In den Medien war nicht von neuen Erkenntnissen die Rede gewesen. Was in den Zeitungen stand, wusste sie genau, da sie die Berichte aufmerksam verfolgte, in der Hoffnung, das würde den Impuls geben, ihr Gedächtnis zurückzuerlangen.

«Die Polizei hält diese Information zurück», sagte Frau Schmidt, als habe sie Andrinas Gedanken erraten. «Sie wollen einen Plan entwickeln, um den möglichen Täter aufzuschrecken.»

«Meinen Sie damit, es gibt einen Verdacht?» Nicht gegen sie, sondern jemand anderen, dachte Andrina und schämte sich für die Erleichterung, die sie verspürte.

«Ich sollte Ihnen nichts davon sagen. Aber ich sehe, wie Sie leiden, und ich will möglichst schnell wissen, wer meine Tochter umgebracht hat. Wenn ich Ihnen helfe, können Sie vielleicht die Lücke in Ihrem Kopf schneller schliessen. Ich bitte Sie, das, was ich Ihnen erzähle, nicht anderen weiterzusagen. Ich weiss nicht, wie die Polizei darauf reagieren würde. Zudem könnte es ihre Pläne gefährden.» Andrina setzte zu einer Erwiderung an, aber Frau Schmidt hob die Hand. «Ich hoffe, Ihnen somit wenigstens die Gewissheit geben zu können, nicht die Schuld am Tod meiner Tochter zu tragen.» Sie räusperte sich. «Entschuldigung, ich habe Ihnen gar nichts zu trinken angeboten.»

«Ich möchte nichts, trotzdem vielen Dank», sagte Andrina.

«Die Beamten gehen davon aus, Carolines Mörder habe mit ihr im Chat Kontakt aufgenommen.»

«Im Chat?»

«WhatsApp. Die Beamten haben Carolines Handy im Wald gefunden. Inzwischen haben sie es ausgewertet. Dabei sind sie auf eine Verabredung mit einem Paul gestossen.» Sie schaute Andrina an, als erwarte sie, Andrina könne die Person kennen.

«Ich muss ein wenig ausholen», sagte sie, als sie Andrinas Verwirrung erkannte. «Drei Wochen vor ihrem Tod hat Carolines Freund mit ihr Schluss gemacht. Sie war am Boden zerstört.» Wie gut konnte Andrina das nachvollziehen. «Julian war ihre erste grosse Liebe. Paul meinte, er habe mit Julian gesprochen. Er habe das Gefühl, Julian liebe sie nach wie vor und würde genauso leiden, weil er nicht wisse, wie er die Trennung rückgängig machen könne. Er, also Paul, habe allerdings eine Idee, und sie sollten sich treffen.»

«Was soll das mit ihrem Tod zu tun haben?»

«Die Polizei ist die Kontakte auf dem Handy durchgegangen und hat genauso versucht mit Paul Kontakt aufzunehmen.»

«Wieso versucht?»

«Sein Handy war abgeschaltet. Sie haben uns nach Paul gefragt, aber ich wusste bis heute nicht, dass es so einen Freund von Julian gibt.»

«Das muss nichts heissen. Caroline muss ihn nicht erwähnt haben. Er ist ja in erster Linie der Freund von Julian, wenn ich Sie richtig verstanden habe. Bei ihm sollte die Polizei die notwendige Information erhalten.»

Carolines Mutter schüttelte den Kopf. «Julian stritt ab, einen Paul zu kennen. Als Nächstes hat die Polizei anhand der Handynummer den Besitzer des Handys und deren Adresse ermittelt. Dort wohnt kein Paul, sondern eine alleinstehende Frau Mitte sechzig. Sie gab an, ihr Handy seit mehreren Tagen zu vermissen. Sie ist jedoch davon ausgegangen, es verlegt zu haben.»

Andrina bekam einen schalen Geschmack im Mund. «Das bedeutet, ihr hat jemand das Handy gestohlen und damit Caroline kontaktiert? Woher soll dieser Jemand Caroline kennen beziehungsweise ihre Handynummer haben?»

«Das ist ganz einfach, wenn der Mörder jemand von ihren Freunden oder ein Studienkollege ist», sagte Frau Schmidt mit erstickter Stimme. «Genauso gut kann es eine Person von der Alten Kanti sein. Der alte Klassenchat ist noch aktiv, und Caroline hatte regen Kontakt mit ihren Klassenkameraden.»

Falls es einer aus Carolines Klasse war, könnte sie ihn sogar kennen, wurde Andrina bewusst. Zwar war Caroline die einzige Schülerin aus dieser Klasse gewesen, die an der Anthologie mitgemacht hatte, aber sie war ihren Freunden auf dem Gang begegnet und hatte sogar einige Worte mit ihnen gewechselt.

«Die Polizei meint also, dieser Paul habe Caroline zu einem Treffpunkt gelockt, um sie …» Sie schaffte es nicht, den Satz zu beenden. Das machte alles keinen Sinn.

«Sie hatten am Mittwochabend abgemacht. Caroline war sehr aufgekratzt, als sie ging. Das war das letzte Mal, dass wir sie gesehen haben.»

«Wenn die Polizei ihren Studienkollegen oder an der Schule Fragen stellt, wird sie diesen Paul bestimmt finden.»

«Paul wird nicht sein richtiger Name sein», hielt Frau Schmidt dagegen und sprach damit eine Befürchtung aus, die gerade in Andrinas Kopf Gestalt annahm.

«Sie waren eine kurze Zeit an der Alten Kanti. Ist Ihnen unter den Schülern einer aufgefallen, der zu einer solchen Tat fähig ist?»

«Bewusst nicht», sagte Andrina und spürte unter Frau Schmidts Blick, wie der Druck, sich zu erinnern, weiter wuchs.

ZEHN

«Nein!» Andrina setzte sich kerzengrade auf. Ihr Herz raste, und ihr Atem ging stossweise. Sie war schweissgebadet. Um sie war alles schwarz, und sie brauchte einen Moment, bis sie wusste, wo sie war.

Sie schlüpfte unter der Decke hervor und tastete sich durch das Zimmer. Es dauerte eine Weile, bis sie die Stehlampe fand. Zuerst musste sie blinzeln, als sie auf den Schalter gedrückt hatte. Nach und nach gewöhnten sich ihre Augen an das Licht. Sie sah sich um. Das Gästezimmer sah genauso aus wie immer.

Dieser Traum. Alles war so real gewesen. Es war so real gewesen, wie sie die Hände um Carolines Hals gelegt und zugedrückt hatte. Zwar war sie nicht im Wald, sondern in der Schule gewesen. Im Traum hatte sie gerade die Texte des Anthologieprojektes gelesen, nachdem die Schüler am Nachmittag gegangen waren. Es war abends gewesen, als Caroline ins Zimmer gekommen war. Was später folgte, bekam Andrina nicht mehr zusammen. Sie wusste nur, wie es zu einem Streit gekommen war und sie aufgestanden war. Caroline hatte sich vor ihr aufgebaut, und es war in ein Handgemenge ausgeartet. Andrina hatte ihr einen Stoss versetzt und sich über sie gebeugt, als Caroline zu Boden gegangen war.

Sie schloss die Augen.

«Nur ein Traum», flüsterte sie.

War es tatsächlich nur ein Traum, oder wollte das Unterbewusstsein ihr sagen, sie habe Caroline wirklich an dem verhängnisvollen Abend getötet?

«Ich bin eine Mörderin», flüsterte sie. Sie sollte zur Polizei gehen und sich stellen, auch wenn sie nach wie vor nicht wusste, was genau im Wald geschehen war. Alles deutete auf sie. Was allerdings nicht passte, war die Tatsache, dass die Polizei mit den Befragungen aufgehört hatte. Lag es an den sogenannten neuen Erkenntnissen, von denen ihr Carolines Mutter erzählt hatte?

Dieser Paul, mit dem sich Caroline verabredet hatte, konnte durchaus schuldig sein. Nur, bisher gab es kein Motiv, soviel sie wusste. Das Gleiche galt für sie. Warum hätte sie Caroline etwas antun sollen?

Andrina begann im Zimmer auf und ab zu laufen. Der Holzboden knarrte unter ihren Füssen. Sie hielt inne und horchte. Stille. Andrina setzte sich auf den Sessel neben der Stehlampe. Es war nachzuvollziehen, dass sich die Kripo auf die neue Spur gestürzt hatte und Andrina ein wenig aus dem Fokus gerutscht war.

Trotzdem lag es im Bereich des Möglichen, Andrina könne sich mit Caroline getroffen haben. Aus diesem Grund würde die Polizei Andrina weiter im Hinterkopf behalten.

Wer leitete überhaupt die Ermittlungen? Waren es Brogli und Aeschlimann, oder waren sie nur Ausführende? Feller war der Chef des Teams. Er war befangen, oder galt das nicht mehr, weil sie sich getrennt hatten?

Andrinas Gedanken kehrten zum Traum zurück. Waren dort Hinweise für ihre Schuld versteckt? Ein kalter Luftzug wehte durch das gekippte Fenster. Andrina fror. Sie kroch zurück ins Bett und schlang die Decke um sich. Warum hatten die Beamten ihr nichts von Paul erzählt? Aus ermittlungstechnischen Gründen oder weil es Beweise gab, Andrina könne mit der Studentin in Kontakt gestanden haben. Sie kannte keinen Paul.

Das ist nicht sein richtiger Name, meldete sich eine Stimme in ihrem Kopf.

In den letzten Wochen hatte sie sich mit keinem Mann verabredet. Gehörte ein solches Treffen möglicherweise zu den Dingen, die sie nicht mehr wusste? Falls das so war, warum hatten die Beamten sie bisher nicht damit konfrontiert? Fragen über Fragen, auf die sie keine Antwort fand.

Eins war ihr dennoch klar, die Beamten würden mit neuen Fragen wiederkommen. Andrinas Phantasie drehte sich immer schneller. Vielleicht würde sie sogar verhaftet werden. Sie begann zu zittern, als vor ihrem inneren Auge ein Bild Gestalt annahm, das zeigte, wie sie in Handschellen abgeführt wurde. Dem musste sie zuvorkommen.

***

«Sie haben Caroline Schmidt getötet und wollen sich der Polizei stellen?», fragte Dr. Ulmann. Er hatte sich vorgebeugt und die Stirn in Falten gelegt. Unglaube drängte sich in seine Gesichtszüge.

«Ja», antwortete Andrina. Sie hatte beschlossen, zuerst mit ihm zu sprechen und sich für seine Hilfe zu bedanken.

Ulmann hob eine Augenbraue und sagte eine Weile nichts. Da Andrina weiterhin schwieg, ergriff er schliesslich das Wort. «Ich verstehe nicht, wie Sie zu dieser Annahme kommen. Eben haben Sie mir erzählt, was Carolines Mutter Ihnen gesagt hat. Ich sehe die Verbindung nicht. Oder kennen Sie diesen Paul? Hat das, was Frau Schmidt Ihnen erzählt hat, eine Erinnerung ausgelöst, zusammen mit diesem Mann und Caroline Schmidt im Wald gewesen zu sein?»

Andrina schüttelte den Kopf.

«Wenn die Annahmen der Polizei in diese Richtung verlaufen, haben Sie nichts damit zu tun.» Andrina fragte sich, was ihn so sicher machte. «An Ihrer Stelle würde ich aufatmen, da das eine Entlastung bedeutet.»

«Trotzdem hat man mich neben Carolines Leiche gefunden. Ich stehe mit ihrem Tod in Zusammenhang.»

Ulmann schob seine Lesebrille zur Nasenspitze und musterte Andrina über den Rand hinweg. «Was genau geschah in dem Wald?»

Andrina prallte angesichts der Schärfe in seiner Stimme zurück. Ulmann wirkte auf einmal, als nehme er an, Andrina würde sich durchaus erinnern und mit ihm ein Spiel spielen. Schlimmer noch, er schien Andrina als Täterin ins Auge zu fassen.

«Ich weiss es nicht», flüsterte sie.

Die zweite Augenbraue gesellte sich zur ersten. «Das passt

alles nicht zusammen.» Das klang versöhnlicher. «Wenn Sie sich stellen wollen, weil Sie die Studentin getötet haben, müssen Sie wissen, was vorgefallen ist. So ein Schritt muss gut überlegt sein, und Sie müssen dafür eine Begründung parat haben. Aus welchem Grund meinen Sie, die Studentin getötet zu haben? Jetzt, wo die Ermittlungen in eine andere Richtung zu laufen scheinen.»

«Ich habe Angst, es könne dennoch so sein.»

«Angst ist keine ausreichende Begründung dafür. Sie sollten aufhören, sich als mögliche Mörderin zu betrachten.» Ulmann lehnte sich zurück und verschränkte die Arme vor der Brust.

«Je länger ich darüber nachdenke, desto eher halte ich es für wahrscheinlich.»

«Warum?»

«Ich weiss es nicht. Es ist ein Gefühl. Die Beamten haben diese Andeutungen gemacht.»

«Andeutungen ist das richtige Wort. Sie wissen es nicht. Wie erklären Sie sich, dass es keine weiteren Fragen gibt? Das spricht für die neue These.»

Andrina erwiderte nichts. Eine neue Möglichkeit tauchte aus dem Nichts auf. Wollte Feller sie zermürben? Warum sollte er? Das wäre unprofessionell und war an den Haaren herbeigezogen. Sie sollte endlich ihre Phantasie unter Kontrolle bringen.

«Was geht Ihnen durch den Kopf?», fragte Ulmann.

«Nichts.»

«Wohl eher nichts, worüber Sie mit mir sprechen möchten.» Er klang enttäuscht.

Andrina senkte den Kopf. Sie fühlte sich auf einmal erschöpft. Die Nächte, in denen sie sich schlaflos hin und her gewälzt hatte, forderten ihren Tribut.

Ulmann stand auf und kam um seinen Tisch herum. Er zog einen Stuhl heran und setzte sich schräg vor Andrina. Andrina wich seinem prüfenden Blick aus. Er beugte sich vor und stützte sich mit den Ellenbogen auf seinen Oberschenkeln ab.

«Hören Sie auf, sich unter Druck zu setzen, und versuchen Sie nicht krampfhaft, alles zu interpretieren, was jemand macht und warum. Das hilft Ihnen nicht und braucht unnötige Energie. Als Nächstes: Ich verstehe, dass Sie endlich wissen wollen, warum Sie neben Carolines Leiche lagen und was davor geschah. Wenn Sie sich unter Druck setzen, funktioniert es nicht. Das habe ich Ihnen mehrfach gesagt. Falls nichts mehr von dem, was Sie vergessen haben, zurückkehrt, wird die Polizei den Fall ohne Ihre Aussage aufklären müssen. Anscheinend verfolgen sie nun diese andere Spur, zu der es Ihre Aussage wohl nicht braucht.»

Zumindest im Moment nicht, fügte Andrina in Gedanken hinzu. Die Beamten würden ihre Rolle in dem Fall klären wollen. Früher oder später würden sie neue Fragen an sie stellen.

«Ehrlich gesagt, bin ich froh, wenn die Beamten Sie in Ruhe lassen», fuhr Ulmann fort. «Ruhe ist nämlich das, was Sie am nötigsten haben. Sie brauchen Zeit. Zeit für sich, damit Sie zur Ruhe kommen und Sicherheit gewinnen. Haben Sie es mit dem Strandkorb ausprobiert?»

Andrina senkte den Kopf. Sie hatte es vorgehabt. Als sie aber Feller mit seiner neuen Freundin gesehen hatte, hatte sie sich nicht an die Strandkorbübung gewagt. Zu schmerzhaft wäre das gewesen.

«Diese Übung ist nicht nur dazu da, sich zu erinnern. Sie soll Ihnen als Zuflucht dienen, um Ruhe zu finden.»

Andrina schwieg weiterhin. Sie wollte nicht mit ihm über Feller und seine neue Freundin sprechen. Zuerst einmal musste sie sich selber mit dieser Tatsache abfinden.

Ulmann beugte sich vor und berührte Andrinas Arm. «Sie haben in den letzten Monaten einiges durchgemacht. Das steckt keiner so einfach weg. Ich mache mir Sorgen um Sie. Ich kann Ihnen nur helfen, wenn Sie meine Hilfe annehmen. Die kann ich Ihnen nur in Form von diesen Gesprächen und mit kleinen Hilfsmitteln wie der Strandkorbübung geben. Bitte nehmen Sie das an und machen Sie diese Übung. Ich bin davon überzeugt, sie wird Ihnen helfen.»

***

Die Sonne war kräftig, und es war warm genug, um ohne Jacke im Liegestuhl zu sitzen. Nach ihrem Termin bei Ulmann war sie zwar zum Verlag zurückgekehrt, hatte sich aber nicht konzentrieren können. Daher hatte sie am Nachmittag früher Schluss gemacht und war nach Erlinsbach gefahren. Niemand war zu Hause gewesen. Andrina war froh, so ein wenig Zeit für sich zu haben, und beschloss, die Gelegenheit zu nutzen, um wenigstens einmal Ulmanns Übung mit dem Strandkorb zu versuchen. Das war sie ihm schuldig, denn er ging geduldig und einfühlsam mit ihr um. Sicher war es sein Job, dennoch schätzte Andrina den Arzt und seine ruhige Art.

Allerdings war sie überzeugt, es werde nicht funktionieren. Zu schmerzhaft war die Tatsache, dass Feller mit jemand anderem glücklich war. Genau das würde sie blockieren.

Andrina lehnte sich nach hinten und schloss die Augen. Die Wärme der Sonne tat gut und machte sie schläfrig. Als Folge davon fingen ihre Gedanken an, sich selbstständig zu machen. Sie drifteten von hier nach dort. Kaum trat ein Gedanke deutlich hervor, verschwand er. Andrina fing an, diesen Schwebezustand zwischen Schlaf und Wachzustand zu geniessen und liess sich weiter fallen. Tatsächlich begann sie sich zu entspannen. Ein leichter Luftzug streifte ihr Gesicht. Er brachte den Duft von Rosen mit – den alten englischen Rosen, die am Rande der kleinen Fläche standen, auf der sich der Strandkorb befand. Andrina meinte auf einmal die Polster des Strandkorbs unter ihrer Handfläche zu fühlen. Ihre Glieder wurden schwerer.

«Zum Schlafen ist es eindeutig zu früh!»

Andrina schrak hoch und musste blinzeln. Es brauchte eine Weile, bis sie wusste, wo sie war.

«Also ehrlich, am helllichten Tag faulenzen! Was tust du hier? Wieso bist du nicht im Verlag?» Seraina setzte sich Andrina gegenüber auf einen Stuhl. Sie hatte die Stirn in Falten gezogen. Die Missbilligung war eindeutig. Sie klang wie eine Mutter, die ihr Kind tadelte.

«Ich mache meine Übungen», verteidigte Andrina sich, benommen von der angenehmen Schwere, die sie eben gespürt hatte. Ein Teil von ihr befand sich weiterhin in Fellers Garten.

«Welche Übungen?»

«Die von Dr. Ulmann.»

«Wer ist Dr. Ulmann?» Misstrauisch sah Seraina sie an.

Andrina schwieg.

«Moment mal, ist das etwa der Dr. Ulmann, den Dr. Clausen dir genannt hat.»

Andrina sagte nichts.

«Ich hatte dir mehr als einmal gesagt, was ich davon halte», brauste Seraina auf. «Ich habe dir gesagt, du sollst die Finger von ihm lassen. Er verdient nur sein Geld mit dir. Du hast nichts davon, ausser dass dein Konto leerer wird. Was macht er dafür? Stiftet dich zu solch einem Unsinn an!»

«Was ist dagegen einzuwenden, wenn jemand seinen Beruf ausübt.»

«Seinen Beruf ausübt. Pah! Welche Gehirnwäsche hat er dir verpasst?»

«Gar keine. Was ist gegen so eine Übung einzuwenden. Nützt sie nicht, schadet sie immerhin nichts. Seraina, wenn dadurch meine Erinnerungen zurückkehren, ist es das wert.»

«Warum sprichst du nicht mit mir darüber? Seit einigen Tagen weichst du mir aus. Warum hast du kein Vertrauen zu mir und gehst stattdessen hinter meinem Rücken zu so einem Quacksalber?»

«In dem Fall halte ich es für besser, wenn die Person mich nicht kennt. Er ist ausgebildet darin.»

«Worin? Erinnerungen zurückzubringen?»

«Er kann Hilfestellungen geben.»

«Schlafen auf der Terrasse als Tipp, anstatt bei der Arbeit zu sein?» Serainas Augenbrauen zogen sich über der Nasenwurzel zusammen.

«Ich habe nicht geschlafen.»

Seraina funkelte sie an und wollte etwas erwidern. Andrina war schneller. «Er meinte, ich solle mich an einen Ort versetzen, an dem ich mich wohlfühle oder wohlgefühlt habe.»

«Das soll meine Terrasse sein?»

«Nein, Marcos Strandkorb.»

«Ausgerechnet! Verdammt noch mal, Andrina! Wann wirst du endlich erwachsen? Einen schlechteren Tipp hat er dir nicht geben können. Ist er sich nicht bewusst, was er anrichtet?»

«Mit dem Strandkorb?»

«Nein, mit Marco! Schon alleine, dass er es wagt, den Namen in den Mund zu nehmen.»

«Der Name wird immer mal wieder fallen. Damit muss ich leben.»

«Musst du nicht.»

Andrina setzte zu einer Erwiderung an, aber dieses Mal kam ihr Seraina zuvor.

«Kaum kommt die Sprache auf ihn, wirst du fahl im Gesicht.»

«Ich?» Andrina rubbelte mit den Handflächen über ihre Wangen. «Ich bin übernächtigt, weil ich schlecht schlafe.»

«Das geht auch auf sein Konto.»

«Geht es nicht. Der Grund dafür ist im Wald zu suchen.»

«Er war der grösste Fehler, den du je gemacht hast», rief Seraina. «Schau dich an, wie du leidest. Du kommst nicht von ihm los.» Sie kam weiter in Fahrt.

Die Dynamik, die sie entwickelte, erschreckte Andrina. Serainas Worte prasselten mit einer Heftigkeit auf sie ein, die sie ihrer Schwester nie zugetraut hätte. Sie kam sich wie in einem schlechten Film vor. Zu gerne hätte sie diese Diskussion, die eh zu nichts führen würde, abgebrochen. Aber sie wusste nicht wie.

«Man kann seine Gefühle nicht von heute auf morgen abschalten», sagte sie leise. «Er hat mir ... er bedeutet mir ...»

«Wach endlich auf, Andrina! Denk daran, was er dir angetan hat und immer noch antut. Seit der Trennung bist du nicht mehr du selbst, und damit nicht genug. Nun verdächtigt er dich, diese Studentin getötet zu haben.»

«Das hat er nicht gesagt.»

«Er gibt es durch die Blume zu verstehen. Damit meine ich diesen Brogli und seinen Kollegen.»

«Die zwei machen nur ihre Arbeit. Ausserdem stehe ich nicht mehr im Fokus der beiden.»

Seraina seufzte. «Ich verstehe dich nicht und weiss nicht, was ich mit dir machen soll.» Sie breitete ihre Hände aus, und die Handflächen deuteten nach oben. Die Geste wirkte übertrieben.

«Du kannst aufhören, mich wie ein Kind zu behandeln.» Andrina bemühte sich, weiterhin ruhig zu bleiben und nicht wie Seraina die Stimme zu heben.

«Das Einzige, das ich weiss: Du hast in Sachen Männer keine glückliche Hand», sagte Seraina.

Die Richtung, die das Gespräch nahm, empfand Andrina als immer surrealer. So kannte sie ihre Schwester nicht und fragte sich, was in sie gefahren war. Wo steuerten sie hin? Seraina redete sich weiter in Rage.

Seraina schloss für einen Moment die Augen und atmete durch. «Glaube mir, ich wünsche mir nichts sehnlicher, als dass du glücklich wirst», stiess sie hervor. «Ausgerechnet jetzt kommt dieser Kurpfuscher und sagt, du sollst dich dazu in Marcos Strandkorb setzen.»

«Das hat er nicht im wörtlichen Sinne gemeint. Ich soll mich in Gedanken dorthin versetzen.»

«Das ist ein noch grösserer Blödsinn», brauste Seraina auf.

«Wobei es natürlich besser wäre, ich könnte mich richtig an diesen Ort zurückziehen. Wenn das nicht geht, soll ich zu diesem Mittel greifen.»

Seraina schüttelte den Kopf. «Hörst du mir überhaupt zu? Schlag dir Marco endlich aus dem Kopf.»

«Ich probiere es. So leicht, wie du das denkst, geht es nicht. Ich kann die Gefühle nicht von heute auf morgen abschalten.»

«Eben, du brauchst Zeit. Statt dich aber zu schonen, hast du zu arbeiten angefangen.»

Andrina brauchte einige Sekunden, bis sie mit dem abrupten Themenwechsel zurechtkam.

«Was hat der Cleve-Verlag mit Marco zu tun?»

Serainas Argumentführung verwirrte sie zusehends. Sie

fragte sich, ob alles ein schrecklicher Traum war, aus dem es ihr nicht gelang aufzuwachen.

«Es wäre besser, zu warten, bevor du dich unter die Leute mischst», fuhr Seraina fort. «Du bist seelisch völlig durch den Wind und nicht stabil genug dafür.»

«Stabil? Ich möchte in den Alltag zurück. Das hilft mir am besten.»

«Falsch, du solltest hierbleiben und Ruhe finden.»

«Ich fühle mich eingesperrt.»

Serainas Augen weiteten sich. Andrina biss sich auf die Lippen. Das hätte sie nicht sagen sollen, obwohl es der Wahrheit entsprach, wie ihr bewusst wurde. Die ganze Zeit hatte Seraina versucht, sie von allem abzuschirmen und zu bestimmen, mit wem sie wann sprach und was sie zu welchem Zeitpunkt tat.

«Ich sperre dich ein?» Seraina hatte die Stimme gesenkt, und es klang wie eine Drohung.

«Das habe ich nicht gesagt. Ich muss mal raus. Normalität spüren. So drohe ich zu ersticken.»

«Dabei tue ich alles, damit es dir gut geht.» Serainas Augen bohrten sich in Andrinas.

«Ich möchte in mein Leben zurück.»

«Dein Leben? Was soll daran erstrebenswert sein?»

«Wie bitte?»

«Das ist im Moment eine einzige Katastrophe. Du bist gar nicht fähig, ohne jemand anderen zurechtzukommen.»

Andrina blieb die Luft weg.

«Aber bitte mach, was du willst. Komm hinterher nicht angekrochen und jammere.» Seraina schnaubte, sprang auf und stürzte ins Haus.

Andrinas Herz klopfte bis zum Hals. Sie wusste nicht, wie sie das, was gerade geschehen war, einordnen sollte. Was sie allerdings wusste: Ihre Beziehung hatte sich verändert und würde nie mehr so sein wie früher.

***

Die Strassenbeleuchtung in der Aarauer Altstadt war ausgeschaltet worden. Laternen schaukelten in allen Fisch- und Tierformen in verschiedenen Grössen und Farben an Andrina vorbei. In der Dunkelheit wirkte es, als würden die Fische selber durch die Luft schweben. Einzig der Gesang verriet die Anwesenheit der Kinder:

«Fürio, de Bach brönnt, d'Suhrer händ ne azünd, d'Aarauer händ ne glösche, d'Chüttiger, d'Chüttiger rite uf de Frösche.»

Sie dachte daran, was ihr Vater ihr erzählt hatte, als sie das erste Mal für den Umzug eine Fischlaterne gebastelt hatte.

Früher war der Wasserbedarf der Stadt Aarau unter anderem mit der Zuleitung des künstlich angelegten Stadtbachs gedeckt worden. Einmal im Jahr stand allerdings die «Bachputzete» an. Während dieser vier Tage andauernden Reinigung wurde der Bach trockengelegt, was für die Bewohner der Stadt nicht einfach war, da ihnen das Trink- und Brauchwasser sowie das Löschwasser fehlten. Demzufolge wurde der Bach seit der Zeit der Stadtgründung um 1248 von der Stadtjugend singend und mit auf grüne lange Zweige aufgesteckten Lampions abgeholt. Noch heute fand nach der Reinigung des Stadtbachs ein Umzug mit von Kerzen erleuchteten Laternen statt, und dieser Brauch war einer der ältesten der Schweiz.

Wie gerne war Andrina immer mitgelaufen. Als sie zehn Jahre alt gewesen war, hatte sie eine Laterne gebastelt, die dem Regenbogenfisch nachempfunden gewesen war. An diesem Umzug hatten ihre Eltern ungefähr an der gleichen Stelle in der Nähe vom Haldentor gestanden, an der sie nun stand.

Schmerzhaft zog sich ihr Magen zusammen. Lass es nicht zu, dachte sie. Seit Feller sie verlassen hatte, war der Schmerz über den Tod ihrer Eltern mit einer Intensität aus der Versenkung zurückgekehrt, die sie nicht für möglich gehalten hatte. Obwohl der Unfall fast zwanzig Jahre her war, fühlte es sich an, als sei es gestern gewesen. Zudem war ihr mit Fellers Trennung bewusst geworden, wie wenige wichtige Menschen es in ihrem Leben gab. Seraina und Gabi waren die einzigen. Wobei sie sich bei Seraina seit der Diskussion am Nachmittag nicht mehr sicher war.

Beim Nachtessen waren sie höflich miteinander umgegangen und hatten Small Talk gemacht. Dennoch war deutlich, es war am Nachmittag etwas zwischen ihnen zu Bruch gegangen. Ihr war bewusst geworden, dass sie keinen anderen Menschen hatte, an den sie sich in Not wenden konnte. In Gedanken ging Andrina die Leute durch, die sie kannte, und blieb bei Susanna, Häusermann und Wagner hängen. Die Freundschaft zu Susanna war immer tiefer geworden und war auf einer ähnlichen Ebene wie die zu Gabi angelangt. Dennoch konnte sie nicht zu ihr. Sie gehörte wie Häusermann und Wagner zu Feller.

Andrina zwang sich, ihre Gedanken von Susanna zu lösen, und suchte weiter nach Personen, bei denen sie Halt finden konnte. Niemand fiel ihr ein. Warum war sie so wählerisch in Bezug auf Freundschaften und hatte es vermieden, jemanden näher an sich heranzulassen? Nach dem Tod ihrer Eltern und der schweren Zeit, die dem gefolgt war, hatte sie sich zurückgezogen. Das hatte sie ihr weiteres Leben beibehalten. Nur wenigen Personen hatte sie sich geöffnet. Das rächte sich nun.

Andrina schielte zu Seraina und fragte sich, seit wann sie sich so verändert hatte. Seit diesem Sommer, wurde ihr bewusst. Da wäre sie wegen einer Vergiftung beinahe gestorben, und sie hatte ihr Kind im dritten Monat verloren. Andrina nahm sich vor, mit Michael zu reden. Ob er Serainas Veränderung ebenfalls bemerkt hatte und was er dazu meinte.

Als sie nach Aarau gelaufen waren, hatte Schweigen geherrscht, das sich während des Umzuges fortgesetzt hatte. Sogar Regina war ruhiger als sonst. Sie merkte, dass etwas nicht in Ordnung war.

«Der Umzug ist fertig», sagte Seraina und riss Andrina aus ihren Gedanken.

Andrina blickte sich um. Sie hatte es nicht bemerkt. Regina, die im Kinderwagen sass, begann zu quengeln. Sie schlossen sich dem Strom an, der sich durch das Haldentor schob.

«Gehen wir nach Hause», sagte Seraina, als sie am Allmendweg angekommen waren.

«Ich würde mir gerne das Feuerwerk anschauen.»

«Regina ist müde.»

«Kein Problem. Geht schon mal vor, und ich komme nach.»

«Nein.»

«Warum?»

«Es ist besser, wenn du dich uns anschliesst. Wir können zu Hause einen Tee trinken.» Das hätte ein Friedensangebot sein können, wenn nicht diese Schärfe in der Stimme mitgeschwungen hätte.

«Den Tee können wir später trinken. Ich möchte gerne einen Augenblick für mich alleine sein.»

«Du kommst mit!»

Andrina blieb stehen. Wieder dieser Ton, als würde ihre Schwester mit einem ungehorsamen Kind sprechen. «Hör endlich auf, mich wie ein kleines Kind zu behandeln!»

«So, die Dame hat Wünsche. Hockt die ganze Zeit herum, sonnt sich auf der Terrasse und lässt sich bedienen.»

«Was?» Andrina blieb stehen. «Ich darf ja nichts machen. Wenn ich frage, ob ich helfen kann, sagst du, ich soll mich schonen. Ich darf dir nicht im Haushalt helfen, nicht einkaufen oder mit Regina einen Ausflug machen. Ich darf nicht arbeiten und nicht –»

«Du darfst mal auf die anderen hören.»

«Wie bitte?» Gab es eine neue surreale Diskussion wie am Nachmittag?

«Entschuldige», sagte Seraina und klang mit einem Mal zerknirscht. «Ich mache mir Sorgen um dich und will nicht, dass dir etwas passiert.»

«Ich kann gut selber auf mich aufpassen.» Andrina konnte die Aggressivität nicht aus ihrer Stimme verbannen. Immer dieses Wechselbad zwischen Anschuldigungen und Bemutterung. Sie wurde aus ihrer Schwester immer weniger schlau. Dabei hatte sie genug Probleme am Hals und wollte sich nicht zusätzlich mit Serainas Gemütszustand auseinandersetzen. Das Gefühl, eingeengt zu sein, verstärkte sich.

«Offenbar nicht. Sonst wären dir all diese Dinge nicht passiert.»

«Das ist eine Verkettung dummer Zufälle.»

Seraina fasste Andrina am Arm und zog sie zur Seite. «Ich dachte, unsere Diskussion heute Nachmittag wäre ausreichend gewesen. Du kommst mit und basta.» Warum klang das wie eine Drohung?

«Was soll das? Ich bin nicht deine Gefangene.»

Seraina verschränkte die Arme vor der Brust. Reginas Gequengel wurde lauter. «Das ist also der Dank, dass ich dir ein Dach über dem Kopf biete, nachdem du nicht gewusst hast, wohin du solltest und dir eine Schulter zum Ausweinen und ein offenes Ohr –»

«Ich bin dir ja dankbar», sagte Andrina und kam sich wieder wie ein gescholtenes Kind vor. «Ich weiss, was du für mich tust und wie schwer es im Moment mit mir ist. Aber ich möchte mich normal bewegen können und –»

«Tu, was du willst.» Seraina machte eine ausladende Bewegung mit der Hand. «Nur eins, klopf nicht mehr bei mir an.»

Sie drehte sich um und eilte davon.

Perplex blieb Andrina stehen. Was war das? Ein Rausschmiss? Leute strömten an ihr vorbei und schienen keine Notiz von ihr zu nehmen.

«Warte», rief sie, als sie sich ein wenig gefasst hatte, und eilte hinter Seraina her.

«Bleib da, wo der Pfeffer wächst. Mir reicht es. Du und deine Probleme gehen mich nichts mehr an.»

Wie vom Donner gerührt blieb Andrina stehen. Seraina entfernte sich mit weit ausgreifenden Schritten. Andrina wartete, ob sie sich umdrehen würde. Das tat sie nicht. Bald darauf war Seraina verschwunden.

Andrinas Gehirn weigerte sich zu verstehen, was gerade passiert war. Sie versuchte, den Nachmittag Revue passieren zu lassen. Wie war es überhaupt zu dieser Diskussion und diesem Eklat gekommen? Wenn sie richtig darüber nachdachte, hatte es vorher kleine Anzeichen für diesen Konflikt gegeben. Lag es daran, dass sie die ganze Zeit zu dicht aufeinandergehockt waren? Serainas Alltag mit Regina und Michael ging weiter. Hatte sie Andrina nicht nur jetzt, sondern von Anfang an als Last empfunden und sie nur aus Pflichtgefühl auf sich genommen? Offenbar. Andrina wusste, dass sie momentan nicht einfach für ihre Umgebung war. Rechtfertigte das jedoch diese derart heftige Reaktion ihrer Schwester? War sie für ihr Umfeld wirklich so schwer zu ertragen?

Es fühlte sich an, als würde die letzte Kraft aus ihr entweichen. Der letzte Anker, an den sie sich klammern konnte, war weg.

Hinter Andrina knallte es. Erschrocken fuhr sie herum. Das Feuerwerk hatte begonnen. Sie wandte sich ab und trottete mit gesenktem Kopf Richtung Altstadt. Leute wichen ihr aus. Das Knallen des Feuerwerks und die Menschen, die ihr auswichen, drangen in den Hintergrund. Sie lief den Ziegelrain hoch und ging die Vordere Vorstadt entlang. Beim Aargauerplatz bog sie links Richtung Bahnhof ab und danach gleich links in die Hintere Vorstadt. Ziellos wanderte sie durch die Altstadt. Beim Kasinopark angekommen setzte sie sich auf eine Bank. Auf einer Bank schräg gegenüber nahm ein Mann Platz. Die Körperhaltung kam Andrina vage bekannt vor, doch er war zu weit weg, um ihn in der Dunkelheit richtig erkennen zu können. Er steckte sich eine Zigarette an und lehnte sich rauchend nach hinten. Seine Gestalt verschwand nun gänzlich im Schatten des Baums. Nur das regelmässig aufleuchtende Ende der Zigarette verriet, dass dort jemand sass.

Andrina schaute weg. Sie wollte ihn nicht mit ihren Blicken einladen, sich neben sie zu setzen. Sie grübelte weiter. Irgendwann hatte sich die Situation entladen müssen, wurde ihr klar. Dennoch musste es weitere Ursachen als nur den Verlust des Babys für die Wesensveränderung ihrer Schwester geben. Sosehr sie hin und her überlegte, sie konnte es sich nicht erklären. Im Grunde genommen war es inzwischen egal. Sie sollte sich lieber mit einer anderen Frage beschäftigen. Wo sollte sie hin? Sie kam sich überflüssig vor.

Andrina hob den Kopf. Das Aufglühen des Zigarettenendes verriet, dass der Mann noch dort sass. Auf einmal fühlte sie sich unwohl, und sie glaubte, beobachtet zu werden. Sie war froh darum, dass hin und wieder Leute vorbeischlenderten. Allerdings ebbte der Strom ab. Andrina hob den Arm und versuchte das Zifferblatt ihrer Uhr zu erkennen. Es musste eine Stunde vergangen sein, seit sie sich auf die Bank gesetzt hatte. Sie sollte weiter, konnte sich jedoch nicht aufraffen.

Andrina schielte zum Mann und fragte sich, wie viele Zigaretten er in dieser Stunde geraucht hatte und warum er dort sass. Das kann dir egal sein, dachte sie und drängte den Gedanken zur Seite. Sie überlegte, ob sie sich ein Hotelzimmer nehmen sollte. Ihre Niedergeschlagenheit nahm zu.

Sie war an dem gleichen Punkt, an dem sie gewesen war, bevor sie Feller kennengelernt hatte. Damals hatte sie immerhin eine preisgünstige Unterkunft in einer WG gehabt. Dringend musste eine Lösung her.

Auf die Dauer würde sie sich kein Zimmer in einer Pension leisten können. Zwar lebte sie seit ihrer Geburt in Aarau, kannte aber keine vernünftige Pension mit für sie erschwinglichen Zimmerpreisen.

Der Mann stand auf und schlenderte in die andere Richtung davon. Andrina atmete auf.

Ihre Gedanken schweiften zurück zu Seraina. Bestimmt würde ihr Ärger spätestens morgen verraucht sein. Vielleicht bereute sie ihren Ausbruch sogar jetzt schon und wünschte sich, Andrina würde vor der Tür stehen.

Andrina holte ihr Handy hervor, in der Hoffnung, eine SMS von ihrer Schwester vorzufinden. Dem war nicht so. Sollte sie den ersten Schritt machen?

Nein, beschloss sie. Der Konflikt war von Seraina ausgegangen. Wenn Andrina als Erste den Kontakt aufnahm, war es wie ein Schuldeingeständnis. Ausserdem wollte sie sich nicht aufdrängen. Die Bereitschaft, Andrina weiter Unterschlupf zu gewähren, musste von ihrer Schwester ausgehen.

Andrina stand auf und ging in Richtung Bibliothek, blieb aber nach einigen Schritten stehen. Falls ihre Schwester den ersten Schritt machte, wäre es trotzdem nicht die Lösung, nach

Erlinsbach zurückzukehren. Früher oder später würde es einen neuen Zusammenstoss geben. Das Vertrauen war weg. Andrina drehte sich um.

An der Bahnhofstrasse angekommen schlug sie die Richtung zum Bahnhof ein. Hoffentlich klappte es mit einer der zwei Wohnungen, die sie sich angeschaut hatte. Die Chancen bei der Wohnung an der Schönenwerderstrasse standen nicht schlecht. Der Vermieter hatte gemeint, die Wohnung sei in einem Monat einzugsbereit. Bis dahin würde sie sich eine günstige Pension suchen.

Am Bahnhofplatz angekommen, hob Andrina den Kopf. Der Bus mit der Nummer 2 Richtung Erlinsbach fuhr gerade an. Andrina setzte sich und schaute ihm nach. Als Nächstes realisierte sie, wie wenig Leute hier waren. Fünf stiegen in die beiden wartenden Busse. Einige Obdachlose hingen herum und tranken aus ihren Flaschen. Einzelne schauten zu Andrina herüber. Sie fühlte sich unwohl. Ihr Blick schweifte zum «Aarauerhof». Die Rezeption war bestimmt um diese Zeit besetzt. Das wäre jetzt die beste Lösung. Dennoch zögerte sie und verwarf aus ihr unerklärlichen Gründen diese Option. Stattdessen holte sie ihr Handy hervor und scrollte durch ihre Kontaktliste.

Es war beinahe Mitternacht. Nicht gerade die Zeit, zu der jemand über ihren Anruf erfreut sein würde. Bei Enricos Namen stoppte Andrina. Fellers Bruder war nicht die ideale Person für ihr Hilfegesuch, ihr für ein oder zwei Nächte ein Dach über dem Kopf zu geben. Allerdings schätzte sie ihn so ein, dass er ihr Hilfe gewähren würde. Ihr Finger schwebte über dem Hörersymbol.

«Hallo, schöne Frau. So spät alleine unterwegs?»

Andrina schrak auf. Sie hatte nicht bemerkt, wie der Mann näher gekommen war und sich neben sie gesetzt hatte. Er hatte einen Dreitagebart, und die Haare standen verfilzt vom Kopf ab. Er trug eine Jacke mit Tarnmuster, die offen stand. Darunter war ein löchriges Sweatshirt zu erkennen. In der Hand hielt er eine Flasche mit einer klaren Flüssigkeit. Sein Atem stank nach Alkohol.

«Möchtest du einen Schluck?» Er hielt ihr die Flasche hin.

Andrina schüttelte den Kopf.

«Hat dein Freund dich vor die Tür gesetzt?»

Andrina erschrak. Konnte man ihr ihre ausweglose Situation so deutlich ansehen?

«Wenn du Unterschlupf brauchst, mein Schlafsack ist gross genug für uns beide. Kalt würden wir bestimmt nicht haben.» Er grinste.

«Danke, nicht nötig», sagte Andrina und wunderte sich über ihren ruhigen Tonfall. «Ich wollte gerade meinen Freund anrufen, damit er mich abholt.»

Sie tippte auf das Hörersymbol und hielt das Handy so, dass der Mann sehen konnte, dass sie tatsächlich jemanden anrief. Andrina drückte das Handy ans Ohr und stand auf. Mit durchgestrecktem Rücken und weit ausgreifenden Schritten ging sie auf das Bahnhofsgebäude zu.

Hoffentlich nahm Enrico nicht ab. Trotzdem wagte sie nicht, die Verbindung zu unterbrechen, bevor sie im Bahnhof war. Zu deutlich spürte sie den Blick des Mannes in ihrem Rücken. Er war ihr bis zum Eingang gefolgt. Zum Glück blieb er dort stehen und wandte sich nach einigen Sekunden ab.

In dem Moment, als sie die Rolltreppe nach unten fuhr und die Verbindung unterbrechen wollte, nahm Enrico ab.

«Andrina? Cos'è successo?»

«Entschuldige. Ich wollte dich nicht wecken.» Andrina bog rechts ab und ging an den geschlossenen Läden vorbei.

«Du hast mich nicht geweckt. Ich bin gerade nach Hause gekommen. Was ist los?»

«Ich …» An Andrina liefen ein Mann und eine Frau vorbei. Sie bogen rechts ab und rannten die Rampe zu Gleis 4 hoch. «Seraina hat mich rausgeschmissen», flüsterte Andrina.

«Was? Warum das denn?»

Andrina schaffte es nicht zu antworten. Beinahe wäre sie über die erste Stufe der Treppe, die aus der Bahnhofsunterführung nach oben führte, gestolpert. Sie verliess den Bahnhof und eilte die Frey-Herosé-Strasse hoch.

«Egal. Das kannst du mir später erzählen. Wo bist du?»

«Am Bahnhof.»

«Um diese Zeit? Ich komme dich sofort holen.»

«Das kann ich nicht annehmen.»

«Natürlich kannst du das. Schliesslich hast du mir im Sommer geholfen. Einfach so. Dabei kannten wir uns damals nicht einmal richtig.»

Das taten sie auch jetzt nicht. Andrina fragte sich, ob Enrico wirklich der Richtige war, ihr in diesem Moment beizustehen. Sie konnte jedoch nicht wählerisch sein und drängte die Frage zurück.

«Bleib, wo du bist. Ich bin in fünf bis zehn Minuten da.»

«Nicht nötig. Ich kann zu dir kommen. Inzwischen bin ich in der Bachstrasse.» Andrina bog links ab.

«Geh zurück. Mir ist nicht wohl bei dem Gedanken, dich um diese Zeit alleine unterwegs zu wissen.»

«Das wäre nicht das erste Mal. Und auf dem Bahnhof ist es nicht besser.»

«Okay, ich komme dir entgegen.» Enrico hatte aufgelegt, bevor sie einen Einwand erheben konnte.

Andrina steckte das Handy weg und überquerte die Kreuzung. Sie hastete weiter. Um diese Zeit war es wirklich sehr einsam.

Sie hob den Arm. In dem Licht der Strassenlaterne konnte sie kaum das Zifferblatt erkennen. Kurz nach Mitternacht. Der Bachfischet war vorbei, und die meisten waren inzwischen zu Hause.

Ihr Unterbewusstsein schlug Alarm. Bevor sie wusste, warum, nahm sie den Geruch von Zigarettenrauch wahr. Irritiert hob sie den Kopf.

Im gleichen Augenblick wurde sie von hinten angerempelt. Die Handtasche fiel auf den Boden.

«Hey», rief sie.

Ein Stoss gegen ihren Rücken folgte. Sie taumelte zur Seite und verlor das Gleichgewicht. Mit einem Platsch fiel sie in den Stadtbach. Das kalte Wasser war ein Schock. Als sie sich aufrappelte, wurde sie gepackt und ihr Gesicht unter Wasser gedrückt.

Andrina strampelte und schlug um sich. Sie wand sich aus dem Griff und schaffte es, einen Atemzug zu nehmen, bevor sie von Neuem gepackt und unter Wasser gedrückt wurde. Sie trat nach hinten und traf das Bein des Angreifers. Kurz lockerte sich der Griff.

«Hilfe», keuchte sie und schluckte Wasser, als sie wieder heruntergedrückt wurde. Sie wand sich, aber es gelang ihr nicht, sich aus dem schraubstockähnlichen Griff zu befreien. Ihre Lungen brannten. Luft!, schrie es in ihrem Kopf. Wie lange würde sie dem Drang einzuatmen widerstehen können?

Ich will nicht ertrinken. Gerade als die Kraft sie verliess, lockerte sich der Griff. Der Angreifer liess von ihr ab. Andrina gelang es nicht, sich aufzurappeln. Sie blieb mit dem Gesicht im Wasser liegen. Jemand fasste um ihren Oberkörper und zog sie hoch.

Andrina hustete und würgte. Die Luft, die ihre Lungen füllte, gab neue Energie. Eine Hand legte sich auf ihre Schulter. Sie fuhr herum und trommelte mit beiden Fäusten auf die Person hinter ihr ein.

«*No!*» Eine Männerstimme. «Ich helfe Ihnen.» Hochdeutsch mit italienischem Akzent.

Arme legten sich um ihren Oberkörper, und Andrina wurde rückwärts aus dem Bach gezogen. Ihr Retter rutschte aus, und sie plumpsten auf den Boden. Er liess los. Andrina rollte sich von ihm hinunter und drehte sich um. Sie blickte direkt in gleissendes Licht und hob die Hand, um die Augen abzuschirmen. Erst einige Sekunden später erkannte sie, dass es die Scheinwerfer eines Autos waren, das am Strassenrand stand und dessen Motor im Leerlauf lief.

«*Andrina? Dio mio!*»

«Enrico?» Andrina hustete ein weiteres Mal.

«*Merda!* Da bin ich gerade rechtzeitig gekommen. Beinahe wäre ich an euch vorbeigefahren. Zum Glück habe ich die Bewegung aus dem Augenwinkel wahrgenommen. Was war das für ein Typ?» Enrico setzte sich auf und schaute sich um. Ein neuer Hustenanfall schüttelte Andrina. Sie blickte an Enrico vorbei. Niemand war zu sehen.

«Weiss nicht», stiess Andrina zwischen dem Husten hervor. Er klopfte auf ihren Rücken. Langsam verebbte der Husten- und Würgereiz. Sie zitterte am ganzen Körper. Enrico legte den Arm um sie. «Du musst ins Warme, und ich rufe die Polizei.»

«Nein!»

«Maledizione, Andrina!»

«Der ist längst über alle Berge.» Sie rappelte sich auf. Enrico erhob sich ebenfalls. Im Scheinwerferlicht konnte sie erkennen, dass er einen Anzug und ein helles Hemd trug, dessen beide obere Knöpfe geöffnet waren.

«Mach eine Anzeige gegen unbekannt. Der Typ wollte dich umbringen.»

«Bitte keine Polizei.» Andrina presste die Hände vor ihr Gesicht. «Marco ... ich will nicht von ihm verhört werden.»

Enrico schloss sie in die Arme. «Warum verhören? Du hast nichts –»

«Bitte nicht.» Sie befreite sich aus der Umarmung. Sie schwankte und wäre sicher gestürzt, wenn Enrico sie nicht aufgefangen hätte.

«Du stehst unter Schock. Ich bringe dich ins Spital.»

«Nein!», rief Andrina. «Sie wollen bestimmt den Grund wissen, warum ich nass bin und rufen die Polizei.» Inzwischen schüttelte es sie am ganzen Körper. Ihre Zähne schlugen aufeinander.

Enrico zog Andrina an sich. Sie presste ihr Gesicht gegen seine Schulter.

«Ich habe gewusst, dass es nicht gut kommt, wenn du um diese Zeit alleine unterwegs bist. Ab ins Auto!»

Er führte Andrina zum Wagen. Als sie dort ankamen, blieb Andrina stehen und musterte den Zweisitzer. Es war ein Sportcabrio, dessen Stoffdach geschlossen war.

«Ich ruiniere den Autositz mit den nassen Kleidern.»

«Das ist wohl im Moment das kleinste Problem.»

Andrina schüttelte den Kopf. Enrico trat dicht vor sie. Sie spürte, wie er zitterte. «Dir ist kalt, mir ist kalt. Die Temperaturen sollen diese Nacht unter zehn Grad fallen, wenn sie das nicht schon sind. Wir beide sollten also schleunigst ins Warme.»

Im Scheinwerferlicht erkannte Andrina Enricos Gesichtsausdruck, der keinen Widerspruch duldete. Wie Feller, schoss es ihr durch den Kopf, und der altbekannte Schmerz setzte sich in ihrem Inneren fest.

«Dein Anzug ist hin.»

«Bestandsaufnahme mache ich später.» Er öffnete die Beifahrertür und schob Andrina zum Auto. «Steig ein.»

Ein warmer Luftzug schlug ihr entgegen. Jeglicher Widerstand verpuffte, und sie liess sich auf den Beifahrersitz fallen. Er umrundete den Wagen, bückte sich und hob etwas auf. Als er hinter das Steuerrad rutschte, reichte er ihr die Handtasche und stellte die Heizung hoch. Heisse Luft blies ihr entgegen. Sie lehnte den Kopf gegen die Nackenstütze und schloss die Augen. Mit beiden Händen umklammerte sie die Tasche. Das Zittern wollte nicht aufhören. Sie presste die Zähne zusammen, damit sie nicht aufeinanderschlugen. Enrico fuhr an.

Beklemmung machte sich breit. War es Enrico gewesen, der sie in den Bach gestossen und es sich im letzten Moment anders überlegt hatte? Andrina richtete sich auf und schielte zu ihm. Er hatte gewusst, wo sie war und wo sie entlanglief. Warum sollte er sie erst ertränken und kurz darauf retten wollen? Zudem hatte sie kurz vor dem Stoss in den Bach kein Scheinwerferlicht beziehungsweise ein sich näherndes Auto bemerkt. Das wäre ihr bestimmt aufgefallen. Auf der anderen Seite war sie in Gedanken gewesen.

«Warum warst du wach, als ich anrief?», fragte sie leise.

«Ich war mit Lieferanten essen.» Nach wie vor sprach er Italienisch. «Danach haben wir uns den Umzug angeschaut. Im Anschluss daran habe ich sie zum Flughafen gebracht. Ihr Flug geht morgen früh. Was ist zwischen dir und Seraina vorgefallen?»

«Ich möchte nicht darüber reden.»

Sie spürte, wie der Wagen anhielt, und öffnete die Augen.

Sie standen vor Enricos Garage, deren Tor gerade hochglitt. Er wandte sich ihr zu.

«Wer war dieser Typ? Warum hat er nicht deine Tasche geschnappt, sondern lässt sie liegen und versucht dich stattdessen zu ertränken?» Er fuhr in die Garage. «Ist er dir vom Bahnhof aus gefolgt?»

«Non lo so», sagte Andrina leise und wechselte ebenfalls ins Italienische.

«Du weisst es nicht? War es keiner, der da herumgelungert hat? Du hast ihn bestimmt gesehen, oder du musst eine Ahnung haben.»

«Nein. Der Überfall kam unerwartet. Ausserdem war es dunkel.»

Enrico schaute sie eine Weile schweigend an. Er glaubte ihr nicht. Obwohl es inzwischen warm im Wagen war, fror Andrina weiterhin.

Er strich über ihren Unterarm. «Lass uns reingehen und heiss duschen. Danach erzählst du mir bei einem heissen Tee mit Schuss, was genau passiert ist.» Er stellte den Motor aus. Der heisse Luftstrom ebbte ab, und Andrina begann stärker zu zittern.

«Unter einer Bedingung», sagte sie und konnte im Licht, das angegangen war, als das Tor sich geöffnet hatte, erkennen, wie Enrico sie fragend anschaute. «Du rufst keine Polizei.»

Enrico antwortete nicht. Er stieg aus. Die kalte Luft, die ins Wageninnere strömte, war wie ein Faustschlag. Ein Beben durchlief ihren Körper, und die Zähne begannen aufeinanderzuschlagen. Enrico schloss die Tür und bückte sich. Andrina erkannte einen Altkleidersack, der prall gefüllt war. Mit dem Kopf machte er eine Bewegung zum Haus und wandte sich ab. Der Kleidersack schwang in seiner Hand hin und her, als er auf das Haus zuging.

Andrinas Finger umklammerten die Tasse. In kleinen Schlucken trank sie den Schwarztee, den Enrico mit einem Schuss Grappa versetzt hatte. Sie stellte die Tasse ab.

Die Dusche hatte zwar gutgetan, aber ihr war weiterhin kalt. Immerhin hatte das Zittern und Zähneklappern aufgehört. Sie blickte an sich hinunter und hatte ein Déjà-vu. Enrico hatte aus dem Kleidersack eine Jeans, einen Pullover und einen Jogginganzug, den Andrina jetzt trug, gefischt. Die Kleider stammten von seiner Ex-Freundin, wie er ihr gesagt hatte. Es war nicht das erste Mal, dass Andrina Sachen dieser Frau trug. Im Sommer hatte er erklärt, sie habe sich im vergangenen Jahr nach sieben Jahren von ihm getrennt. Damals hatte er wehmütig geklungen. Offenbar war er inzwischen über die Trennung hinweggekommen, da er die Sachen für die Altkleidersammlung aussortiert hatte.

Enrico trank ebenfalls Tee, den er mit Grappa versetzt hatte. Als er die Tasse abstellte, füllte er beide halb ausgetrunkenen Tassen mit dem Alkohol auf. Der Flasche nach zu urteilen war es ein spezieller Grappa, der in Süditalien hergestellt worden war und keine der Nullachtfünfzehn-Sorten aus dem Supermarkt. Da Andrina normalerweise solche Dinge nicht trank, konnte sie den offensichtlich guten Tropfen nicht würdigen.

«Mir wird es langsam warm. Ich hoffe, dir auch», unterbrach Enrico das Schweigen, das sich einstellte, nachdem Andrina von den Ereignissen seit dem Streit bis hin zum Mordversuch berichtet hatte.

«Es geht so.» Andrina trank einen grossen Schluck. Der Alkohol brannte in ihrer Kehle. Knapp konnte sie verhindern, nach Luft zu schnappen. Wärme breitete sich in ihrem Inneren aus. Dennoch vermochte sie die Kälte nicht zu vertreiben.

«Du hast ihn nicht erkennen können?», fragte Enrico.

Andrina schüttelte den Kopf und trank einen weiteren Schluck. Der Grappa stieg ihr in den Kopf. So starke Sachen war sie nicht gewohnt. Besonders nicht in dieser Geschwindigkeit.

«Spätestens nach zwei Gläsern Rotwein wirst du lustig», hatte ihr Gabi einmal gesagt, als sie zusammen ausgegangen waren.

Immerhin schien die Wärme langsam gegen die Kälte anzukommen. Ausserdem spürte sie eine bleierne Schwere, die sich in ihren Gliedern und im Kopf ausbreitete.

In ihrem Kopf schwirrte es immer mehr. Trotzdem nahm sie einen weiteren Schluck. Sie unterdrückte ein Gähnen.

«Du hast recht. Lass uns morgen weiter darüber reden», sagte Enrico.

Andrina schielte auf ihre Armbanduhr. Es war beinahe zwei Uhr.

Schweigend gingen sie nebeneinander die Treppe hoch. Nur mit Mühe gelang es ihr, nicht zu schwanken. Du bist blau, dachte sie und hätte fast angefangen zu kichern. Vor dem Zimmer, das Enrico für sie zurechtgemacht hatte, blieben sie stehen.

«Schlafen wir darüber und schauen morgen, was wir machen.»

«Keine Polizei», murmelte sie. Es war schwierig, die Worte zu formen. Reiss dich zusammen, dachte sie. Sonst wird es peinlich.

«Lass uns das morgen entscheiden.» Schweigend sahen sie einander an. Andrina musste sich konzentrieren, damit Enrico nicht vor ihren Augen verschwamm. Eindeutig zu viel Alkohol in zu kurzer Zeit. Der Schwebezustand fühlte sich gut an. So entspannt war sie lange nicht mehr gewesen. Der Vorfall am Bach wirkte nicht mehr bedrohlich.

«Ich hoffe, dir ist inzwischen warm», sagte Enrico. «Falls nicht, hole ich dir eine weitere Decke.»

«Danke, aber es ist gut so», sagte sie. Sein Gesicht verschwamm stärker vor ihren Augen. Als sie zwinkerte, erkannte sie wie so oft die Ähnlichkeit zu Feller. Seine Augen waren zwar fast schwarz, hatten aber dieselbe Form. Das Gleiche galt für das Kinn und den Mund. Nur die Wangenknochen unterschieden sich von Fellers. In dem Licht der Wandlampe wirkten seine Haare schwarz und die Haut dunkler, als sie in Wirklichkeit war. Ein leichtes Lächeln huschte über sein Gesicht. Genau wie bei Marco.

Bevor Andrina wusste, was sie tat, schlang sie ihre Arme um ihn. Er zog sie an sich. Der Kuss war fordernd. Andrina drängte sich gegen ihn. Die Müdigkeit und Alkoholschwere waren wie fortgeblasen. Seine Hände strichen über ihren Körper. Andrina stöhnte auf, als sie unter den Pullover des Jogginganzugs glitten und sich auf ihre Brüste legten. Sie tastete nach der Türklinke hinter sich, aber Enrico zog sie fort. Er dirigierte sie zu seinem Schlafzimmer. Zusammen torkelten sie hinein, ohne ihre Lippen voneinander zu lösen. Enrico gab der Tür mit dem Fuss einen Stoss und drängte Andrina gegen die Wand. Er streifte ihr den Pullover über den Kopf. Mit den Lippen glitt er über ihren Hals abwärts. Andrina seufzte auf, als sie über die rechte Brust strichen. So schnell, wie es möglich war, schlüpfte sie aus der Jogginghose und liess sich auf das Bett fallen. Gleich darauf war Enrico über ihr, und Andrina drängte sich ihm entgegen.

ELF

Andrina schlug die Augen auf. Sie blickte auf Enricos Brustkorb, über den sie ihren Arm gelegt hatte. Langsam hob und senkte er sich. Vorsichtig stützte Andrina sich auf. Es war hell genug, um seine Gesichtszüge zu erkennen.

Nachdem sie sich in der Nacht zuerst überstürzt geliebt hatten, hatten sie es danach langsamer wiederholt. Andrina hatte jede Berührung ausgekostet. Sie meinte immer noch zu spüren, wie sich seine Hände auf ihrem Körper angefühlt hatten, was ein leichtes Kribbeln verursachte, das sogleich verschwand, als sie ihn weiterhin betrachtete.

Sie fragte sich, ob sie wirklich mit Enrico geschlafen hatte oder ob sie dabei jemanden anderen vor Augen gehabt hatte. In dem Dämmerlicht sah es nämlich so aus, als läge nicht Enrico, sondern Feller neben ihr.

Wie hatte sie sich dazu hinreissen lassen können? War ihre Situation nicht kompliziert genug? Zu viel Grappa. Nein, es war nicht richtig, dem Alkohol alleine die Schuld zu geben. Sicher hatte er dazu beigetragen, keine Hemmungen zu verspüren. Dennoch war Andrina sich sicher, dass sie auch ohne Grappa mit Enrico im Bett gelandet wäre. Es war, als habe sie die Bestätigung gebraucht, nach der Trennung attraktiv gefunden zu werden. Kaum hatte sie den Gedanken beendet, musste sie über sich den Kopf schütteln. Für eine Midlife-Crisis war sie zu jung. Sie musste zugeben, den Sex genossen zu haben. Würde sie noch einmal vor der Wahl stehen, würde es den gleichen Ausgang nehmen.

Vorsichtig rutschte Andrina an den Rand des Bettes. Enrico atmete tief aus, und Andrina verharrte mitten in der Bewegung. Er seufzte im Schlaf und drehte sich auf die andere Seite. Sie wartete einen Moment, bis sie gleichmässige Atemzüge vernahm. Langsam erhob sie sich. Der Holzboden unter ihren Füssen knarrte. Enrico atmete ruhig weiter. Andrina hob die

Jogginghose auf und legte sie auf einen Stuhl, der in der Ecke neben der Tür stand. Sie huschte aus dem Raum und holte aus ihrem Zimmer Jeans und Pullover.

Im Bad stellte sie sich unter die Dusche, in der Hoffnung, das werde ihr helfen, ihre Gedanken zu sortieren. Sie liess das heisse Wasser auf ihren Kopf prasseln. Dabei fragte sie sich, wie es nun weitergehen würde. Früher oder später hatte es passieren müssen. Auf ihrer Flucht hatte es ein Knistern zwischen ihnen gegeben. Damals war Andrina sich nicht sicher gewesen, ob sie diese Gefühle für Enrico empfand oder ob sie in ihm einen Ersatz für Feller gesehen hatte.

Wie war es heute? Im Prinzip war sie gleich weit mit ihrer Erkenntnis, und sie war sich genauso unsicher. Das Einzige, was sich gegenüber dem Sommer verändert hatte, war, dass Feller inzwischen für sie unerreichbar war. In dieser Hinsicht war sie frei, und einer Beziehung zu Enrico stand nichts im Wege.

Wirklich? Mit Fellers Bruder etwas anzufangen würde zu Komplikationen führen. Früher oder später würde sie auf Feller treffen. Seine Reaktion mochte Andrina sich nicht ausmalen. Er gehörte zu Enricos Leben.

Zu meinem nicht mehr, dachte sie, und es fühlte sich an, als lege sich eine kalte Hand um ihr Herz und drücke zu. So gesehen lag Freiheit in weiter Ferne.

Gesteh es dir endlich ein, dachte sie. Es war Marco, den du letzte Nacht vor dir gesehen hast. Ganz so einfach war es allerdings nicht. Es gab weitere Gründe für die Nacht mit Enrico, die sie nicht greifen konnte. Sehnte sie sich nach Geborgenheit? Besonders in den letzten Wochen war ihr inneres Gleichgewicht dermassen durcheinandergeraten.

Als Andrina das Gefühl hatte, sie würde glühen, stellte sie das Wasser ab. Sie drehte sich um, um nach dem Badetuch zu fassen, und musste sich an der Wand abstützen. Alles drehte sich, und ihr wurde heiss. Die Beine fühlten sich wie Gummi an und drohten einzuknicken. Offenbar hatte sie zu heiss geduscht. Sie wickelte das Badetuch um ihren Körper und öffnete das Fenster. Kühle Luft strömte in den Raum. Sie stellte sich ans offene Fenster und atmete einige Male tief durch. Der Schwindel verebbte. Andrina schloss das Fenster. Sie trocknete sich ab und betrachtete sich dabei im Spiegel. Sie war dünn geworden. Dabei war sie nie dick gewesen. Die Beschreibung, die früher zugetroffen hatte, war zierlich und feingliedrig. Jetzt war sie aber hager, beinahe dürr. Die Rippen zeichneten sich ab, und die Schlüsselbeine traten hervor. Obwohl es dir momentan schwerfällt, musst du mehr essen, nahm sie sich vor und streifte die Hose und den Pullover über.

Neuer Schwindel überkam sie, und sie musste sich auf den WC-Deckel setzen. Als es ein wenig besser ging, stand Andrina auf und öffnete die Badezimmertür.

Sie lauschte. Es war still. Sollte sie gehen? Das wäre unfair. Zumal sie Enrico ihr Leben verdankte.

Sie widerstand dem Drang, in Enricos Schlafzimmer zu schauen, und huschte zur Treppe. Als sie sie hinunterschlich, realisierte sie, wie schwer sich ihre Beine anfühlten. Ein Pochen hinter ihrer Stirn kündigte Kopfschmerzen an. Andrina begann zu schwitzen. Sie taumelte. Knapp schaffte sie es in die Küche und schwankte zu einem Stuhl. Sie setzte sich und schloss die Augen. Ein Fehler. Der Boden unter ihren Füssen fühlte sich an, als sei sie auf einem Schiff auf hoher See. Sie stemmte sich hoch und füllte Wasser in ein Glas. Nachdem sie getrunken hatte, stützte sie sich auf die Anrichte und starrte in Enricos verwilderten Garten. Das Wasser hatte erfrischt. Dennoch fühlte sie sich nach wie vor wackelig auf den Beinen.

Inzwischen war es heller geworden. Der Himmel war wolkenverhangen. Gemäss Wetterbericht war heute ein regnerischer Tag vorausgesagt worden.

Hinter sich hörte sie, wie die Tür geöffnet wurde. Schritte. Eine Hand berührte ihre Schulter. Andrina versteifte sich. Sie wusste nicht, wie sie sich verhalten sollte.

Langsam drehte sie sich um. Enrico sagte nichts, sondern schaute sie an, als versuche er in ihrem Gesichtsausdruck zu lesen.

«Es wird nicht mit uns funktionieren», sagte er nach einer Weile. «Du bedeutest mir sehr viel, aber ich habe Angst, dich zu verlieren, wenn wir ein Paar werden.»

Andrina verspürte Erleichterung, weil Enrico ihr die Entscheidung abnahm. Doch das währte nur kurz. Nach wie vor forschte er in ihrem Gesicht nach einer Reaktion. In den schwarzen Augen lag die Aufforderung, sich dazu zu äussern, und etwas anderes, das sie erschreckte: die Bitte, seine Aussage zu widerrufen und die Legitimation für eine Beziehung zu geben. Offenbar hoffte er nach wie vor, sie würden zusammenkommen, und ihm war genauso bewusst, wie überstürzt die vergangene Nacht gewesen war.

Andrina gelang es, dem Blick standzuhalten, aber sie schaffte es nicht, zu antworten. Enttäuschung blitzte in Enricos Augen auf, bevor er zur Seite schaute.

«Ausserdem bist und bleibst du für mich Marcos Frau …»

Andrina schwankte und erwischte im letzten Moment die Anrichte.

«Was ist mit dir?», fragte er. «Du bist total blass.»

«Ich … ich fühle mich nicht gut.»

Besorgnis spiegelte sich in seinem Gesicht.

«Es ist nicht schlimm. Ich bin nur ein wenig wackelig auf den Beinen. Ich denke, Nachwehen von zu viel Grappa und eine Reaktion auf das, was am Bach passiert ist.»

«Wo wir dabei sind. Wir sollten –»

«Nein. Ich bleibe dabei. Keine Polizei.»

«Meinst du nicht –»

«Nein», fiel Andrina ihm erneut ins Wort.

«Ich finde –»

«Ich bitte dich, keine zu rufen. Bitte versprich mir das.»

«Ungern.»

«Der Kerl ist längst über alle Berge.»

Weiterhin hielt Andrina seinem Blick stand. Enrico wandte sich zuerst ab.

«Du solltest eine Kleinigkeit essen und einen Kaffee trinken. Das bringt deinen Kreislauf in Schwung.» Enrico öffnete den

Schrank und stellte Teller auf den Küchentisch. Er schaltete die Kaffeemaschine ein.

«Keinen Hunger», sagte Andrina und liess sich auf einen Stuhl fallen.

«Was? Keinen Cappuccino von einem Barista zubereitet?» Der Anflug eines Lächelns huschte über sein Gesicht.

«Ich würde ihn nicht honorieren können.»

Enrico wurde ernst. «Du bist sehr dünn geworden. Wann hast du das letzte Mal richtig gegessen?»

«Gestern Abend, bevor wir zu dem Umzug losgezogen sind.» Sie schloss die Augen. Richtig gegessen war die falsche Bezeichnung. Es war ein Apfel gewesen, denn Hunger hatte sie nicht verspürt.

Eine kühle Hand legte sich auf ihre Stirn.

«Du hast Fieber.»

«Ich bin selber schuld. Das kommt davon, wenn man bei diesen Temperaturen nachts im Stadtbach badet.» Andrina schnitt eine Grimasse.

«Sehr witzig», sagte er. «Du solltest zum Arzt. Hoffentlich gibt das keine –»

«Ich gehe nicht zum Arzt. Nicht wegen einer Erkältung und ein wenig Fieber.» Andrina legte ihre Arme auf den Tisch und platzierte den Kopf darauf. «Es wird von alleine gut. Ein oder zwei Tage Ruhe, und es ist ausgestanden.»

«Ich mache das ungern …»

«Ich möchte dir nicht zur Last fallen.» Sie rappelte sich auf und schwankte zur Tür. Gleich darauf war Enrico neben ihr.

«Vergiss das ganz schnell. Wenn ich keine Polizei rufen und dich nicht zu einem Arzt bringen darf, bleibst du wenigstens hier. Ab ins Bett mit dir.»

ZWÖLF

Ich keuche und drehe mich um. Er ist dicht hinter mir. Erkennen kann ich in der Dunkelheit zwar nichts, aber ich spüre, wie er näher kommt. Es ist ein Fehler gewesen, in den Wald zu laufen. Obwohl mein Verfolger genauso wenig sieht, kennt er sich besser aus. Die Schritte hinter mir kommen unaufhaltsam näher.

Die Verzweiflung wächst. Ich will nicht sterben, echot es in meinem Kopf. Ich stolpere. Bevor ich stürze, werde ich am Arm gepackt.

«Habe ich dich.»

«Loslassen!» Meine Stimme überschlägt sich.

Ich schlage und trete um mich.

«Hexe», ruft mein Angreifer, als ich ihn am Schienbein treffe. Mir gelingt es, loszukommen. Ich drehe mich um und strauchle. Zwei Hände packen mich. Ich schreie. Ein Schlag trifft mich am Kopf. Ich beisse mir auf die Lippe und schmecke Blut. Verzweifelt zerre ich an meinen Armen und schaffe es tatsächlich, mich ein zweites Mal zu befreien. Als ich losrenne, werden meine Beine gepackt, und ich stürze zu Boden.

Ich schreie erneut. Mein Angreifer lässt sich auf mich fallen, und die Luft wird aus meiner Lunge gepresst. Der Schrei bleibt im Hals stecken. Ich winde mich.

«Du solltest deine Nase nicht in die Angelegenheiten anderer Leute stecken», sagt mein Angreifer, als er seine Hände um meinen Hals legt. «Aber jetzt ist endgültig Schluss.» Ich zerre an den Fingern, die nicht nachgeben, sondern den Druck an meinem Hals verstärken. Ich versuche mich herauszuwinden, doch mein Angreifer ist zu schwer.

So muss es sich anfühlen, wenn das Leben aus einem herausrinnt. Kurz lockern sich die Hände. Ich schnappe nach Luft.

«Ich will nicht sterben!», schreie ich, bevor die Finger von Neuem zudrücken.

«Andrina!»

Sie riss die Augen auf, musste sie aber sofort wieder zusammenkneifen, da sie geblendet wurde.

«Bitte nicht.»

Warum konnte sie sprechen? Wo waren die Hände um ihren Hals? Sie verspürte keinen Druck mehr. Stattdessen strich eine Hand über ihre Stirn.

«Nein!» Sie warf sich herum und schlug um sich.

Jetzt konnte sie die Augen öffnen. Enrico presste eine Hand gegen seine Wange, über die ein blutiger Kratzer lief.

Gehetzt sah Andrina sich um. Schweiss rann über ihre Stirn. Die Kleider klebten an ihrem Körper.

«Endlich! Ich dachte, ich bekomme dich gar nicht mehr wach.»

«Wo bin ich?»

«In Sicherheit.»

«Sicherheit?» Das Wort fühlte sich seltsam an. Andrina hatte nach wie vor Mühe zu verstehen, wo sie sich befand. «Wo ist der Wald, wo ist der Mann?»

«Wer?»

«Der, der mich ...»

Andrina liess sich zurückfallen. Nur ein Traum. Aber er war so real gewesen. Sie legte den Arm über ihr Gesicht und bemühte sich, ruhiger zu atmen. Etwas regte sich in ihrem Unterbewusstsein, verschwand aber sogleich wieder.

«Ist dir was eingefallen?» Enrico fuhr über den Kratzer und betrachtete die blutige Fingerkuppe.

«War ich das?»

«Nicht der Rede wert. Hast du dich an etwas erinnert?», wiederholte Enrico seine Frage.

«Ich weiss nicht. Der Wald, er ... Ich will nicht darüber reden.» Andrina wandte den Kopf ab und blickte zum Fenster.

Es dämmerte. Regen schlug gegen die Fensterscheibe. Sie lag auf dem ausgezogenen Sofa und nicht in Enricos Bett. Als er sie nach oben dirigiert hatte, war sie froh gewesen, weil er sie ins Gästezimmer und nicht ins Schlafzimmer gebracht hatte.

«Es würde helfen.»
«Nein.» Andrina schloss die Augen. Zu präsent war die Todesangst, die sie im Traum empfunden hatte.
Eine Hand legte sich auf ihre Stirn, aber sie drehte den Kopf weg.
«Rede mit mir.»
Andrina schwieg.
«Das ist wichtig. Bitte sag mir, was du im Traum gesehen hast.»
Andrina antwortete nach wie vor nicht.
«War es der Mann, der versucht hat, dich zu ertränken?»
Ein Nein lag auf ihren Lippen, aber sie hielt es zurück.
«Diese Stimme», flüsterte sie und richtete sich auf.
«Hast du sie erkannt?»
«Ich weiss nicht. Ich kann sie nicht zuordnen.»
«Du kennst sie aber?»
«Ich glaube.»
«Du glaubst?»
«Ich meine sie zu kennen, aber ich bin mir nicht sicher, ob ich da etwas verwechsle.»
«Du solltest mit jemandem darüber reden.»
«Das tue ich gerade. Ich spreche mit dir.» Obwohl ich das nicht will, fügte sie in Gedanken hinzu.
«Ich meine, mit jemandem von der Polizei.»
«Nein!», rief Andrina.
«Ist es meine Stimme, die du im Traum gehört hast?»
«Heisst das, du willst mich umbringen?»
«Nein. Ich versuche nur, deinem Gedächtnis auf die Sprünge zu helfen. Klang sie ähnlich wie meine Stimme?»
«Nein.»
«Wie Marcos?»
Andrina schüttelte den Kopf.
«Wie von jemandem, den du kennst? Zum Beispiel aus dem Verlag?»
«Ich weiss es nicht, Enrico. Bitte hör auf.» Flehend sah sie ihn an und realisierte mit einem Mal die dunklen Ringe unter

seinen Augen. «Wie spät ist es? Wird es hell oder dunkel da draussen?»

«Es ist morgens.»

Das war ein dehnbarer Begriff. Andrina bemerkte ein Kissen und eine Wolldecke im Sessel, der neben dem ausgezogenen Sofa stand. Vor dem Sessel lag ein Teil einer Zeitung. Daneben standen eine Glasschüssel und ein Kübel, in dem feuchte Tücher lagen. Die durchsichtige Flüssigkeit in der Schüssel verströmte einen starken Essiggeruch. Auf dem Tisch standen ein Krug und zwei Gläser. Daneben lag eine Packung eines der fiebersenkenden Mittel von JuraMed, das er ihr gegeben hatte, als er sie in das Zimmer gebracht hatte.

«Du hast dir wegen mir die Nacht um die Ohren geschlagen?»

«Die Nacht?»

Warum sagte er das so seltsam? Enricos Mundecken deuteten ein Lächeln an.

«Nun, du hattest sehr hohes Fieber, und ich habe Krankenschwester gespielt.»

«Das hättest du nicht tun müssen.»

«Hätte ich einen Arzt holen sollen?»

Das klang scharf. Andrina senkte den Kopf.

«Das hätte ich heute gemacht, wenn dein Fieber nicht endlich zurückgegangen wäre», sagte Enrico eine Spur versöhnlicher.

«Danke, dass du dich um mich gekümmert hast», sagte sie leise.

«Ich habe es gerne für dich getan.» Er drückte ihre Hand, liess sie aber sofort wieder los. «Es ist Zeit, deinen Bauch zu füllen, damit du bald auf die Beine kommst.»

Enrico stand auf und nahm den Kübel und die Schüssel. Als er den Raum verlassen hatte, fasste Andrina die Zeitung genauer ins Auge. Sonntagszeitung? Welcher Tag war heute? Gleich darauf fiel ihr Blick auf die Schlagzeile:

«Junge Frau aus Aarau unweit der Kunsteisbahn (KEBA) tot aufgefunden.»

Ihr Herzschlag beschleunigte sich. Andrina angelte nach der Zeitung und ignorierte den Schwindel, der sie überkam. Sie las den Text, der unter dem Foto einer blonden jungen Frau stand.

«Am Samstagnachmittag wurde unweit der KEBA die Leiche von Tamara K. von einem Rentnerehepaar gefunden. Die Polizei schliesst ein Sexualdelikt nicht aus. Unter anderem wird in Erwägung gezogen, der Mord an der Zwanzigjährigen könne mit dem Mord an Caroline S. in Zusammenhang gebracht werden. Treibt ein Serienmörder in Aarau sein Unwesen?»

Alle Kraft wich aus ihrem Körper. Sie sank in sich zusammen.

«Du sollst das nicht lesen.» Enrico betrat mit einem Tablett, auf dem frische Brötchen, Orangensaft und zwei Cappuccino standen, den Raum.

«Was ist passiert?»

«Nicht jetzt.» Er stellte das Tablett ab und nahm Andrina die Zeitung weg.

«Ich möchte es aber wissen.»

«Das ist nicht der geeignete Moment. Du musst erst einmal zu Kraft kommen. Hier.»

Er reichte Andrina einen Teller. Appetit verspürte sie zwar keinen, aber sie sah ein, dass Diskutieren zwecklos war. Zudem hatte sie ein flaues Gefühl im Magen, das mit einer anderen Interpretationsperspektive durchaus als Hunger angesehen werden konnte. Eine Weile assen sie schweigend, bis Enrico das Wort ergriff. «Du solltest dich heute schonen. Heute Morgen habe ich eine Sitzung, aber den Nachmittag kann ich mir freinehmen, wenn du möchtest. Im Kühlschrank –»

«Sitzung? Seit wann musst du an einem Sonntag arbeiten?»

«Es ist Montag.»

Andrina starrte ihn an. «Moment, ich war … du hast nicht eine … sondern das ganze Wochenende …?»

Enrico legte Andrina eine Hand auf ihren Arm. «Es ist in Ordnung. Mach dir keine Gedanken. Noch mal, für dich habe ich es gerne gemacht.»

«Aber …» Andrina kramte in ihrem Gehirn. Einzelne klare

Augenblicke tauchten auf. Enrico, der ihr zu trinken gab. Kühle Wickel um ihre Waden machte. Ein nasses Tuch auf die Stirn legte. Fieber in ihrem Ohr mass. Sie bat, eine Tablette zu schlucken.

«Für jemanden, der einem sehr viel bedeutet, macht man so was eben», sagte er.

Andrina senkte den Kopf, als er nicht weitersprach. Sie hatte das Gefühl, wieder stand diese Aufforderung im Raum, sich zu dem Punkt zu äussern, bei dem sie am Samstagmorgen unterbrochen worden waren: wie sie weiterfahren wollten – freundschaftlich oder auf der Basis eines Paares.

«Ausserdem fühle ich eine gewisse Verantwortung Marco gegenüber.»

«Marco? Was hat er damit zu tun?»

«Für mich bist du ein Familienmitglied.»

Andrina kam mit der Wendung, die das Gespräch nahm, nicht mit. «Ich verstehe nicht.»

«Du bist für mich immer noch seine Frau, auch wenn du dich von ihm getrennt hast.»

«Ich mich von ihm?», rief Andrina, und Enrico zuckte zurück. «Er ist es, der Schluss gemacht hat. Erst diese blöde Idee mit der Beziehungspause. Eigentlich hätte mir von vorneherein klar sein sollen, so was kann nicht funktionieren.» Sie holte zitternd Luft. «Er ist es, der zu feige ist, mir es persönlich zu sagen, und stattdessen nur eine SMS schickt, die so seltsam formuliert ist. Er ist es, der mich abwimmelt und sagt, ich solle ihn in Ruhe lassen.» Andrina hatte sich in Rage geredet und bemerkte zu ihrem Entsetzen, wie Tränen über ihre Wangen liefen.

«Moment mal», setzte Enrico an, aber Andrina fiel ihm ins Wort.

«Er ist es, der sofort eine Neue hat.»

«Wovon sprichst du?»

«Ich habe sie gesehen. So eine mit einem blonden Wuschelkopf. Unten an der Aare.»

«Davon hat er gar nichts gesagt.»

«Wieso sollte er dir alles erzählen?» Andrina lachte auf. Nach wie vor rannen Tränen ihre Wangen hinunter. «Weil du sein Bruder bist? Seid ihr jetzt so vertraut miteinander, dass ihr sämtliche Geheimnisse teilt?»

«Das nicht. Wir reden miteinander und sind einige Male zusammen Mittagessen gegangen. Dennoch möchte ich es langsam angehen, denn ich weiss nicht, wie eng ich den Kontakt nach der Sache vom Sommer möchte.»

«Ihr habt euch ausgesprochen?»

«So ungefähr. Trotzdem habe ich noch nicht alles verdaut. Das ist jetzt aber nicht das Thema.» Enrico legte seinen Zeigefinger gegen das Kinn. «Mal langsam und von vorne. Du sagst, er hat dir eine SMS geschickt und Schluss gemacht?»

«Ja.»

«Er hat mir aber eine SMS von dir gezeigt, in der du ihm mitgeteilt hast, dir sei klar geworden, nichts mehr für ihn zu empfinden. Es sei zu viel kaputtgegangen.»

«So ein Blödsinn! Warum sollte er ausgerechnet dir so was zeigen, wenn ihr keinen regen, engen Kontakt miteinander habt, oder habe ich das eben falsch verstanden?»

«Wir sassen in einem Restaurant, als sie kam.»

«Ich habe ihm keine SMS geschickt, in der ich schrieb, ich wolle Schluss machen.» Andrina sah sich gehetzt um und entdeckte ihre Handtasche neben dem Sofa. Sie streckte sich und angelte sie vom Boden. Sie durchwühlte sie und fand ihr Handy. «Ich zeige es dir. Oh, Mist, der Akku ist leer.»

Enrico stand auf und holte ein Ladekabel. Andrina war froh, weil er das gleiche Handy besass, und steckte es in die Steckdose. Sie entsperrte es, rief die SMS auf und hielt das Handy Enrico unter die Nase. «Hier.»

«Ist das die, die du geschrieben hast?»

«Nein! Hier: Absender ist Marco.» Sie tippte auf das Display. «Wie du siehst, habe ich ihm nichts in diese Richtung geschrieben.» Andrina scrollte ihre Konversation nach oben.

Enrico nahm ihr das Handy ab. «Vielleicht ist es wirklich das Beste, wenn wir unsere Beziehung beenden», las er laut.

«Ich bitte dich, nicht mehr mit mir in Kontakt zu treten, und wünsche dir alles Gute. Gruss Marco.» Enrico hob den Kopf. «Das verstehe ich nicht.»

«Feige ist er und schiebt mir die Schuld für das Scheitern unserer Beziehung in die Schuhe und verbreitet Lügen.»

«Die SMS, die er mir gezeigt hat, wurde von Andrina Kaufmann geschickt, also von deinem Handy.» Enrico machte eine Pause, als wolle er herausfinden, wie diese Aussage bei Andrina ankam. «Ich kann mich allerdings nicht mehr an den Wortlaut entsinnen, aber die Aussage ist die gleiche.» Er schob mit dem Finger die Nachrichten hin und her, als suche er nach der von Andrina abgeschickten SMS. «Ich finde das verwirrend.» Er reichte Andrina das Handy zurück. «Du hättest ihn sehen sollen. Er sagte, ihm sei die ganze Zeit klar gewesen, wie fragil es zwischen euch war, und dass er nicht sicher war, ob ihr je wieder zusammenkommt. Seine Hoffnung in diese Beziehungspause war gross. Er hatte gehofft, wenn sich die Wogen geglättet hätten, werde alles gut. Es hat ihn völlig aus der Bahn geworfen, als die SMS kam.»

Andrina starrte Enrico an. Sie war unfähig zu erfassen, was das, was er sagte, zu bedeuten hatte. Die Reaktion, die Enrico beschrieb, war genau wie ihre eigene, als sie Fellers SMS erhalten hatte.

«Ihr solltet miteinander reden», sagte Enrico nach einer Weile. «Und zwar dringend.»

«Das habe ich versucht, aber er nimmt das Telefon nicht ab. Auf meine SMS reagiert er nicht. Als ich ihn im Polizeikommando erreicht habe, hat er mir klar und deutlich gesagt, ich solle ihn in Ruhe lassen, und sofort aufgelegt.»

«Ich kann ihn anrufen, wenn du möchtest.»

«Nein.» Andrina legte die Hand auf Enricos Arm, als er aufstehen wollte.

«Es ist nicht mehr zu retten. Er hat eine Neue und scheint glücklich zu sein.» Sie schloss die Augen. «Ich will ihm dieses Glück nicht nehmen.»

«Was ist mit dir?»

«Ich zähle nicht», sagte sie kaum hörbar.

«Du zählst sehr viel. Egal, was bei einem Gespräch herauskommen mag, finde ich es für euch beide wichtig, einen sauberen Abschluss zu haben.»

Sie machte sich los. «Es ist besser, wenn ich jetzt gehe.»

«Wohin? Zu Seraina?»

«Vergiss es! Bestimmt nicht.»

«Das wäre die nächste Sache, die dringend geklärt werden müsste.»

Andrina schüttelte den Kopf.

«Meinst du nicht, ihr solltet euch aussprechen? Bestimmt bereut sie es und ist in Sorge um dich.»

«Hast du sie etwa angerufen?»

«Hätte ich das tun sollen?»

Andrina atmete erleichtert auf.

«Ausserdem war ich gerade sehr beschäftigt mit Wadenwickeln und so.»

Sie blickte auf ihr Handy. Das Display zeigte mehrere unbeantwortete Anrufe, SMS und WhatsApps. Offenbar hatte Enrico die Gespräche nicht entgegengenommen. Er hätte bestimmt erwähnt, wenn ihr Handy mehrmals geklingelt hatte. Er konnte es nicht gehört haben, wurde Andrina bewusst, da sie es zum Bachfischet-Umzug am Freitagabend auf lautlos gestellt hatte. Irgendwann zwischen Freitagnacht und heute musste der Akku leer gewesen sein. Sie widerstand dem Drang nachzuschauen, ob es wirklich Seraina gewesen war, die versucht hatte, sie zu erreichen. Das wollte sie später machen, wenn sie alleine war.

«Für mich ist es eine Angelegenheit zwischen euch beiden», unterbrach Enrico das Schweigen, das sich eingestellt hatte. «Ihr müsst selber miteinander ins Reine kommen. Aber ich finde, du solltest dich bei ihr melden, damit sie weiss, wo du bist.»

«Nein.»

«Es ist nicht gut, so auseinanderzugehen.»

«Ich möchte nicht – zumindest jetzt nicht.»

Enrico schwieg eine Weile, bevor er fortfuhr: «Wenn du nicht zu Seraina gehst, wohin willst du dann?»

«Ich suche mir eine Pension und sehe zu, endlich eine Wohnung zu finden.»

«Du kannst hierbleiben.»

Dankbarkeit durchflutete Andrina. Gleichzeitig wurde sie sich bewusst, es war nicht die ideale Lösung, bei Enrico zu wohnen. Besonders nach dem, was zwischen ihnen vorgefallen war.

«Bis du eine Wohnung gefunden hast. Das von Freitagnacht wird sich nicht wiederholen. Das wissen wir beide.»

Andrina senkte den Kopf. War er sich dem sicher? Das hatte nämlich wehmütig geklungen. Würde es wirklich keinen neuen Versuch von seiner Seite geben? Darauf war sie nicht vorbereitet.

«Ich will dich nicht irgendwo alleine wissen. Ausserdem bist du krank. Wer weiss, ob das Fieber zurückkommt. Du brauchst jemanden, der für dich da ist. Einen Freund.»

Andrina schüttelte den Kopf.

«Ich will nicht, dass dir etwas passiert. Der Typ von Freitagnacht wird es wieder versuchen.»

«Der hat nur die Gelegenheit ausgenutzt, weil ich als Frau zu dieser Zeit alleine dort war.»

«Dem bin ich mir nicht sicher», widersprach Enrico.

«Du kannst mich nicht beschützen.»

«Marco und sein Team könnten es.»

«Nein.»

«Ich möchte mir keine Vorwürfe machen, wenn dir etwas zustösst. Bitte, Andrina, nimm meine Hilfe an.»

Andrina rang mit sich. Er hat recht, sagte die Vernunft. Du brauchst jemanden, der dir zur Seite steht. Lass es, sagte ihr Bauchgefühl. Du kannst keine weiteren Komplikationen in deinem Leben brauchen, und du hast früher ähnliche Situationen gemeistert. Hatte sie das? Ähnliche schon, aber solche?

«Ich bleibe nur, wenn du mir versprichst, weder Marco noch die Polizei zu informieren.»

«Das habe ich dir versprochen, und ich werde das Versprechen halten, obwohl es mir schwerfällt.»

Kaum war Enrico gegangen, suchte Andrina die Zeitung. Sie fand sie im Wohnzimmer auf dem Glastisch. Andrina setzte sich und las den Artikel zum Mord an der Zwanzigjährigen zu Ende. Viel war dem Text nicht zu entnehmen.

Andrina lief zum Briefkasten und klaubte die Zeitung von heute aus dem Briefschlitz. Der Mord war auf der Titelseite. Lesend kehrte sie ins Haus zurück. Viel Neues gab es nicht. Die Polizei hielte sich aus ermittlungstechnischen Gründen zurück, hiess es.

Dem Artikel war aber zu entnehmen, dass Tamara und Caroline einander nicht gekannt hatten. Tamara arbeitete in einem Reisebüro in der Stadt, während Caroline ihre Ausbildung als Journalistin begonnen hatte. Sie hatten nicht einmal die gleiche Schule besucht.

Andrina senkte die Zeitung und starrte vor sich hin. Hingen die beiden Morde tatsächlich zusammen? Falls das so war, wurde es dringender, sich zu erinnern, was im Wald vorgefallen war.

Sie schloss die Augen, begab sich gedanklich in den Wald und verkrampfte sich sofort. So funktionierte es nicht. Sie musste die Strandkorbübung machen. Andrina lehnte sich auf dem Sofa nach hinten und versuchte sich zu entspannen. Angestrengt versuchte sie, den Strandkorb heraufzubeschwören. Vergeblich. Vor ihrem inneren Auge formte sich stattdessen ein undurchdringlicher Wald, und ihre Phantasie verselbstständigte sich. Sie sah Beamte der Spurensicherung zwischen den Bäumen hin und her gehen. Einer schaute ihr direkt in die Augen. Die Gesichtszüge veränderten sich, und Fellers Gesicht tauchte auf.

«Jetzt ist endgültig Schluss», sagte jemand in ihrem Kopf. Es war nicht Feller, dessen Stimme sie hörte. Doch sie kannte diese Stimme – die Stimme aus dem Traum. Der Atem beschleunigte sich. Schweiss sammelte sich auf ihrer Stirn.

Andrina riss die Augen auf. So kam sie nicht weiter. Sie musste etwas anderes tun.

Ein erschreckender Gedanke blieb. Nach dem zweiten Mord würde es bestimmt weitere Fragen an sie geben. Sie wunderte sich, weil sich bisher keiner bei ihr gemeldet hatte. Gleich darauf kam ihr in den Sinn, dass es nicht möglich gewesen war, da sie das Wochenende verschlafen hatte. Bestimmt hatte entweder Brogli oder Aeschlimann versucht, sie auf ihrem Handy zu erreichen. Die unbeantworteten Anrufe. Sie sollte nachsehen und gegebenenfalls zurückrufen.

Statt aufzustehen, blieb sie sitzen. Sie wollte keine weiteren Vernehmungen, die sich wie Verhöre anfühlten, zumal sie zu dem neuen Mord keine Erkenntnisse beitragen konnte.

Bestimmt hatten sie bei Seraina nachgefragt. Da sie nicht wusste, wo Andrina sich aufhielt, konnte das ein weiterer Grund sein, verdächtig zu erscheinen. Lass diese Gedanken nicht zu, ermahnte sie sich. Du warst am Samstag nicht in der Nähe der KEBA. Doch, das war sie und war es immer noch, fiel ihr siedend heiss ein. Enricos Haus lag unweit der KEBA.

Andrina stand auf und lief ruhelos im Zimmer auf und ab. Alleine herumsitzen war nicht ideal. Spazierengehen war keine Alternative. Sie holte ihr Handy, widerstand aber dem Drang, nachzuschauen. Sie musste sich ablenken.

Andrina war sich unschlüssig, was sie tun sollte. Sollte sie nochmals zu Carolines Mutter gehen oder Feller wegen der mysteriösen SMS kontaktieren, wie Enrico vorgeschlagen hatte? Sie beschloss, ihre Sachen von Seraina zu holen, um Zeit zu gewinnen.

Seraina. Hier war die nächste Baustelle. Ihr wollte sie nicht begegnen. Vorerst. Dazu hatte sie keine Kraft. Sie wollte nicht mit ihr sprechen, obwohl sie Enrico recht geben musste. Aber sie brauchte ihre Sachen, denn die Kleider der Ex von Enrico wollte sie nicht weiter tragen. Am besten fuhr sie nach Erlinsbach, wenn Seraina nicht da war. Später, nahm sie sich vor, würde sie Seraina kontaktieren.

Selbst wenn ihre Schwester sich entschuldigte und sie bat,

bei ihr zu bleiben, würde zwischen ihnen nichts mehr so sein wie früher.

Andrina wusste, wie feige es war, Seraina zu meiden, aber daran konnte und wollte sie nichts ändern. Sie überlegte, wann niemand zu Hause war. Das war heute Vormittag der Fall. Regina musste zum Kinderarzt, wie Seraina ihr am Freitagmorgen beim Morgenessen erzählt hatte. Sie hatten über die Zunahme von Masern in der Schweiz gesprochen. Seraina hatte ihr erklärt, Regina sei von A bis Z durchgeimpft, und ein neuer Impftermin stünde am Montagvormittag an.

Kleider holen war somit die einfachste der Pendenzen, die sie erledigen wollte. Also fing sie am besten damit an und nahm sich vor, im Anschluss daran bei Frau Schmidt vorbeizuschauen.

Enrico hatte nichts davon wissen wollen, dass Andrina zur Arbeit ging. «Du bist krank», hatte er gesagt. «Jedem Kind sagt man, es müsse zu Hause bleiben, bis es vierundzwanzig Stunden fieberfrei gewesen war. Diese Regel täte auch Erwachsenen gut.»

Also hatte sie sich beim Verlag abgemeldet. Gegen einmal kurz das Haus verlassen würde er nichts einzuwenden haben. Andrina machte ihm eine Notiz, dass sie ihre Sachen bei ihrer Schwester holen wolle, falls er vor ihr zurückkam, und legte sie auf den Küchentisch.

***

Andrina lehnte sich gegen den Baum auf der anderen Strassenseite gegenüber von Serainas Haus. Sie hatte beschlossen, mit dem Bus zu fahren, da sie sich zum einen zu schwach für das Velo fühlte und zum anderen ihre Sachen nicht mit dem Velo transportieren konnte.

Sie wusste nicht genau, wann der Termin war, aber sie war zu früh. Als sie eingetroffen war, hatte sie gesehen, wie im ersten Stock das Licht gelöscht worden war. Niemand war bisher erschienen. Es war also besser, zu warten und zu hoffen, nicht verdächtig zu erscheinen.

Endlich öffnete sich die Haustür. Regina hüpfte vor Seraina auf den Wagen zu, der in der Einfahrt stand. Ihre geflochtenen Zöpfe schwangen im Takt hin und her. Andrina verspürte einen Stich in der Magengrube, als ihr klar wurde, eventuell nie selber Kinder zu haben. Zwar war das Ticken ihrer biologischen Uhr mit vierunddreissig Jahren nicht allzu laut, aber es fehlte ein entscheidender Teil, um Kinder zu haben: ein Mann. Andrina war sich sicher, nicht mehr so schnell eine enge Beziehung eingehen zu können. Somit wurde es mit Kindern schwierig.

Es gibt eine andere Möglichkeit, meldete sich eine Stimme im Hinterkopf. In so einer Nacht, wie sie sie mit Enrico verbracht hatte, war es durchaus möglich, schwanger zu werden. Zwar war sie nicht der Typ für One-Night-Stands, aber heiligte der Zweck nicht die Mittel? Andrina war über das, was sie da dachte, erschrocken.

Sie beobachtete, wie Regina um das Auto rannte. Seraina schaffte es schliesslich, sie einzufangen, und schimpfte, was Regina nichts auszumachen schien. Seraina setzte die Kleine in den Wagen.

Der Gedanke, eine alleinerziehende Mutter zu sein, war abschreckend ... oder doch nicht? Deutlich formierte sich vor Andrinas innerem Auge ein Ziel. Eins, das jedoch gut durchdacht werden musste.

Seraina stieg ein. Die Rücklichter des Wagens leuchteten auf. Andrina drückte sich dichter an den Baum, als Seraina rückwärts aus der Einfahrt fuhr. Sie wartete einen Moment, bis der Wagen verschwunden war, bevor sie die Strasse überquerte.

Michael hatte Dienst, und Seraina würde mindestens eine Stunde fortbleiben. Eventuell musste sie beim Kinderarzt länger warten, oder das Impfen dauerte länger als erwartet.

Andrina kam sich wie eine Einbrecherin vor, als sie den Schlüssel ins Schloss schob und sich dabei verstohlen umblickte. Sie schlüpfte ins Haus. Lange würde es nicht dauern, bis sie ihre Habseligkeiten gepackt hatte. Sie behielt die Schuhe an und huschte die Treppe nach oben.

Sie öffnete die Tür zum Gästezimmer. Es sah aus, wie sie es am Freitag verlassen hatte. Andrina holte ihre Turntasche aus dem Schrank und warf die Kleider hinein. Anschliessend eilte sie ins Badezimmer und packte ihr Necessaire, das sie zu den anderen Sachen in die Tasche stopfte. Sie nahm den Plastiksack mit dem Kehricht aus dem Kübel und lief mit der Tasche in der anderen Hand die Treppe hinunter. Andrina warf einen Blick auf die Uhr. Perfekt. Für das Packen und Aufräumen hatte sie fünfzehn Minuten gebraucht. Sie stopfte den Abfall in den Kübel in der Küche und legte den Schlüssel gut sichtbar auf den Küchentisch. Seraina würde die Botschaft verstehen. Rasch schaute sie sich im Wohnzimmer um, ob hier Sachen von ihr herumlagen, und eilte danach zur Tür. Sie war froh, weil alles so glatt verlaufen war.

Andrina öffnete die Tür und erschrak. Feller stand auf dem kleinen Absatz. Er hatte die Hand erhoben, als habe er gerade klingeln wollen.

Enrico hatte sein Wort gebrochen, war Andrinas erster Gedanke. Er musste seinem Bruder Bescheid gegeben haben, Andrina hier zu finden. Woher sollte er hingegen wissen, dass sie losgezogen war? Die einzige Möglichkeit war, er war nach Hause gekommen, um nach ihr zu sehen, und hatte ihre Notiz entdeckt. Warum sollte er das tun? Nein, dachte sie, Enrico hatte davon gesprochen, erst am Nachmittag heimzukommen. Er schied also aus.

Feller schien überrascht, was Andrina verwunderte. Er wusste, dass Andrina bei Seraina wohnte. Warum tauchte er aber ausgerechnet jetzt auf? Enrico musste Feller von dem Vorfall von Freitagnacht erzählt haben. Das konnte er leicht vom Büro aus tun. Anders konnte Andrina sich Fellers Erscheinen nicht erklären.

Andrina war sich bewusst, Feller anzustarren.

Ihr fiel auf, wie müde er aussah. Die normalerweise strahlend blauen Augen wirkten matt, und seine dunkelbraunen Haare standen wirr vom Kopf ab.

Andrina zwang sich, ein Lächeln anzuknipsen, was aber

misslang. «Hallo», brachte sie mit Mühe hervor. «Du möchtest bestimmt zu Seraina.»

«Nein. Ich möchte mit dir sprechen.» Andrinas Knie wurden weich. «Wir haben Fragen.»

«Warum du?», rutschte es Andrina heraus.

«Weil Seraina es bisher geschafft hat, jeden von uns von dir fernzuhalten.»

«Von mir fernzuhalten?», unterbrach Andrina ihn.

«Warum hast du sie dauernd vorgeschoben, wenn ich jemanden von meinem Team geschickt habe?»

«Ich habe was?»

«Verzögern ist nicht die ideale Taktik. Das ganze Wochenende sind meine Leute abgeblitzt. Persönlich oder am Telefon.»

Das ganze Wochenende? Offenbar hatte Seraina den Beamten nichts gesagt. Warum? Es wäre ein Einfaches gewesen, zu sagen, Andrina vor die Tür gesetzt und seitdem keinen Kontakt mit ihr gehabt zu haben. Sie wusste nicht, wo Andrina war, und es konnte ihr egal sein.

Andrina fielen die Nachrichten ein, die sie nicht gelesen hatte. Hatte Seraina ihr mitteilen wollen, dass die Polizei sie suche und sie sich bitte melden solle? Warum hatte sie den Beamten nicht gesagt, Andrina wäre nach ihrem Streit verschwunden? Hatte sie sie davor bewahren wollen, in Verdacht zu geraten?

«Andrina, es gibt einen neuen Mord, und da sollten wir mit dir reden können.» Seine Stimme klang hart. «Du solltest wissen, wie wichtig es für uns ist, so schnell wie möglich die Aussagen zu bekommen. Es wäre in deinem eigenen Interesse.»

«Ich habe ihr nichts getan. Weder Caroline noch der anderen Frau. Ich kenne sie nicht einmal.»

«Egal, wer kam – sei es ein Beamter, den du nicht kennst, oder Max und Susanna. Keinem gewährte die Dame eine Audienz. Der Schuss kann gut nach hinten losgehen.» Feller verschränkte die Arme vor der Brust. Seine Augen verdunkelten sich, wie immer, wenn es in seinem Inneren zu brodeln begann.

Fellers Zorn auf sich zu ziehen war der grösste Fehler, den sie machen konnte.

«Diese ärztliche Verordnung ist obendrein ein Witz», knurrte er.

«Wovon sprichst du?» Die Verwirrung nahm zu.

«Du hast Seraina gebeten, sie uns zu geben.»

«Was? Am Wochenende?»

«Ja.» Feller holte aus seiner Jackentasche ein Blatt, das er auseinanderfaltete, und hielt es Andrina hin. Sie starrte auf den Text, der besagte, sie aufgrund ihres gesundheitlichen Zustandes von Befragungen zu befreien. Sie musterte die Unterschrift.

Hatte Ulmann das geschrieben? Wann? Andrina betrachtete das Attest genauer. Der Briefkopf stimmte. Die Unterschrift sah ähnlich aus, aber ob sie von Ulmann stammte, konnte Andrina nicht sagen. Ihr Blick fiel auf das Datum. Es war das vom Samstag. Unmöglich. Da war sie nicht bei Ulmann gewesen.

Ihre Verwirrung nahm zu. Wie war Seraina an die Verordnung gekommen? Hatte sie Ulmann aufgesucht? Hatte sie ihn darum gebeten? Das machte alles keinen Sinn. Seraina hatte vehement gegen den Arzt gewettert. Für Andrina erschien es ausserhalb des Möglichen, ihre Schwester sei freiwillig zu ihm gegangen und habe ihn um etwas gebeten.

«Weisst du, was das Delikate an der Sache ist?», fuhr Feller fort. «Ich war heute Morgen bei diesem Arzt in der Praxis, um ihn davon in Kenntnis zu setzen, wie dringend ein Gespräch mit dir ist, und bat ihn, mit dir reden zu dürfen. Er meinte, er hätte das da nicht geschrieben. Das letzte Mal habe er dich am Freitag gesehen.»

Seine Augen bohrten sich in Andrinas. Ihr wurde kalt. Ganz klar, was Feller dachte.

«Ich habe das nicht geschrieben.»

«Damit befassen wir uns später.» Er steckte das Blatt ein. «Ich habe mich an die Regeln gehalten und extra Beamte vorbeigeschickt, die du nicht kennst. Du weisst, wegen Befangenheit, obwohl wir beide nichts mehr miteinander zu tun haben. Als die keinen Erfolg hatten, habe ich den Regeln zum Trotz

Susanna und Max gebeten, mit dir zu sprechen, was ebenfalls nicht geklappt hat. Stattdessen drückt Seraina ihnen am Sonntag diese Verordnung in die Hand. Da du dich nicht an die Regeln hältst, brauche ich das ab sofort auch nicht und nehme die Sache selber in die Hand. Befangenheit hin oder her.» Feller kniff die Augen zusammen.

Andrina wich zurück. Er griff nach ihrem Arm. Mit Mühe konnte sie die aufsteigende Panik unterdrücken. Würde Feller sie verhaften? All das, was er ihr eben gesagt hatte, liess Andrina in einem ungünstigen Licht erscheinen.

«Ich … ich weiss immer noch nicht mehr, als ich Herrn … wie hiess er gleich?»

«Silvan Brogli und Klaus Aeschlimann.»

«Ja genau. Als ich den beiden im Spital und später im Polizeikommando sagen konnte.»

«Willst du etwa behaupten, keine Erinnerung an den Samstagmorgen zu haben? So zwischen fünf und sieben Uhr?»

«Ist das der Todeszeitpunkt dieser Frau?»

Feller schwieg.

«Ich war im Bett.» Mit deinem Bruder. Andrinas Herz klopfte bis zum Hals. Das würde sie ihm bestimmt nicht auf die Nase binden, denn sie wollte Enrico nicht in die Sache mit hineinziehen. Er hatte zu viel für sie getan.

Die Frage, ob das jemand bezeugen könne, hing unausgesprochen in der Luft.

Lass dich nicht einschüchtern, dachte sie. Herausfordernd schaute sie ihn an und reckte ihr Kinn nach vorne.

Feller nagte an seiner Unterlippe. «Also dieses Mal kein Gedächtnisverlust?» Der Sarkasmus war überdeutlich.

Andrina konnte sehen, wie es in seinem Kopf arbeitete. Er glaubte ihr nicht. Nahm er inzwischen an, sie täuschte die Amnesie nur vor? Falls dem so war, hatte sie schlechte Karten. Egal, ob Ulmanns Diagnose für den Gedächtnisverlust sprach.

«Ich wünschte, mir würde endlich einfallen, was im Wald bei Caroline passiert ist.»

«Und eventuell mit Tamara?»

Andrina wollte zurückweichen, aber Fellers Hand fasste fester um ihr Handgelenk. Andrina widerstand dem Drang, am Arm zu zerren.

«Ich war am Samstag um diese Uhrzeit im Bett und nicht bei der KEBA.»

«Bei der KEBA?» Etwas blitzte in seinen Augen auf. Warum hatte Feller sich so auf sie eingeschossen?

«Das stand in der Zeitung.»

Kurz verdüsterte sich sein Gesicht.

«Hör zu, ich würde alles tun, um mich endlich zu erinnern. Ich habe sogar überlegt, an die Stelle zu gehen, an der ...» Andrina holte Luft und unternahm einen neuen Anlauf. «... an der ich gefunden wurde. Das Problem dabei ist, ich weiss nicht, wo das ist.»

«Wir können gleich hinfahren. Ich kenne die Stelle inzwischen in- und auswendig.»

Andrinas Herz setzte einen Schlag aus. «Jetzt?» Sie räusperte sich. «Wir?»

«Ja, du und ich.» Andrina wurde in diesem Moment etwas klar. Sollte sie sich weigern, würde das Konsequenzen haben. Sie bewegte sich auf einem schmalen Grat. Falls es irgendwo einen Hinweis geben würde, und sei er noch so klein, der so ausgelegt werden konnte, sie habe Carolines Tod zu verantworten, würde sie festgenommen werden.

Sie dachte an das, was Ulmann ihr gesagt hatte. Er hatte ihr davon abgeraten, diesen Ort aufzusuchen, weil er ihr als Bedrohung erschien. Wenn sie es dennoch tun wollte, dann mit jemandem, dem sie vertraute. Dieser Jemand war definitiv nicht Feller, denn sein Verhalten jagte ihr Angst ein. Nicht die ideale Voraussetzung.

Sie hatte keine andere Wahl, wie ihr der Ausdruck in seinen Augen sagte. Seine Hand umfasste ihren Arm nach wie vor wie ein Schraubstock. Die Fingernägel bohrten sich in ihre Haut.

«Wir wollten sowieso dorthin. Da kannst du gleich mitkommen.»

Wie hart das klang. Andrina wollte zurückweichen, doch

nach wie vor hinderte Fellers fester Griff sie daran. Ihre Finger begannen zu kribbeln. So wenig verlockend es war, ausgerechnet mit Feller an diesen Ort zu fahren, umso verlockender war die Aussicht, eventuell endlich Licht in die Dunkelheit bringen zu können. Obwohl die Voraussetzung gemäss Ulmanns Definition dagegensprach. Sie hoffte, die Aussicht, so ihre Unschuld beweisen zu können, würde helfen. Zwar galt bei Feller grundsätzlich im Zweifel für den Angeklagten, wie er ihr einmal gesagt hatte. In ihrem Fall schien das jedoch nicht so. Das schmerzte. Immerhin hatte sie ihm einmal sehr viel bedeutet.

Fellers Miene war unbewegt.

«Wer ist wir?», fragte sie.

«Susanna und ich. Wir wollten etwas kontrollieren. Da kannst du gleich mitkommen.»

«Okay», sagte sie leise und stellte die Tasche auf den Boden.

«Die kannst du ruhig mitnehmen. Auch wenn ich dich gerade vom Training abhalte, kannst du das später nachholen. Vielleicht.»

«Was?» Andrina starrte auf ihre Turntasche. «Ja natürlich.» Im gleichen Atemzug wurde ihr bewusst, was er ausserdem gesagt hatte. Dieses Vielleicht hing wie eine drohende Wolke über ihr. Ihr Herzschlag beschleunigte sich, und Andrina musste alle Kraft aufbringen, um ruhig zu atmen.

Feller nahm die Tasche und stellte sie in den Kofferraum seines schwarzen BMW. Andrina zögerte. Als er sie ungeduldig anblickte, zog sie die Haustür zu.

***

Eisiges Schweigen herrschte, als sie Richtung Aarau fuhren. Andrina vermied es, Feller anzuschauen. Sie hatte ihre Hände vor dem Bauch ineinander verkrampft und starrte geradeaus. Es hatte angefangen zu nieseln, und der Scheibenwischer fuhr alle paar Sekunden über die Frontscheibe.

Andrina war erleichtert, weil Feller den Wagen direkt unterhalb des Waldes an der Oberen Hungerbergstrasse abstellte. Von Susanna keine Spur.

Das Schweigen setzte sich fort, als sie die Treppen zum Aussichtspunkt des Alpenzeigers hochgingen. Der Nieselregen liess nach. Beim Picknickplatz angekommen liess Andrina den Blick zur Aarauer Altstadt schweifen. Als sie weiter in die Ferne blickte, erkannte sie nur Wolkengrau. An schönen Tagen konnte man von hier aus die Berge sehen.

Ihr Blick wanderte zu Fellers Auto, neben dem in diesem Moment ein weisser Opel anhielt. Gleich darauf stieg Susanna aus. Feller hob die Hand, und im gleichen Augenblick entdeckte sie ihn. Zügig lief sie die Treppe nach oben. Der Rossschwanz, der die Farbe eines Weizenfelds kurz vor der Ernte hatte, schwang dabei im Takt hin und her. Als sie bei ihnen ankam, blieb sie erstaunt stehen.

«Andrina? Was machst du hier?»

«Sie möchte versuchen, ob ihre Erinnerung zurückkehrt, wenn sie die Stelle sieht.»

Das klang, als habe Andrina den Vorschlag gemacht und sei nicht dazu genötigt worden, wie sie es empfand. Sie verkniff sich, es richtigzustellen. Lust auf Diskussionen, die eh nichts brachten, hatte sie nicht. Sie wollte das hier einfach so schnell wie möglich hinter sich bringen.

Susanna legte die Stirn in Falten. «Du willst sie zum Tatort mitnehmen?»

«Natürlich muss sie einen Abstand wahren.»

Susanna forschte in Andrinas Gesicht. Andrina hielt dem Blick stand.

«Einen Versuch ist es immerhin wert», sagte Feller. «Funktioniert es nicht, schadet es keinem.»

«Vielleicht klappt es wirklich», sagte Susanna und trat auf Andrina zu. «Hallo übrigens.» Sie küsste sie auf beide Wangen. «Schön, dich zu sehen. Wie geht es?»

Andrina zuckte als Antwort mit den Schultern.

«Gehen wir», sagte Feller. Die Ungeduld war mehr als deutlich. Für Geplänkel hatte er keine Zeit.

Andrina warf einen letzten Blick auf die gebogene Tafel mit dem darauf abgebildetem Bergpanorama, das farbig und dreidimensional gestaltet war, bevor sie Feller und Susanna folgte.

War sie an jenem verhängnisvollen Tag hier gewesen? Von Seraina war das ein ziemliches Stück entfernt. Auf der anderen Seite war sie sauer gewesen und hatte keine Lust verspürt, zurück zu sein, bevor Seraina, Michael und Regina zu Michaels Eltern aufgebrochen waren.

Fellers Schritte wurden immer grösser. Susanna fiel beinahe in einen Laufschritt, und Andrina hatte ebenfalls Mühe mit ihm mitzukommen. Das Schweigen wurde unerträglich. Sie hoffte, er oder Susanna würden es brechen und über etwas Unverfängliches reden, was ihr gegebenenfalls helfen würde, sich zu entspannen. Gleichzeitig war ihr klar, dass keiner von beiden das tun würde. Wenn es um Ermittlungen ging, verschwendete Feller keine Energie auf belanglose Dinge. Susanna wusste das und würde genauso nichts sagen.

Andrina schaute sich um. Im Wald herrschte aufgrund des Wetters eine Stimmung wie zu Dämmerung. Das wenige Licht, das durch die Wolkendecke drang, vermochte nicht durch das dichte Blätterdach bis zum Waldboden zu gelangen. Unruhe nahm von ihr Besitz.

Feller und Susanna bogen einige Male ab, bis sie in einen schmalen, kaum erkennbaren Weg einbogen. Unverhofft blieben sie stehen, und Andrina wäre beinahe in Feller hineingerannt. Sie schaute sich um und bemerkte die Polizeibänder, die im leichten Wind flatterten.

Hier, wunderte sie sich. Hier war ich noch nie. Sie sah sich um.

«Und?», fragte Feller.

Andrina sagte nichts. Er machte eine ungeduldige Bewegung mit den Händen.

«Ich war noch nie hier», formulierte sie nun laut.

Wieder dieser Gesichtsausdruck, den er bei Seraina gehabt hatte. Susanna schien die Spannung zwischen ihnen nicht zu bemerken und duckte sich unter dem Absperrband hindurch.

«Bleib bitte hier stehen», sagte Feller. Das klang richtig freundlich im Gegensatz zu der Miene, die er aufgesetzt hatte.

Andrina drehte sich um ihre eigene Achse und hoffte, ihr Gehirn werde endlich etwas davon ausspucken, was hier geschehen war. Fehlanzeige.

Was würde passieren, wenn sie Feller nicht die von ihm erwarteten Informationen lieferte? Zu welchen Mitteln würde er greifen?

Bleib ruhig, ermahnte sie sich, und fang am besten von vorne an. Hier sollte sie also gejoggt sein. Bestimmt nicht freiwillig. Es war ein unheimlicher Ort. Die Bänder verstärkten den bedrohlichen Eindruck. Ein Teil der Bäume war abgeholzt, aber die Baumstümpfe zeugten von dem dichten Wald, der hier einmal gewesen sein musste. Trotzdem konnte man nicht von einer Auslichtung sprechen, da sich inzwischen Buschwerk breitgemacht hatte. Das Dickicht wirkte undurchdringlich. Der Weg, auf dem sie standen, bestand aus einer Fahrspur, die fast nicht sichtbar war.

Warum in aller Welt hatte sie diesen Weg für ihre Joggingrunde ausgesucht?

Andrina blickte zum Hauptweg zurück, von dem sie abgebogen waren. Besonders gut konnte man diesen Weg nicht ausmachen. Wenn sie beim Joggen nicht danach gesucht hätte, hätte sie ihn höchstwahrscheinlich nicht bemerkt und wäre vorbeigelaufen.

Die Male, die sie in diesem Wald gejoggt war, hatte sie sich sowieso an die breiten und übersichtlichen Wege gehalten, weil sie sich nicht gut auskannte.

Falls sie mit Caroline verabredet gewesen war, hätte sie nicht diesen Ort gewählt, da sie von ihm bisher nichts gewusst hatte. Sie hätte eher den Picknickplatz beim Alpenzeiger oder einen ähnlichen, häufiger frequentierten Platz gewählt. Warum also hier? Weil du ihr etwas antun wolltest, schallte es aus ihrem Unterbewusstsein. Andrina drängte die Stimme mit aller Macht in den Hintergrund. In Fellers Beisein wollte sie gar nicht an so etwas denken.

Der Gedanke blieb hartnäckig. Gab es einen Komplizen? Hatte jemand sie darum gebeten, Caroline hierhinzulocken? Dieser mysteriöse Paul? Andrina fröstelte.

«Du musst von der anderen Seite gekommen sein», sagte Feller, der weiterhin neben ihr stand.

«Wie? Ich? Wieso meinst du das?»

«Du wohnst bei Seraina.» Wie seltsam das klang. Beinahe wie ein Vorwurf.

Andrina verkniff sich die Bemerkung, dass er schuld daran war, weil er Schluss gemacht hatte.

Der Wind frischte auf. Das Geräusch der flatternden Absperrbänder jagte ihr einen Schauer über den Rücken. Mahnende Überreste davon, dass hier ein Verbrechen geschehen war.

Andrinas Herz schlug schmerzhaft in ihrer Brust. Im gleichen Takt echote es in ihrem Kopf: Erinnere dich endlich! Sie ballte die Hände, die sie in die Taschen ihrer Jacke gesteckt hatte, zu Fäusten.

«Und?», wiederholte Feller. Die Ungeduld in seiner Stimme nahm zu. «Ist dir was eingefallen?»

«Gähnende Leere.»

Er musterte sie. Andrina meinte, Frust in seinem Gesicht zu sehen. Der Frust wurde von Unglauben abgelöst. Was konnte sie tun, damit er ihr abnahm, ihre Amnesie nicht vorzutäuschen?

«Ich gebe dir einige Minuten.» Das klang zum Glück neutral.

Feller holte ein Notizbuch aus seiner Jackeninnentasche hervor und tastete offenbar auf der Suche nach einem Stift die Jacke ab.

Er begab sich zu Susanna. Bei ihr angekommen förderte er ein Massband aus seiner Jackentasche zutage. Langsam begann er mit Susanna zwischen den Bäumen hin und her zu laufen. Hin und wieder nahm er Mass und verglich die Messungen mit den Angaben in seinem Buch. Einige Male strich er etwas durch und notierte die Änderungen. Die beiden unterhielten sich leise miteinander. Andrina konnte die Worte nicht verstehen.

Sie schaute sich um. Verzweifelt grub sie in ihrem Gedächtnis. Der Nebel in ihrem Gehirn lichtete sich nicht. Gerade als sie sich Feller zuwenden wollte, erblickte sie einen Mann, der sich zehn oder zwanzig Meter von ihnen entfernt mit den Händen an einem Baum abstützte. Zumindest nahm sie aufgrund der Statur an, es handle sich um einen Mann. Er trug dunkle Joggingsachen und eine schwarze Schirmkappe. Während er seine Waden dehnte, schaute er zu ihr herüber. Seine Neugierde war greifbar.

Regen setzte ein. Andrina zog die Kapuze der Jacke über den Kopf und beobachtete Feller und Susanna.

Feller kam auf sie zu, blieb aber auf der anderen Seite der Absperrung stehen. «Und?»

«Nach wie vor nichts. Tut mir leid.»

«Es scheint nicht zu funktionieren. Schade.» Das klang beinahe verständnisvoll. «Hier.» Er reichte Andrina den Autoschlüssel. «Wir brauchen noch einen Moment. Geh schon mal vor, sonst bist du patschnass, bis wir fertig sind. Du kannst solange im Auto warten.»

Dankbar, entlassen zu sein, ergriff Andrina den Schlüssel. Sie eilte durch den Wald, als sie das Gefühl hatte, ihr folge jemand. Sie drehte sich um und erblickte in einiger Entfernung einen Mann in dunkler Joggingbekleidung. Er stützte sich an einen Baumstamm und dehnte seine Waden. Die Schirmkappe war tief in sein Gesicht gezogen und verdeckte es beinahe vollständig. Andrina hatte das Gefühl, es sei der gleiche Mann, der vorhin am Tatort gewesen war. Ein weiterer Mann kam mit seinem Schäferhund von der anderen Seite auf sie zugejoggt. Er grüsste Andrina, als er auf ihrer Höhe war, und lief weiter. Der andere Mann folgte dem mit dem Hund und war bald darauf aus ihrem Blickfeld verschwunden.

Andrina wandte sich ab und war fünf Minuten später bei Fellers Wagen. Inzwischen regnete es stärker. Sie holte den Autoschlüssel hervor. Bevor sie den Wagen umrundete, um auf der Beifahrerseite einzusteigen, fühlte sie sich beobachtet. Sie schaute zurück und erschrak. Zehn oder zwanzig Meter von ihr entfernt stand ein Mann mit dunkler Joggingbekleidung. Es musste sich um denselben wie vorhin handeln. Eine Alarmglocke meldete sich im Hinterkopf. Andrina sprang auf der Fahrerseite in den Wagen und schlug die Tür zu.

Der Mann setzte sich in Bewegung und kam auf sie zu. Andrina verriegelte die Tür und schalt sich gleichzeitig für ihre Phantasie. Er hatte seine Tour beendet oder wegen des Regens abgebrochen und wollte nach Hause laufen. Da Feller den Wagen an der Einmündung des Weges geparkt hatte, musste er unweigerlich bei ihr vorbeikommen.

Kurz vor dem BMW wurde er langsamer. Jetzt konnte sie sein Gesicht erkennen. Es war kantig mit einem Dreitagebart. Die Augen waren sehr hell.

Andrina holte ihre Handtasche von dem Beifahrersitz und kramte nach dem Handy. Dabei hielt sie den Blick auf den Mann gerichtet, der neben dem Wagen stehen geblieben war. Er lächelte sie an und schob die Hand in die Tasche.

Panik nahm von Andrina Besitz. Hatte er eine Waffe? Sie liess das Handy fallen und steckte stattdessen den Schlüssel in die Zündung. Dabei behielt sie die Hand im Auge, die langsam aus der Jackentasche hervorkam. Ein dunkler Gegenstand tauchte auf.

Andrina schrie auf. Der Motor sprang an. Sofort gab sie Gas. Der BMW machte mit durchdrehenden Reifen einen Satz nach vorne und raste die Strasse entlang.

Andrina starrte auf das Haus. Zu Hause. Falsch, es war Fellers Haus. Sie fragte sich, wie sie hergekommen und warum sie ausgerechnet hierhingefahren war.

Sie lehnte den Kopf gegen die Nackenstütze und liess das, was geschehen war, Revue passieren. Hatte es sich tatsächlich so abgespielt, oder war alles Einbildung? Mit der linken Hand rieb Andrina über ihre Stirn. Sie dachte an die Augen des Mannes. So eine Augenfarbe hatte sie bisher noch nie gesehen. Feller hatte ebenfalls blaue Augen, aber die waren anders. Sie waren tiefblau, je nach Licht manchmal fast türkisfarben. Die Augen des Mannes waren im Gegensatz dazu blassblau, fast farblos, wie das Eis eines Gletschers, was vermutlich für den stechenden Blick verantwortlich war. Dafür konnte der Mann nichts. Die Natur hatte ihn mit dieser Farbe ausgestattet. Dennoch hatte Andrina seinen Blick genauso empfunden. Eiskalt.

Sie sollte die Polizei verständigen und ihr die Szene schildern. Würde man ihr glauben? Eher weniger. War es wirklich eine Waffe gewesen, oder hatte der Mann etwas anderes aus seiner Jacke geholt? Es war ein dunkler Gegenstand gewesen. Wenn sie richtig überlegte, konnte sie nicht mit Bestimmtheit sagen, worum es sich gehandelt hatte. Hatte ihre Phantasie ihr tatsächlich einen Streich gespielt?

Andrina nahm ihre Handtasche, die vor dem Beifahrersitz lag, und stieg aus. Wenn sie wüsste, was sie tun sollte. Feller würde sauer sein.

Sie holte ihr Handy aus der Tasche und suchte unter den Kontakten nach Fellers Nummer. Ihr Finger schwebte über dem Hörersymbol. Entschlossen tippte sie darauf. Besetzt. Sie schrieb eine SMS und entschuldigte sich für ihr Verhalten. Sie gab an, den Wagen bei ihm zu Hause abgestellt zu haben. Auf diese Weise war sie zwar nicht aus dem Schneider, hatte aber hoffentlich Feller den Wind aus den Segeln genommen. Feller konnte sie jederzeit kontaktieren, wenn er mit ihr sprechen wollte.

Nachdem sie die Nachricht abgeschickt hatte, starrte sie einige Minuten auf das Display, aber es kam keine Antwort. Was hatte sie erwartet? Andrina wandte sich dem Briefkasten zu und öffnete das Fach des Milchkastens. Das war nicht der ideale Ort. Sie überlegte, ob sie die Schlüssel besser unter die Matte vor der Terrassentür legen sollte, als ihr Blick auf das Haus fiel. Andrina richtete sich auf. Wie magisch angezogen ging sie auf das Gebäude zu. Vor der Haustür musterte sie den Schlüsselbund in ihren Händen. Neben dem Autoschlüssel baumelte der Hausschlüssel.

Alles lief automatisch ab. Sie steckte den Schlüssel ins Schloss, obwohl ihr klar war, es besser nicht zu tun. Sie wohnte nicht mehr hier. Zum zweiten Mal an diesem Tag kam sie sich wie eine Einbrecherin vor. Die Tür klickte, als sie den Schlüssel drehte. Lass das, dachte sie.

Nach kurzem Zögern stiess Andrina die Tür auf und stand gleich darauf im Gang. Es sah genauso aus, wie sie das Haus vor mehreren Wochen verlassen hatte. An der Garderobe hingen Fellers und ihre Jacken. Sie stutzte. Keine Spur einer anderen Frau.

Jetzt wurde Andrina bewusst, warum sie das Haus betreten hatte. Sie wollte sehen, ob Fellers neue Freundin Spuren hinterlassen hatte. Wieso sie sich das antun wollte, konnte sie sich nicht erklären.

Andrina warf einen Blick ins Wohnzimmer. Hier sah es so aus wie immer. Genauso in der Küche.

Deponiere den Schlüssel und verschwinde.

Andrina machte einen Schritt auf die Haustür zu, drehte sich aber um und lief die Treppe hoch. Vor dem Schlafzimmer hielt sie inne. Ihre Hand schwebte wenige Zentimeter über der Türklinke, bevor sie sie entschlossen herunterdrückte. Das Schlafzimmer sah aus, wie sie es kannte. Die Decken und Kissen auf beiden Seiten waren sorgsam zurechtgelegt. Fellers Geruch hing in der Luft. Sie schnupperte. Keine Spur eines anderen Parfüms. Andrina ging zum Kleiderschrank. Sie öffnete die Tür mit einem Ruck und machte einen Schritt zurück. Ein Teil ihrer Kleider hing auf den Bügeln. Die Regale waren aber leer geräumt. Am Boden des Schrankes stapelten sich drei Kisten. Er hatte angefangen, sie aus seinem Leben zu tilgen. Betäubt starrte sie die Kisten an. Was hatte sie erwartet?

Nicht mehr lange und es würde die Aufforderung kommen, sie solle ihre Sachen abholen. Allerdings fand Andrina auch hier keine Spur einer anderen Frau. Die gleiche Situation fand sie im Badezimmer. In dem Spiegelschrank waren ihre Schminkutensilien und ihr Parfüm aufgereiht. Ihre Zahnbürste stand im Glas. Dafür befand sich auf dem Boden eine kleine Schachtel, in der ihr Duschgel und Shampoo waren. Dennoch sah sie kein Necessaire oder Gegenstände, die ihr nicht gehörten.

Eigentlich war es logisch, musste sie einräumen. So lange waren die beiden noch nicht zusammen. Feller wollte bestimmt zuerst alles, was Andrina gehörte, endgültig aus dem Haus haben, bevor die Neue sich ausbreiten konnte. Er hatte vermutlich bis jetzt keine Zeit gefunden, alles zu sortieren, damit Andrina es abholen konnte.

Andrina kehrte ins Schlafzimmer zurück. Sollte sie die Zeit nutzen, ihre Sachen fertig zusammenzupacken? Dadurch würde es zu einem schnelleren Abschluss kommen, was für beide Seiten erstrebenswert war. Ausserdem könnte sie so wenigstens ihre Anwesenheit im Haus erklären.

Besser nicht, dachte sie. Das sollte vorher abgesprochen sein. Sonst beschuldigte er sie am Ende, Dinge mitgenommen zu haben, die ihr nicht gehörten. Sie sollte lieber endlich verschwinden.

Andrina griff nach dem Bild, das auf der Truhe stand, in der sie Bettwäsche aufbewahrten. Feller hatte den Arm um sie gelegt. Sie lachten in die Kamera. Zeugnis einer glücklichen, aber vergangenen Zeit. Erstaunlich, dass er es nicht weggeräumt hatte.

Mit dem Bild in der Hand ging Andrina die Treppenstufen hinunter. Anstatt sich zur Haustür zu wenden, betrat sie durch die Wohnzimmertür den Garten. Einzelne Stauden waren zurückgeschnitten. Kurt Marquart, der Rentner, der ihnen beim Garten half, hatte offenbar begonnen, alles für den Winter parat zu machen. Ihr Blick blieb am Strandkorb hängen.

Wenn sie schon hier war, sollte sie versuchen, Ulmanns Rat in die Tat umzusetzen. Das wäre eine plausible Erklärung, die sie Feller für ihr Eindringen liefern konnte. Wenn er Rücksprache mit dem Arzt nahm, würde Ulmann das bestätigen.

Sie lief über die Wiese zum Strandkorb und liess sich darauffallen. Die Sitzfläche war feucht, aber immerhin hatte es aufgehört zu regnen. Das Bild legte sie neben sich und holte ihr Handy aus der Tasche. Sie wählte nochmals Fellers Nummer. Wie vorhin das Besetztzeichen. Bestimmt setzte er gerade alle Hebel in Bewegung, um sie zu finden. Sollte sie Susanna anrufen? Immerhin war sie zusammen mit Feller unterwegs.

Andrina lehnte sich zurück. Ihre Gedanken drifteten wieder zum Wald. Erneut fragte sie sich, ob sie sich alles nur eingebildet hatte. Verschwamm Realität mit Wahnvorstellungen?

Andrina nahm das Bild in die Hand. Die Trauer und Verzweiflung waren kaum auszuhalten. Sie lehnte sich nach hinten und schloss die Augen.

Sie sollte dringend mit Ulmann reden, bevor mehr passierte.

Würde er ihr nach der Geschichte mit dieser Verordnung noch helfen? Sie konnte sich vorstellen, was er empfand. Er hatte sich in ihr getäuscht und musste sich verraten vorkommen. Selbst wenn er einen letzten Versuch mit ihr startete, würde er überhaupt helfen können? Bisher war das nicht der Fall gewesen. Sollte sie einen anderen Arzt aufsuchen oder sich gar einweisen lassen?

«Verdammt, Andrina!» Andrina fuhr hoch.

Vor ihr stand Feller und schaute auf sie herunter.

Andrina erhob sich. «Es tut mir leid», stammelte sie und bemerkte Susanna, die auf der Terrasse stand.

«Du hast uns einen riesigen Schrecken eingejagt, als wir sahen, dass du mit meinem Auto weg warst.»

Das war überhaupt nicht das, was sie erwartet hatte. Keine Spur von Härte war mehr in seiner Stimme. Er klang besorgt. Woher der Stimmungswechsel kam, konnte sie sich nicht erklären.

«Es tut mir leid.»

«Wieso bist du mit meinem Auto weggefahren und lässt mich wörtlich im Regen stehen?»

Andrina schwieg.

«Setz dich.»

Andrina sank zurück auf den Strandkorb. Sie rutschte an den Rand, als Feller sich neben sie setzte. Susanna kam über die Wiese auf sie zu.

«Was ist passiert?»

Die harte Miene, die er aufgesetzt hatte, als er vor Serainas Haus gestanden war und mit ihr zu der Stelle im Wald gegangen war, war verschwunden.

«Da war dieser Mann.»

«Welcher Mann?»

«Er war beim Tatort und hat zugeschaut.»

Feller sah Susanna fragend an. «Ich habe keinen bemerkt», sagte sie.

«Er stand ein wenig abseits an einen Baum gelehnt. Als ich zum Auto ging, bin ich ihm ein weiteres Mal begegnet. Als ich ins Auto stieg, war er plötzlich da.» Andrina wusste, wie wirr das klingen musste.

«Was passierte anschliessend?», fragte Susanna, als Andrina nicht weitersprach.

«Ich hatte das Gefühl, er ...» Sie brach ab.

«Du dachtest, er wolle dir etwas antun?», beendete Feller Andrinas Satz. «Wieso meinst du das? War es wirklich dreimal derselbe Mann?»

Andrina senkte den Kopf und knibbelte an den Fingernägeln. «Ehrlich gesagt, ich kann es nicht sagen. Vermutlich habe ich überreagiert. Entschuldigt bitte das Chaos, das ich angerichtet habe.»

«Deine Nerven liegen blank und haben dir einen Streich gespielt», sagte Susanna. «Immerhin warst du mit uns an der Stelle, an der du mit Caroline gefunden worden bist. Das hat dich aufgewühlt.» Susanna drückte kurz Andrinas Oberarm. Andrina zuckte zusammen, als Susanna die Narbe der Schussverletzung berührte. Susanna schien ihre Reaktion anders zu interpretieren und nahm die Hand weg. «Da finde ich es verständlich, wenn du überreagierst.»

«Kannst du ihn trotzdem beschreiben?», fragte Feller.

Widerwillig kam Andrina der Aufforderung nach. Ihr kam es vor, als würde sie einen harmlosen Jogger verunglimpfen. Das war das Letzte, was sie tun wollte. Der Mann musste sie für völlig übergeschnappt gehalten haben, als sie mit durchdrehenden Reifen davongebraust war.

«Bist du ihm früher mal begegnet?», fragte Susanna.

«Nein.»

«Sicher?», hakte Feller nach.

«Jemanden mit solchen Augen habe ich bisher nie gesehen. Hört zu, ich möchte hier keinen anschwärzen, nur weil meine Phantasie mir einen Streich gespielt hat», sagte Andrina mit Nachdruck.

«Ich habe einen anderen Erklärungsansatz», sagte Feller. «Du bist vor deinen Erinnerungen davongerannt beziehungsweise davongefahren. Sie drängten an die Oberfläche, und dein Unterbewusstsein hat Alarm geschlagen, als dieser Mann auftauchte.»

War es das? War ihre Überreaktion so leicht zu erklären? «Ich habe euch genug Zeit gestohlen und sollte gehen.»

«Wir haben den ganzen Tag Zeit.»

«Musst du nicht ins Polizeikommando zurück?»

Feller schüttelte den Kopf. «Ich komme nach», sagte er zu Susanna.

«Okay, bis später», erwiderte Susanna. «Mach dir keine Gedanken wegen des Wegfahrens, Andrina. Es ist nichts passiert.»

Andrina beobachtete, wie Susanna um die Hausecke bog und verschwand.

Jetzt war sie mit Feller alleine. Ihr Magen zog sich zusammen. Sie wollte nur eins – nämlich weg. So viel Abstand wie möglich zwischen Feller und sich bringen. Besonders nach dieser peinlichen Aktion. Zudem hielt sie seine Anwesenheit nicht mehr aus. Es tat zu stark weh, zumal er nun in einem versöhnlichen Tonfall mit ihr sprach.

«Du solltest Seraina Bescheid geben, wo du bist. Sie soll sich keine Sorgen machen. Immerhin weiss sie nicht, wo du dich aufhältst.»

«Ich wohne nicht mehr bei ihr», sagte sie leise.

Feller wirkte erstaunt.

«Sie hat … sie hat mich am Freitag vor die Tür gesetzt.»

«Warum das? Moment mal, so wie sie am Samstag geklungen hatte, wohntest du da bei ihr.» Er wog eindeutig ab, welche Version stimmte.

Andrina rang mit sich. Schliesslich entschied sie sich für die Wahrheit. Es war ihr egal, wenn Seraina dadurch eventuell Probleme bekam. Sollte Andrina Feller anlügen und es kam später heraus, was es unweigerlich würde, würde sein Misstrauen verstärkt werden. Stockend berichtete Andrina, was am Freitag vorgefallen war. Feller hörte mit unbewegter Miene zu.

«Das ist also der Grund, weshalb wir nicht mit dir sprechen konnten.»

Andrina sagte nichts.

«Warum hat sie uns nicht die Wahrheit gesagt?»

Sie wollte mich trotz allem schützen, dachte Andrina, zuckte aber als Antwort nur mit den Schultern.

«Warum warst du heute Morgen dort?»

«Ich habe meine Sachen geholt.»

«Wohnst du in einer Pension?»

«Nein, bei ...» Bleib bei der Wahrheit, ermahnte sie sich. «... bei Enrico.»

Feller neigte den Kopf. Einfach so, las Andrina in seinen Augen ab.

Nach einer Weile ergriff er das Wort. «Ihr seid also zusammengezogen.»

«Sind wir nicht.» Andrina dachte an Freitagnacht. Wie würde Feller reagieren, wenn er von ihrer Nacht mit Enrico erfuhr? Gar nicht, beantwortete sie sich die Frage selber. Sie waren nicht mehr zusammen und würden es nie mehr sein.

«Du wohnst bei ihm», sagte Feller.

«Das ist nicht das Gleiche wie Zusammenziehen.»

«Nicht?»

«Nachdem Seraina mich rausgeschmissen hatte, habe ich ihn gefragt, ob ich solange zu ihm kommen könne, bis ich eine Wohnung gefunden habe. Ich bin ihm dankbar, weil er mich geholt und mir somit das Leben gerettet ...» Sie schloss die Augen. Das war heraus, bevor sie sich hatte bremsen können. Zu viele Details waren hier nicht notwendig, aber dazu war es nun zu spät.

«Was hat er?» Feller hatte sich kerzengerade aufgesetzt.

Andrina schwieg. Sie wappnete sich auf das, was nun kommen musste.

«Warum sagst du: ‹Er hat mir das Leben gerettet›?», hakte er nach.

Andrina senkte den Kopf und starrte auf ihre Hände, die auf dem Foto auf ihrem Schoss lagen. Stockend erzählte sie von dem Vorfall in der Bachstrasse.

«Himmel! Keiner von euch kommt auf die Idee, die Polizei zu verständigen?»

«Ich habe ihn gebeten, es nicht zu tun.»

Feller fixierte Andrina. «Moment mal», sagte er nach einer Pause. «Wenn du nicht Enrico angerufen hättest und er dir entgegengefahren wäre, wäre ich am Samstagmorgen zu einem weiteren Tatort gerufen worden – nämlich zu dem, an dem deine Leiche gefunden worden wäre.»

«Wieso du?»

«Ich hatte Pikett», rief Feller so heftig, dass Andrina zusammenzuckte. Er stand auf, wandte sich ab und starrte auf das Wasser des Teiches. Andrina sah, wie sich seine Schultern hoben und senkten. Langsam beruhigte sich sein Atem. Als er sich umdrehte, war sein Gesicht eine Maske. Er setzte sich neben Andrina.

Sie senkte den Kopf und betrachtete ihre Hände und das Foto. Das Schweigen dehnte sich aus. Mit dem Zeigefinger der Hand, in der sie das Handy hielt, fuhr sie über ihre Gesichter auf dem Bild. Hinter ihnen waren Felsen und das Meer zu sehen. Der Wind hatte eine Strähne ihrer Haare über die Stirn geweht. Sie strahlten das pure Glück aus.

«Warum hast du Schluss gemacht?», fragte Feller leise. «Die Erklärung, die du mir geschrieben hast, nehme ich dir nicht ab.»

Andrinas Kopf ruckte hoch. In seinen Augen erkannte sie Verletzlichkeit. «Was für eine Erklärung? Du bist derjenige, der Schluss gemacht hat, und das so feige mit dieser seltsamen SMS.»

«Ich?» Feller deutete mit dem Finger auf sich.

Andrina entsperrte ihr Handy und rief Fellers SMS auf.

«Das ist meine Antwort auf deine SMS», sagte er.

«Auf meine SMS? Ich habe dir keine geschrieben.»

Feller holte sein Handy aus der Gesässtasche und reichte es Andrina. «Hier.»

Tatsächlich. Enrico hatte recht. «Das habe ich nicht geschrieben», stammelte sie. «Wie du siehst, gibt es diese SMS nicht bei mir.»

«Das ist durchaus möglich, da du sie gelöscht hast», sagte er ironisch.

«Habe ich nicht. Sonst wäre alles weg, was ich dir früher einmal geschrieben habe.»

«Tu nicht so», rief er wütend. «Man kann Nachrichten einzeln löschen.»

«Einzeln löschen? Wie das?» Die Frage war heraus, bevor die Bedeutung ganz zu Andrina vorgedrungen war.

Feller runzelte die Stirn und wirkte verwirrt. «Na so.» Er tippte auf seinem Handy herum und hielt es dabei so, damit Andrina sehen konnte, was er machte.

Andrina war froh zu sitzen. Ihr war klar, wie das rüberkommen musste.

«Kaum hatte ich die SMS gelesen, habe ich angerufen. Du hast dich von Seraina verleugnen lassen.»

«Was habe ich?» Andrina fragte sich, ob das wirklich wahr war. Hatte sie das ebenfalls, wie den Vorfall mit Caroline im Wald, vergessen?

«Seraina hat mir gesagt, du wolltest nicht mit mir sprechen, und ich solle dich in Ruhe lassen. Ich brauchte eine Weile, bis ich das verdaut hatte, und bin zum Schluss gekommen, dass es wahrscheinlich das Beste so war. So wie ich es dir geantwortet habe.»

Nun machte seine SMS Sinn. Seine Reaktion machte Sinn.

«Ich habe die SMS nicht geschrieben!», wiederholte Andrina und wusste, er werde es ihr nicht abnehmen. An seiner Stelle hätte sie das ebenfalls nicht getan. «Als ich sie von dir bekommen habe, habe ich dich angerufen, aber du wolltest nicht mit mir reden.»

«Wundert es dich? Zwei Tage nachdem ich sie verschickt hatte, kamst du plötzlich angekrochen.»

«Nach zwei Tagen? Ich habe sofort angerufen, als ich –»

«Hör auf, Andrina», fiel er ihr ins Wort. Er stand auf, vergrub die Hände in den Taschen seiner Jeans und starrte auf das Haus.

Sein Rücken wirkte verkrampft. Zunehmend zweifelte sie an ihrer Zurechnungsfähigkeit.

«Ich habe es nicht geschrieben», flüsterte sie.

«Im Grunde ist es egal.»

Vorbei ist vorbei, ergänzte Andrina im Stillen. Es würde kein Zurück mehr geben. Feller hatte eine neue Freundin. Was Andrina getan hatte und was nicht, war nicht mehr relevant für ihn.

Andrina spürte, wie die Kälte in ihrem Inneren von ihr Besitz ergriff. Sie war verrückt. Sie wusste nicht mehr, was sie tat beziehungsweise getan hatte. Was war an dem Abend geschehen, als Caroline starb?

Abrupt stand Andrina auf. «Ich gehe besser», sagte sie.

***

«Was hat deine Schwester gesagt?», fragte Enrico.

Andrina fuhr mit dem Zeigefinger den Rand des Glases entlang. «Sie hat sich entschuldigt und bat mich, zurückzukommen, aber ich habe abgelehnt. Wir brauchen ein wenig Abstand voneinander.»

Nachdem sie von Feller weggegangen und auf dem Weg zu Enricos Haus gewesen war, hatte sie sich überlegt, dass es nicht besonders anständig gewesen war, klammheimlich ihre Sachen bei Seraina zu holen. Kaum hatte sie die Tasche deponiert, war sie gleich nochmals losgezogen und nach Erlinsbach gefahren. Ihre Schwester war gerade mit Regina nach Hause gekommen.

«Weiss sie, wo du bist?»

Andrina nickte. «Sie war nicht begeistert.» Das, was Seraina gesagt hatte, wollte sie lieber nicht wiederholen.

«Und weiter?», hakte Enrico nach.

Andrina schüttelte den Kopf.

«Komm schon. Was hat sie Schlimmes über mich gesagt?»

«Von den …», Andrina räusperte sich, «… Fängen des einen Bruders in die des anderen.» Plötzlich musste sie lachen. «Du bist für sie der böse Mann, der … Entschuldige.»

Enricos Mundwinkel zuckten. Seine Augen blitzten. «Der was? Ich glaube, das, was deine Schwester befürchtet, haben wir bereits getan.»

Das Lachen blieb Andrina im Hals stecken. Warum musste er das Gespräch in diese Richtung lenken? Es war nicht seine Schuld, musste Andrina sich eingestehen. Sie hatte damit angefangen. Lassen wir das besser, dachte sie. Er nickte, als habe er ihre Botschaft verstanden.

«Möchtest du noch etwas?», fragte Enrico nach einer Weile und deutete auf die Salatschüssel.

Er sass Andrina gegenüber am Küchentisch. Sie hatten gerade zu Abend gegessen. Andrina hatte einen Nüsslisalat mit Ei, Speck und Pilzen zubereitet – Fellers Lieblingssalat, wie ihr in den Sinn gekommen war, als sie die Schüssel auf den Tisch gestellt hatte. Welch eine Ironie, ausgerechnet Fellers Bruder für ihr erstes gemeinsames Nachtessen diesen Salat zuzubereiten.

«Ich bin satt», sagte sie.

«Viel hast du nicht gegessen, und du könntest durchaus mehr auf den Rippen vertragen», sagte er und tupfte die Salatsauce mit einem Stück Brot vom Teller. «Der Salat ist übrigens sehr fein.»

«Ich habe keinen grossen Hunger.» Andrina fasste sich an die Stirn.

«Kopfweh?»

«Ja. Ich glaube, Nachwehen vom Wochenende.»

Enrico stand auf und umrundete den Tisch. Er setzte sich neben Andrina und legte seine Hand auf ihre Stirn. «Du hast leicht Fieber.»

«Das kannst du mit Handauflegen bestimmen?»

«Vertraue dem Fachmann», sagte er und entlockte Andrina damit ein Lächeln. «Das Fieber kann nochmals steigen. Leg dich früh hin.»

«Das mache ich freiwillig.» Sie hatte vor, sich bald ins Gästezimmer zurückzuziehen.

Andrina trank einen Schluck Wasser. Eigentlich wollte sie aufstehen, aber sie blieb sitzen. Sie fühlte sich wohl hier in Enricos Küche, und sie fühlte sich in seiner Anwesenheit wohl, wie ihr auf einmal bewusst wurde. Sie fragte sich, was Enrico machte, dass sie so entspannt war. Das war sie in den letzten Wochen bei Seraina nie gewesen. Sie hatte das gemeinsame Nachtessen genossen. Es war ein versöhnlicher Abschluss dieses emotional anstrengenden Tages.

«Es gibt da etwas, das dich beschäftigt», sagte Enrico.

«Ich denke über diesen – wie soll ich sagen – ereignisreichen Tag nach.»

«Du meinst damit wohl Marco.»

Als Enrico am Nachmittag nach Hause gekommen war, hatte sie ihm von Feller, der Tatortbesichtigung mit dem missglückten Versuch, ihre Erinnerung zurückzuholen, und der mysteriösen SMS erzählt.

«Es wäre schön gewesen, wenn es funktioniert hätte», sagte Andrina.

«Dein Arzt hat dir gesagt, du sollst dich nicht unter Druck setzen. Genau das hast du getan. Deine Erwartung war zu hoch. Daher hat es nicht funktioniert.» Er legte seine Hand auf Andrinas Arm. «Bitte lass dir Zeit. Ich kann mir vorstellen, wie schwer das ist. Dennoch finde ich Zeit hier das Wichtigste von allem. Und wo wir gerade dabei sind. Lass dir genauso Zeit mit der Wohnungssuche. Auch hier gilt es, nichts zu überstürzen.»

«Ich möchte dir nicht zur Last fallen.»

«Das tust du nicht.»

Er zog seine Hand zurück, aber Andrina ergriff sie und drückte sie kurz. «Du weisst gar nicht, wie dankbar ich dir für deine Hilfe bin.»

«Das mache ich gerne. Besonders wenn ich dabei so gut bekocht werde. Es ist also purer Eigennutz.» Er grinste, und Andrina musste ebenfalls lächeln, aber sie wurde gleich wieder ernst.

«Würdest du das auch sagen, wenn ich verrückt wäre?»

«Wieso solltest du das sein?»

«Dieser Jogger ...»

«Was diesen Mann betrifft, gibt es eine ganz einfache Erklärung. Deine Nerven liegen blank, wie Susanna gesagt hat. Da spielt dir die Phantasie einen Streich. Es ist alles ein wenig viel im Moment. Was ich allerdings schön finde, ist, dass du und Marco endlich miteinander gesprochen habt.» Bevor sein Gesicht einen verschlossenen Ausdruck annahm, sah Andrina darin das Gegenteil von dem, was er gesagt hatte.

«Diese SMS, die von meinem Handy gekommen ist, die ich allerdings nie geschrieben habe, verstehe ich nicht. Wie soll so etwas möglich sein?»

«Hatte jemand Zugang zu deinem Handy?», fragte Enrico.

«Du meinst, eine andere Person hat diese Nachricht geschrieben und anschliessend gelöscht?»

«So etwas ist durchaus denkbar.»

«Mein Handy hat einen PIN-Code.»

«Wer weiss den?»

«Ich.»

«Und sonst?»

«Niemand. Falsch. Marco kennt ihn, aber er wird sich kaum selber eine solche SMS geschrieben haben.»

Enrico erhob sich und begann den Tisch abzuräumen. Andrina stand auf, um ihm zu helfen. Gemeinsam versorgten sie die Sachen an den entsprechenden Ort. Dem Ganzen haftete etwas Vertrautes an, das Andrina zunächst erschreckte, ihr aber nach einer Weile so etwas wie Geborgenheit vermittelte. Geborgenheit hatte sie in den letzten Wochen bei Seraina wenig gespürt. Sie musste sich eingestehen, wie gut es ihr tat, mit Enrico über alles reden zu können. So hatte sie es mit Seraina nicht tun können. Lag es daran, weil er nicht direkt damit zu tun hatte und das Ganze von einem anderen Blickwinkel betrachten und neutral daran herangehen konnte?

«Ich habe überlegt, Marco zu fragen, ob ich mich in seinen Strandkorb setzen darf», sagte sie und wischte mit einem Tuch über den dunklen Stein der Anrichte.

Enrico hielt in der Bewegung inne. «Du meinst, du möchtest diese Übung machen, die Dr. Ulmann dir empfohlen hat?»

Andrina nickte.

«Das ist eine gute Idee, und ich finde sie besser als diesen Ausflug in den Wald von heute.»

DREIZEHN

Andrina stand auf der Terrasse von Fellers Garten und liess den Haustürschlüssel von einer in die andere Hand gleiten. Als sie Feller am Dienstagmorgen angerufen hatte, hatte er sofort zugesagt. Sie habe ja den Hausschlüssel, hatte er gesagt. Daran hatte Andrina gar nicht gedacht, und sie hatte eine Weile gebraucht, bis sie ihn gefunden hatte. Nach der Trennungs-SMS hatte sie ihn vom Schlüsselbund genommen und ganz unten in der Tasche verstaut.

Am Dienstag war sie nicht zur Arbeit gegangen, weil sie noch Fieber hatte. Gestern war sie zum Verlag gefahren, obwohl sie sich gerädert gefühlt hatte. Sie wollte Elisabeths Wohlwollen nicht strapazieren. Am frühen Nachmittag hatte sie beschlossen, es nicht mehr mit dem Strandkorb zu versuchen, und es auf heute Donnerstag verschoben.

Gestern Abend war sie früh ins Bett gegangen. Erstaunlicherweise hatte sie wunderbar geschlafen und fühlte sich heute ausgeruht und schien fieberfrei zu sein. Sie hatte daher beschlossen, die Übung in der Mittagspause zu versuchen. Sie wollte nämlich nicht Feller dabeihaben, da sie sich nicht sicher war, ob es in seiner Gegenwart funktionieren würde.

Ein Windstoss liess ihre Haare leicht flattern, als sie langsam auf den Strandkorb zuging. Heute war der Himmel wie gestern wolkenverhangen, aber es regnete wenigstens nicht. Sie setzte sich und blickte über den Teich zum Haus zurück. Es fühlte sich vertraut, aber gleichzeitig fremd an, was Andrina verwirrte. Sie überlegte, was der Grund für diese Distanz sein könnte, die sie auf einmal spürte, kam aber zu keinem Schluss.

Sie lehnte sich nach hinten, betrachtete den grauen Himmel und zog die Jacke fester um die Schultern. Es war kühl, aber zum Glück nicht allzu kalt. Andrina streifte die Schuhe ab und hob die Beine hoch. Sie rutschte hin und her, bis sie mit den untergeschlagenen Beinen eine bequeme Position gefunden hatte, und schloss die Augen. Sie lauschte dem Geräusch, das der leichte Wind in den Baumwipfeln machte, und versuchte an nichts zu denken. Nach kurzer Zeit stellte sich eine angenehme Schwere ein. Gleich darauf hatte sie das Gefühl zu schweben. Ihre Atemzüge wurden tiefer und länger. Du solltest nicht einschlafen, dachte sie.

Eine leichte Berührung an ihrem Arm liess Andrina aufschrecken. Sie fuhr hoch und brauchte einen Moment, bis ihr klar war, wo sie sich befand und wer die Person war, die vor ihr hockte.

«Wenn du geschlafen hast, tut es mir leid», sagte Feller.

«Kein Problem. Ich sollte nicht schlafen, denn ich bin aus einem anderen Grund hier.»

«Du bist erschöpft. Da ist das nur verständlich.»

«Aber nicht um diese Zeit.» Erschrocken sah Andrina auf ihre Uhr. Zum Glück waren seit ihrem Eintreffen nur fünfzehn Minuten vergangen. Nicht auszudenken, wenn sie den Nachmittag verschlafen hätte.

«Die Übung ist wohl in die Hose», sagte sie und zwinkerte. Nach dem ersten Schrecken war die schläfrige Benommenheit zurückgekehrt.

«Wie man es nimmt», erwiderte Feller und setzte sich neben sie. «Der Strandkorb hat eine Voraussetzung erfüllt: Du hast ihn als sicher genug angesehen, um hier einzuschlafen. Wenn ich mal die Definition von Dr. Ulmann gebrauchen darf.»

«Ohne Erinnerung. Ich habe nämlich nichts geträumt.»

«Mich hätte es erstaunt, wenn es beim ersten Mal geklappt hätte. Ich denke, du solltest es mehrere Male versuchen, allerdings nicht zu enttäuscht sein, wenn es nicht funktioniert.»

«Wäre das für dich in Ordnung, wenn ich hier öfter sitze?»

«Warum nicht?»

Einen Moment schauten sie sich schweigend an. Langsam hob er die Hand und fuhr mit dem Zeigefinger seitlich an Andrinas Hals entlang. «Du trägst die Kette», sagte er.

Das Kribbeln, das sich einstellte, als sein Finger ihre Haut berührte, jagte Andrina einen angenehmen Schauder über den Rücken. Lass das, dachte sie. Er hat eine andere.

Bevor sie etwas sagen konnte, fuhr Feller fort: «Ich habe den ganzen Morgen überlegt, wie ich dich das fragen soll, ohne dass es plump erscheint. Genau weiss ich es immer noch nicht, aber ich versuche es mal.» Er nahm seine Hand zurück. «Die letzten Wochen hatte ich genug Zeit, darüber nachzudenken, was alles schiefgelaufen ist. Aber ich weiss nicht, wie ich es wiedergutmachen kann, denn das ist beinahe nicht möglich. Ich kann nur sagen, wie leid mir das Ganze tut. Gleichzeitig bin ich mir bewusst, dass das nicht als Entschuldigung reicht. Was ich zudem weiss, ich habe dich vermisst, und ich habe sehr unter dieser vermeintlichen SMS gelitten.»

«Ich habe –»

«Ich weiss. Da offenbar keiner unsere Beziehung beenden wollte, möchte ich dich fragen, ob wir mit unserer Beziehungspause aufhören oder zumindest eine Art Neuanfang versuchen wollen.»

Die Verwirrung musste in Andrinas Gesicht deutlich zu sehen sein.

«Wollen wir es versuchen, wieder zusammenzuwohnen?»

Andrina hielt den Atem an.

«Mir ist klar, dass wir nicht einfach dort weitermachen können, wo wir aufgehört haben, bevor es aus dem Ruder lief. Zu viel ist passiert. Ich meine damit, wir könnten uns ein wenig, wie soll ich sagen, versuchen anzunähern. Für den Anfang können wir zwei Schlafzimmer haben, so ähnlich wie eine WG, und schauen, ob wir irgendwie zu dem Punkt zurückkommen, an dem wir früher waren.»

Andrina starrte ihn an. Es dauerte eine Weile, bis das, was er gerade gesagt hatte, in ihrem Kopf verarbeitet war. Sie wich ein Stück von ihm zurück. Wie oft hatte sie sich gewünscht, er werde ihr so ein Angebot unterbreiten. Das war gewesen, bevor sie von der Blonden gewusst hatte. Empörung machte sich breit.

«Kein schlechter Ansatz, was meint aber deine Freundin zu einem solchen Arrangement?»

«Meine Freundin?»

«Sie wird nicht begeistert sein.» Andrina versuchte es flapsig klingen zu lassen.

«Welche Freundin?»

Er spielte gut den Überraschten. «Die Blonde mit dem Wuschelkopf.»

Verwirrt sah Feller sie an.

«Letzte Woche habe ich euch an der Aare gesehen. Sie hat blonde, knapp schulterlange Haare, die recht chaotisch wirken, weil sie so stark gelockt sind. Damals trug sie Jeans und eine dunkelbraune Jacke.»

«Meinst du Nicole von der Kriminaltechnik?»

Eine Kollegin. Das hätte sie sich denken können. Andrina konnte nicht glauben, dass er so arglos tat.

«Wir sind nicht zusammen.»

Er leugnete es tatsächlich. Es tat weh, dass er nicht ehrlich war. Andrina fragte sich, warum er es nicht zugab. Die Neue tat ihr auf einmal leid. Wollte er eine Beziehung zu zwei Frauen? Ihm musste klar sein, so etwas würde früher oder später auffliegen.

Das war ein neuer Wesenszug von Feller, der ihr bislang verborgen geblieben war, oder hatte er Affären gehabt, als sie zusammen gewesen waren? Hatte sie wirklich diesen Mann heiraten wollen? Die Feindseligkeit in ihrem Gesicht musste deutlich zu erkennen sein, denn Feller rutschte ein Stück zurück bis an die Kante des Strandkorbes.

«Nicole ist erst seit vier Monaten bei uns. Sie machte ihre Arbeit sehr gut, und ihre Referenzen waren eins a. Andererseits sind ihr in den letzten zwei Wochen mehrere Fehler unterlaufen.» Er wirkte mit einem Mal distanziert und kühl. «Zum Glück waren es nur kleine Fehler, wie ich von den Kollegen hörte. Als sie einen meiner Aufträge fehlerhaft bearbeitete, habe ich sie zur Seite genommen. Ich bin nicht der Typ, der seine Leute vor anderen massregelt. Ich hatte das Gefühl, bei Nicole stecke mehr dahinter. Wie ich bei dem Spaziergang an der Aare erfahren habe, ist ihr Freund vor Kurzem beim Surfen auf

Hawaii ums Leben gekommen.» Feller machte eine Pause, bevor er in diesem frostigen Ton weiterfuhr. «Er hat dort an einem Wettbewerb teilgenommen. Nach seiner Rückkehr wollten sie heiraten.» Er machte eine neue Pause, als warte er darauf, Andrina würde sich äussern, was sie nicht tat. «Nicole hat keinem etwas davon gesagt. Sie ist sehr zurückhaltend und hatte schon vorher nicht viel von sich erzählt.» Fellers Augen hatten sich verengt. Er stand auf, als Andrina weiterhin schwieg, und ging auf das Haus zu.

Andrina blieb dort, wo sie war. Ihre Gedanken rasten und ihr Herz pochte. Ihr kam in den Sinn, vor einigen Wochen eine kurze Notiz über einen tragischen Surfunfall in der Zeitung gelesen zu haben, bei dem ein Mann aus dem Aargau und ein Amerikaner ums Leben gekommen waren.

***

«Ich bin mir wie eine Idiotin vorgekommen», sagte Andrina. Sie stützte sich mit den Ellenbogen auf den Tisch und legte ihr Gesicht auf die ineinander gefalteten Hände. «Da macht er endlich einen Schritt in die Richtung, die ich mir immer gewünscht habe, und ich beschuldige ihn, seine Freundin betrügen zu wollen. Er hat die Frau damals einfach nur getröstet und nicht mehr.»

«Woher solltest du das wissen?» Gabi stand auf und setzte sich auf Andrinas Bürotisch.

«Ich hätte es sehen müssen.»

«Aus dieser Distanz? Ich hätte an deiner Stelle das Gleiche gedacht.»

Andrina schwieg und starrte auf den Bildschirm.

«Was gedenkst du nun zu tun?»

«Wenn ich das wüsste.»

«Marco ist von selber gekommen und hat gefragt, ob ihr es versuchen wollt. Das werte ich als einen grossen Schritt in die richtige Richtung.»

«Gleich aber zusammenziehen?»

«Du hast keine Bleibe, und deine Sachen sind bei ihm, wenn ich dich richtig verstanden habe. Das wäre das Einfachste.»

«Ich wohne bei Enrico.»

«Das ist in meinen Augen wirklich die denkbar schlechteste Konstellation. Mit Marco zusammen sein und bei seinem Bruder wohnen. Enrico hat sich auf eurer Flucht in dich verliebt, und ich habe das Gefühl, er ist es immer noch.» Sie hob eine Hand, als Andrina etwas erwidern wollte. «Das, was du mir erzählt hast, und wie er sich nun um dich kümmert, spricht Bände.»

«Wie wäre es damit? Er ist einfach hilfsbereit.»

«Mach die Augen auf, schalte die Ohren ein und höre auf die Zwischentöne.»

Andrina dachte an ihre gemeinsame Nacht, von der sie Gabi nichts erzählt hatte, und daran, wie er sich ihr gegenüber verhielt. Gabi konnte durchaus recht haben. Nicht konnte, verbesserte sie sich. Sie hatte recht. Andrina sah seinen Gesichtsausdruck vor sich, als er darauf wartete, sie werde sich dazu äussern, wie es mit ihnen weitergehen könne. Die Hoffnung und die Bitte, die darin gelegen waren, Ja zu ihnen beiden zu sagen. Mehrmals. Er würde sie nicht drängen.

Andrina war klar, ihm unweigerlich wehzutun, wenn sie bei ihm wohnen blieb, aber mit Feller alles darauf anlegte, wieder ein Paar zu werden.

«Komplikationen vorprogrammiert, würde ich sagen», fuhr Gabi fort.

«Ich habe das Gefühl, es geht zu schnell, wenn ich sofort zu Marco zurückkehre.»

«Auf einmal?», fragte Gabi erstaunt.

«Ich weiss, bis vor einigen Tagen habe ich mir nichts sehnlicher gewünscht, als dass es so kommen würde.»

«Warum hast du auf einmal Bedenken?»

«Ich weiss es nicht.»

Gabi beugte sich vor und schaute Andrina in die Augen. «Du hast Angst, es werde ein zweites Mal schiefgehen, habe ich recht?»

«Kann sein», erwiderte Andrina. War es das? «Vielleicht bin ich nur überrumpelt.»

«Wie meinst du das?»

«Ich habe nicht daran geglaubt, und plötzlich ist es wahr. Sein Angebot hat mich unvorbereitet getroffen.»

«Egal, welchen Grund es gibt. Ich finde, du solltest euch eine zweite Chance geben. Marcos Vorschläge finde ich gut. Lebt wie in einer WG zusammen. Das tust du mit Enrico im Moment auch, und da hast du keine Bedenken. Wenn es nicht funktioniert, ist es eben so. Weder du noch Marco haben im Moment etwas zu verlieren. Ich würde es versuchen.»

***

Feller lehnte sich gegen den Türrahmen und schaute zu, wie Andrina ihre Sachen in den Schrank räumte. Das Ganze wirkte surreal. Zudem fragte Andrina sich, warum sich kein Hochgefühl einstellte. Sie müsste eigentlich glücklich sein. Stattdessen herrschten Unsicherheit und Zweifel. Was war der Grund dafür? War es die Befürchtung, es könne nicht klappen, was das Ende besiegeln würde? Daran sollte sie nicht denken. Sie musste optimistisch sein.

Während sie die Pullover aufeinanderstapelte, musterte sie Feller und versuchte in seinem Gesichtsausdruck zu lesen. Der war jedoch nichtssagend. Was ging in seinem Kopf vor?

«Ich bereite mal das Nachtessen vor», sagte er. «Ich habe eine Überraschung für dich.»

Andrina atmete auf und war froh, einen Augenblick alleine zu sein. So konnte sie besser die Gefühlssituation analysieren, die in ihrem Inneren herrschte. Sie setzte sich aufs Bett und liess den Nachmittag an sich vorbeiziehen. Nach Arbeitsschluss war sie zu Enrico gefahren. Als sie ihm erklärt hatte, zu Feller zurückzukehren, hatte er ein ähnliches Pokerface aufgesetzt wie Feller eben. Beim Abschied hatte dieses Pokerface Risse bekommen. Wehmut hatte durchgeschienen und etwas, das wie Schmerz ausgesehen hatte. Es hatte ihr wehgetan, ihn so zu sehen, was sie verwirrt hatte. Verwirrt hatte sie genauso, dass sie so etwas wie Trauer verspürt hatte, denn ihr war von Neuem bewusst geworden, wie wohl sie sich in seinem Haus gefühlt hatte. Er hatte keine Bedingungen gestellt, sondern war einfach für sie da gewesen, als sie jemanden brauchte.

Beim Verabschieden hatte Enrico Andrina für sie unerwartet in den Arm genommen und kurz an sich gedrückt. Als er sie danach ein Stück von sich weggeschoben hatte, hatte er gesagt: «Ich hoffe, es entwickelt sich alles so, wie du dir das wünschst. Falls du in der Zukunft jemanden – ein offenes Ohr oder was auch immer – brauchst, bin ich für dich da. Jederzeit.»

Feller hatte die Tür nicht geschlossen, und das Geklapper von Geschirr drang durch den Türspalt zusammen mit einem würzigen Geruch. Thailändisch. Er musste bei ihrem Lieblingsthailänder in Aarau gewesen sein und sich verschiedene Gerichte einpacken lassen haben. Andrina musste lächeln. Sie stand auf und begab sich zu ihm in die Küche.

Er stellte gerade eine Schüssel mit gebratener Ente auf den Tisch.

«Willkommen zu Hause», sagte er lächelnd und machte eine einladende Bewegung mit der Hand zum Tisch.

«Zu Hause», liess Andrina im Kopf nachklingen. War sie wirklich nach Hause gekommen? Warum verspürte sie diese Unsicherheit?

Als sie sich gesetzt hatte, schob er ihr die Schüsseln zu. Sie schöpfte sich Reis, Ente und ein Gemüsecurry auf den Teller. Das Essen war köstlich.

Feller begann von seinem Tag zu erzählen, liess aber die Ermittlungen rund um Caroline und Tamara aussen vor. Er fragte sie nach ihrem Tag im Verlag. Es war fast wie früher. Aber eben nur fast. Irgendwas fehlte. Was, konnte Andrina nicht benennen. Warum konzentrierte sie sich, möglichst locker zu sein?

Verstohlen musterte sie Feller, wie sie es schon die ganze Zeit getan hatte, seit sie im Haus war. Er wirkte locker, entspannt und zufrieden. War er das wirklich?

«Ich bekomme keinen weiteren Bissen hinunter», sagte sie

und lehnte sich nach hinten. So viel hatte sie schon lange nicht mehr gegessen. «Das war fein. Vielen Dank.» Das klang förmlich in ihren Ohren. Feller schien es nicht zu bemerken.

Plötzlich meinte sie zu wissen, warum sie sich nicht wohlfühlte. Der Rahmen war wie früher – ein gemeinsames Nachtessen mit einem Gespräch. Aber etwas stand im Weg.

«Ich habe eine Bitte.»

«Die wäre?» Er wirkte auf einmal unsicher.

«Ich möchte nochmals in den Wald zu der Stelle, an der Caroline und ich gefunden wurden.»

«Meinst du, das ist eine gute Idee?»

«Lass es uns bitte auf einen Versuch ankommen. Sonst wird das zwischen uns stehen.»

«Wie kommst du auf diese Idee?»

«Du wartest, dass meine Erinnerung zurückkehrt. Ich habe das Gefühl, Carolines Tod und der der anderen Frau wird unser Zusammensein belasten, wenn ich nicht alles getan habe, damit es endlich Klarheit gibt, was geschehen ist. Sonst werde ich mich immer schuldig an ihrem Tod fühlen, und es wird immer zwischen uns stehen.»

«Das wird es nicht», sagte Feller.

«Oder seid ihr inzwischen weiter? Habt ihr eine Spur zum Mörder oder zu den Mördern?»

«Leider nicht.»

«Ich bin ein Schlüssel zu allem.»

«Es stimmt. Wenn du dich erinnern würdest, könnte das die Ermittlungen um einiges vereinfachen. Dennoch habe ich das Gefühl, es hat nichts mit uns persönlich zu tun. Ich weiss nicht, ob es eine gute Idee ist, nochmals an den Tatort zu gehen. Das letzte Mal warst du sehr durch den Wind, als du die Stelle gesehen hast.»

«Letztes Mal war es ein wenig ...» Andrina suchte nach einem Wort. «Es war ein wenig überstürzt.»

Feller musterte Andrina. «Okay», sagte er nach einer Weile gedehnt. «Mit wem möchtest du hingehen?»

«Mit dir.»

«Das geht nicht, und das weisst du. Jetzt noch weniger als vor einigen Tagen.»

Andrina nagte an ihrer Unterlippe. «Mit dir und mit Susanna. Das sollte gehen.»

Feller neigte den Kopf von rechts nach links und wieder zurück. «Okay», sagte er nach einer Weile. «Lass uns das morgen besprechen.»

VIERZEHN

Dieses Mal blieb Feller neben Andrina stehen. Sie standen dicht nebeneinander, aber nicht zu dicht, um sich nicht zu berühren. Seit Andrina gestern bei Feller eingezogen war, hatte er die Distanz gewahrt. Zum einen fand sie das verwirrend, zum anderen war sie erleichtert, da sie wusste, Zeit zu brauchen.

Ein Ast knackte, als Susanna sich auf ihre andere Seite stellte. Andrina starrte auf die Bänder vor sich, die im Wind flatterten. Der Himmel war nach wie vor bewölkt. Daher war es wie beim letzten Mal dämmrig im Wald. Sie riss den Blick von den Bändern los und liess ihn wandern.

«Wo hat sie … ich meine, wo haben wir gelegen?»

«Dort.» Feller wies in die Mitte der Fläche, die von den Bändern umrahmt war.

Andrina starrte auf die Stelle. Kein Gedankenblitz. Sie sah Laub und abgebrochene Äste von den Büschen, die die Fläche umgaben. Wenn dieser Bereich nicht durch die Bänder markiert gewesen wäre, wäre es für sie eine Stelle im Wald wie jede andere, ohne mit einem speziellen und schrecklichen Ereignis verbunden zu werden.

«Weisst du, warum du hier warst?», fragte Susanna.

«Seraina hat gesagt, ich war joggen.»

«Ich möchte von dir hören, was du weisst, und nicht, was andere dir gesagt haben.»

«Joggen ergibt Sinn.»

«Hier?» Susanna machte eine ausladende Bewegung mit den Händen. «Das sieht nicht nach einer Joggingroute aus.»

Andrina wandte sich ab. Sie spürte Fellers Blick auf sich und wie er sich anspannte.

Andrina versuchte ihn auszublenden und blickte auf die Bäume, ohne sie richtig wahrzunehmen. Zu ihrem Erstaunen schaffte sie es, alle Gedanken aus ihrem Kopf zu entfernen. Leere machte sich breit. Der Wind blies ihr die Haare aus dem

Gesicht. Laub raschelte. Irgendwo knackte ein Ast. Andrina hatte das Gefühl, es werde dunkler. Ihr Atem beschleunigte sich, und wie aus dem Nichts waren die Bilder da. Die Panik, die sie auf einmal empfand, drohte überhandzunehmen. Alles in ihr schrie nach Flucht. Nur mit Mühe konnte Andrina dem Drang widerstehen.

Ich habe mich mit der Zeit verschätzt. Nach dem Streit mit Seraina war ich sauer und daher joggen gegangen, obwohl Regen vorausgesagt und es recht spät war. Im Zickzack laufe ich durch den Wald, ohne genau auf den Weg zu achten.

Es ist unheimlich und beginnt schnell dunkler zu werden – schneller als bei einer normalen Dämmerung. Regen liegt in der Luft.

Wie lange ich gejoggt bin, weiss ich nicht. So lange habe ich es aber in diesem Tempo bisher nicht ausgehalten. Ich merke, wie meine Kraft nachlässt. Meine Energie ist verpufft. Der Zorn verflogen. Trotzdem reduziere ich das Tempo nicht. Ich will so schnell wie möglich aus dem Wald hinaus. Ich habe Durst und sehne mich nach einer Dusche. Inzwischen sind Seraina und Michael bestimmt aufgebrochen. Zumindest hoffe ich das, denn ich will Seraina heute auf keinen Fall mehr gegenübertreten.

Ich biege ab. Sogleich halte ich inne. Es sieht alles so anders aus. So gut kenne ich mich in dem Waldstück nicht aus. Mich verirren ist das Letzte, das ich gebrauchen kann. Ich werfe einen Blick auf meine Uhr. In dem Halbdunkel kann ich das Zifferblatt nicht richtig erkennen. Der Wind frischt auf. In der Ferne höre ich Donner. Ich spüre Panik in mir aufsteigen – alleine bei einem Gewitter im Wald …

Rechts oder links? In dem schummrigen Licht wirkt der Wald unheimlich. Du und deine Phantasie, schelte ich mich und laufe los.

Ein Schrei gellt durch das Halbdunkel. Ich erstarre. Das ist nur ein Kauz, versuche ich mich zu beruhigen. Ein neuer Schrei. Ein Kauz schreit nicht «Hilfe».

Das kommt von rechts. Ich biege in den Pfad ein und renne

los. Immer wieder stolpere ich über Wurzeln, Gras und Steine. Ein neuer Schrei spornt mich zur Eile an. Hier ist vor Kurzem abgeholzt worden. Der Wald lichtet sich. Es ist ein wenig heller als im dichten Wald. Dunkelgraue Wolken verdüstern den Himmel. Donnergrollen – ich renne schneller.

Ich sehe die beiden erst, als ich beinahe über sie stolpere. Ein Mann, der sich am Boden über jemanden anderen gebeugt hat, richtet sich auf. Die andere Person bleibt am Boden. Sie rührt sich nicht. Trotz des wenigen Lichtes kann ich den offen stehenden Mund und die weit aufgerissenen Augen der Frau erkennen. Sie starrt in den Himmel, aber die Augen wirken leer – wie die einer Toten.

Ich schreie auf.

Der Mann fährt herum.

«Du? Was hast du mit ihr gemacht?» Ich weiche zurück.

Er will mich packen, aber ich mache rechtzeitig einen Schritt zurück. Ich wirble herum und will davonstürzen, aber er erwischt meinen Arm.

Ich reisse mich los und strauchele. Im gleichen Moment spüre ich einen Stoss im Rücken. Im Fallen versuche ich den Kopf auf die Seite zu drehen und mit den Händen den Sturz abzufangen. Ein harter Schlag trifft meine rechte Schläfe. Der Schmerz zuckt wie Blitze durch meinen Kopf. Gleich darauf wird es schwarz.

«Andrina.»

Wer war das?

Rauschen.

Eine Berührung auf ihrer Schulter.

Andrinas Bewusstsein driftete in die Gegenwart zurück. Sie spürte, wie sich ein Arm um sie legte. Sie zitterte. Kalter Schweiss rann ihre Schulterblätter herunter.

«Andrina.»

Sie brauchte einen Moment, bis ihr bewusst wurde, wo sie war, warum sie hier war und mit wem.

Feller strich mit der Hand über ihren Rücken.

«Du hast dich erinnert», sagte Susanna leise.

Ein neues Zittern lief durch Andrinas Körper. Erneut sah sie die Szene vor sich.

«Nein!», schrie sie auf und presste die Hände vor das Gesicht. Feller zog sie an sich. Andrina drückte ihr Gesicht gegen seine Schulter und schluchzte auf.

«Was hast du gesehen?», flüsterte Feller.

Andrina schüttelte den Kopf. Ein neues Beben ging durch ihren Körper.

«Wen hast du gesehen?»

«Bitte nicht», stiess Andrina hervor. Ihre Beine knickten ein. Fellers Arme schlossen sich fester um sie, sonst wäre sie kraftlos auf den Boden gesackt.

«Marco», sagte Susanna. «Lass sie uns von hier fortbringen.»

***

Andrina starrte auf ihre ineinander verkrampften Hände, die vor ihr auf dem Tisch lagen. Sie sass in einem der Vernehmungsräume des Polizeikommandos, in denen sie früher mal gewesen war.

Susanna stellte ein Glas Wasser vor sie hin und setzte sich neben sie. Gegenüber nahmen Wagner und Brogli Platz.

Feller dürfe nicht dabei sein, hatte Wagner gesagt. Widerwillig hatte er den Raum verlassen. Es sei wichtig, jetzt keinen Fehler zu machen, hatte Wagner ihm erklärt.

«Darf ich?», fragte Wagner und legte seine Hand auf das Aufnahmegerät.

Andrina nickte mechanisch. Er hatte eine neue Brille. Seine grauen Haare, die er normalerweise nur wenige Millimeter lang trug, waren länger. Beides zusammen liess ihn jünger wirken. Sie wunderte sich, wieso ihr das gerade jetzt auffiel.

«Bevor ich das Ding einschalte, hast du Susanna oder Marco schon etwas gesagt?»

«Mehr als dass sie sich erinnert hat, haben wir nicht herausbekommen», sagte Susanna. «Andrina steht seitdem unter Schock.» Sie strich über Andrinas Unterarm. Andrina war froh, dass wenigstens Susanna bleiben durfte. «Zum Arzt wollte sie trotzdem nicht.»

«Ich möchte es loswerden», sagte Andrina kaum hörbar. Das waren die ersten Worte, die sie sprach, seitdem Feller und Susanna sie aus dem Wald und hierhergebracht hatten.

«Fühlst du dich wirklich dazu in der Lage, oder sollen wir das lieber auf später verlegen?»

«Jetzt», sagte Andrina und legte so viel Entschlossenheit in ihre Stimme, wie es ihr möglich war. Sie musste es hinter sich bringen. So schnell wie möglich.

Wagner nickte Brogli zu und drückte auf den Knopf.

Brogli räusperte sich und wandte sich an Andrina. «Sie waren heute an der Stelle, an der Caroline Schmidt und Sie gefunden worden sind.»

«Ja», flüsterte Andrina. Sie wusste nicht, ob sie wirklich die Kraft hatte, das hier durchzustehen. Ihr war jedoch klar, das tun zu müssen. Für Caroline und ihre Familie.

«Bisher litten Sie unter Amnesie und wussten nicht mehr, was vor zwei Wochen dort vorgefallen ist. Ist das richtig?»

«Ja.»

«Heute ist die Erinnerung zurückgekehrt. Ist sie das vollständig oder nur teilweise?»

«Vollständig.»

«Ich möchte Sie nun bitten, uns zu berichten, was an diesem Abend geschehen ist. Fangen Sie bitte mit dem Gespräch auf der Terrasse Ihrer Schwester an. Das war, soweit ich weiss, das Letzte, an das Sie sich erinnerten, als Sie unter Amnesie litten.»

Andrina schloss die Augen und versuchte sich zu sammeln. Sie bemühte sich, alles von der Terrasse an chronologisch wiederzugeben.

Als sie zu der Stelle gelangte, an der sie den Mann – sie schaffte es nicht, seinen Namen zu nennen – hatte aufstehen sehen, wurde ihr Bericht stockender und ihre Stimme leiser. Nachdem sie geendet hatte, senkte sich Schweigen über den Raum. Nur das Atmen der Anwesenden war zu hören.

«Wenn ich Ihre Schilderung richtig verstehe, kennen Sie den Mann, den Sie beim Mord überrascht haben.»

Andrina brachte kein Wort hervor und konnte nur nicken.

«Ich kann nachvollziehen, wie schwer Ihnen das fallen muss, eine bekannte Person des Mordes zu bezichtigen, aber wir brauchen den Namen.»

Es war, als hielten alle den Atem an. Sekunden verstrichen. Andrina sammelte alle verbliebene Kraft. «Frank», flüsterte sie.

«Frank wie noch?», fragte Susanna.

Andrina legte den Kopf auf ihre Arme und schwieg.

«Bitte», sagte Susanna.

Andrina schüttelte erneut den Kopf.

«Kennt Marco ihn?»

Andrina nickte.

«Frank?», wiederholte Feller. Nachdem Wagner auf die Stopptaste gedrückt hatte, hatte Susanna den Raum verlassen und war einige Minuten später mit Feller zurückgekehrt. «Welcher Frank?», fragte er Andrina.

Andrina schaffte es nicht, zu antworten.

Feller erbleichte. «Du meinst doch hoffentlich nicht Gabis Mann.»

«Doch.»

Feller liess sich auf einen Stuhl neben Wagner fallen und legte den Kopf in den Nacken. «Scheisse», murmelte er.

«Frank und wie weiter?», mischte Brogli sich ein.

«Frank Krähenbühl», flüsterte Feller.

Als er den Namen aussprach, richteten sich die Haare in Andrinas Nacken auf. Sie wollte nicht wahrhaben, Frank dort gesehen zu haben.

«War das am Stadtbach auch Frank?», fragte Feller.

«Wovon sprichst du?», fragte Brogli.

«Letzten Freitag hat jemand versucht Andrina im Stadtbach zu ertränken.»

«Diese Geschichte. Du meinst, es gibt einen Zusammenhang, und es war nicht einfach ein missglückter Raubüberfall?» Brogli wandte sich Andrina zu. «Handelt es sich bei dem Angreifer am Stadtbach um die gleiche Person, Frau Kaufmann?»

«Das kann ich Ihnen nicht sagen.» Andrina starrte auf den Rekorder, den Brogli vor seiner letzten Frage wieder eingeschaltet hatte. «Er kam von hinten, und alles ging so schnell.»

«War es ein Mann oder eine Frau?»

«Ein Mann.»

«Was macht Sie so sicher, wenn Sie ihn nicht gesehen haben?»

«Er hatte viel Kraft.» Andrina schaute Brogli in die Augen.

«Frauen können ebenfalls kräftig sein.»

«Er hat geflucht.»

«Er hat geflucht. Soso.» Broglis Lippen kräuselten sich. Eine Frau kann genauso fluchen, stand in seinem Gesicht geschrieben. Andrina senkte den Kopf.

«Es war definitiv die Stimme eines Mannes», fühlte Andrina sich genötigt zu sagen.

«Welche Sprache hat er gesprochen?»

«Aargauer Dialekt.»

«Sie haben also Frank Krähenbühl dabei überrascht, Caroline Schmidt getötet zu haben, können aber nicht sagen, ob er es war, der sie am Stadtbach versucht hat zu ertränken.»

Andrina fragte sich, warum Brogli alles zusammenfasste, als ihr klar wurde, dass er diese Aussage auf Band brauchte. «Er war der Mann bei Caroline», sagte Andrina mit bemüht fester Stimme. «Ich bin mir sicher, das am Bach war nicht Frank. Sein Atem roch nach Zigaretten.»

«Sein Atem?», mischte sich Wagner ein.

«Er hat mich von hinten gepackt und an sich gezogen, bevor er mich in den Bach gestossen hat. Dabei hat er seinen Arm um meinen Oberkörper gelegt und mir den Mund zugehalten. Seine Kleidung roch nach Zigaretten und sein Atem ebenso.»

«Ich verstehe nicht, was der Versuch, Sie zu ertränken, mit Zigaretten zu tun hat?»

«Frank raucht nicht», kam Feller Andrina zu Hilfe. Er handelte sich einen finsteren Blick von Wagner ein, der mit der

Hand auf den Rekorder deutete. Feller stand auf und lehnte sich an die Wand.

Sie nickte.

«Herr Krähenbühl raucht also nicht», wiederholte Brogli.

«So ist es. Ich habe ihn nie rauchen gesehen, er ist ein militanter Nichtraucher, und Gabi hat bisher nie davon gesprochen.»

«Gehen wir also von zwei Tätern aus», sagte Wagner und machte eine Notiz. «Ob die beiden Fälle zusammenhängen, werden wir sehen.» Er beugte sich vor und schaltete den Rekorder aus.

Schweigen setzte ein.

«Weisst du, wo Frank Krähenbühl sich im Moment aufhält?», fragte Wagner Andrina.

«Gemäss Gabi ist er geschäftlich unterwegs. Er müsse die nächste Zeit vermehrt Kunden in Europa besuchen. Heute sollte er nach Hause kommen, soviel ich weiss.»

«Wäre es denkbar, Gabi Hug – warum heisst sie überhaupt Hug und nicht Krähenbühl? Hat sie ihren Nachnamen bei der Heirat behalten?»

«Ja. Sie wollte eine gewisse Eigenständigkeit behalten.» Gabi hatte Franks Nachnamen nicht besonders attraktiv gefunden, und er hatte ihren nicht annehmen wollen, ergänzte sie in Gedanken.

«Wäre es denkbar, dass sie ihren Mann deckt?»

Der Knoten, der sich seit der Aussage in Andrinas Magen gebildet hatte, dehnte sich weiter aus. «Gabi! Nein, bestimmt nicht! Ich denke, meine Erinnerungen stimmen doch nicht ganz, und es war nicht Frank im Wald.» Andrina starrte auf ihre ineinander verkrampften Hände, die sie auf den Tisch gelegt hatte. «Die Person hat ihm ähnlich gesehen.»

Feller stiess sich von der Wand und trat zu ihr. Er beugte sich vor und stützte sich mit den Händen auf der Platte ab. Andrina spürte seinen eindringlichen Blick und hob automatisch den Kopf. Sein Gesicht war nur einige Zentimeter von ihrem entfernt. Andrina hielt dem Blick stand. Ihr Herz begann zu klopfen.

«Warum machst du einen Rückzieher, Andrina?», fragte er.

Sie antwortete nicht.

«Ich habe dich im Wald erlebt, als die Geschehnisse auf dich einprasselten. Der erste Eindruck ist meistens der richtige. Fange nicht an, deine Erinnerungen zu verfälschen, indem du etwas hinzufügst oder wegnimmst, um sie anzupassen, wie es für dich erträglich ist.»

«Bedränge sie nicht», sagte Wagner und fasste Feller am Arm.

Feller liess sich nicht wegziehen und verharrte in der gleichen Position.

«Gefährde so nicht die Glaubwürdigkeit ihrer Aussage», knurrte Wagner.

Feller fuhr herum. «Willst du etwa sagen, es stimmt nicht, was Andrina sagt? Du hättest sie sehen sollen. Ich fand es erschreckend. Ihr Verhalten war nicht gespielt. Sie ist beinahe zusammengebrochen.» Susanna nickte und strich über Andrinas Unterarm.

«Ich möchte keine Falschaussage machen und jemanden beschuldigen, der die Tat nicht begangen hat», sagte Andrina leise.

«Taten», knurrte Feller.

«Taten? Wieso Plural?»

Feller richtete sich auf und setzte sich auf die Tischkante. Er wirkte, als überlege er, was er sagen solle und was nicht. «Nach dem Mord an Caroline Schmidt ist ein weiterer geschehen, wie du weisst. Die Frau, die unweit der KEBA gefunden wurde. Es gibt Parallelen.»

Andrina schloss die Augen. «Nicht Frank. Er bringt keine Leute um. Du weisst, wie er ist.»

«Wo wir gerade dabei sind», fuhr Brogli Feller an. «Deshalb musst du dich definitiv aus den Ermittlungen ausklinken.»

Feller schloss die Augen. «Ich weiss. So schwer, wie mir das Ganze fällt.» Er schaute einen nach dem anderen an. Sein Blick blieb an Brogli hängen. «Du übernimmst die Leitung dieses Falls.»

Feller würde den Fall weiterverfolgen, das war Andrina klar.

FÜNFZEHN

Andrina startete den Computer. Während das Gerät hochfuhr, musterte sie Gabis Platz. Mehrmals am Wochenende hatte sie Gabi anrufen wollen, aber Feller hatte sie davon abgehalten. Gleichzeitig hatte er sie zu Stillschweigen verdonnert.

«Gefährde die Ermittlungen nicht», hatte er gesagt. Wie die im Einzelnen aussahen, hatte er nicht erwähnt. Auch nicht, als sie nachgefragt hatte. Schweren Herzens hatte Andrina sich dem gefügt.

Brogli hatte sie gebeten, keinem zu erzählen, dass sie ihr Gedächtnis wiedergefunden hatte.

Sie fragte sich, ob Gabi heute kam. Im Laufe des Freitagabends musste Frank nach Hause gekommen sein. Wieder drehte sich das Fragenkarussell, wie es das das ganze Wochenende getan hatte. Hatte man ihn unter einem Vorwand gebeten, ins Polizeikommando zu kommen, oder hatte man ihn abgeführt? War Gabi ebenfalls zur Vernehmung abgeholt worden? Hatte sie im Anschluss daran nach Hause gedurft, oder hatte man herausgefunden, dass sie an den Taten beteiligt gewesen war?

Zehn vor acht. Punkt sieben Uhr sechsundfünfzig stürmte Gabi normalerweise ins Büro. Wieder fragte Andrina sich, ob sie kommen würde.

Der Computer war bereit, und Andrina gab das Passwort ein. Sie öffnete Outlook. Eine Autorin hatte den überarbeiteten Text zurückgeschickt. Andrina hoffte, sich auf das Zweitlektorat konzentrieren zu können.

Acht Uhr siebenundfünfzig. Eine Minute zu spät. An einem normalen Montagmorgen musste das nichts heissen. Sogar Gabi konnte von ihrer Gewohnheit abweichen.

Andrina speicherte das Dokument ab und las, was die Autorin als weitere Information im E-Mail geschrieben hatte. Mehrmals musste sie ansetzen. Als sie geendet hatte, war es acht

Uhr drei. Seit sie mit Gabi zusammenarbeitete, war Gabi nie nach acht Uhr ins Büro gekommen, es sei denn, es gab Gründe, wie zum Beispiel einen Arzttermin oder Krankheit, was selten vorkam.

Der Grund für ihr Nichterscheinen lag auf der Hand. «Nicht Gabi», flüsterte sie.

Im gleichen Augenblick fiel ihr ein, was Feller einmal gesagt hatte. Meist trauten Angehörige und Freunde eines Mörders ihm seine Taten nicht zu. Ein Schmerz bohrte sich in ihrem Inneren fest. Sollte sie sich wirklich in ihrer guten Freundin und Kollegin getäuscht haben? War sie bei Carolines Mord dabei gewesen? Sie hatte Caroline ebenfalls kennengelernt. Bei der Präsentation des Buches hatte sie sich angeregt mit ihr unterhalten, wie Andrina auf einmal einfiel. Seitdem die Geschehnisse zurückgekommen waren, entwickelte alles eine Eigendynamik, die sie erschreckte. Es ging ihr zu schnell, und sie war nicht mehr fähig, einen klaren Gedanken zu fassen.

Was war, wenn sie sich irrte und es nicht Frank gewesen war? Es war dämmrig gewesen. Da konnten einem die Augen einen Streich spielen. Mit ihrer Aussage hatte sie eine Art Maschinerie in Gang gesetzt. Falls ihre Erinnerung trog, würde ein Unschuldiger in die Mühlen der Ermittlungen geraten. Sie liess die Stelle im Wald vor ihrem inneren Auge erscheinen. War es wirklich Frank gewesen, oder war es jemand, der ihm ähnlich sah?

Ein Schmerz formierte sich in ihrem Inneren. Sie war gerade dabei, einen weiteren wichtigen Menschen in ihrem Leben zu verlieren. Gabi würde sie hassen. Egal, zu welchem Ergebnis die Ermittlungen führten.

«Guten Morgen, ihr beiden Hübschen!», rief Lukas, der in den Raum stürmte.

Verdutzt blieb er stehen und deutete auf Gabis leeren Platz. «Wo ist Gabi?»

«Nicht da.»

«Es ist gleich halb neun, und ich brauche sie.»

Andrina nagte an ihrer Unterlippe.

«Hat sie sich abgemeldet?»

Andrina schüttelte den Kopf.

«Das sieht ihr nicht ähnlich.»

Wenn du wüsstest, was der Grund ist, dachte sie. «Vielleicht hat sie Elisabeth angerufen.»

«Wer hat mich angerufen?», fragte Elisabeth, die in diesem Moment den Raum betrat.

«Gabi ist nicht da», sagte Lukas.

«Sie hat sich krankgemeldet.»

«Gabi?» Der Unglaube stand in Lukas' Gesicht geschrieben. «Sie ist nie krank.»

***

«Gabi ist heute nicht zur Arbeit gekommen», sagte Andrina zu Feller.

Die Sonne schien, und es war angenehm warm. Sie hatten nach dem gemeinsamen Mittagessen beschlossen, einen Kaffee auf der Terrasse der Stadtbibliothek zu trinken.

«Sie war heute Morgen im Polizeikommando. Zunächst wollte Silvan abwarten, ob Frank am Wochenende von der Geschäftsreise nach Hause kommt. Das ist nicht geschehen. Daher hat er sich entschlossen, sie zu befragen.»

Der Kaffee schmeckte auf einmal bitter. «Wie hat sie reagiert?»

«Gemäss Max heftig. Sie hat abgestritten, von den Taten gewusst zu haben, und hält ihren Mann für unschuldig.» Feller sagte, «ihren Mann» und nicht «Frank». Wie distanziert das klang.

«Frank sollte an dem Wochenende nach Hause kommen. Hat Gabi sich nicht gewundert?»

«Er hat Gabi am Freitag wissen lassen, dass er erst diese Woche käme. Sie seien nicht fertig. Daher bliebe er am Wochenende in London, damit er gleich am Montagmorgen weitermachen könne und nicht hin- und herfliegen müsse.»

Das konnte durchaus möglich sein. In der Vergangenheit

war es ein- oder zweimal passiert. Doch dieses Mal schien der Zufall zu gross.

«Als Nächstes war die Spurensicherung in der Wohnung und hat nach möglichen Beweisen gesucht und Franks Zahnbürste für eine DNA-Analyse mitgenommen.»

«Ist die Zahnbürste nicht mit ihm in London?»

«Er hat ein Reiseset.» Feller trank einen Schluck vom Espresso.

«Wo ist Gabi jetzt?»

«Ich denke, zu Hause. Silvan lässt sie weiter beobachten und hofft, Frank kommt heim.»

«War es schlau, sie zu vernehmen? Sie könnte Frank warnen.»

«Silvan und Max haben das zur Genüge diskutiert. Es ist nicht an mir, ihren Ermittlungsweg zu hinterfragen, da ich mich nicht einmischen darf.»

Andrina rührte mit dem Löffel in ihrem Cappuccino.

«Weisst du, ob die Spurensicherung etwas gefunden hat?»

Fellers Gesicht wurde verschlossen. Er leerte den Espresso und verlangte nach der Rechnung. «Ich sollte zurück ins Polizeikommando.»

«Du bist vom Fall abgezogen.»

«Das ist so, aber es gibt genug andere Arbeit.»

Natürlich. Andrina kam sich dämlich vor. Sie trank ihren Cappuccino ebenfalls aus.

«Versuche dir nicht zu viele Gedanken zu machen», sagte Feller.

Das war einfacher gesagt als getan. Er küsste sie zum Abschied auf die Wange. Andrina tippte mit den Fingerspitzen an die Stelle, als sie ihm nachsah. Es war das erste Mal, dass er ihr so nahe kam. Von ihrem zweiten Erinnerungsversuch im Wald mal abgesehen. Doch das waren andere Voraussetzungen gewesen. Andrina spürte der Berührung seiner Lippen nach und versuchte herauszufinden, was sie empfand. Es erstaunte sie, dass sie nichts fühlte. Keine Freude, kein Herzklopfen. Nachdenklich machte sie sich auf den Weg zurück zum Verlag.

SECHZEHN

Andrinas Finger schwebte über der Klingel neben Gabis Wohnung.

Als sie heute ebenfalls nicht zur Arbeit gekommen war und Andrina nichts von ihr gehört hatte, hatte sie beschlossen, bei ihr vorbeizuschauen, auch wenn sie gebeten worden war, sich ruhig zu verhalten. Nach wie vor konnte sie nicht glauben, Gabi habe etwas mit den Morden zu tun. Sie hatte das Gefühl, Gabi brauchte jetzt einen Menschen, der ihr zuhörte und für sie da war. Zwar war Andrina nicht die ideale Person dafür, aber sie konnte ihre Freundin in dieser Situation nicht im Stich lassen. Vielleicht wusste Gabi nichts davon, dass Andrina alles wieder in den Sinn gekommen war und der ganze Aufruhr wegen ihr war. Es war durchaus denkbar, dass die Beamten das nicht erwähnt hatten und Gabi nur wissen liessen, es hätten sich Verdachtsmomente gegen Frank ergeben, die Ermittlungen notwendig machten.

Ermittlungen … Andrina hatte bisher nichts über weitere Erkenntnisse erfahren. Feller hüllte sich in Schweigen. Als sie einmal mit Susanna telefoniert und sie gefragt hatte, hatte diese ihr ebenfalls keine Auskunft gegeben. Genauso war den Medien nichts zu entnehmen. Es war nicht darüber geschrieben worden, was für eine Spur die Polizei verfolgte. Genauso berichtete keiner von Andrinas zurückgekehrter Erinnerung.

Andrina klingelte. Keine zehn Sekunden später wurde die Tür aufgerissen. Gabi starrte sie an, als sei sie eine Ausserirdische. Sogleich wechselte die Blässe ihres Gesichtes zu Tiefrot.

«Du wagst es, herzukommen?», zischte sie.

«Ich mache mir Sorgen. Darf ich reinkommen?»

«Nein.» Das Wort prallte wie Polarluft gegen Andrina.

«Bitte, ich möchte mit dir reden.»

«Warum? Glaubst du, damit kommt alles in Ordnung, was du angerichtet hast?»

Die Hoffnung, Brogli hätte nichts von Andrinas Aussage gesagt, zerplatzte wie eine Seifenblase.

«Das tue ich nicht. Es tut mir leid, dass es so weit gekommen ist.»

«Schöner Standardsatz. Mich beeindruckst du nicht.»

«Wir müssen miteinander reden.»

«Vergiss es. Das müssen wir nicht. Dein Intrigenspiel ist zu offensichtlich.»

«Mein was?»

«Tu nicht so. Es ist unglaublich, wie viel Erfolg du mit dieser Masche hast. Offenbar kannst du Marco immer noch um den Finger wickeln. Trotz der Trennung.»

«Bitte was? Was hat Marco mit unserem Problem zu tun? Er ist vom Fall abgezogen.»

«Du hast es geschickt eingefädelt und den Verdacht mit deiner Falschaussage auf uns gelenkt, mit dem Ergebnis, sie lassen dich in Ruhe.»

«Ich habe nichts eingefädelt. Ich wünschte inzwischen, nicht ein zweites Mal in den Wald gegangen zu sein, und würde mich lieber weiter mit meiner Gedächtnislücke herumquälen.»

«Hör auf. Ich möchte wissen, was wirklich passiert ist. Warum wir? Was haben wir dir getan?» Gabi verschränkte die Arme vor der Brust. Sie hatte dunkle Ringe unter den Augen und wirkte, als habe sie die letzten Nächte nicht geschlafen. Da bist du nicht die Einzige, dachte Andrina.

«Es hat nichts mit dir zu tun. Glaubst du, es lässt mich kalt, dass ich Frank dabei überrascht habe, Caroline zu erwürgen.»

«Wie es scheint, glaubst du deine Lügen selber.» Gabi trat einen Schritt dichter an Andrina, die es nicht verhindern konnte, zurückzuweichen. Genugtuung blitzte in Gabis Gesicht auf. «Wie kommst du auf die Idee, zu verbreiten, Frank habe diese Studentin getötet?» Gabis Stimme wurde schriller. «Am Ende erzählst du noch, ich habe dabei zugesehen.»

«Warst du dort?»

«Jetzt hört es aber endgültig auf», kreischte Gabi. «Wage es nicht, weitere Lügen über uns zu verbreiten. Am Ende wird alles herauskommen. Am besten hörst du mit dem Spiel auf und gibst es endlich zu. Früher oder später wird sich herausstellen, dass du die Studentin in den Wald gelockt und getötet hast. Dann bist du dran. Du wirst wegen Mord oder Beihilfe und zusätzlich wegen Verleumdung angeklagt. Du kannst Marco ja fragen, wie das geahndet wird.»

Bevor Andrina auf den Ausbruch reagieren konnte, schlug Gabi ihr die Tür vor der Nase zu.

***

«Ich werde nicht gegen Frank vor Gericht aussagen», sagte Andrina und streckte den Rücken durch. «Ich kann das nicht.»

Wie im Zeitlupentempo richtete Feller sich auf und schloss die Klappe des Geschirrspülers. Als Andrina mit dem Velo von Gabi zu Fellers Haus gefahren war, hatte sie sich überlegt, was sie tun sollte. Sie wusste, dass sie eine wichtige Zeugin war. Aber sie konnte es ihrer Freundin nicht antun. Falls Frank tatsächlich der Mörder war, musste es andere Mittel geben, ihn zu verurteilen, als eine Zeugenaussage von Andrina.

«Das ist nicht dein Ernst.»

«Es geht nicht. Wegen Gabi und um meinetwillen.» Betont konzentriert wischte sie den Tisch ab. «Ich kann ihr nicht den Todesstoss versetzen.»

«Andrina! Das ist deine Pflicht. Wenn Frank die beiden Frauen wirklich getötet hat, ist es wichtig, ihn entsprechend dafür zu verurteilen. Freundschaft hin oder her!»

«Ich kann nicht.»

«Könntest du mit gutem Gewissen weiterleben, falls er nicht verurteilt werden würde und eine weitere Frau ermordet?»

Andrina schwieg.

«Glaubst du, es lässt mich kalt, wenn einer von unseren Freunden ein mutmasslicher Mörder ist?»

«Ihr habt die DNA-Proben?»

«Die Analyseergebnisse stehen noch aus.»

«Du gehst davon aus, es ist seine, die ihr gefunden habt.»

«Wir haben sie dort gefunden, wo Caroline festgehalten wurde, nicht an dem Ort, an dem sie getötet wurde.»

«Wo wurde sie denn festgehalten?»

«Im Keller eines Einfamilienhauses am Waldrand. Es ist unweit der Stelle, an der ihr gefunden wurdet. Bevor du fragst, warum wir sicher sind, dass Caroline dort festgehalten wurde, die Spurensicherung hat ihre Uhr und ihre Kette dort neben anderen Dingen sichergestellt.»

Was für andere Dinge, lag Andrina auf der Zunge, doch sie hielt die Frage zurück. «Wenn ihr die DNA habt, braucht es mich nicht.»

«Die DNA beweist nur, dass Frank in diesem Haus war. Er muss sie nicht vergewaltigt haben, sondern kann früher aus einem anderen Grund dort gewesen sein. Genauso kann er einfach Gabi betrogen und eine Affäre mit Caroline gehabt haben. Das heisst, der Sex wäre einvernehmlich gewesen, und jemand anderer hätte sie später misshandelt und an der Stelle im Wald getötet.»

«Was?»

«Wobei ich diese These nicht glaube. Keiner aus dem Team tut das. Vieles spricht für Franks Beteiligung an der Vergewaltigung.»

Langsam drang zu Andrina vor, was Feller da gerade sagte. «Er hat was? Er hat Caroline vergewaltigt?»

«So sieht es aus.»

«Frank? Unmöglich.» Andrina bekam kaum Luft.

«Das, was Silvan und sein Team gefunden haben, reicht nicht als Beweis, Frank könnte an dem Mord beteiligt gewesen sein», fuhr Feller fort, ohne auf Andrinas Ausruf einzugehen. «Wobei es natürlich ein Muster gibt, nach dem solche Verbrechen ablaufen. Du bist es, die ihn dabei gesehen hat. Daher braucht es deine Aussage vor Gericht. Sonst könnte es passieren, dass er nur wegen der Vergewaltigung belangt wird.»

«Ich kann nicht.»

«Okay, ich werde dir etwas zeigen.»

Feller eilte aus der Küche und kehrte kurz darauf mit seinem Dienstlaptop zurück. Er stellte ihn auf den Tisch und klappte den Deckel auf.

«Was willst du mir auf deinem Laptop zeigen?» Andrina wies auf das Gerät. Sie bekam ein flaues Gefühl im Magen.

«Warte.»

«Darfst du das?»

«Nein.» Feller gab mehrere Passwörter ein. «So, ich bin drin.» Er klickte einige Male hin und her und fluchte, als die Sanduhr sich zu drehen begann und nichts weiter geschah.

«Was passiert, wenn das rauskommt?»

«Falls es rauskommt, ist es früh genug, sich über mögliche Konsequenzen Gedanken zu machen beziehungsweise eine Erklärung aus dem Ärmel zu zaubern.»

«Du darfst nicht ermitteln, oder habe ich das falsch verstanden?»

«Ich ermittle ja nicht.»

«Nicht? Wie nennst du das, was du gerade tust?»

«Hör auf so spitzfindig zu sein. Ich will dir nur etwas zeigen.» Feller trommelte mit den Fingerspitzen auf den Tisch.

Andrina warf einen vorsichtigen Blick auf den Bildschirm. Die Sanduhr drehte sich weiter. Ihr Unwohlsein verstärkte sich.

«Egal, was du mir zeigen willst, ich will es nicht sehen, es geht mich nichts an.»

«Hör jetzt genau zu», sagte Feller. Es klang wie eine Drohung, und Andrina versteifte sich. «Ich will, dass du vor Gericht aussagst.»

«Ich kann nicht. Gabi –»

«Gabi und ihre verletzten Gefühle sind hierbei – verdammt noch mal – nicht relevant. Das sollte dir klar sein.»

«Das ist es mir ja, aber ich kann nicht.»

«Okay, in dem Fall definitiv auf die andere Tour. Eigentlich wollte ich das nicht, aber du willst es nicht anders. Und früher oder später erfährst du es eh.» Feller hatte die Stimme gesenkt und klang wie ein Hund, der ein warnendes Knurren ausstiess. «Die beiden Frauen wurden misshandelt.»

Andrinas Herz schlug bis zum Hals, und ihr Inneres verkrampfte sich weiter.

«Tamara wurde in der Nacht von Freitag auf Samstag mehrfach vergewaltigt, bevor jemand, ich sage bewusst nicht Frank, sie in den frühen Morgenstunden erdrosselt und in dem Waldstück abgelegt hat. Das Gleiche gilt für Caroline. Wie du weisst, ist sie am Mittwochabend vor drei Wochen nicht mehr nach Hause gekommen. Sie muss während der Nacht auf Donnerstag und den Tag durch mehrfach misshandelt worden sein. Silvan vermutet, dass ihr am Donnerstagabend die Flucht gelang, sie aber von Frank gestellt wurde. Den Rest weisst du inzwischen. Zum Glück wurdet ihr am Freitagmorgen gefunden, sonst hätte er zusätzlich dich auf dem Gewissen.»

«Bitte hör auf», flüsterte Andrina und kniff ihre Augen zusammen.

«Sexuelle Misshandlung hat ihm oder ihnen – Silvan geht inzwischen von mehreren Tätern aus – offenbar nicht gereicht. Die beiden Frauen wurden gefesselt, geknebelt und geschlagen», fuhr Feller fort. «Geschlagen ist das falsche Wort. Sie wurden ausgepeitscht und vergewaltigt. Frank steht offenbar auf sadomasochistischen Sex. Die Morde liefern ihnen den zusätzlichen Kick.»

Andrina drückte die Hände auf die Ohren und presste die Augen fester zu. Sie wollte nicht wissen, was die beiden Frauen durchgemacht hatten. Wie sie gebettelt und gefleht hatten, sie zu verschonen. Die Todesangst, als ihnen klar wurde, sterben zu müssen.

Feller griff nach ihrer Hand und zog sie grob vom Ohr weg. Er beugte sich vor. Dicht waren seine Lippen an ihrem Ohr, als er leise weitersprach. «Der oder die Täter, also Frank und seine Komplizen, laufen weiter frei da draussen herum. Wir haben keinen Anhaltspunkt, wo sie sein könnten. Ich weiss nicht, was Frank zu dem gemacht hat, der er ist, aber es wird weitere Opfer geben. Davon bin ich felsenfest überzeugt.»

«Das kann nicht Frank sein», flüsterte sie.

«Seit Freitagnachmittag weiss keiner, wo er sich aufhält.

Okay, das, was er Gabi gesagt hat, stimmt nicht. Frank ist nicht ausgereist und nach England geflogen. Das heisst also, seitdem er sich von Gabi verabschiedet hat, ist sein Aufenthaltsort unbekannt.»

«Die Handydaten habt ihr bestimmt.»

«Sie deuten auf den Aargau hin. Wo er sich genau aufhält, also ob er noch im Aargau ist oder nicht, kann keiner sagen. Inzwischen ist es ausgeschaltet.»

«Frank ist kein Monster», flüsterte Andrina.

«Es gibt eine Verbindung zu einem Fall, der vier oder fünf Jahre zurückliegt. Die Parallelen sind erschreckend. Die Frau damals wurde auf die gleiche Weise misshandelt.»

«Das muss nicht Frank gewesen sein.»

«Es deutet sehr viel darauf hin.»

«Woher wollt ihr das wissen? Das kann genauso gut ein anderer Mörder gewesen sein.»

«Das steht nicht zur Diskussion.» Seine Augen hatten sich zu schmalen Schlitzen verengt. «Worum es hier geht, ist deine Aussage.» Fellers Atem ging stossweise. Er hatte sich in Fahrt geredet.

«Es kann mich keiner zu einer Aussage vor Gericht zwingen.» War das so? Andrina wusste es nicht. Sie kniff die Augen erneut zusammen. Gabi war nicht der alleinige Grund, wie ihr klar wurde. Sie würde nochmals erzählen müssen, was sie gesehen hatte. Das würde sie nicht durchstehen.

«Andrina! Es wird neue Opfer geben. Mach die Augen auf.»

Automatisch folgte Andrina der Anweisung. Ihr Blick fiel sofort auf den Bildschirm, und sie schrie auf, als sie das Foto erblickte. Eine Ganzkörperaufnahme von der unbekleideten Caroline auf einem Stahltisch. Sie lag auf dem Rücken, und die Arme waren gestreckt neben ihrem Körper platziert. Hypnotisiert starrte Andrina auf die bleiche, grau schimmernde Haut, über die blutige Striemen liefen. Einzelne Wunden klafften auf, andere waren mit einer dicken Kruste bedeckt.

Feller klickte weiter, und das nächste Bild zeigte Carolines Oberkörper. Die Augen waren geschlossen und der Mund ein schmaler Strich, der gar nicht mehr rot, sondern blassgrau war. Gebannt starrte Andrina auf die verkrusteten Wunden. Feller rief ein neues Foto auf. Die junge Frau, die es zeigte, kannte Andrina nicht. Rote Locken umrahmten ihr Gesicht. Die Sommersprossen hoben sich deutlich von ihrer blassen Haut ab. Wie bei Caroline liefen quer über ihren Körper blutige, verkrustete Striemen. Die Würgemale am Hals traten deutlich hervor. Genauso die Schürfwunden an den Handgelenken, die von den Fesseln herrühren mussten.

«Das ist Tamara», sagte Feller.

Andrina wurde schlecht. Sie sprang auf und wollte aus der Küche stürzen, aber Feller erwischte sie am Arm. Er zog sie zurück und drückte sie auf den Stuhl. Andrina presste ihre Hände vor die Augen.

«Es tut mir leid, weil ich dir das antue», sagte er leise. «Wir werden deine Aussage vor Gericht brauchen, wenn es so weit ist.» Feller betonte jedes Wort einzeln. «Du hast Frank auf frischer Tat ertappt.»

Andrina schluchzte auf.

Feller zog sie an sich. Sie liess es geschehen. Er strich über ihren Kopf. Sie presste ihr Gesicht gegen seine Halsbeuge und schlang die Arme um ihn. Bartstoppeln kratzten an ihrer Stirn.

«Das ist nicht fair», flüsterte sie, als ihre Schluchzer abgeebbt waren. «Du bist nicht fair.»

«Ich weiss. Ich kann in dieser Sache nicht fair sein. Noch einmal: Es tut mir leid, dir das antun zu müssen. Bitte mach die Aussage. Es ist wichtig, so ein Monster zu stoppen. Da ist es egal, wenn es der Mann der besten Freundin ist», flüsterte er dicht neben ihrem Ohr.

Andrina drückte ihr Gesicht fester gegen seinen Hals.

«Glaube mir, normalerweise würde ich das nicht tun, aber es wird eine neue Frau vermisst. Sina ist gerade achtzehn geworden. Sie wohnt in Lenzburg und möchte nächstes Jahr die Matur machen.»

Andrina hob den Kopf. «Nicht noch jemand», flüsterte sie. Wieder jemand, der das Haus verliess und am Abend nicht zurückkam. Wieder eine Familie, die zwischen Bangen und Hoffen war, sie werde von selber auftauchen, bis die Polizei vor der Tür stand und ihnen die unvermeidliche Nachricht brachte.

«Ich weiss nicht, was in ihm vorgeht, weil ich nicht in ihm drinstecke», sagte Feller. «Diese Dynamik, die er entwickelt, erschreckt mich und macht mir Angst. Vielleicht will er uns so den Mittelfinger zeigen. Nach dem Motto ‹Ihr bekommt mich nicht›.»

«Du sagtest, dieser andere Fall läge einige Jahre zurück.»

Feller nickte.

«Dazwischen ist nichts passiert?»

«So sieht es aus.»

«Warum machte er eine Pause, und wieso fängt er nach so langer Zeit neu an?»

«Ich weiss es nicht», sagte Feller.

«Hast du Gabi gefragt, ob sie von Franks sexuellen Vorlieben gewusst hat.»

«Susanna hat es versucht. Gabi hat die Aussage verweigert.»

War das gleichbedeutend mit: Sie wusste davon? Andrina dachte an die Ehekrise der beiden von diesem Sommer. Hatte Gabi es herausgefunden? Oder schlimmer, hatte er es bei ihr praktiziert? Andrina waren keine Male an ihrer Freundin aufgefallen. Das musste nichts heissen. Dennoch war sie überzeugt, Gabi hatte keine Ahnung. Wäre sie sonst bei Frank geblieben? Falls das mit den sadomasochistischen Vorlieben stimmte, wie lange ging Frank diesen schon nach? Falls Feller recht hatte, mehrere Jahre. Genauso gut konnte es sein, dass Gabi sich geschämt und geschwiegen hatte. Von aussen war es einfach, zu beurteilen, was man in so einem Fall machen konnte. Steckte man mittendrin, reagierte man nicht unbedingt nachvollziehbar. Das hatte sie bereits am eigenen Leib erfahren.

«Er muss es auswärts ausgelebt haben», flüsterte sie. «Gabi hatte keine Ahnung.»

«Es bringt nichts, Vermutungen anzustellen, warum jemand etwas getan hat und warum nicht. Wer davon wusste oder nicht. Was alleine zählt, ist, Frank hinter Gitter zu bringen.»

Andrina hob den Kopf. Ihr Blick fiel auf den Bildschirm, auf dem nach wie vor das Bild von Tamara abgebildet war. Die Übelkeit schlug erneut zu. Das Nachtessen drängte die Speiseröhre hoch. Sie riss sich von Feller los und stürzte aus der Küche.

SIEBZEHN

Andrina setzte sich im Kasinopark auf eine Bank und starrte auf den Spielplatz vor der Stadtbibliothek. Es war ein milder Frühherbsttag. Die Sonne schien und lockte viele nach draussen.

Mütter standen beieinander. Sie unterhielten sich und hielten dabei ihren Nachwuchs im Auge, der auf den Geräten turnte. Zwei Buben – offensichtlich Brüder – stritten sich, wer als Erster auf die Rutschbahn durfte. Die Mutter versuchte zu schlichten. Der jüngere kletterte die Leiter nach oben, während der ältere sich missmutig abwendete.

Andrina holte ihr Sandwich aus dem Sack, das sie sich als Mittagsimbiss gekauft hatte, und biss hinein. Grossen Hunger verspürte sie nicht. Seit Feller ihr gestern die Bilder gezeigt hatte, driftete sie durch die Gegend wie in einer Nebelwolke. Hinzu kam eine bleierne Müdigkeit, da sie sich in der Nacht schlaflos hin- und hergewälzt hatte. Sobald sie die Augen schloss, tauchten die Bilder aus der Rechtsmedizin auf.

Unaufhörlich hatte sie an Frank und Gabi denken müssen. Da sie nun wusste, was Frank im Einzelnen getan hatte, gab dies der Sache eine schlimmere Dimension, als sie bisher für möglich gehalten hatte. So tief hatte Feller ihr bisher nie Einblick in seine Arbeit gegeben. Sie fragte sich, wie er das Grauen aushielt. Sie hatte nur die Fotos gesehen, aber er erlebte es ungefiltert am Tatort. Als sie mit Feller zusammen gewesen war, hatte sie nicht das Gefühl gehabt, Fälle wie dieser würden ihn bis in seine Träume verfolgen.

Und er hatte darauf geachtet, seine Arbeit nicht zu dicht an Andrina herankommen zu lassen. Er wollte sie nicht mit Details belasten. Gestern hatte er eine Grenze überschritten, was Andrina erschreckte. Würde das in Zukunft wieder geschehen?

Ihre Gedanken kehrten zu Gabi zurück. Auch heute war sie nicht zur Arbeit gekommen.

Sie kaute. Das Sandwich schmeckte nach nichts. Andrina

hatte das Gefühl, es quelle in ihrem Mund auf. Mit Mühe würgte sie den Bissen hinunter und betrachtete das Brot.

Nachdem Andrina am Abend auf ihr Zimmer gestürmt war, hatte sie Feller nicht mehr gesehen. Sie war froh, weil er sie in Ruhe liess. Am Morgen war er ins Polizeikommando gefahren, bevor Andrina in die Küche gekommen war.

«Ciao, Andrina.»

Bevor Andrina wusste, wer sie begrüsst hatte, setzte sich Enrico neben sie. Seit sie zu Feller zurückgekehrt war, hatte sie keinen Kontakt mehr zu ihm gehabt. Sie hatte sich nicht getraut, zumal sein Verhalten beim Abschied sie verunsichert hatte. Auf einmal wünschte sie sich, mit ihm gesprochen zu haben. Seine ruhige Art hatte ihr gefehlt, wurde ihr klar.

«Come stai?», fragte er und lächelte sie an. Das Lächeln verschwand allerdings sofort, als er ihr in die Augen schaute.

«Ich glaube, die Antwort kann ich mir gleich selber geben.» Er berührte ihren Arm. *«Cos'è successo?»*

«Nichts ist passiert», erwiderte Andrina, ebenfalls in Italienisch.

«So siehst du nicht aus. Hat Marco etwas gemacht? Habt ihr Streit?»

«Wir haben keinen Streit.»

«Was ist los?»

«Ich darf nicht darüber sprechen.»

«Wer sagt das? Marco?» Seine Miene verfinsterte sich.

«Herr Brogli.»

«Das ist einer der Beamten aus Marcos Team. Warum darfst du nicht darüber reden?»

«Bitte, Enrico», stiess Andrina hervor.

Enrico wirkte erschrocken. «Himmel, Andrina, was ist los?»

«Ich bin schuld.»

«Woran?»

«Wenn der Mann meiner besten Freundin … Frank ist …» Sie schlug die Hände vor das Gesicht. Enrico zog sie an sich und strich über ihren Rücken. «Ich will nicht gegen ihn aussagen, werde es aber tun müssen.»

«Wovon sprichst du?»

Andrina bemühte sich, ruhig einzuatmen, und spürte, wie Enricos Umarmung ihr Kraft gab. Sie hob den Kopf. «Ich habe mich erinnert.»

Enrico schwieg. Es sah aus, als brauche er einen Moment, um diese Information zu verarbeiten. «Das heisst, du hast gesehen, was mit dieser Frau geschah», sagte er, als Andrina nicht fortfuhr.

Sie nickte.

«Die Öffentlichkeit wurde darüber nicht in Kenntnis gesetzt. Oder besser, in der Zeitung stand nichts, und im Radio habe ich ebenfalls nichts gehört.»

«Das wird wegen ermittlungstechnischer Gründe so gehandhabt.»

«Du hast den Mann deiner besten Freundin, also diesen Frank, dort gesehen?»

«Ja. Er hatte gerade Caroline erwürgt. Als ich fliehen wollte –»

Enrico legte Zeige- und Mittelfinger auf Andrinas Lippen. «Wenn du darüber nicht erzählen darfst, solltest du dich daran halten, damit du dir keinen Ärger einhandelst.» Andrina griff nach seiner Hand und nahm sie zur Seite. Stockend berichtete sie, was seit letztem Freitag passiert war. Dabei hielt sie Enricos Hand umklammert. Als sie zu den Bildern der Rechtsmedizin kam, riss Enrico die Augen auf.

«Moment mal. Ist er von allen guten Geistern verlassen?», rief er. Gleich darauf senkte er seine Stimme. «Das mit den Fotos habe ich falsch verstanden, oder?»

Andrina schüttelte den Kopf.

«Ist er völlig wahnsinnig! Darf er das überhaupt?»

«Er will, dass ich vor Gericht meine Aussage mache.»

«In dem Punkt stimme ich mit ihm überein. Es ist wichtig, dass du das tust. Genauso nachvollziehen kann ich, wie stark dir das zusetzt. Mir würde es nicht anders ergehen. Trotzdem finde ich es das Hinterletzte von ihm, dich mit solchen Mitteln zu bedrängen!» Er lehnte sich nach hinten. Sein Gesicht spiegelte Wut wider. Andrina realisierte, immer noch seine Hand zu umklammern, und löste den Griff.

«Bist du sicher, dass es eine gute Lösung war, zu ihm zu ziehen?»

«Was?»

«Er hat dich nicht verdient, besonders wenn er dir Derartiges antut und ... Vergiss es.»

«Was?»

«Es ist nicht an mir, darüber ein Urteil abzugeben.»

«Ich bin nicht richtig mit ihm zusammengezogen. Ich wohne nur in seinem Haus.»

«Das ist das Gleiche.»

«Ist es nicht. Wir leben wie in einer WG zusammen.»

«Mit dem Ziel ...» Erneut brach er ab. Schmerz hatte die Wut in seinem Gesicht abgelöst. Andrina kam nicht damit zurecht, Enricos Gefühle so offen vor sich zu sehen. Es war eindeutig, was er für sie empfand. Gabi hatte recht. Bisher hatte er seine Gefühle gut in Schach halten können, und sie waren nur kurz durchgeschienen, aber jetzt war die Fassade weg, und seine Seele lag ungeschützt vor ihr. Seine Emotionen prallten mit aller Macht gegen sie und schienen sie zu überrollen. Andrina stand auf.

«Ich sollte in den Verlag zurück. Meine Mittagspause ist zu Ende.»

Enrico erhob sich ebenfalls. Seine Gefühle waren wieder hinter der, Andrina inzwischen gut bekannten, Maske verschwunden. «Ich sollte auch los. Zum Bahnhof – Kunden abholen.» Er strich den dunkelgrauen Kittel glatt und zupfte die Krawatte zurecht.

«Bitte erzähl keinem ein Wort über das, was ich dir gesagt habe.»

«Keine Sorge.» Enrico küsste Andrina auf die Wangen.

Es waren keine Küsse in die Luft, wie es unter Freunden gang und gäbe war. Seine Lippen streiften leicht ihre Haut.

***

Die Haustür fiel hinter Andrina ins Schloss. Sie lauschte. Stille. Sie sah auf ihre Uhr. Kurz vor sieben Uhr am Abend. Feller schien nicht zu Hause zu sein.

Im gleichen Moment hörte sie, wie ein Wagen in die Einfahrt fuhr. Das klang nach Fellers BMW. Andrina versteifte sich. Sie wollte ihm nicht begegnen und keine neue Diskussion über Pflichten und Aussagen haben. Auf lange Sicht liess sich das jedoch nicht vermeiden.

Sie streifte ihre Schuhe ab und stellte sie auf das kleine Schuhregal, das unter der Garderobe stand. Die Haustür öffnete sich.

«Entschuldige, es hat heute länger gedauert», sagte Feller als Begrüssung.

«Ich bin eben erst gekommen.» Bewusst vermied Andrina die Worte «nach Hause».

Nach Enricos Ausbruch am Mittag hatte sie sich unaufhörlich die Frage gestellt, ob das hier ihr Zuhause war und ob Enrico recht gehabt hatte, dass es ein Fehler gewesen war, zurückzukehren.

Feller hängte seine Jacke an die Garderobe. Er musterte Andrina.

«Ich habe den ganzen Tag über gestern nachgedacht. Es tut mir leid, dir diese Bilder gezeigt zu haben. Es war nicht richtig, dir das angetan zu haben.» Er machte einen Schritt auf Andrina zu. Sie wich zurück, was ihm nicht verborgen blieb. Er senkte die Hände, die er angehoben hatte, um Andrina zu berühren.

«Es ist für uns alle schwer. Ich habe Frank wie du gemocht, und ich mag Gabi. Sie sind gute Freunde. Wir haben einiges zusammen unternommen und viel miteinander gelacht.» Er schaute auf den Autoschlüssel, den er in der Hand hielt. «Ich weiss, das rechtfertigt mein Handeln von gestern nicht. Vermutlich war es ein Akt der Verzweiflung oder der Unfähigkeit mit der Situation umzugehen. Das soll keine Entschuldigung sein.» Er legte den Schlüssel auf das Schränkchen neben der Garderobe. «Ich bin froh, von dem Fall abgezogen zu sein. Dennoch bekomme ich die Ermittlungen am Rande mit. Mir setzt es mit jedem Tag mehr zu.»

Andrina erkannte Verzweiflung in seinem Blick. Er schwieg. Sie hatte das Gefühl, Feller warte darauf, sie würde etwas sagen. Dazu war sie nicht in der Lage. Sie traute ihrer Stimme nicht.

«Ich glaube, wir beide brauchen Abstand von allem. Räumlich wie mental. Daher würde ich am Wochenende gerne mit dir wegfahren.»

Andrina schwieg und überlegte, ob sie das überhaupt wollte.

«Einer der Kollegen hat ein Chalet in Engelberg. Das Wetter soll einigermassen sein. Es ist nicht mehr zu heiss. Frühherbst eben. Perfekt für Wanderungen – ideal zum Kopfauslüften und Abstandbekommen.»

Andrina antwortete weiterhin nicht. Feller wirkte mit einem Mal unsicher.

«Wenn du nicht mitkommen möchtest, ist es in Ordnung. Ich werde so oder so fahren. Freitagabend hin und am Sonntag zurück. Überlege es dir.»

ACHTZEHN

Kurz vor Emmen Nord reduzierte Feller die Geschwindigkeit von hundertzwanzig auf hundert. Ein getunter Audi schoss an ihnen vorbei. Kurz darauf blitzte es.

«Dieser Radar steht seit Ewigkeiten dort», brummte er. Das waren die ersten Worte, die seit ihrer Abfahrt in Aarau gesprochen wurden. «Allmählich sollten alle diesen Kasten kennen.»

«Ich bin froh, dass du fährst und nicht ich», erwiderte Andrina. «Luzern ist verseucht mit Radarfallen.»

«Ja, das ist so. Hast du Hunger? In der Tasche sind Äpfel.» Feller wies auf einen Plastiksack zu Andrinas Füssen. Sie schüttelte den Kopf.

«Aber ich. Kannst du mir bitte einen geben?»

Als Andrina ihm den Apfel reichte, streiften ihre Finger kurz seine. Rasch zog sie ihre Hand zurück.

Sie dachte an das Mädchen aus Lenzburg. Wie eben in den Nachrichten gemeldet worden war, blieb die achtzehnjährige Schülerin weiterhin verschwunden.

Am frühen Nachmittag hatte Feller Andrina angerufen. Es habe neue Erkenntnisse gegeben. Die DNA, die man an Carolines Leiche gefunden hatte, sei identisch mit der von Frank, hatte er erzählt. Zusätzlich sei die DNA einer zweiten männlichen Person festgestellt worden. Ein Abgleich mit dem System hatte nichts ergeben.

Diese Information hatte Andrina völlig getroffen. Ihr war klar geworden, wider besseres Wissen, Hoffnung gehabt zu haben, es sei nicht Franks DNA.

Das hatte den Ausschlag gegeben, mit Feller mitzufahren. Bis dahin hatte sie vorgehabt, es nicht zu tun. Jetzt wollte sie einen möglichst grossen Abstand zwischen sich und Aarau bringen, auch wenn es nur für eine kurze Zeit war.

«Hast du es jemals für möglich gehalten, Frank könne zu solchen Taten fähig sein?», brach Feller das Schweigen.

Andrina blinzelte. «Das fragst gerade du, der Fachmann in solchen Dingen?»

«Du kennst ihn länger.»

«Ich weiss nicht. Du hast mal gesagt, es passiere häufig, dass Bekannte, Freunde oder Familienangehörige sagen, das hätten sie nie von dem Täter gedacht. Das ist genau die Antwort, die ich dir jetzt geben kann.»

Feller biss in den Apfel und kaute. Er schluckte und biss erneut ab.

«Weiss man inzwischen, ob Gabi davon wusste?», fragte Andrina.

«Silvan meint, nein. Sie behalten diese Möglichkeit allerdings im Hinterkopf.»

«Was meinst du?»

«Ich bin nicht mehr bei den Ermittlungen dabei», sagte er ausweichend. «Das weisst du.»

«Gedanken machst du dir trotzdem.»

«Ich weiss ehrlich gesagt nicht, was ich glauben soll. Ich wünsche mir, sie hat davon nichts gewusst, kann mir aber nicht vorstellen, sie könne so lange nichts von Franks Vorlieben gemerkt haben.»

«Er muss mit ihr keinen Sadomaso-Sex gehabt haben. Er kann es woanders ausgelebt haben.»

«So wie bei Caroline?», fragte Feller scharf.

«Du meinst, sie hat sein Handeln toleriert, weil er sie in Ruhe liess?», rief Andrina. «Ich kann mir denken, dass sie es toleriert hat, wenn er es irgendwo auslebte, aber den Tod von Frauen hat sie bestimmt nicht akzeptiert.»

«Du kennst Gabi länger.»

«Das heisst in dem Fall nichts.»

«Glaubst du denn, sie könne davon gewusst haben?»

«Vielleicht hat Gabi etwas herausgefunden. Im Sommer hatten die beiden eine kurze, aber ordentliche Ehekrise. Sie ist jedoch nicht damit herausgerückt, was los war. Rückblickend betrachtet würde ich sagen, er ist fremdgegangen, damit er seine Neigungen ausleben konnte, hat aber niemanden getötet.»

«Bis heute, falls er nichts mit diesem Fall zu tun hat, der einige Jahre zurückliegt.»

Neues Schweigen machte sich breit.

Bei der Ausfahrt Stans-Süd/Engelberg/Dallenwil verliess Feller die Autobahn. Sie fuhren durch Oberdorf, Dallenwil und Wolfenschiessen. Andrina starrte auf die vorbeiziehende Landschaft. In das Grün der Bäume mischten sich die ersten Farben. Auf einigen Berggipfeln lag Schnee. Bauernhöfe säumten die Strasse. Auf dem einspurigen Gleis rechts neben der Fahrbahn kam ein Zug entgegen. Die Berge rückten dichter an die Strasse heran, und die Sonne beleuchtete nur deren Spitzen.

Unerwartet hielt Feller in einer Strasseneinmündung an, die nach rechts hinunter über einen schmalen Fluss führte.

«Ich denke, es ist besser, wenn du fährst.»

Verwirrt schaute Andrina ihn an.

«Die Strasse wird kurvig.»

Andrina blickte auf das Navigationsgerät. Tatsächlich, eine Menge Kurven standen ihnen bevor. «Kein Problem. Es wird gehen.»

«Wir beide wissen, wenn du selber fährst, wird dir weniger schlecht.»

Er stieg aus, umrundete den Wagen und öffnete die Beifahrertür. Kühle Luft strömte ins Innere, und sie fröstelte. Als sie ausstieg, realisierte sie, wie steif ihre Glieder waren. Sie streckte sich und ging auf die Fahrerseite. Der Fahrerwechsel hatte etwas stark Vertrautes. Umständlich rückte sie den Sitz nach vorne und prüfte, ob sie bequem an die drei Pedale kam.

Schnell fand sich Andrina in das Kurvenfahren ein. Bremsen, herunterschalten, beschleunigen und hochschalten. Es war ja nicht nur die Übelkeit bei kurvigen Strecken, die sie so im Griff hatte, sondern sie hatte auch Spass dabei. Sie merkte, wie sich ein Lächeln auf ihre Lippen stahl.

Feller hatte ihr einmal gesagt, in diesem Punkt sei sie eine untypische Frau. Andrina merkte, wie das Lächeln in ein Strahlen überging, das von ihrem Inneren nach aussen vordrang. Sie beschleunigte aus einer Kurve heraus und genoss das Motorengeräusch.

Andrina warf Feller einen Seitenblick zu und meinte, ein belustigtes Glitzern in seinen Augen zu erkennen. Er kannte sie zu gut. Plötzlich spürte sie die Vertrautheit, die es früher zwischen ihnen gegeben und die sie in den letzten Tagen vermisst hatte.

Gleichzeitig wurde ihr Fellers weiterer Grund für das Wochenende klar. Genau das, was sie gerade spürte, sollte damit bezweckt werden. Sie wünschte sich, es werde funktionieren, denn in das Hochgefühl mischte sich gleichzeitig der Schmerz über das, was sie verloren hatte.

«Wo genau ist das Chalet?», fragte Andrina, als sie die Ortseinfahrt von Engelberg passierten.

«Ich weiss es selber nicht so genau. Halte dich an das Navi.»

Nach fünf Minuten bog Andrina in die Klosterstrasse und danach links in den Klosterhof ein. An der nächsten Abzweigung hielt sie sich rechts und fuhr anschliessend die Schwandstrasse hoch. Sie fuhren durch ein Waldstück und hielten kurz darauf vor einem gemütlich erscheinenden Holzhaus an, das mit «Chalet Ottokar» beschriftet war.

«Seltsamer Name», sagte Andrina und musste grinsen.

«Gian hat gesagt, sie hätten es nach seinem Grossvater benannt.»

Andrina stieg aus und fröstelte, als ein Windstoss ihr die Haare aus dem Gesicht blies. Für die Jahreszeit war es zu kühl, hatten die Wetterfrösche letzte Woche erklärt. Von Westen her zogen Wolken auf. In der Nacht sollte es regnen, hatte es in den Nachrichten geheissen. Morgen sollte es aber wieder aufklaren.

Feller trug die Taschen zum Chalet. Andrina hingegen blieb stehen und sah sich um. Die benachbarten Chalets schienen unbewohnt zu sein. Sie waren die Einzigen. Sie musterte das Bergpanorama. Es war überwältigend. Die Schrecken von Aarau rutschten tatsächlich nach hinten.

***

Andrina nippte an dem Früchtetee und verbrannte sich beinahe die Lippen. Sie stellte die Tasse auf das Glastischchen und griff nach dem Buch. Inzwischen war das Wetter umgeschlagen, und es hatte zu regnen begonnen. Wind schleuderte grosse Tropfen gegen die Fensterscheiben. Man konnte nicht glauben, die Wettervorhersage mit Sonnenschein für den nächsten Tag könne stimmen.

Andrina schlug das Buch auf und versuchte zu lesen. Die Konzentration liess jedoch zu wünschen übrig. Ihre Gedanken drifteten von Frank zu Caroline. Plötzlich kam ihr in den Sinn, was Carolines Mutter gesagt hatte. Die Polizei ginge davon aus, ihre Tochter habe sich mit ihrem Mörder verabredet gehabt. War das bei Tamara ebenfalls der Fall, und wie passte Frank da rein? Er kannte Caroline nicht. Bei Tamara ging Andrina genauso davon aus.

Entsetzt darüber wandte Andrina den Kopf Richtung Feller, der ihr gegenübersass. Die Zeitung lag zusammengefaltet auf seinem Schoss. Seine Augen waren auf sie gerichtet.

«Du bist den ganzen Abend so schweigsam. Was geht dir durch den Kopf?», fragte er.

«Nichts Schlaues.»

«Ich kenne dich zu gut. Rück raus damit.»

Sie blickte an Feller vorbei zur Wand, an der eine grosse Fotografie mit dem Engelberger Bergpanorama hing.

Obwohl sie es nicht wollte, nahm ihr Gehirn die Überlegungen wieder auf, die von Feller unterbrochen worden waren. Die Gedanken trieben in die eine und gleich darauf in die andere Richtung.

«Ich frage mich, wieso Caroline. Frank kannte sie nicht.»

«Sie hat bei dem Buchprojekt mitgemacht. Gabi kannte sie.»

«Frank nicht. Er hatte damit nichts zu tun. Es sei denn, Paul hat sie zu Frank in den Wald gelockt. Immerhin gab es da diese WhatsApp.»

«Wieso weisst du von Paul?», fragte Feller.

Andrina biss sich auf die Unterlippe. Sie hätte den Mund halten sollen.

«Woher weisst du von ihm?», wiederholte er seine Frage. Seine Stimme gewann an Schärfe. «Das ist ein Detail, das wir für uns behalten und nicht an die Öffentlichkeit weitergeleitet haben.»

«Carolines Mutter hat es mir gesagt.»

«Frau Schmidt? Wann?» Eine steile Falte bildete sich zwischen seinen Augenbrauen. Offenbar hatte Carolines Mutter der Polizei nichts von Andrinas Besuch berichtet.

«Als ich bei ihr war.»

«Du warst bei ihr?» Feller wirkte perplex. «Warum das denn?»

«Ich wollte mit ihr reden. Carolines Mutter sagte mir, ich solle mir nicht die Schuld geben. Sie hielt mich nicht für die Mörderin ihrer Tochter. Sie hat mir von der These, Caroline könne ihren Mörder gekannt haben, erzählt.»

Fellers Kiefer mahlte.

«Sie sagte, die beiden hätten sich über WhatsApp verabredet. Untersuchungen von euch hätten ergeben, dass es diesen Paul nicht gäbe und das Handy, von dem die Nachricht kam, einer Frau gehöre, die es vermisse. Stimmt das?», fragte Andrina vorsichtig.

Feller schwieg. Als Andrina das Gefühl hatte, er werde nicht mehr antworten, sagte er: «Silvan glaubt nicht, Caroline sei ein Zufallsopfer. Das, was Carolines Mutter dir gesagt hat, ist also möglich. Paul könnte der Mann sein, dem die andere DNA gehört. Da es keinen Treffer in der Datenbank gibt und wir nur einen Vornamen haben, der obendrein falsch sein könnte, ist Silvan dabei, den Bekanntenkreis von Frank zu durchleuchten. Allerdings habe ich keine grosse Hoffnung, dass er fündig wird.»

***

Andrina schloss die Tür. Sie brauchte einen Moment, bis sich ihre Augen an die Dunkelheit gewöhnt hatten. Der Holzboden knarrte unter ihren Füssen, als sie zum Balkonfenster trat. Nach wie vor prasselte Regen gegen die Scheibe. Draussen konnte sie nichts erkennen.

Es war ihr unmöglich, zur Ruhe zu kommen. Die Hoffnung, mit dem räumlichen Abstand einen emotionalen Abstand zu den Morden zu gewinnen, zerschlug sich. Wenig nützlich für ein Entspannen waren die Gespräche, die sie mit Feller zu diesem Thema führte. Andrina hatte das Gefühl, als drehe sich alles im Kreis.

Das Klingeln des Handys riss sie aus den Gedanken. Sie tastete sich zum Nachttisch vor und nahm ab, ohne auf das Display geschaut zu haben.

«Ich bin es», kam es aus der Leitung. Andrina versteifte sich.

«Hallo, Gabi.»

«Entschuldige, dass ich so spät anrufe. Hoffentlich hast du noch nicht geschlafen.»

«Ich bin wach, weil ich nicht schlafen konnte.»

«Dir geht es wie mir. Ich möchte mich dafür entschuldigen, was ich dir vorgeworfen habe.»

Damit hatte Andrina nicht gerechnet. «Es ist kein Problem. An deiner Stelle hätte ich vermutlich ähnlich reagiert.»

«Je länger ich darüber nachdenke, desto mehr wird mir klar.»

Andrina wartete, dass Gabi weitersprach. Das tat sie nicht. Andrina konnte nur ihren Atem hören. Es klang, als sei sie gerannt. Sie musste ähnlich aufgeregt wie Andrina sein, dieses Gespräch zu führen.

«Bitte mach dir wegen mir keine Gedanken», sagte Andrina. «Ich kann deine Reaktion, wie gesagt, nachvollziehen. Immerhin ist es mir zu verdanken, dass Frank in den Fokus der Polizei gerutscht ist.»

«Du hast ihn gesehen, wie er diese Frau getötet hat. Dir musst du am wenigsten die Schuld geben.»

«Du hast es nicht wahrhaben wollen. An deiner Stelle hätte ich das auch nicht.»

«Trotzdem hätte ich dich nicht so angehen müssen.»

«Lass es gut sein», sagte Andrina.

«Du machst es mir zu einfach. Ich möchte es gutmachen.

Hättest du spontan Lust, morgen zum Brunch zu kommen oder vielleicht zum Nachtessen? Wir könnten reden, denn ich habe gemerkt, wie dringend ich jemanden brauche, mit dem ich über alles sprechen kann.» Gabi holte kaum Luft zwischen den einzelnen Sätzen. «Du bist diejenige, mit der ich das kann. Am Telefon ist das ein wenig schwierig.»

«Natürlich», sagte Andrina. «Ich würde mich freuen, wenn wir zusammen etwas machen könnten. Das tut uns beiden gut.» Sie konnte nicht glauben, welche Wendung ihr Verhältnis gerade nahm. Sollte es wirklich so einfach sein? «Morgen geht es allerdings nicht. Ich bin in Engelberg.»

«Wo bist du?»

«Marco meinte, ein Wochenende fernab von allem würde uns guttun.»

«Marco ist bei dir? Ist zwischen euch wieder alles gut?»

«Ja, aber nicht so, wie du denkst. Wir sind nicht zusammen.» Noch nicht, dachte sie, fragte sich aber gleichzeitig, ob sie tatsächlich wieder zusammenkommen würden. Wenn sie nur aus ihren Gefühlen schlau werden würde.

«Schade.»

«Wir wollen es langsam angehen.»

«Vielleicht hilft euer Wochenende in Engelberg. Ich wünsche es euch. Seid ihr im Ort selber?»

«Nein. Wir sind in einem Chalet ausserhalb.» Andrina beschrieb die Lage des Chalets «Ottokar». «Wenn es nicht regnet, haben wir eine tolle Bergsicht», schloss sie den Bericht.

«Das kann ich mir denken.»

Nachdem sie etwas über belanglose Dinge geplaudert hatten, legte Andrina auf.

Sie lehnte den Kopf gegen das Glas, das sich angenehm kühl anfühlte. Andrina dachte an das, was Gabi ihr alles an den Kopf geworfen hatte. Sie hatte angenommen, ihre Freundschaft hätte ein jähes Ende gefunden. Woher kam Gabis plötzlicher Sinneswandel? Hatte sie sich mit der Tatsache, mit einem Mörder verheiratet zu sein, abgefunden? So schnell? Sie hatte wie Andrina Zeit zum Nachdenken gehabt. Aber fand man sich so schnell damit ab? Andrina konnte es nicht glauben. Vermutlich hatte Brogli ihr die Beweise vorgelegt, und Gabi hatte danach das Bedürfnis verspürt, mit ihrer besten Freundin zu reden.

Es klopfte leise an der Tür. Gleich darauf öffnete sie sich. Stille. Schritte, die sich ihr näherten. Andrina wandte sich nicht um.

Eine Hand legte sich auf ihre Schulter.

Sie spannte sich an. Ihm blieb es anscheinend nicht verborgen, denn er nahm die Hand weg, blieb aber hinter ihr stehen.

Das Prasseln gegen die Fensterscheibe verstärkte sich. Feller bewegte sich hinter ihr. Sie machte einen Schritt von ihm fort, dichter an das Fenster heran.

«Ich hatte gehofft, du würdest nicht schlafen. Es gibt etwas, das ich mit dir besprechen möchte», sagte er nach einer Weile. «Etwas, womit ich nicht länger warten möchte.»

Andrina sagte nichts. Sie legte die Zeigefingerspitze an die Fensterscheibe und fuhr einem der vielen Tropfen nach, die von aussen daran hinunterrannen.

«Ich möchte über uns reden», sagte er.

«Ich nicht. Ich bin noch nicht so weit.» Auf der einen Seite verspürte sie den Wunsch, es werde so wie früher. Der Kopf sagte ihr etwas anderes. Das, was zwischen ihnen geschehen war, würde immer vorhanden sein und zwischen ihnen stehen. Man konnte es nicht tilgen. Vertrauen war vernichtet worden, das sich so leicht nicht wiederherstellen liess. In einer Beziehung brauchte es Vertrauen – hundertprozentiges Vertrauen. Ausserdem war ihr in den letzten Tagen bewusst geworden, wie Feller sich verändert hatte. Sie fragte sich, ob er sich wirklich verändert hatte oder es ihr früher nicht bewusst gewesen war. Diese Unerbittlichkeit, die er an den Tag gelegt hatte, als er ihr die Fotos aus der Gerichtsmedizin gezeigt hatte. So etwas hätte er früher nicht getan. Er hätte es auf eine andere Weise versucht.

«Zu lange dürfen wir nicht warten und nebeneinanderher leben», sagte er leise.

Er hatte recht, wie sie sich eingestehen musste. War nun der Moment der Entscheidung gekommen?

«Schau mich an.»

«Es ist dunkel, und ich sehe nichts.»

«Soll ich Licht machen?» Ein leichtes Lachen schwang in seiner Stimme mit.

«Lieber nicht.»

«Dreh dich wenigstens um.»

Ich will nicht reden, dachte Andrina, wandte sich ihm aber trotzdem zu. Sie konnte seine Silhouette als Schatten ausmachen.

Ihr Inneres zog sich schmerzhaft zusammen. Sie wollte ihn nicht verlieren. Würde sie das, wenn sie die Entscheidung weiter hinausschob?

Fellers Schatten kam näher. Seine Hand tastete sich ihren Arm hoch, bis seine Finger ihr Gesicht berührten. Andrina stiess die Hand zur Seite.

Einen Moment regte sich niemand. Andrina konnte ihn atmen hören. Der Holzboden knarrte. Sein Schatten wich zurück.

Andrina legte den Kopf in den Nacken und holte vorsichtig Luft. Sie hoffte, er höre das zittrige Einatmen nicht.

Feller rührte sich nicht.

Bitte geh, dachte sie. Ich kann nicht.

Als Andrina sich abwenden wollte, umfasste eine Hand ihre Taille. Gleichzeitig zog er sie mit einem Ruck an sich. Bevor sie wusste, was geschah, presste er seine Lippen auf ihre. Das war kein vorsichtig anfragender Kuss. Er war fast grob, besitzergreifend und duldete keinen Widerspruch. Beinahe tat er weh. Kurz keimte der Impuls auf, ihn zurückzustossen, aber er verschwand sogleich. Ihre Lippen öffneten sich automatisch, und sie erwiderte den Kuss mit gleicher Intensität. Andrina schlang die Arme um ihn und presste sich gegen ihn.

Feller drückte sie fester an sich. Seine Hände glitten unter ihren Pullover und fuhren den Rücken hoch. Fellers Finger fanden den BH und hakten ihn auf, um gleich darauf nach vorne zu wandern. Sie umfassten ihre Brüste. Andrina stöhnte auf.

Ungeduldig nestelte sie an den Knöpfen seines Hemdes und streifte es über seine Schultern. Sie liessen sich gleichzeitig auf das Bett fallen. Feller war sofort über ihr. Andrina schlang ihre Beine um ihn und drängte sich ihm entgegen.

NEUNZEHN

Andrina wandte der Sonne ihr Gesicht zu. Die Wetterfrösche hatten recht behalten. Am blauen Himmel war nicht eine einzige Wolke zu finden, und es war angenehm warm.

Ihre Füsse glühten.

Nachdem sie und Feller gepicknickt hatten, waren sie zweimal den Kitzelpfad um den Härzlisee bei der Bergstation des Brunni-Sessellifts gelaufen.

Sie öffnete die Augen und beobachtete Feller, der eine dritte Runde wagte. Er war nicht alleine unterwegs. Einige Familien mit Kindern taten es ihm gleich. Gequietsche und Gelächter waren zu hören.

Da sie alleine war, konnte sie ihre Gedanken ein wenig ordnen. Sie drifteten zur vergangenen Nacht. Warum hatte sich kein Hochgefühl eingestellt? Eigentlich sollte sie glücklich sein. Hatte sie es genossen, mit Feller zu schlafen? Ein klares Ja, obwohl es kein sanfter Sex gewesen war. Wie ausgehungert waren sie übereinander hergefallen. Am Morgen hatten sie nochmals miteinander geschlafen. Dieses Mal waren sie langsamer vorgegangen. Das war vertraut gewesen. Aber sonst? Ihre Gefühle oder besser das Nichtvorhandensein von Gefühlen irritierte Andrina.

Unverhofft drängte sich Enrico in den Vordergrund. Gegen ihren Willen begann sie die beiden Nächte miteinander zu vergleichen. Wie hatte sie empfunden, nachdem sie mit Enrico geschlafen hatte? Das konnte sie nicht genau sagen, da sie ihre Gefühle unterdrückt hatte. Was fühlte sie jetzt, wenn sie darüber nachdachte?

Lass das, dachte sie. Es stand ihr nicht zu, den Sex mit Feller mit dem mit Enrico zu vergleichen. Vermutlich hatte der Sex mit Feller sie überrumpelt. Der Verstand, der sie bisher blockiert hatte, hatte sich ausgeschaltet. Etwas anderes, das Andrina nicht benennen konnte und von dessen Existenz sie bisher nichts gewusst hatte, hatte die Regie übernommen. Die Intensität, die aus ihnen herausgebrochen war, hatte sie überrascht. Verständlich, dass sie jetzt durcheinander war. Besonders da sich ihr Kopf zurückmeldete und nun begann, das Geschehen von vergangener Nacht zu analysieren.

Feller hatte inzwischen den halben See umrundet und winkte ihr von der anderen Seite zu. Er war eindeutig glücklich und schwebte auf Wolke sieben. Zu gerne hätte Andrina sich dazugesellt. Ein schlechtes Gewissen drängte sich in den Vordergrund. Was willst du eigentlich, fragte sie sich. Lass es zu und höre auf, alles zu hinterfragen. Die ganze Zeit hast du genau dem hinterhergetrauert.

Feller gesellte sich zu Andrina. «Brr», sagte er. «Das ist kalt. Dafür sind meine Füsse heiss.» Er zog die Schuhe an. «Gehen wir?»

Andrina nickte.

Feller ergriff ihre Hand. Nebeneinander liefen sie den Hang hinab. Es fühlte sich vertraut an. Mehr aber nicht. Andrina bemühte sich, diese Gedanken aus ihrem Kopf zu verbannen, und suchte nach einer Ablenkung.

«Darf ich dich etwas fragen?», erkundigte sie sich, als sie eine Weile schweigend gelaufen waren.

«Kommt darauf an», erwiderte Feller.

«Mir geht etwas nicht aus dem Kopf. Frau Schmidt hat gesagt, das Handy, von dem die Nachricht auf WhatsApp kam, die Caroline in den Wald oder wo auch immer hingelockt hat, gehöre einer Frau. Wie sollte Frank an deren Handy kommen?»

Feller verlangsamte das Tempo. In seinem Gesicht arbeitete es.

«Du kennst die Frau, Frau Ruckstuhl», sagte er nach einer Weile.

«Wer soll das sein?»

«Sie wohnt in der Wohnung über Frank und Gabi.»

«Du meinst die nette ältere Dame, die Gabis Pflanzen giesst, wenn sie in den Ferien ist?»

«Genau die.» Feller blieb stehen. «An dem Tag, bevor Caroline verschwand, hat Frank Frau Ruckstuhl ihre Einkäufe nach oben getragen. Der Lift wurde an dem Tag revidiert, und sie hatte es gerade mal ausser Atem in den ersten Stock geschafft, als sie auf Frank traf. Als Dank hat sie ihn zu einer Tasse Kaffee hereingebeten.»

«Hat sie nicht gemerkt, als Frank das Handy genommen hat? Woher weiss er überhaupt den PIN-Code?»

«Sie machte gerade den Kaffee, als eine SMS von ihrer Tochter kam. Frank stand neben ihr, als sie es entsperrt hat.»

«Das weiss sie so genau?»

«Ja, weil es eine lustige Situation gewesen sei. Das hat sie behauptet. Er habe gelacht und einen dummen Spruch gemacht, als er ihren Code sah: 1111.»

«Das Handy war weg, nachdem Frank gegangen war», folgerte Andrina.

«So genau kann sie nicht sagen, ab wann sie es vermisste. Sie hat die Verbindung zu Frank nicht gezogen und dachte, sie habe es verlegt, was ihr in letzter Zeit wohl öfter passiert ist. Bei der Durchsuchung von Franks und Gabis Wohnung haben wir das Handy in seinem Kehricht gefunden. Die SIM-Karte muss er woanders entsorgt haben.»

Andrina senkte den Kopf und betrachtete ihre Füsse.

«Die Kollegen haben herausgefunden, dass das Handy das letzte Mal in dem Block benutzt wurde. Also muss Frank mit Caroline dort Kontakt aufgenommen haben.»

Andrina atmete tief ein und wieder aus.

«Wir sollten aufhören, darüber zu reden», sagte Feller. «Das alles nimmt zu viel Raum ein. Lass uns versuchen, den schönen Tag zu geniessen. Schau mal, der Barfusswanderweg ‹Hüttismatt-Brunnihütte›.»

«Kann man hier tatsächlich barfuss wandern?», fragte Andrina.

«Offenbar.»

«Das habe ich bisher nie gemacht.»

«Ich auch nicht», sagte Feller und streifte seine Wanderschuhe von den Füssen.

Das Gras fühlte sich kühl und feucht an. Sie absolvierten die ersten Posten – Wege mit Steinen, Kiesel und Holz. Feller lachte und setzte die Füsse vorsichtig auf den pieksenden Untergrund. Andrina musste lächeln, als er betont langsam über die Hindernisse lief und dabei Grimassen schnitt. Endlich fühlte es sich an, als hätte es keinen Unterbruch in ihrer Beziehung gegeben. Na siehst du, dachte sie. Lass dir Zeit. Es kommt alles zurück.

Dennoch konnte sie es nicht richtig geniessen. Das Friedvolle, das ihrem Ausflug anhaftete, wirkte unrealistisch. Immer wieder kehrten ihre Gedanken zu Frank zurück. Es war, als liefe das automatisch ab, und sie konnte es nicht stoppen, was dem Frieden neue Risse gab.

«Ich mache mir Vorwürfe, weil ich nichts bemerkt habe.»

«Da bist du nicht die Einzige», erwiderte Feller.

«Er wusste, wie verzweifelt ich darum bemüht war, meine Erinnerung zurückzuerlangen. Von Dr. Ulmann wusste er ebenfalls. Genauso habe ich ihm von den Bruchstücken, die mir in den Sinn gekommen sind, die ich aber nicht zusammensetzen konnte, erzählt. Sein Interesse habe ich als das eines Freundes abgetan, der mit mir mitleidet.»

«Mir wäre es ebenfalls nicht verdächtig erschienen. Was Dr. Ulmann betrifft, das ist genauso eine seltsame Geschichte. Wo kommt die Verordnung her, die Seraina Susanna gegeben hat?»

Andrina versuchte sich nicht zu verkrampfen und liess die Schuhe in der rechten Hand hin- und herschwingen.

«Sie sah perfekt aus», fuhr Feller fort. «Einzig die Unterschrift stimmte nicht überein, was bei einer Fälschung verständlich ist. Max hat Seraina gefragt, wo sie sie gefunden hatte. Sie meinte, sie hätte in deinem Zimmer gelegen.»

Er liess Andrina den Vortritt. Sie trat vorsichtig auf die Tannzapfen. Überraschenderweise piekste es nur leicht in ihre Fusssohlen, und es fühlte sich sogar angenehm an. Wie eine Fussmassage. Sie ging den schmalen Pfad ein Stück bergauf.

«Ich habe sie nicht geschrieben.» Andrina wusste, wie defensiv sie klang. Sie war nicht einmal auf die Idee gekommen,

Dr. Ulmann um eine zu bitten, um nicht mehr die Fragen der Polizei beantworten zu müssen.

«Du musst dich nicht verteidigen. Als Susanna kam, hat Seraina sie ihr in die Hand gedrückt und sie gebeten, dich in Ruhe zu lassen, weil du krank seist. Ich frage mich, warum sie die Verordnung nicht Silvan Brogli gegeben hat, als er vor Susanna da war.»

«Sie könnte sie erst gefunden haben, als er gegangen war.» Oder Seraina hatte sie verfasst, dachte Andrina und fragte sich gleichzeitig, warum ihre Schwester das hätte tun sollen.

«Offenbar sah sie in der Verordnung eine Chance, uns dein Verschwinden vorzuenthalten», sagte Feller in ihre Gedanken hinein. Anscheinend kam er zu ähnlichen Schlussfolgerungen. «Ich denke, sie hat euren Streit bereut und wollte es so gutmachen, indem sie Susanna die Verordnung gab. Sie befürchtete, dein Verschwinden könne dich verdächtig erscheinen lassen. Dabei hat sie dich stärker in unseren Fokus gerückt.»

Andrina verspürte den Wunsch, mit ihrer Schwester zu sprechen. Sie nahm sich vor, sie am Abend anzurufen.

«Möchtest du diesen Posten ausprobieren?», fragte Feller und blieb stehen.

Andrina betrachtete das Sumpfloch vor sich. «Ist es ernsthaft die Idee, da durchzuwaten?», fragte sie und verzog das Gesicht.

«Nennen wir es ‹Wellness›», las Feller auf der Tafel vor. «Das klingt spannend.» Er krempelte seine Hosenbeine hoch. «Sei nicht feige», sagte er und stapfte in den Morast. «Wie in Kindertagen.»

Andrina musste lachen, als sie bis zu den Waden in den kalten Matsch sank und er ihr zwischen den Zehen durchquoll. Die Anspannung fiel ab. «Das fühlt sich – wie soll ich sagen? – komisch an.» Es war gar nicht so leicht, die Füsse aus dem Schlamm herauszuziehen. Bei jedem Schritt erklang ein schmatzendes Geräusch. Feller war am Ende angekommen. Bis zu den Knien klebte der Morast an seinen Beinen. Er grinste und sah dabei wie ein Lausbub aus. Wie froh war sie, weil sich mehr von der Leichtigkeit einstellte, die sie neben der Vertrautheit bisher zwischen ihnen vermisst hatte.

«Willst du nochmals?», fragte er, als Andrina bei ihm angekommen war.

Lachend schüttelte sie den Kopf. «Einmal reicht mir.»

Nachdem sie ihre Füsse weitestgehend mit kaltem Wasser gereinigt hatten, liefen sie den Säumerpfad entlang und überquerten die Barfussbrücke. Sie setzten sich auf eine Bank und zogen ihre Schuhe an.

Andrina streckte ihre Beine aus und lehnte sich nach hinten. Die Füsse kribbelten und waren warm. Es fühlte sich an, als seien sie in Watte gehüllt und als liefe sie auf Wolken. Sehr angenehm. Andrina hoffte, das Gefühl würde eine Weile anhalten.

«Zurück zu Frank», sagte Feller. «Silvan hat das zwar Gabi gefragt, aber kannst du dir einen Ort vorstellen, an den er sich zurückziehen würde?»

«Wieso fragst du das?»

«Bis jetzt hat man Frank nicht gefunden.»

«Einen Ort, wo er sich verstecken könnte, weiss ich nicht. Lass mich überlegen, vielleicht fällt mir eine Möglichkeit ein. Gabi kennt ihn natürlich besser als ich.»

Zwanzig Minuten später waren sie im Chalet angekommen.

«Was hältst du von einem guten Rotwein zum Nachtessen?», fragte Feller. «Wir haben schliesslich etwas zu feiern.»

Beinahe hätte sie gefragt, was es zu feiern gäbe. Das Gefühl der Leichtigkeit und Vertrautheit machte wieder diesem Undefinierbaren Platz, das Andrina verwirrte.

«Haben die Geschäfte überhaupt um diese Zeit am Samstag noch offen.»

Feller schaute auf seine Uhr. «Kurz nach vier. Ich denke schon.»

«Okay, warum nicht», sagte Andrina betont locker.

In diesem Moment klingelte Fellers Handy. «Was gibt es, Silvan», sagte er anstelle einer Begrüssung. «Wie meinst du das, sie ist verschwunden.» Er lauschte, und sein Gesicht wurde ernst.

«Die Wohnungstür stand offen? Wie konnte das passieren? Ich dachte, ihr beobachtet sie.» Er lauschte, was Brogli sagte. «Das habt ihr? Warum ist sie jetzt weg?» Andrina bekam ein flaues Gefühl in der Magengegend. Feller schaltete den Lautsprecher des Handys ein.

«Gibt es keinen Anhaltspunkt, wo sie sein könnte?»

«Ganz einfach», kam Broglis Stimme aus dem Handy. «Sie ist zu Frank Krähenbühl gegangen.» Andrina taumelte nach hinten und war froh, gegen die Wand des Chalets zu stossen.

«So ein Blödsinn», brauste Feller auf, «Frank Krähenbühl hat sie entführt.»

«Es gibt keine Anzeichen eines gewaltsamen Eindringens. Die Wohnung ist aufgeräumt. Es hat eindeutig kein Kampf stattgefunden.»

«Wie soll er ohne neuen Schlüssel in die Wohnung gekommen sein?»

«Sie könnte ihn in die Wohnung gelassen haben», sagte Brogli, «weil sie mit ihm verschwinden wollte. Das war so geplant.»

«Habt ihr Beweise dafür?»

«Bis jetzt nicht.»

«Noch einmal: Was hältst du von der Variante ‹Sie wurde entführt›», sagte Feller. «Gabi macht mit Frank keine gemeinsame Sache.»

«Genau aus dem Grund wurdest du vom Fall abgezogen.»

«Was?»

«Du kannst das Ganze nicht objektiv beurteilen», sagte Brogli nachdrücklich.

«Warum sollte sie die Tür offen lassen? Das passt nicht.»

«Sie könnte in der Eile nicht richtig ins Schloss gefallen sein. Wir haben eine Fahndung draussen.»

«Wisst ihr, wann sie das letzte Mal gesehen wurde?», fragte Feller.

«Gemäss der Nachbarn gestern am frühen Abend. Sie habe sich nicht auffällig verhalten. Ihnen ist nur aufgefallen, wie niedergeschlagen sie war.»

«Danach hat niemand etwas gehört?»

«Nein.»
«Doch, ich», sagte Andrina.
Feller fuhr zu ihr herum. «Wie das?»
«Ich habe gestern Abend mit ihr telefoniert», antwortete sie.
«Warte mal, Silvan. Andrina, du hast was?»
Andrina hatte es Feller sagen wollen. Es war aber vergessen gegangen, als sie gemeinsam im Bett gelandet waren. Am Morgen war sie zu sehr mit sich und ihren Gefühlen beschäftigt gewesen und hatte nicht mehr daran gedacht.
«Ich wollte es dir sagen, aber es ist untergegangen. Gestern Abend hat Gabi mich angerufen.»
«Wann?» Er hielt das Handy zwischen sie, damit Brogli sie besser verstehen konnte.
«Kurz bevor du gekommen bist.»
Feller neigte den Kopf, und Andrina las die Frage in seinen Augen ab, was Gabi gewollt hatte. In wenigen Sätzen fasste sie das Gespräch zusammen.
«Wie hat sie geklungen?», fragte Brogli.
«Normal. Nein, vorsichtig. Das stimmt nicht. Zaghaft trifft es am besten. Als ich ihr erzählt habe, nicht zum Brunch kommen zu können, weil wir in Engelberg sind, haben wir uns für einen Frauenabend nächste Woche verabredet. Ich hatte das Gefühl, sie hat sich darauf gefreut.»
«Das ist alles?», kam es aus dem Handy.
«Ja. Wir haben uns verabschiedet und aufgelegt.»
«Anfangs war sie angespannt, am Ende war sie das nicht mehr. Habe ich das richtig verstanden?»
«Ja.»
«Ich mache mir Sorgen», sagte Feller, nachdem Brogli aufgelegt hatte.
«Du glaubst nicht, dass sie zu Frank gegangen ist.»
«Zumindest nicht freiwillig.»

Andrina blickte Fellers Wagen nach. Er hatte beschlossen, dennoch nach Engelberg zu fahren und Wein zu kaufen. Er wolle versuchen, so viel Normalität aufrechtzuerhalten, wie es möglich war. Trotzdem konnte Andrina die Sorge um ihre Freundin nicht so leicht zur Seite drängen.

Sie kehrte ins Chalet zurück. Als sie den Tisch deckte, grübelte sie darüber nach, wo Gabi sein könnte.

Es gab eine weitere Möglichkeit, kam ihr in den Sinn. Sie war weggegangen, weil sie es in der Wohnung nicht mehr ausgehalten hatte. Auf der anderen Seite hätte sie Andrina das bestimmt gesagt. Wirklich? Warum liess sie die Wohnungstür angelehnt? Hatte sie vergessen, die Tür zuzuziehen? Das konnte Andrina nicht glauben. Es war ein Automatismus, die Wohnungstür zu verschliessen, wenn man ging. Es sei denn, man war in Gedanken. Doch selbst in so einem Fall sollte das der Automatismus übernehmen.

Aus einem Impuls heraus nahm sie ihr Handy und wählte Gabis Nummer. Der Anrufbeantworter sprang an. Logisch, dachte Andrina und wählte die Nummer von Gabis Handy. Sofort meldete sich die Combox.

«Ich bin es», sagte Andrina. «Ruf mich bitte zurück.» Sie unterbrach das Gespräch. Sehr geistreich, dachte sie und legte das Handy auf den Tisch.

Ein Gedanke tauchte wie aus dem Nichts auf. Gabi hatte alles verloren, worauf ihr Leben und das mit Frank aufgebaut war. Konnte sie es nicht mehr ertragen? Wie musste es sich anfühlen, wenn der Mann, den man liebte und mit dem man so viel zusammen gemacht hatte, sich als grausamer Mörder entpuppte?

Der Anruf gestern Abend erschien mit einem Mal in einem anderen Licht. Es war wie ein In-Ordnung-Bringen, bevor man starb. Es konnte sogar ein Sichverabschieden gewesen sein. Würde Gabi sich etwas antun?

Andrina dachte an die fröhliche, lebenslustige Frau, die sie vor der Enthüllung von Franks wahrem Ich gewesen war. So ein Schicksalsschlag konnte eine Person völlig verändern.

Andrina schnappte sich ihr Handy und rief Susanna an.

«Hältst du das für möglich?», fragte Susanna.

«Ich weiss es nicht», erwiderte Andrina. «Gibt es wirklich

keinen Hinweis, Frank könnte in der Wohnung gewesen sein und sie entführt haben?»

«Nein. Es war alles ordentlich. Die Nachbarn haben nichts Verdächtiges bemerkt. Falls du recht hast, wo würde sie in so einem Fall hingehen?»

«Ich weiss es nicht», wiederholte Andrina. Wie würde Gabi sich umbringen? Sie hatte keine Ahnung, da Selbstmord nicht zu Gabi passte. Nicht zu der alten Gabi. «Habt ihr etwas in der Wohnung gefunden, das darauf hindeuten könnte?»

«Nicht auf den ersten Blick. Ich meine, einen Abschiedsbrief oder Ähnliches haben die Kollegen nicht gefunden. Ich gehe der Sache sofort nach.»

«Meldest du dich, wenn du Genaueres weisst?»

«Natürlich», sagte Susanna und beendete das Gespräch.

Andrina ging in die Küche. Eine Ruhelosigkeit überfiel sie. Diese Untätigkeit war nicht auszuhalten, und sie begann auf und ab zu wandern.

Nach einer Weile holte sie andere Teller aus dem Schrank und tauschte sie gegen die auf dem Tisch aus. Sie fand Servietten, die sie faltete und auf den Tellern arrangierte. Feller war immer noch nicht zurück.

Ihre Ruhelosigkeit wuchs. Sie ging zur Terrassentür, trat hinaus und setzte sich auf einen der Liegestühle. Sogleich stand sie wieder auf und tigerte auf der Terrasse hin und her. Wenn Gabi kurz nach ihrem Telefongespräch die Wohnung verlassen hatte, war sie seit fast zwanzig Stunden weg. In dieser Zeit konnte sie sich locker etwas angetan haben. Das hiesse, sie wären zu spät.

Andrina überlegte, wo Gabi hingegangen sein könnte. Sie liebte die Natur. War sie zum Sterben in den Wald gegangen? Sie musste Susanna über ihre Vermutung informieren. Andrina stand auf und ging wieder zur Terrassentür. Bevor sie das Chalet betrat, liess ein Geräusch sie aufmerken.

Sie drehte sich um, in der Annahme, Feller sei heimgekehrt. Stattdessen schaute sie in Franks Gesicht. Bevor sie schreien konnte, presste er ihr ein feuchtes, übel riechendes Tuch auf die

Nase. Andrina schlug um sich, sackte aber im nächsten Augenblick zu Boden. Schwärze schlug über ihr zusammen.

***

Langsam kam Andrina zu sich. Es fühlte sich an, als schwanke der Untergrund, was Übelkeit verursachte.

Ich will nicht wach werden, dachte sie, doch sie konnte nichts dagegen unternehmen. Als sie die Augen öffnete, blendete es sie. Rasch kniff sie sie wieder zusammen. Es war unbequem. Sie lag auf einer harten Fläche. Die Übelkeit nahm zu. Mit Mühe konnte sie den Brechreiz unterdrücken. Als Nächstes nahm sie einen stechenden Schmerz in den Schultern wahr.

Andrina realisierte ihre auf dem Rücken fixierten Hände, auf denen sie lag. Das Seil schnitt in die Haut an den Handgelenken. Sie versuchte an den Armen zu ziehen, war aber nicht in der Lage, die unbequeme Position zu verändern. Langsam hörte das Schwanken auf. Ihr Mund war wie ausgedörrt, und die Zunge klebte am Gaumen. Andrina bemühte sich, möglichst viel Speichel im Mund zu sammeln, und schluckte. Das half. Das Durstgefühl blieb.

Sie wagte es nochmals, ein Auge zu öffnen. Und erkannte einen Raum mit Holztäfer an den Wänden und an der Decke. Die Lampen an der Decke brannten. Auf der gegenüberliegenden Seite standen Holztische und Stühle übereinandergestapelt. An den Fenstern hingen rot karierte Vorhänge, und die Fensterläden waren geschlossen. Alles wirkte wie eine der Hütten, in die sie eingekehrt waren, wenn sie mit Feller gewandert oder Ski fahren gewesen war.

Andrina lag auf einer Wolldecke auf dem Betonboden. Die Füsse waren gefesselt, wie sie nun bemerkte. Das Seil war festgezogen, und die Füsse kribbelten. Andrina wackelte mit den Zehen, und das taube Gefühl liess ein wenig nach. Sie fragte sich, wo ihre Schuhe waren, und schaute sich um, so weit es möglich war. Als Folge davon begann sich alles von Neuem vor ihren Augen zu drehen. Andrina verharrte in der Bewegung und sank zurück auf den Boden.

Frank. Woher hatte er gewusst, wo sie sich befanden? Er musste ihnen nach Engelberg gefolgt sein. Wieso hatte er sich so lange ruhig verhalten? Ganz einfach. Andrina war die ganze Zeit in Fellers Begleitung gewesen. Als Feller nach Engelberg gefahren war, war es die erste Gelegenheit gewesen, sie zu schnappen.

Wie spät war es? Feller musste inzwischen ihr Verschwinden bemerkt haben. Er würde alle Hebel in Bewegung setzen, sie zu finden. Dennoch konnte sie nicht so lange warten. Sie musste hier raus.

Vorsichtig hob sie den Kopf. Als nichts passierte, spannte sie ihre Bauchmuskeln an und konnte den Oberkörper leicht anheben. Es gelang ihr, bis zu ihren gefesselten Füssen zu schauen. Sie löste die Augen von dem Seil und liess den Blick weiterwandern. Der Raum war bis auf die gestapelten Tische und Stühle leer und mass circa sechs Quadratmeter.

Andrina drehte sich auf die Seite, was mit gefesselten Händen nicht einfach war. Schliesslich gelang es ihr, sich auf den Bauch zu rollen. Eine neue Übelkeitswoge schwappte über sie hinweg. Andrina musste husten. Zum Glück gelang es ihr, den Brechreiz zu unterdrücken. Es brauchte eine Weile, bis der Würgereiz abgeebbt war. Sie zog die Beine an. Nach einigen Versuchen schaffte sie es, sich abzustossen. So robbte sie Richtung Tür und ignorierte dabei den Schmerz, den ihre verdrehten Schultern aussandten.

Mehrmals musste sie innehalten und Atem schöpfen. Als sie an der Tür angekommen war, kämpfte sie sich in eine sitzende Position. Erneut musste sie zu Atem kommen. Sie drehte sich mit dem Rücken zur Wand und zog die Beine an. Nach mehreren Versuchen gelang es ihr, sich aufzurichten, indem sie sich gegen die Wand drückte und Zentimeter für Zentimeter hocharbeitete. Dabei versuchte sie den Protest ihrer Hände, Arme und Schultern auszuklammern. Tatsächlich stand sie nach einiger Zeit aufrecht und lehnte sich gegen die Wand. Eine neue

Schwindelwoge rauschte über sie weg, aber Andrina schaffte es, nicht umzufallen. Sie hüpfte Richtung Türklinke. Mehr als einmal wäre sie beinahe gestürzt. Als sie vor der Tür stand, tastete sie nach der Klinke. Sie versuchte sich vorzubeugen und ihre Arme nach oben anzuheben, um mit den Händen an die Klinke zu kommen. Ein Schmerz schoss durch die Schultern. Andrina stöhnte auf und verlor beinahe das Gleichgewicht. So ging das nicht. Sie knickte die Ellenbogen ein, was sogar funktionierte, und legte ihren Arm auf die Türklinke. Sie verlagerte ihr Gewicht darauf. Die Klinke bewegte sich nach unten, und Andrina rutschte ab. Dumpf fiel sie auf den Boden und schlug mit dem Kopf gegen den harten Beton.

Benommen blieb sie einen Moment liegen. Sie drehte den Kopf so weit nach hinten, wie es ging. Die Tür hatte sich nicht geöffnet. Abgeschlossen. Was hatte sie gedacht? Verzweifelt schloss Andrina die Augen.

Ein Gegenstand schlug von aussen gegen die Tür. Der Schlüssel drehte sich im Schloss. Erschrocken rollte Andrina von der Tür weg. Kaum lag sie in der Mitte des Raumes, wurde die Tür geöffnet.

Ein dunkelhaariger Mann betrat den Raum. Seine hellen Augen hatten die Farbe von Gletschereis. Der Jogger aus dem Wald.

«Unsere Hübsche ist wach.» Er starrte auf sie herunter. In der Hand hielt er eine Waffe.

Hinter ihm betrat Frank den Raum. Er wich ihrem Blick aus.

«Was wollen wir mit ihr machen?», fragte Eisauge.

«Ich weiss es nicht», war Franks Antwort.

«Wir sollten so schnell wie möglich von hier verschwinden. Ich habe keine Lust, sie mit mir herumzuschleppen.»

«Was willst du damit sagen?»

«Na, was wohl? Wir müssen sie loswerden.»

Panik schnürte ihr den Hals zu.

«Das kannst du nicht machen, Nick.»

«Wieso nicht. Sie wäre ja nicht die Erste. Langsam bekommst du Übung.»

«Ich soll Andrina ...» Frank brach ab.

«Bitte nicht», flüsterte Andrina.

«Halt die Klappe. Du hast uns genug Ärger gemacht. Damit ist nun Schluss.» Breitbeinig stellte er sich vor sie. «Am besten sofort.»

«Nein!», rief Frank.

«Wie, nein?»

«Nicht Andrina.»

«Bedeutet die Schlampe dir etwa was?»

Frank schwieg.

«Gefühlsduselei können wir uns nicht erlauben. Denk daran, was dich erwartet, wenn die da sich erinnert und dich belastet.»

Das Was lag Andrina auf der Zunge. Ihre Gedanken rasten. Eine neue Idee nahm Gestalt an. Sollte sie ihnen verheimlichen, inzwischen alles wieder zu wissen, und ihnen eine Lügenversion, in der Frank nicht vorkam, auftischen?

Bevor Andrina das in die Tat umsetzen konnte, holte Nick ein Tuch hervor und knebelte sie. Sie warf den Kopf hin und her, als er den Knoten im Nacken fixierte. Das Tuch schnitt in die Mundwinkel. Er packte sie und zog sie hoch. Nick warf sie sich wie einen Mehlsack über die Schulter. Er trug sie aus dem Raum. Flehend schaute sie Frank an. Er sah an ihr vorbei und wirkte einen Moment verloren, bevor er Nick überholte und ihm die Haustür öffnete.

Kalte Luft schlug Andrina entgegen. In der Ferne konnte sie einen hellen Streifen am Horizont ausmachen.

«Es wird bald hell», sagte Nick. «Wir sollten uns beeilen. Mach den Kofferraum auf.»

Gleich darauf landete Andrina unsanft im Auto. Der Deckel schlug zu. Keine zehn Sekunden später startete der Motor. Der Wagen fuhr an. Andrina wurde hin- und hergeworfen. Mit dem Kopf stiess sie gegen Kanten. Ihr wurde schlecht. Du darfst nicht erbrechen, dachte sie. Sonst erstickst du.

Sie konnte die Männer diskutieren hören, verstand aber nicht, was gesprochen wurde. Sie schienen allerdings nicht der gleichen Meinung zu sein. Einmal meinte sie das Wort «tot» herauszuhören. Bitte nicht, dachte sie. Sie wollte nicht sterben. Es musste einen Ausweg geben.

Wie lange sie gefahren waren, wusste Andrina nicht. Kaum erstarb der Motor, ging der Kofferraumdeckel auf.

Der kalte Wind traf sie wie ein Keulenschlag. Andrina begann zu zittern. Sie roch Wald. Ihre Angst steigerte sich ins Unermessliche.

Das Licht einer Taschenlampe blendete sie für einen Moment. Sie erkannte Nick, der sich vorbeugte und sie aus dem Kofferraum zerrte. Er liess sie auf den Boden fallen. Ein Stein bohrte sich in ihre Seite, und Andrina gab einen erstickten Laut von sich.

«Schneide die Fesseln an den Füssen durch», befahl er. «Ich habe keine Lust, sie zu tragen.»

Ihre Gedanken rasten. Gab es eine Chance zu entkommen? Mit zwei Männern nicht, es sei denn, Frank würde sich auf ihre Seite stellen. Fieberhaft überlegte Andrina, wie sie das bewerkstelligen konnte. Ihre Beine kamen frei. Vorsichtig streckte Andrina sie und bewegte die Füsse.

«Aufstehen!», bellte Nick.

Mühsam rappelte sie sich auf, was mit den gefesselten Händen alles andere als einfach war. Kaum stand sie aufrecht, presste sich etwas Kaltes hinter ihrem Ohr gegen den Kopf. «Los jetzt. Immer geradeaus.»

Es klickte. Er hatte die Waffe entsichert.

Reize ihn nicht, dachte Andrina. Sie stolperte den unebenen Trampelpfad entlang, den sie im Licht der Taschenlampe, die Frank hielt, sehen konnte.

Andrina begann zu schwitzen und fror gleichzeitig. Sie konnte nicht aufhören zu zittern.

Nick sagte kein Wort, aber der Griff an ihrem Oberarm war unmissverständlich. Steine und Äste pieksten durch ihre Socken schmerzhaft in ihre Fusssohlen. Andrina stolperte über eine Baumwurzel. Die Kälte machte die Füsse gefühllos.

«Stopp!» Unvermittelt hielt er an. Im Schein der Lampe erkannte Andrina nackten Felsen. Das, was sich ausserhalb des Lichtkegels befand, blieb ihr verborgen.

«Du oder ich?», fragte Nick.

«Ich kann das nicht.»

«Memme.»

Das Licht der Taschenlampe flackerte und wurde schwächer.

«Schalt das Ding aus. Wir brauchen die Lampe gleich noch.»

Gleich darauf wurde es dunkel. Nach einigen Sekunden erkannte Andrina den Streifen am Horizont, der inzwischen breiter geworden war und sich rötlich färbte.

Durch die Socken spürte sie die glatte Oberfläche des Felsens. Vorsichtig tastete sie ihn mit den Füssen ab. Er war leicht nach rechts geneigt. Inzwischen konnte Andrina links Schemen von Bäumen ausmachen, die sie vorher im schmalen Lichtkegel der Lampe nicht gesehen hatte. Der Wind blies hier kräftiger, und Andrina zitterte stärker.

«Nimm ihr vorher das Tuch ab», sagte Nick.

Andrina spürte, wie Frank nach ihren Händen tastete. Gleich darauf ritzte etwas Scharfes in ihre Haut an den Handgelenken. Sie unterdrückte einen Schmerzlaut.

«Nicht die Fesseln, du Idiot! Ich sagte, das Tuch. Es ist meins, und ich will nicht, dass man es bei ihr findet.»

«Entschuldige», murmelte Frank. Er nestelte an dem Knoten.

Andrina bewegte vorsichtig die Hände. Das Seil glitt nach unten. Erleichterung durchflutete sie. Vielleicht hatte sie doch noch eine Chance. Sie wagte nicht, die Arme zu bewegen. Erst musste sie auf einen geeigneten Moment warten.

Das Tuch löste sich, und endlich konnte sie tief einatmen. Die kühle Luft gab ihr Kraft. Jetzt! Sie spannte die Muskeln zur Flucht an, als sie ein harter Schlag gegen den Kopf traf. Sie taumelte einige Schritte nach hinten. Sie verlor das Gleichgewicht und versuchte den Sturz aufzufangen, indem sie sich drehte. Ein neuer Schlag traf sie. Andrina fiel nach vorne. Sie ruderte mit den Armen und versuchte Halt zu finden. Aber sie trat ins Leere und stürzte mit einem Aufschrei in die Tiefe.

ZWANZIG

Andrina spürte die Sonne auf dem Gesicht. Das fühlte sich gut an. Ein kühler Wind strich über ihre Haut, die zu glühen schien. Der Kopf dröhnte. In der Sonne war es heiss. Durst meldete sich. Sie sollte in den Schatten und sich etwas zu trinken holen.

Andrina öffnete die Augen, die sie sogleich wegen der Helligkeit wieder schliessen musste. Ein weiterer Luftzug strich über ihre Haut und brachte leichte Abkühlung. Sie lag auf dem Rücken. Diese Haltung war unbequem. Andrina wollte sich umdrehen, was nicht gelang.

Von irgendwo erklang der Ruf eines Greifvogels. Etwas piekste an mehreren Stellen durch den Pullover. Harz- und Nadelgeruch stiegen in ihre Nase. Sie tastete mit den Händen neben ihrem Körper entlang. Spitze Nadeln stachen in ihre Handflächen. Sie ertastete Äste mit rauer Rinde und einer klebrigen Oberfläche. Andrina linste unter den Wimpern hervor und erkannte blauen Himmel. Einzelne Wolken zogen vorbei. Sie wandte den Kopf, was mit einem verstärkten Pochen im Hinterkopf quittiert wurde. Kurz verschwamm die Umgebung vor ihren Augen, nahm nach einigen Sekunden aber wieder Konturen an.

Sie versuchte sich abermals zu bewegen. Der Schmerz im Rücken schlug wie aus dem Nichts zu. Mit einem Aufschrei riss Andrina die Augen auf. Sie wollte sich aus der unbequemen Lage befreien, was nach wie vor nicht ging.

Andrina zwang sich, ruhig ein- und auszuatmen. Der Schmerz blieb, aber er ebbte etwas ab. Mit den Augen tastete sie ihre Umgebung ab, soweit es ihr Blickfeld zuliess, und sie brauchte einige Sekunden, bis sie begriff, wo sie war.

Sie lag auf einer knorrigen kleinen Föhre, die schief gewachsen war. Andrina musterte die beiden Äste über ihr. Einer von ihnen war abgebrochen und baumelte dicht über ihrem Gesicht.

Die Schmerzen im Kopf und im Rücken liessen keinen klaren Gedanken zu. Dazu gesellte sich ein Kribbeln in den Beinen, das sich anfühlte, als würde sie in einem Ameisenhaufen liegen. Es steigerte sich ins Unermessliche und war kaum auszuhalten.

Andrina hob die Hände und tastete ihren Kopf ab. Sie spürte eine Kruste am Haaransatz und fuhr die Stirn entlang. Die Fingerspitzen berührten eine klebrige Stelle. Vorsichtig tastete sie sie ab. Eine Platzwunde, die zu verkrusten begann.

Andrina wollte sich drehen, aber der Unterkörper machte nicht mit. Die Beine bewegten sich nicht. Erschrocken hob sie den Kopf an. Ihr Unterleib war nach rechts abgewinkelt, und die Beine baumelten in einer Astgabel wenige Zentimeter über dem Boden nach unten. Sie versuchte das Knie zu strecken, was nicht gelang. Sie probierte mit den Zehen zu wackeln, was nicht funktionierte. Andrina zwang die aufsteigende Panik in den Hintergrund. Sie schaute nach links und sah einen steilen Abhang. Dort oben musste eine Aussichtsplattform sein.

Ihr Herzschlag beschleunigte sich. Von da oben hatte Nick sie hinuntergeschmissen. Das mussten fast zehn Meter sein. Ein Wunder, dass sie überlebt hatte. Sie drehte den Kopf in die andere Richtung und spähte zwischen den Ästen hindurch. Viel erkannte sie nicht. Ein kurzer flacher Abhang. Was weiter hinten war, konnte sie nicht sehen. Bestimmt gab es dort Chalets. Hoffentlich waren sie bewohnt, was um diese Jahreszeit nicht unbedingt der Fall sein musste. Sie musste sich irgendwie aus dem Baum befreien und nachschauen, ob dort jemand war, der ihr helfen konnte.

Andrina überlegte, wie sie es anstellen konnte, aus dem Baum herauszukommen. Die Schmerzen im Rücken waren kaum auszuhalten und jagten ihr Tränen in die Augen. Das Kribbeln in den Beinen war wie Stromstösse, die durch ihren Körper rauschten.

Warum konnte sie die Beine nicht bewegen? Warum kribbelte es auf einmal nur noch in den Oberschenkeln und weiter unten fühlte sich alles taub an? Mit dem Handrücken fuhr sie über ihre Augen.

Denk nach, befahl sie sich. Das Kribbeln zog sich weiter nach oben zurück und hinterliess ein Gefühl, als seien die Beine nicht vorhanden. Mit der Hand tastete sie an den Oberschenkel und erschrak. Die Berührung spürte sie nur in den Fingerspitzen, aber nicht in dem Bein selber.

Bleib ruhig, befahl sie sich. Es gab bestimmt eine logische Erklärung dafür.

Natürlich: Die Beine waren in der unbequemen Haltung eingeschlafen. Das war es. Wenn sie die Lage verändert hatte, würde nach einiger Zeit alles wieder von selber funktionieren. Andrina griff nach einem kräftigen Ast und versuchte sich aufzurichten. Mitten in der Bewegung hielt sie inne.

Waren die Beine wirklich nur eingeschlafen? War es möglich, dass beide gleichzeitig taub wurden? Die Beine fühlten sich anders an, als wenn eines der Gliedmassen eingeschlafen war. Das wattige Gefühl, das sie normalerweise dabei empfand, fehlte. Sie spürte nichts, als sei dieser Teil ihres Körpers nicht existent.

Sie sind eingeschlafen, wiederholte sie im Mantra. Du weisst nicht, wie lange du schon hier liegst.

Sie versuchte sich abzulenken, indem sie überlegte, was passierte, wenn Gliedmassen einschliefen. Vor Kurzem hatte sie darüber einen Artikel in der Zeitung gelesen, den sie faszinierend gefunden hatte.

Das konnte passieren, wenn man beispielsweise die Beine übereinandergeschlagen hatte oder beim Schlafen längere Zeit auf dem Arm gelegen war. Es entstand ein Engpass, und das Blut konnte nicht mehr in der normalen Geschwindigkeit fliessen. Dadurch wurde unter anderem weniger Sauerstoff transportiert, und die Abfallstoffe konnten nicht mehr fortgeschafft werden. Die Nervenbahnen wurden gequetscht, und es wurden keine Signale mehr weitergeleitet. Das Gehirn konnte damit nichts anfangen, und das Bein oder der Arm wurde taub. Wenn man die Lage änderte, funktionierte bald alles einwandfrei. Die Signalkette kam wieder in Gang. Am Anfang freilich ungeordnet. Das Gehirn wurde überrumpelt, und das Bein kribbelte.

Nach einigen Minuten war aber alles auf normal eingestellt, und das Kribbeln war weg.

Andrina hob den Kopf und musterte ihre Beine. Ausser der leicht verdrehten Lage wirkte nichts eingeklemmt. Im Hinterkopf meldete sich ein Alarmsignal. Sie drängte es in den Hintergrund.

Nein! Das durfte nicht sein.

Vermutlich war die Lage auf der Föhre ausreichend, Blut- und Nervenbahnen abzuklemmen. Sie musste sich in eine andere Lage bekommen und warten, bis alles funktionstüchtig war.

Das würde es sein, redete sie sich ein.

Eine warnende Stimme in ihrem Kopf drängte in den Vordergrund. Bei einer möglichen Wirbelsäulenverletzung sollte man sich nicht bewegen, da man gegebenenfalls mehr kaputt machte.

Wirbelsäulenverletzung – jetzt, da sie das Wort in ihrem Kopf formuliert und somit sozusagen ausgesprochen hatte, hing es wie ein Damoklesschwert über ihr.

Ihr Blick wanderte die Felswand hoch. Als Nick und Frank sie runtergestossen hatten, hatte die Dämmerung eingesetzt. Nun stand die Sonne am Himmel. Rein gefühlsmässig musste es Vormittag sein.

Bring dich endlich in eine bequemere Lage.

Sobald die Beine funktionieren, kannst du Hilfe holen.

Geknatter liess sie zusammenfahren. Ein Helikopter. Rettung kam. Erleichterung durchflutete Andrina. Der Lärm näherte sich.

«Hier bin ich», rief Andrina, aber es war nicht mehr als ein Krächzen. Das Geräusch der Rotorenblätter wurde leiser.

Bitte kommt hierher, flehte sie.

Der Helikopter entfernte sich. Sie hatten sie nicht gesehen.

Du musst dringend vom Baum runter und hoffen, dass sie zurückkehren.

Andrina griff nach dem Ast und zog sich hoch. Der Ast, auf dem sie gelegen hatte, gab mit einem Knacken nach. Sie landete mit einem dumpfen Aufprall am Boden und rollte seitwärts den Abhang hinunter.

Der Schmerz breitete sich vom Rücken wie eine Schockwelle im ganzen Körper aus. Ein schwarzes Loch raste auf sie zu und zog sie in die Tiefe.

Andrinas Bewusstsein driftete an die Oberfläche. Etwas Spitzes bohrte sich in ihre Wange. Ihr Kopf pochte. Ein leichter Luftzug streifte ihr Gesicht, und eine Haarsträhne kitzelte an der Nase.

Andrina brauchte eine Weile, bis sie wusste, wo sie war. Sie behielt die Augen geschlossen und machte eine Bestandsaufnahme. Sie lag auf dem Bauch. Ihr Kopf war auf die Seite gedreht. Die Muskeln an den Schultern waren verkrampft. Der Rücken tat weiterhin stark weh, aber es liess sich knapp aushalten. Der rechte Arm lag unter ihrem Kopf und kribbelte.

Andrina öffnete ein Auge und erkannte Gras- und Felsbrocken direkt vor sich. Eine einzelne Föhre stand nahe der Felswand, die Nick sie hinuntergestossen hatte. Auf dem Boden lag ein abgebrochener Ast. Der musste von dem Baum sein, in dem sie vorhin gelandet war, denn es gab keine weiteren. Rings um den Baum lagen Felsbrocken unterschiedlicher Grösse, und vereinzelt wuchsen Grasbüschel.

Sie sollte versuchen aufzustehen. Andrina konzentrierte sich auf den unteren Teil ihres Körpers und fühlte nichts. Taubheit. Sie zwang den Arm, auf dem sie lag, unter ihrem Kopf hervor und tastete, nachdem das Kribbeln abgeebbt war, zu ihrem rechten Bein. Ihre Fingerspitzen spürten es, aber nicht umgekehrt. Das hatte sich nicht geändert.

Verzweifelt schloss sie die Augen. Um sich abzulenken, liess sie ihre Gedanken zu den Überlegungen zurückkehren, wie viele Stunden es her war, seit Frank sie auf der Terrasse überrascht hatte. Feller musste inzwischen alle Hebel in Bewegung gesetzt haben, sie zu finden. Nick und Frank sassen in der Falle, da die Polizei bestimmt die Zufahrt nach Engelberg abgeriegelt hatte. Vielleicht waren sie inzwischen gefasst worden, und die

Polizei befragte sie, wo sie Andrina gelassen hatten. Das musste eine Suchaktion zur Folge haben.

War sie überhaupt noch in der Umgebung von Engelberg? Frank und Nick mussten zu dem gleichen Schluss gekommen sein. Bestimmt hatten sie so schnell wie möglich mit Andrina den Ort verlassen. War ihnen das rechtzeitig gelungen? Falls das der Fall war, grenzte die Suche nach Andrina an die Suche nach einer Nadel im Heuhaufen. Andrina konnte überall sein.

Erneut dachte sie an den Helikopter. Es konnte sich genauso gut um einen Transporthelikopter handeln, der in dieser Gegend seine Arbeit verrichtete. Oft hatte sie welche beobachtet, wenn sie in den Bergen unterwegs gewesen waren. Sie hatten Stämme, Maschinenteile und andere Dinge transportiert. Einmal hatte sie sogar gesehen, wie eine Kuh an einer Winde über sie wegflog und auf einer nahen Wiese abgesetzt wurde.

Andrina hob den Kopf. Diese Bewegung intensivierte den Schmerz im Rücken. Sofort senkte sie den Kopf wieder. Vorsichtig hob sie ihren Arm und tastete den Rücken ab. Das Zentrum der Schmerzquelle musste irgendwo im Hohlkreuz sein.

Wie viele Schmerzen konnte ein Mensch überhaupt aushalten? Sie war definitiv an der Grenze angelangt oder eher schon darüber hinaus. Andrina liess die Hand auf den Boden neben sich zurückgleiten und atmete langsam ein und aus. Blende den Rücken aus und denk lieber nach.

Sie waren nicht auf einer asphaltierten Strasse gefahren. Es hatte viele Schlaglöcher gehabt, so wie Andrina im Kofferraum hin- und hergeworfen worden war. Die Fahrt konnte nicht länger als zehn Minuten gedauert haben. Diese Info nützte ihr wenig, da sie nicht wusste, wo Frank sie hingebracht hatte, nachdem er sie auf der Terrasse überwältigt hatte.

Die Sonne war weitergewandert und blendete sie nicht mehr. Aber sie spürte die Wärme auf ihrem Rücken, was guttat und die verspannten Schultermuskeln ein wenig löste. Es würde allerdings nicht mehr lange dauern, bis sie hinter dem

Berg verschwand. Das hiess, länger konnte sie nicht hierbleiben und sich darauf verlassen, dass der Helikopter zurückkehren würde. Sie musste weiter. Die Frage war nur, wie sie es anstellen sollte.

Du wirst hier gar nicht von alleine fortkommen, sagte eine Stimme im Kopf. Gelähmt. Das Wort schlug mit aller Macht zu. Du bist gelähmt. Sieh der Tatsache endlich ins Auge.

Durst. Andrina merkte, wie sie langsam wegdriftete. Nicht, befahl sie sich. Sollte sie einschlafen, würde sie vielleicht nicht mehr aufwachen.

Wäre das so schlimm? Was blieb ihr? Nichts. Gelähmt. Was brachte ihr das Leben überhaupt noch? Sie hing am Leben. Aber so? In den letzten beiden Monaten hatte sie einen Tiefschlag nach dem anderen einstecken müssen. Kaum hatte sie das Gefühl gehabt, die Talsohle der Krise wäre überstanden, war etwas Neues geschehen. Was sollte sie überhaupt auf dieser Welt?

Sie schloss die Augen und versuchte die Dunkelheit zuzulassen. Es klappte nicht. Das Herz hämmerte in ihrer Brust. Sie wollte sterben, ihr Körper dagegen nicht. So leicht funktionierte das nicht. Dazu musste sie warten, bis sie hier erfror. Nachts wurde es auf dieser Höhe um diese Jahreszeit empfindlich kalt.

Das Herz schlug schneller, als wolle es ihr sagen, dass ihre Zeit nicht abgelaufen war. Du musst kämpfen, sagte es ihr mit jedem Schlag. Sie musste alles tun, damit Frank und Nick gefunden wurden.

Andrina sah Carolines lachendes Gesicht vor sich. Es verschwamm vor ihren Augen, und Carolines Leiche auf dem Stahltisch erschien. Nick und Frank durften keinen weiteren Schaden anrichten. Kein weiteres Leben auslöschen. Es lag in ihrer Hand. Sie war die Einzige, die nähere Angaben zu Franks Komplizen machen konnte. Die seinen Namen – zumindest seinen Vornamen – wusste. Die wusste, wie er aussah.

Die Sonne war weitergewandert, und sie lag nun im Schatten der Felswand. Am Himmel zogen Wolken vorüber.

Andrina brachte alle Willensanstrengung auf und hob den Kopf. Mit geschlossenen Augen drehte sie ihn auf die andere Seite und liess ihn zurück auf den Boden sinken, was mit den steifen Nackenmuskeln gar nicht so einfach war.

Mit der Hand fuhr sie über den Boden. Steine lösten sich und polterten in die Tiefe. Sie griff ins Leere. Andrina öffnete die Augen und erschrak. Sie lag direkt neben einer Kante und konnte nach unten sehen. Die Felswand fiel bestimmt hundert Meter senkrecht ab. Unten befanden sich keine Häuser, sondern Bäume und weiter hinten Wiesen. Auf der gegenüberliegenden Seite des Tals ragten weitere Berge auf.

Als sie aus dem Baum gefallen war, musste sie den Hang nach unten gerollt und kurz vor der Kante liegen geblieben sein.

Am liebsten hätte Andrina aufgeschrien, hatte dazu aber keine Kraft mehr. Wäre sie weitergerollt, wäre es wenigstens zu Ende gewesen. Andrina fuhr mit der Hand über die Kante. Neue Steine lösten sich und fielen in die Tiefe.

Sie fragte sich, was sie tun sollte. Nichts, war die Antwort. Sie konnte nichts tun, denn sie konnte sich weder vor- noch rückwärts bewegen.

Ein Schluchzer kam über ihre Lippen. Tränen folgten jedoch nicht. Sogar dafür reichte ihre Kraft nicht mehr aus. Sie merkte, wie sie wegdämmerte. Die Rückenschmerzen rückten ebenfalls weg.

Endlich, dachte sie und wollte sich dem willkommenen Gefühl des Wegdriftens hingeben, als sich ein undefinierbares Geräusch in die Leere ihres Kopfes schlich.

Andrina konzentrierte sich. Sie überlegte, ob es real oder ein Produkt ihrer Phantasie war. Das Geräusch blieb, kam sogar näher und wurde lauter. Sie versuchte es zuzuordnen.

Es kam von oben. Vorsichtig drehte sie den Kopf ein wenig himmelwärts. Zunächst erkannte sie alles nur verschwommen. Sie strengte sich an und fokussierte ihre Augen auf die Lärmquelle über sich.

Deutlich hob sich gegen den blauen Himmel etwas Rot-Weisses mit einem schwarzen Schriftzug ab. Andrina kniff die

Augen zusammen und erkannte für einen kurzen Moment «1414».

Es schwebte auf sie zu. Wind schlug ihr ins Gesicht und wirbelte Staub auf, der Andrinas Gesicht traf. Steine lösten sich und fielen über die Kante. Sie schloss die Augen und hatte das Gefühl in ein dunkles Nichts zu stürzen.

EINUNDZWANZIG

Ein beissender Geruch drang in Andrinas Nase. Langsam kam sie zu sich. Ihr war angenehm warm. Dieses seltsame schwebende Gefühl war verschwunden.

Sie öffnete die Augen und war für einen Moment desorientiert.

Vorsichtig bewegte sie den Kopf und erblickte einen Ständer, an dem ein Beutel mit einer durchsichtigen Flüssigkeit hing. Ein durchsichtiger Schlauch führte von dem Beutel zu ihrer Hand, die auf einer weissen Bettdecke lag. Am Zeigefinger war eine Klammer angebracht. Zum Messen des Sauerstoffgehaltes im Blut, wie Andrina von früher wusste. Neben dem Bett stand ein Monitor, auf dem Linien zu sehen waren. Ihr Herzschlag. Kabel lagen auf ihrem Körper und klebten auf ihrem Oberkörper.

Ein Spitalzimmer. Sie hatte sich die Rettung nicht eingebildet. Ein Bild tauchte vor ihrem inneren Auge auf: die Angst, als der Sanitäter ihr erklärte, sie würden zusammen mit Hilfe der Winde abtransportiert werden. Andrina drängte die Erinnerung zur Seite. Sie lebte. Das war alles, was zählte.

Die Beine … Andrina konzentrierte sich auf sie und fühlte nichts. Was hatte sie anderes erwartet? Sie wandte den Kopf zum Fenster und starrte nach draussen. Die Sonne schien.

Ein Leben im Rollstuhl, dachte sie.

Es klopfte leise. Die Tür öffnete sich einen Spalt, und ein dunkelhaariger Mann in einem weissen Kittel streckte den Kopf ins Zimmer.

«Guten Morgen.» Er schlüpfte herein und schloss die Tür hinter sich. Als er zu ihr kam, holte er ein Brett hervor, das unter seinem Arm klemmte. Er zog einen Stuhl heran und setzte sich. «Mein Name ist Remo Flückiger.» Eine Weile musterte er sie schweigend.

«Sie haben grosses Glück gehabt», sagte er. «Wie fühlen Sie sich.»

«Keine Ahnung», erwiderte sie mit kratzender Stimme. «Ich spüre meine Beine nicht.»

Die Miene des Arztes wurde ernster. «Das wissen wir. Sie haben es dem Rettungssanitäter gesagt.»

Wie das? Andrina konnte sich nicht entsinnen, mit ihm gesprochen zu haben.

«Ihr vierter Lendenwirbel ist gebrochen. Wir mussten Sie operieren, um die Wirbelsäule zu stabilisieren und um den Druck vom Rückenmark zu nehmen. Ihr Rückenmark wurde in diesem Bereich in Mitleidenschaft gezogen.»

«Das heisst, ich werde nie mehr laufen können?»

Der letzte kleine Hoffnungsschimmer war erloschen. Würde sie sich an das gefühlte Nichtvorhandensein ihrer Beine gewöhnen? Wie sollte sie den Alltag meistern? Andrina wusste von ihrer Schwester, wie schwer es war, mit einem Kinderwagen unterwegs zu sein. Überall hohe Trottoirkanten, Treppen und weitere Hindernisse. Wie würde das in einem Rollstuhl sein, wenn sie auf sich alleine gestellt war? Andrina drängte die Gedanken und die Hoffnungslosigkeit in den Hintergrund, soweit es ihr möglich war, und konzentrierte sich auf das, was der Arzt sagte.

«Das lässt sich erst sagen, wenn sich der spinale Schock löst», sagte Flückiger. «Die gute Nachricht im Moment ist, Ihr Rückenmark ist nicht durchtrennt.»

Andrina war verwirrt. «Also bin ich nicht gelähmt. Warum spüre ich nichts in den Beinen, und was ist ein spinaler Schock?»

«Ein spinaler Schock tritt meistens innerhalb von dreissig bis vierzig Minuten nach der Verletzung des Rückenmarks auf und dauert eine Weile an. Er kann innerhalb weniger Tage vorüber sein. Es kann genauso gut einige Wochen dauern. Bei einem spinalen Schock kommt es zum Ausfall motorischer, sensorischer und vegetativer Funktionen. In dieser Phase kann ich keine Aussage zum Ausmass Ihrer Verletzung machen und ob Lähmungen bestehen bleiben.»

Die Verwirrung nahm weiter zu. «Wie soll ich gelähmt sein, wenn das Rückenmark intakt ist?»

«Ein spinaler Schock kann sich einstellen, wenn das Rückenmark beispielsweise durch einen Unfall partiell oder ganz durchtrennt wird. Ebenso kann eine plötzliche Stauchung einen spinalen Schock auslösen, obwohl alle Nervenbahnen mechanisch intakt sind. In Ihrem Fall haben wir im CT keine Durchtrennung des Rückenmarks feststellen können. Das bedeutet allerdings nicht, dass das Rückenmark unverletzt ist. Eine Quetschung kann zu einer inkompletten Lähmung führen.»

«Inkomplette Lähmung?»

«Teilweise Lähmung. In so einem Fall können Restfunktionen in der Bewegung beziehungsweise in der Sinneswahrnehmung erhalten bleiben.»

«Aber Sie können erst feststellen, was tatsächlich kaputt ist, wenn dieser Schock abgeklungen ist?»

«Richtig. Erst dann wissen wir, was genau und wie stark es verletzt wurde. Da Sie nun stabilisiert sind, werden wir Sie ins Rehazentrum nach Nottwil verlegen können.»

Das Paraplegikerzentrum.

«Wo bin ich überhaupt?», fragte Andrina.

«Sie sind von der Unfallstelle ins Kantonsspital Luzern gebracht worden.»

Warum hatte man sie nicht gleich nach Nottwil gebracht? Musste man in solchen Fällen wie ihrem nicht schnell handeln?

«Ihr Zustand liess einen längeren Transport nicht zu», sagte Flückiger, als habe er ihre unausgesprochene Frage verstanden. «Sie waren stark dehydriert und in einer schlechten körperlichen Verfassung. Wir mussten Sie so schnell wie möglich operieren. Das Kantonsspital Luzern war der nächste Ort vom Unfallplatz, an dem ein solcher Eingriff gemacht werden konnte. Ich denke, der Transport kann morgen, vielleicht sogar schon heute erfolgen. Ich werde mich darum kümmern und Sie informieren, sobald alles definitiv ist. Ist das für Sie in Ordnung?»

Andrina nickte.

«Wenn man bedenkt, wo Sie hinuntergestürzt sind, haben Sie in Anbetracht der Umstände grosses Glück gehabt.»

Das war relativ, dachte Andrina, schwieg aber.

«Sie haben zusätzlich eine mittelschwere Gehirnerschütterung, einige Prellungen und Platzwunden am Kopf, die wir genäht haben.»

Andrina hob die Hand und ertastete einen Verband am Kopf.

«Wie sieht es mit den Schmerzen aus?», fuhr Flückiger fort.

Andrina forschte in sich hinein. Der Kopf schmerzte, und der Rücken tat weh, aber im Vergleich zu vorher war es nichts mehr. «Es lässt sich aushalten.»

«Wenn es das nicht mehr tut, melden Sie sich bitte.» Der Arzt machte eine kurze Pause. «Draussen warten Beamte von der Kantonspolizei. Sie würden gerne mit Ihnen reden. Darf ich Sie hereinbitten?»

Am liebsten hätte sie Nein gesagt. Andrina wünschte sich, in Ruhe gelassen zu werden. Sie musste die Informationen, die der Arzt ihr gegeben hatte, erst einmal verarbeiten. Aber sie wusste, wie notwendig die Polizei ihre Aussage brauchte.

***

Andrina dachte an das Gespräch mit den beiden Polizeibeamten. Sie hatte genau berichten müssen, was geschehen war. Ausserdem hatte sie Nick genau beschreiben müssen.

Als Andrina nach Gabi gefragt hatte, hatten die Beamten kaum Angaben machen können. Das läge nicht in ihrem Zuständigkeitsbereich. Soviel sie wussten, fehle nach wie vor jede Spur. Immerhin sei die vermisste Achtzehnjährige aus Lenzburg wieder aufgetaucht. Sie habe Streit mit ihrem Stiefvater gehabt und sei daher abgehauen. Bei einer Freundin, die sie auf dem Estrich versteckt hatte, war sie aufgegriffen worden. Wenigstens lebte sie und war nicht Frank und Nick zum Opfer gefallen, was ein wenig Erleichterung verschaffte.

Nun wartete Andrina, dass man sie für den Transport nach Nottwil parat machte.

Es klopfte. Andrina rechnete mit jemandem vom Pflegepersonal. Sie versteifte sich, als die Tür einen Spaltbreit aufging und Enrico den Kopf hereinstreckte. Hinter ihm tauchte Feller im

Türrahmen auf. Zum ersten Mal seit August sah Andrina die Brüder zusammen.

«Klopf, klopf, dürfen wir reinkommen?», fragte Enrico auf Italienisch. «Man hat uns gesagt, wir dürften dich endlich besuchen. Daher machen wir das rasch, bevor es mit dir nach Nottwil geht.»

Am liebsten hätte Andrina Nein gesagt. Sie wollte nicht, dass Enrico und Feller sie in diesem Zustand sahen.

Die beiden betraten den Raum. Andrina fragte sich, ob sie gemeinsam hergekommen waren, verneinte die Antwort aber gleich selber. Vermutlich waren die beiden sich im Spital über den Weg gelaufen.

Feller setzte sich neben ihr Bett auf einen Stuhl und griff nach ihrer Hand. Andrina zog sie weg. Erstaunen spiegelte sich in seinem Gesicht wider, aber er liess Andrina gewähren.

Enrico zog sich einen weiteren Stuhl heran und setzte sich neben Feller.

«Weisst du», sagte Enrico, «bisher hatten wir nicht zu dir kommen dürfen. Du seist nicht stabil, hat es geheissen. Als Marco erfahren hatte, du würdest heute verlegt werden, hat er darauf bestanden, dir einen guten Flug zu wünschen.»

«Flug?» Andrina öffnete die Augen.

Feller lächelte, was aber missglückte. «Du darfst ein weiteres Mal mit der Rega fliegen. Du musst mir unbedingt sagen, wie es war, denn ich bin noch nie in einem Helikopter gewesen.» Das klang, als wisse er nicht, was er sagen solle, und als wolle er eine lockere Atmosphäre schaffen.

«Was macht ihr hier?» Alle wandten sich gleichzeitig der Tür zu, in der Seraina stand. Sie funkelte Feller an. «Du bist der Letzte, den ich bei Andrina sehen will, Marco.» Sie verschränkte die Arme vor der Brust und trat ins Zimmer. «Am besten, du gehst sofort.»

«Nein.» Feller stand auf und machte einige Schritte auf Seraina zu, bevor er mitten im Zimmer stehen blieb. «Was soll das überhaupt? Was habe ich dir getan, dass du mich plötzlich so angehst?»

«Das fragst du, nach allem, was geschehen ist?»

«Moment mal», mischte sich Enrico in Hochdeutsch ein. Sein italienischer Akzent trat deutlicher als sonst hervor. «Was ist mit euch los? Warum musst du ausgerechnet jetzt einen Streit vom Zaun brechen?»

«Du solltest das am besten wissen. Denk an den Sommer.»

«Missverständnisse können passieren.» Enrico breitete beschwichtigend seine Hände aus. «Ich bin nicht nachtragend und dankbar, wie sich die Dinge entwickelt haben. Ausserdem ist das, was im August passierte, jetzt nicht relevant.»

«Du bist viel zu anständig. Solche Dinge dürfen nicht geschehen. Das war sowieso nur das Pünktchen auf dem i. Seit Andrina Marco kennt, schliddert sie von der einen in die nächste Katastrophe.»

«Was?»

«Der Höhepunkt war, als er sie wie eine Schwerverbrecherin gejagt hat. Macht man das mit seiner Verlobten? So viel zu einander vertrauen!» Sie wandte sich Feller zu. «Jetzt liegt sie wegen dir gleich zweimal innerhalb weniger Wochen im Spital. Ein neuer Höhepunkt ist das hier. Andrina wird eventuell nie mehr laufen können.»

Das fühlte sich an, als habe Seraina ihr einen Faustschlag in den Bauch versetzt. So wie sie das aussprach, klang es endgültig.

«Ich habe sie nicht die Felswand hinuntergeworfen.»

«Indirekt hast du das.» Seraina trat dicht vor Feller. «Du hast sie nicht beschützt. Wo warst du, als Frank sie in seine Gewalt brachte? Einkaufen. Und das kurz nachdem du von Gabis Verschwinden erfahren hast.»

«Woher sollte ich ahnen, er könnte nach Engelberg kommen?»

«Dein Polizistenverstand hätte Alarm schlagen müssen.»

«Es reicht.» Fellers Augen verengten sich.

«Du hast wie so oft gnadenlos versagt, als du sie beschützen solltest.»

Das sass, wie Andrina Fellers Gesichtsausdruck entnahm.

«Das ist etwas, für das ich mir ewig Vorwürfe machen werde», sagte er leise und trat einen Schritt zurück.

«Du gibst es also zu?» Andrina meinte Triumph in Serainas Stimme zu hören, was sie verwirrte. «Raus mit euch – alle beide, und zwar sofort.» Seraina deutete mit der Hand zur Tür. «Ich werde nicht tatenlos zusehen, wie du weiter meine Schwester zugrunde richtest – körperlich wie emotional.»

«Der Entscheid liegt nicht bei dir, wen Andrina sehen will und wen nicht.» Feller reckte das Kinn.

«Ich muss sie vor dir beschützen mit allen Mitteln, die mir zur Verfügung stehen. Immer hat sie dir verziehen, und jetzt ist sie sogar zu dir zurückgekehrt. Ich frage mich, was ich machen kann, damit sie endlich begreift, was für ein Mensch du bist oder besser geworden bist. Mir gehen die Ideen aus, wenn sogar die SMS nicht funktioniert hat.» Erschrocken brach sie ab. Sie senkte den Kopf und legte die Finger ans Kinn.

«Welche SMS?» Feller trat einen Schritt auf Seraina zu. Die Temperatur schien um mehrere Grad zu sinken. «*Du* hast die SMS von Andrinas Handy verschickt.» Er klang fassungslos.

Seraina wurde blass. Gleich darauf blitzte Trotz in ihren Augen auf. Sie wich keinen Millimeter zurück, als Feller dichter an sie herantrat.

«Damit ist einiges klar. Nun begreife ich, warum du das Gespräch entgegengenommen hast, als ich Andrina auf ihrem Handy anrief und du gesagt hast, Andrinas Entscheidung sei definitiv.» Er kniff die Augen zusammen. An seiner Schläfe konnte Andrina den Puls erkennen.

Schweigen.

«Nicht sie hat dich darum gebeten, mich abzuwimmeln. Es war ein schlau eingefädelter Plan. Hast du das Handy nicht vermisst?», fragte er Andrina.

«Als ich es in der Kommode wiedergefunden habe, dachte ich, ich hätte es verlegt», antwortete Andrina mechanisch. Sie war wie betäubt. Es kam ihr wie ein Verrat vor. Eigentlich sollte sie Zorn empfinden. Stattdessen fühlte sie eine gähnende Leere. Das Ganze überforderte sie.

«Du hast die SMS an mich sofort gelöscht, damit Andrina sie nicht sieht. Kein Wunder, dachte sie, ich hätte Schluss gemacht, als ich auf die SMS geantwortet habe.»

Andrina wartete darauf, Seraina werde die Anschuldigungen zurückweisen. Nichts geschah. Stattdessen schaute sie Feller weiter mit diesem herausfordernden Blick an.

«Zusätzlich hast du die Anordnung von Dr. Ulmann verfasst», sagte Feller.

Seraina senkte kurz den Kopf, was Bestätigung genug war. Sofort reckte sie das Kinn.

«Warum tust du so etwas?», fragte Enrico. An ihn hatte Andrina nicht mehr gedacht. Er sass nach wie vor auf dem Stuhl.

«Ich wollte, dass Marco und seine Kollegen sie in Ruhe lassen. Andrina sollte endlich Abstand gewinnen und zu sich finden können. Ausserdem musste sie mit der Gedächtnislücke kämpfen, was ihr obendrein zusetzte.»

«Bist du von allen guten Geistern verlassen?», donnerte Feller. «Wie konntest du nur? Mal abgesehen davon, was du bei ihr persönlich angerichtet hast, hast du sie so umso stärker in unseren Fokus gerückt.»

Enrico tastete nach Andrinas Hand und drückte sie. Dankbar für den Halt schlossen sich ihre Finger um seine.

«Das ist völlig krank, uns mit so was auseinanderbringen zu wollen.» Fassungslos schüttelte Feller den Kopf. «Weisst du, was du Andrina angetan hast? Und mir? Beinahe hätte es funktioniert.»

Serainas Gesicht war versteinert. «Leider nur beinahe.»

Diesen Tonfall hatte Andrina noch nie bei ihrer Schwester gehört. Es war, als stünde eine fremde Frau im Zimmer. Eine kalte Faust drückte Andrinas Magen zusammen, als sie auf einmal realisierte, dass ihre Schwester recht hatte. Feller hatte sich verändert, seit sie ihn kennengelernt hatte. Er war härter geworden, besonders ihr gegenüber. Wieso das so war, konnte sie nicht erklären. Serainas Vorwurf mit dem mangelnden Vertrauen traf den Nagel auf den Kopf. Sie dachte an den August. Wie die Katastrophe sich angekündigt hatte. Wie er am Ende seiner Mutter geglaubt hatte und nicht ihr. Ihr noch nicht einmal die Chance gegeben hatte zu erklären, was wirklich vorgefallen war. Wie sollten sie eine intakte Beziehung führen, wenn das Wichtigste fehlte – das Vertrauen? Das war es, was sie die vergangenen Tage gespürt hatte.

Er liebte sie zwar, aber seine Prinzipien standen zuvorderst. Wer die nicht einhielt, bekam seine Härte zu spüren. Je länger, je mehr. Andrina fragte sich, wann Feller sich so verändert hatte. Es war ein schleichender Prozess gewesen, wurde ihr klar. Machte ihn der Job zu dem, der er heute war? Konnte sie seine Härte damit erklären? Sie wusste es nicht.

Sie schaute auf ihre Hand, die Enrico weiterhin hielt. Sein Daumen strich über ihren Handrücken. Eigentlich sollte es Feller sein, der versuchte, ihr Halt zu geben.

Sie wünschte sich, von Feller in den Arm genommen zu werden, doch dieser fixierte Seraina. Spürte er nicht, was sie jetzt brauchte?

Obwohl Serainas Handeln mehr als verwerflich war, konnte Andrina die Beweggründe ihrer Schwester plötzlich nachvollziehen. Gleichzeitig ging etwas in ihr zu Bruch.

Seraina wandte sich an Andrina. «Es tut mir leid, wenn ich dir wehgetan habe. Ich wollte nur das Beste für dich. Früher oder später würde es mit euch zu einem Ende kommen. So fest ich mir einen Mann an deiner Seite wünsche, der für dich sorgt und für dich da ist, Marco ist nicht der Richtige. Nicht mehr.» Sie fuhr sich durch die Haare. «Ich weiss, das war alles ein riesiger Fehler. Du wolltest mir nicht glauben, und ich sah keine andere Möglichkeit.»

Die Sätze hingen wie eine knisternde Wolke in der Luft. Keiner rührte sich.

Andrina hätte am liebsten aufgeschrien, aber kein Laut gelangte über ihre Lippen.

«Raus!» Feller sprach in einem normalen Tonfall, aber seiner Stimme konnte Andrina entnehmen, dass er vor unterdrückter Wut vibrierte. «Sofort! Komm mir nie mehr unter die Augen.»

«Das hast nicht du zu entscheiden.» Sie wandte sich Andrina zu. «Bitte, es tut mir leid. Ich habe mit dir mitgelitten und wusste nicht, wie ich dir Trost spenden sollte. Glaube mir, es wäre nach wie vor das Beste für dich.»

«Ich möchte alleine sein», flüsterte Andrina. Sie brauchte Abstand. Sie musste das, was gerade geschehen war, begreifen und verarbeiten.

In Serainas Augen traten Tränen. «Schick mich nicht weg. Du warst so blind und hast nicht gesehen, wie schlecht er für dich ist. Wie viele Fehler er hat.»

«Jeder hat Fehler. Es ist nicht dein Job, für mich zu entscheiden. Ich muss selber herausfinden, was gut ist und was nicht.»

«Ich konnte nicht zusehen, wie du einen grossen Fehler machst.»

«Fehler machen gehört zum Leben dazu. Lass mich alleine, Seraina. Bitte.»

«Glaubst du allen Ernstes, er wird mit einem Krüppel weiter zusammen sein wollen?»

Feller öffnete den Mund, aber Enrico kam ihm zuvor. «Mach es bitte nicht schlimmer, als es ist», sagte er.

Als Seraina nach Andrinas anderer Hand griff, zog Andrina sie weg.

«Schick mich bitte nicht weg», sagte sie nochmals. Andrina wandte den Kopf ab.

«Du hast Andrina gehört», sagte Enrico leise. «Es ist besser, wenn du gehst.»

Stille. Zögernde Schritte. Eine Tür, die geöffnet wurde und gleich darauf ins Schloss fiel.

Enrico drückte Andrinas Hand. Andrina musterte die ineinander verschränkten Finger und schaute danach Feller an, der nach wie vor mitten im Raum stand. Er starrte auf die Tür, durch die Seraina gegangen war, und bebte vor unterdrückter Wut.

Andrina schloss die Augen. «Ich möchte alleine sein», flüsterte sie. «Bitte geht auch.»

Erst als sie gehört hatte, wie die Tür ins Schloss fiel, liess sie den Tränen freien Lauf.

ZWEIUNDZWANZIG

«Was ist das für ein Auto?», fragte Andrina. Sie blieb vor dem dunkelblauen, schnittigen Wagen stehen und stützte sich auf die Krücken.

Sie rang nach Luft wie nach einem Marathon, versuchte aber nicht zu keuchen. Enrico sollte nicht merken, wie stark sie die kurze Distanz vom Eingang des Paraplegikerzentrums zum Parkplatz angestrengt hatte. Ein Hochgefühl machte sich breit, weil sie es ohne Hilfe bis hierhin geschafft hatte.

«Das ist mein Geschäftswagen», sagte er. «Ich war heute unterwegs.» Enrico öffnete die Beifahrertür und machte eine Geste, die Andrina zum Einsteigen aufforderte.

«Das meine ich nicht. So ein Auto habe ich bisher nie gesehen.»

«Das ist ein Tesla – ein Elektroauto.»

Langsam liess Andrina sich auf dem Sitz nieder und hob ihre Beine in den Wagen.

Enrico nahm die Krücken und verstaute sie im Kofferraum.

Andrina sah sich im Wagen um. Der ist ja riesig, dachte sie. Bestimmt war er nicht günstig gewesen, was ihr bewusst machte, dass Enrico der Eigentümer des Pharmaunternehmens JuraMed war. Normalerweise merkte man ihm nicht an, dass er viel Geld hatte. Er trug es nicht zur Schau. Im Gegenteil, sein Auftreten war bescheiden. Das Auto hier war eine der wenigen Ausnahmen.

Enrico rutschte hinter das Lenkrad.

«Ich würde mich nicht trauen, so ein riesiges Ding zu fahren.»

«Man gewöhnt sich daran.»

Er fuhr an. Leise glitt der Wagen vom Parkplatz.

Verstohlen musterte sie Enrico von der Seite. Er trug eine dunkle Hose und ein Hemd, dessen oberen Knopf er offen gelassen hatte. Sein Kittel und die Krawatte lagen auf der Rückbank.

Andrina war froh, dass Enrico sie abholte. Die vergangenen Monate in der Reha hatte sie viel Zeit gehabt, nachzudenken. Die Diskussion in Luzern vor dem Abflug nach Nottwil war der Start für eine lange und intensive Phase gewesen, in der sie sich damit auseinandersetzte, was sie wollte und was sie brauchte. Sie war auch der Start gewesen zu merken, wie sie sich innerlich von Feller löste.

Der Prozess dauerte weiterhin an, und sie wusste, sie musste gegenüber Feller ihre Beziehung für beendet erklären. Das hatte sie nicht in der Reha machen wollen, sondern erst, wenn sie entlassen worden war. Der Gedanke an das, was sie tun musste, tat weh. Sie war froh, weil es nun ein wenig hinausgezögert wurde.

Fellers Besuche waren von Woche zu Woche seltener geworden. Er hatte sich hinter seinem Job versteckt. Es sei sehr viel los, hatte er behauptet. Andrina meinte allerdings, einen anderen Grund zu kennen. Er musste gespürt haben, wie sie sich von ihm distanzierte. Stattdessen waren Seraina und Enrico regelmässig nach Nottwil gekommen.

Die Beziehung zu Seraina glich einem Tanz auf Eiern. Der Vorfall im Luzerner Spital und die verhängnisvolle SMS waren mit keinem Wort erwähnt worden. Sie gingen behutsam miteinander um. Andrina hatte keine Ahnung, wie ihr Verhältnis in Zukunft aussehen würde. Trotz allem war sie über Serainas Besuche froh gewesen, da ihr klar war, wie sehr sie ihre Schwester brauchte.

Enricos Besuche waren ihr wie eine Medizin vorgekommen. Er war einfach für sie da, wenn sie mit jemandem über die Reha reden musste. Wie viel Energie die Therapien brauchten – seelisch wie körperlich. Seine Besuche hatten ihr am meisten Kraft gegeben, die vergangenen Wochen durchzustehen. Mit der Zeit hatte sie ihn besser kennengelernt. Er hatte zwar äusserlich viele Ähnlichkeiten mit Feller, aber in seinem Wesen war er ganz anders. Er war nicht mehr einfach Fellers Bruder, mit dem sie jede seiner Gesten und Gesichtsausdrücke verglich, sondern er war Enrico Bianchi. Somit war er endlich auch für sie zu einer eigenständigen Persönlichkeit geworden.

Was sie mit der Zeit für ihn empfand, ging über Freundschaft hinaus. Dennoch wagte sie nicht, den Schritt in diese Richtung zu tun. Sie wurde von Enricos Position als Eigentümer und CEO von JuraMed eingeschüchtert, was eigentlich lächerlich war. Warum sollte sie sich etwas aus Bemerkungen machen – wie zum Beispiel, da hast du deinen Polizisten abserviert und dir einen reichen Mann an Land gezogen –, die es unweigerlich von Neidern geben würde?

Die Angst vor Enricos Reaktion war der nächste Punkt. Sie hatte ihn zweimal zurückgewiesen. Einmal im August und einmal vor Kurzem, als er ihr Unterschlupf gewährt hatte, nachdem sie gemeinsam im Bett gewesen waren. Indirekt hatte es sogar ein drittes Mal gegeben. Sie hatte ihn verlassen und war zu Feller zurückgekehrt, mit dem sie nach Engelberg gefahren war. In der Hoffnung, sie würden wieder zusammenfinden, was sie gegenüber Enrico klar kommuniziert hatte.

Nun befürchtete Andrina, Enrico könne sie zurückweisen. Und sie fürchtete sich davor, welche Gefühle eine mögliche Zurückweisung durch ihn in ihr auslösen würde.

Enrico ordnete sich links ein und fuhr Richtung Zürich/Basel/Bern auf die Autobahn. Er gab Gas, und Andrina wurde in den Sitz gedrückt. Enricos Hände lagen locker auf dem Lenkrad. Er wechselte auf die Überholspur.

Aus dem Hochnebel hatte es angefangen zu nieseln, und der Scheibenwischer fuhr in Intervallen über die Frontscheibe. Vor drei Tagen hatte ein Wärmeeinbruch der Kälte, die seit zwei Wochen geherrscht hatte, ein Ende gesetzt. Gestern waren die Temperaturen gegen den Gefrierpunkt gestiegen. Nun bestimmten Hochnebel und Nieselwetter das Bild. Der Schnee hatte den dauernden Hochnebel, der nun seit Silvester beinahe vier Wochen ohne Unterbruch über dem Mittelland lag, erträglicher gemacht. Da das Weiss verschwunden war, wirkte alles grau und schmuddelig.

Dennoch war Andrina froh, dass Schnee und Eis weg waren, weil es ihr Fortkommen draussen vereinfachen würde.

Sie betrachtete ihre Beine und ihre Füsse, die parallel im

Fussraum standen. Ein wenig mulmig war es ihr gewesen, als sie vorhin das Paraplegikerzentrum verlassen hatte. Sie war sich nicht sicher, das Leben ausserhalb meistern zu können. Die Klinik war ihr wie ein Kokon vorgekommen, in dem alle schauten, dass nichts passierte, und für sie sorgten, wenn etwas nicht so klappte, wie es sollte.

Andrina warf Enrico einen Seitenblick zu. Seine Augen waren auf die Strasse vor ihnen gerichtet. Seit der Abfahrt hatten sie kein Wort gewechselt. Es war ein angenehmes einvernehmliches Schweigen, wie sie es mit ihm in den letzten Wochen öfter erlebt hatte. Es brauchte nicht immer Worte zwischen ihnen. Er wirkte entspannt.

«Weisst du, ob es etwas Neues über den Verbleib von Gabi gibt?», fragte Andrina.

Enrico ordnete sich auf die rechte Fahrspur ein.

«Nein», sagte er, nachdem einige Sekunden verstrichen waren. «Es gab nur Hinweise zu Frank und diesem Nick. Wie brauchbar die sind, sei dahingestellt.»

Gabi. Während der Reha hatte sie sich bemüht, Gabis Schicksal aus ihrem Kopf zu verbannen, was mehr oder weniger geglückt war. Jetzt rückte es wieder in den Vordergrund und mit ihm die Trauer, die sie um ihre Freundin empfand. Mittlerweile hatten die Ermittler einen Suizid ausgeschlossen und gingen davon aus, dass Frank und Nick sie in ihrer Gewalt hatten. Andrina nahm an, Gabi sei inzwischen tot.

«Wäre es möglich, zum Friedhof zu fahren, bevor du mich bei Marco absetzt?»

Enrico warf Andrina einen fragenden Blick zu.

«Ich möchte gerne zu Carolines Grab. Bei der Beerdigung konnte ich nicht dabei sein. Aber ich brauche diesen Abschluss.»

«Ich weiss nicht, wo das Grab ist.»

«Auf dem Aarauer Stadtfriedhof.»

«Ich meinte damit, wo genau auf dem Friedhof.»

«Das liesse sich herausfinden.»

Enrico schaute kurz auf Andrinas Beine.

«Es ist mir wichtig.»

«Gut, machen wir einen Abstecher», sagte er, als sie in Aarau West die Autobahn verliessen und in die Suhrentalstrasse einbogen. Er legte die Hand auf ihren Oberschenkel, zog sie aber sofort wieder zurück. Dabei wirkte er, als sei er selber erschrocken über diese Geste.

Am liebsten hätte Andrina seine Hand festgehalten, unterliess es jedoch.

Andrina spürte der Berührung seiner Finger nach. Sie sah es als Geschenk an, die Beine zu spüren. Zwar spielten die Nervenbahnen hin und wieder verrückt – es gab Stellen an den Beinen, an denen sie keine Berührung spürte, dafür schoss der Empfindungssinn an anderen über das Ziel hinaus, weil die Nervenbahnen vom Rückenmark teilweise fehlgesteuert waren, wie man ihr erklärt hatte. Ob sich das jemals einpendeln würde, wusste keiner.

Dennoch war sie dankbar um den Fortschritt, den sie in den vergangenen vier Monaten gemacht hatte. Als sie ins Rehazentrum eingeliefert worden war, hatte sie nicht gewagt zu glauben, es irgendwann auf eigenen Beinen verlassen zu können. Genauso wenig hatte sie daran geglaubt, so schnell nach Hause zu dürfen.

Selbst als zehn Tage nach ihrer Operation das Gefühl langsam in ihre Beine zurückkehrte, hatte sie es nicht gewagt, zu glauben, sie könne je wieder gehen. Sie dachte an das harte Training, das erforderlich gewesen war. Wie sie wie ein Baby ganz von vorne anfangen musste. An das erste Mal, als sie sich am Lavabo hochgezogen hatte und einige Sekunden gestanden war. An das harte Training an dem barrenähnlichen Gerät und später am Rollator. Wie schwer ihr die ersten Schritte gefallen waren. Anfangs war sie nach vier Schritten so erschöpft wie nach einem Marathon gewesen.

Sie hatte die Höhen und Tiefen vor Augen, die sie durchlebt hatte. Wie sie die schlechten Tage seelisch in die Tiefe gezogen hatten. Dankbarkeit erfüllte sie für das Team, das sich um sie gekümmert und ihr Mut gemacht hatte.

Sie dachte an die Schicksale, die ihr begegnet waren. An die Freundschaften, die sie geschlossen hatte – Menschen, die es am Ende härter traf als sie, weil sie den Rest ihres Lebens an den Rollstuhl gefesselt sein würden, aber trotzdem ihre Lebensfreude nicht verloren hatten. Die nicht eifersüchtig auf Andrina waren, weil sie vielleicht irgendwann ohne Hilfe würde laufen können, und die sich mit ihr darüber gefreut, ihr Mut gemacht und jeden Fortschritt mit ihr gefeiert hatten.

Ihr Ziel war klar, irgendwann würde sie ohne Hilfe gehen. Andrina dachte an ihre Joggingrunden. Das war ihr Fernziel, das hoffentlich erreichbar war.

«Die beiden liegen ja nebeneinander», sagte Andrina.

«Ich denke, es war Zufall.» Enrico trat dichter neben sie und legte den Arm um sie. Andrina war froh um den Halt und lehnte sich gegen ihn.

Als sie am Friedhof angekommen waren, war er zum Glück offen gewesen. Enrico war zuerst alleine losgezogen und hatte Carolines Grab gesucht. Nachdem er es gefunden hatte, holte er Andrina. Weit war es nicht vom Eingang weg, aber für Andrina war es ein Kraftakt gewesen. Immer wieder hatte sie eine Pause machen müssen. Sie hatte Enrico die Sorge angesehen, sie könne sich überanstrengen, aber er hatte nichts gesagt, wofür Andrina ihm dankbar war.

Sie waren die einzigen Besucher. In dem grauen Wetter wirkte der Friedhof, als befände er sich weit weg von jeglicher Zivilisation. Der Nebel hing tief und verlieh den Grabsteinen ein Eigenleben. Es wirkte fast wie in einem Gruselfilm. Andrina war um Enricos Anwesenheit froh.

Der Besuch von Carolines Grab machte ihr mehr zu schaffen, als sie gedacht hatte. Die Tatsache, dass Tamara neben Caroline beerdigt war, machte die Sache um einiges schwerer. Es führte die Sinnlosigkeit des Todes der beiden umso deutlicher vor Augen.

Sie reichte Enrico die Krücken und fasste seinen Arm. Ächzend ging sie in die Hocke. Auf halber Strecke gaben ihre Beine nach, und sie sackte unsanft auf die Knie. Sogleich spürte sie Enricos Hand an ihrer Achsel.

«Kein Problem, es geht.»

Andrina legte die Hand auf die feuchte Erde.

Bitte verzeih mir, weil ich nicht bemerkt habe, was für ein Mensch er ist, sagte sie im Stillen zu Caroline. Hätte ich das, würdest du noch leben. Bitte verzeih mir, weil ich dich im Wald nicht gerettet habe. Ich war zu spät und er zu stark. Ich hätte gar keine Chance gegen ihn gehabt. So wie du.

«Steh auf», sagte Enrico leise. «Es ist kalt.»

Andrina schüttelte den Kopf. «Lass mich bitte einen Augenblick.»

Enricos Hand legte sich auf ihre Schulter. Die Berührung spendete ein wenig Trost. Andrina hielt weiterhin den Kopf gesenkt und blickte auf den Grabstein mit Carolines Namen und dem eingravierten Geburts- und Todesjahr. Feuchtigkeit und Kälte drangen durch den Stoff ihrer Jeans. Zuerst wusste sie nicht, wo das Gefühl herkam, und hob erstaunt den Kopf. Sie spürte Kälte an den Beinen. Bis gestern hatte sie kein Wärme- und Kälteempfinden gehabt. Die Ärzte waren sich nicht sicher gewesen, ob dies je zurückkehren werde. Die Kälte breitete sich aus und kroch ihre Oberschenkel hoch. Ein unangenehmes Gefühl, aber willkommen. Andrina wandte den Kopf und schaute in die Ferne. Bedeutete das, Caroline verzieh ihr?

Werde nicht esoterisch, dachte sie. Trotzdem wertete sie es als ein Zeichen, weil ausgerechnet jetzt und hier die Fähigkeit, Kälte zu spüren, zurückgekehrt war. Ein innerer Friede ergriff von ihr Besitz.

Andrina nahm Enrico den Blumenstrauss ab, den sie unterwegs gekauft hatten. Sie teilte ihn und stellte die eine Hälfte in eine Friedhofsvase auf Tamaras Grab. Die andere arrangierte sie in eine Vase auf Carolines Grab. Sie musterte die Blumen. Es fiel nicht auf, dass sie den Strauss halbiert hatte.

Mit einem Aufstöhnen richtete Andrina sich auf und drückte die linke Hand gegen die Lendenwirbelsäule. Sie stützte sich auf Enricos Arm, den er ihr hinhielt. Ihre Beine begannen zu zittern. Ob vor Kälte oder Überanstrengung, wusste sie nicht. Sie hoffte, es fiel Enrico nicht auf, denn es kam ihr vor, als achte er auf jede ihrer Bewegungen, damit er eingreifen könnte, falls ihre Beine den Dienst versagten.

«Solche Turnübungen solltest du nicht machen.» Er reichte ihr die Krücken, die Andrina ignorierte.

«Das ist eine alltägliche Bewegung. So was hilft unter anderem beim Wiederaufbau der Muskeln.»

Enricos Gesichtsausdruck stellte das in Zweifel, aber er erwiderte nichts.

Im Gegensatz zu den beiden jungen Frauen hatte sie wenigstens nicht mit dem Leben bezahlen müssen.

«Obwohl ich Tamara nie gesehen habe, habe ich das Gefühl, sie gekannt zu haben.»

«Du fühlst dich ihr durch das gleiche Schicksal der beiden verbunden.»

«Falsch, ich fühle mich schuldig.» Der innere Friede war verschwunden.

«Warum solltest du?»

«Hätte ich mich eher erinnert, würde sie noch leben.» Mit dem Kopf wies sie auf Tamaras Grab.

«Tu dir das nicht an, Andrina.» Enrico berührte ihren Arm. «Du weisst nicht, was in dem Fall geschehen wäre.»

«Marcos Team hätte ihn und seinen Komplizen rechtzeitig verhaftet.»

«Oder auch nicht. Frank hätte genauso gut abtauchen können, wie er es danach gemacht hat.»

«Aber er hätte Tamara nicht getötet.»

«Bist du sicher?»

«Es liegt nahe.»

«Er könnte eine andere Frau getötet haben.»

Wie so oft in den letzten Wochen versuchte Andrina Franks Veränderung zu verstehen. Wie hatte aus dem freundlichen Mann so ein Monster werden können?

«Das kann er immer noch und wird es tun.»

«Keiner kann voraussagen, was geschehen wird. Falls es zu einem weiteren Vergehen kommt, wirst du daran genauso wenig die Schuld tragen wie an Tamaras und Carolines Tod.»

«Vielleicht hat er inzwischen eine weitere Frau auf dem Gewissen – Gabi.»

«Es ist nicht erwiesen, dass sie tot ist.»

«Wer sagt das? Marco?»

Enrico machte eine unbestimmte Bewegung mit dem Kopf.

Andrina schaute auf die Gräber. Er fasste Andrinas Schultern und drehte sie vorsichtig zu sich herum. Sie blieb mit dem linken Fuss an einem Stein hängen und strauchelte gegen ihn. Fest umschlossen seine Arme sie, und sie war froh über den Halt.

Andrina presste ihr Gesicht gegen Enricos Halsbeuge und liess die Trauer zu.

Nach einer Weile hob sie den Kopf. Enricos Gesicht war dicht vor ihrem.

«Entschuldige bitte.»

«Nicht dafür, denn dafür bin ich da.»

«Du hast in den letzten Wochen so viel für mich getan. Ich weiss nicht, wie ich dir danken soll.»

Enrico fuhr mit den Fingerspitzen über Andrinas Wange. «Man tut viel für denjenigen, der einem viel bedeutet.»

«Es wird nicht einfach werden», sagte Andrina und erschrak. Was machte sie da? Wo führte das Gespräch hin?

«Einfach ist relativ.»

«Ich weiss nicht, ob ich je wieder richtig werde laufen können.»

«Für mich spielt das keine Rolle. Ich möchte mit dir zusammen sein.» Er strich eine Haarsträhne aus Andrinas Gesicht und senkte den Kopf. Andrina schloss die Augen, als seine Lippen ihre berührten. Zuerst war es eine sanfte Berührung, die nach und nach fordernder wurde.

«Wie oft habe ich mir in den letzten Wochen gewünscht, es werde so weit kommen», sagte er leise, als sie sich voneinander lösten. «Fast habe ich gedacht, es werde nie passieren.»

«Ich habe Zeit gebraucht.»

«Ich weiss.»

«Danke, dass du sie mir gegeben hast.» Sie machte eine Pause, öffnete den Mund, schloss ihn aber wieder.

«Was hast du auf dem Herzen?»

«Ich möchte es langsam angehen.»

«Da hast du recht. Wir sollten nichts überstürzen.»

«Dazu gehört, dass ich nicht sofort bei dir einziehen möchte.»

Enrico erwiderte nichts. In seinen Augen lag die Aufforderung weiterzusprechen. Würde er sich darauf einlassen? Andrina wollte es nicht übereilen, wie sie es damals bei Feller gemacht hatte, als sie bereits nach wenigen Wochen bei ihm eingezogen war. Sie wollte eine langsame Annäherung. «Ich brauche Zeit. Ich weiss, es ist eine Herausforderung in meinem Zustand, aber ich werde das schaffen.»

«Davon bin ich überzeugt.» Das klang neutral.

«Das heisst aber natürlich nicht, dass ich weniger für dich empfinde.»

«Das weiss ich, und für mich ist es kein Problem, zuerst getrennt zu wohnen.» Er lächelte. Zu Andrinas Erleichterung war es ein richtiges Lächeln, das seine Augen erreichte, und kein erzwungenes.

«Danke für deine Geduld.» Andrina küsste Enrico erneut.

«Gehen wir zum Auto zurück», sagte er schliesslich. «Fahren wir zu Marco und erzählen es ihm?»

«Ja. Bitte lass mich es ihm sagen.»

«In Ordnung.»

Als Enrico sich bückte, um die Krücken aufzuheben, die umgefallen waren, bemerkte Andrina den Mann, der sich ihnen unbemerkt genähert hatte und unvermittelt hinter Enrico stand. Er hielt einen Stein in der Hand.

Sie stiess einen erstickten Schrei aus, als sie das Gesicht unter der Kapuze erkannte. Frank hob den Stein und liess ihn auf Enricos Hinterkopf niedersausen, bevor dieser sich aufrichten konnte. Enrico stürzte zu Boden. Andrina verlor ebenfalls den

Halt, wurde aber von Frank aufgefangen. Ein feuchtes Tuch presste sich auf ihren Mund, und es wurde schwarz.

***

Langsam kam Andrina zu sich. Ihr Kopf schmerzte, und ihr war schlecht. Vorsichtig öffnete sie die Augen und erblickte ein Paar Schuhe vor sich. Darüber waren Beine in Jeans, die mit einem Seil zusammengebunden waren. Jetzt realisierte sie ihre gefesselten Hände und Beine.

«Andrina?»

Gabi? Andrina verrenkte den Kopf so, dass sie nach oben schauen konnte. Tatsächlich. Es war Gabi. Mit geweiteten Augen schaute sie auf sie herunter.

«Gott sei Dank», flüsterte Gabi. «Ich dachte, du seist tot, so wie er dich auf die Matte geworfen hat.»

Andrina brachte kein Wort heraus. Sie konnte nicht glauben, dass Gabi lebte. Die Erleichterung verpuffte sofort, als ihr ihre Situation bewusst wurde.

«Wo bin ich?»

«Im Keller eines Hauses. Wo genau es ist, weiss ich nicht. Wie lange ich hier bin, weiss ich ebenfalls nicht. Ich habe aufgehört, die Tage zu zählen.»

Wie monoton sie das sagte. Andrina fasste Gabi genauer ins Auge, obwohl sie einen Krampf im Nacken bekam.

Gabi war blass und abgemagert. Deutlich traten die Wangenknochen hervor. Auf den Armen erkannte Andrina Striemen. Sie wagte den Gedanken nicht zu Ende zu führen.

«Es tut mir leid», flüsterte Gabi schliesslich.

«Dir muss nichts leidtun.»

«Ich bin schuld, weil du nicht mehr laufen kannst.» Ihre Stimme zitterte. «Ich bin schuld, dass du nun hier bist. Ich bin schuld an dem, was sie dir antun werden.»

«Das bist du nicht», sagte Andrina, froh darum, wie ruhig sie das sagen konnte.

«Doch.» Gabi sprach immer leiser. Andrina konnte sie beinahe nicht verstehen. «Nachdem wir telefoniert haben, hat es geklingelt. Ich hätte die Tür nicht öffnen sollen, aber ich dachte, es sei Frau Ruckstuhl. Sie hatte vor einigen Wochen Probleme mit dem Herzen und hat uns gefragt, ob sie zu uns kommen könne, wenn es wieder vorkommt.»

«Warum sollte sie klingeln? Telefonieren wäre einfacher.»

«Siehst du, das fragst du dich auch. Ich dachte, sie hätte es versucht, als ich mit dir telefoniert habe. Stattdessen sind Frank und dieser andere in die Wohnung gestürmt. Bevor ich etwas machen konnte, hatten sie mich überwältigt.»

«Warum hat die Polizei nichts gesehen?»

«Wieso sollte die Polizei etwas gesehen haben?»

«Sie haben dich beobachtet, weil sie dachten, du würdest früher oder später Kontakt zu Frank aufnehmen oder sie sogar zu ihm führen.»

Kurz meinte Andrina so etwas wie Schock in Gabis Gesicht zu erkennen. Doch der Moment war schnell vorbei.

«Ich habe zwar das Wohnungsschloss ausgewechselt, aber in die Garage konnten sie trotzdem fahren. Sie haben mich in den Kofferraum gesperrt. Zumindest hat Frank das gesagt, ich war ja bewusstlos, weil sie mir ein mit Chloroform getränktes Tuch ins Gesicht gedrückt haben.»

Wie bei mir, dachte Andrina.

«Später haben sie mich gefragt, was wir am Telefon besprochen haben und wo du bist.»

«Wieso wussten sie von unserem Telefonat?»

«Sie brauchten sich nur die Anruferliste anzuschauen. Als ich mich weigerte, haben sie …» Gabi brach ab. Sie musste nicht weitererzählen. Andrina konnte sich vorstellen, was sie getan hatten. «Ich habe nichts von deiner zurückgekehrten Erinnerung gesagt, weil ich hoffte, sie würden dich verschonen. Genützt hat das nichts. Geprahlt haben sie damit, wie sie dich losgeworden sind», flüsterte Gabi. «Später waren sie sauer, weil du überlebt hattest. Du hättest wie eine Katze mehrere Leben. Damit sei aber bald Schluss. Sie haben beschlossen, die Reha abzuwarten und es später zu versuchen. Frank sagte, er traut dir und Marco zu, sie überall zu finden. Inzwischen ist es offiziell, dass dir alles wieder eingefallen ist.»

Davon wusste Andrina. Die Polizei hatte das in einer Medienmitteilung kurz nach ihrer Einweisung in die Reha bekannt gegeben und die Bevölkerung um Mithilfe gebeten. Zwar waren viele Hinweise eingegangen, aber keiner hatte sich als hilfreich erwiesen.

«Sie wollen erst dich und Marco beseitigen, bevor sie sich ins Ausland absetzen.» Gabi senkte den Kopf. Tränen tropften auf ihren Schoss. «Wie konnte ich nur mit so einem Monster verheiratet sein und nichts merken.»

«Er war nicht immer so», sagte Andrina und legte den Kopf auf die Matte, weil sie langsam einen Krampf in den Schultermuskeln bekam. Sie dachte daran, mit welcher Brutalität Frank Enrico niedergeschlagen hatte. Hatte Frank ihn gar getötet? Denk nicht daran, befahl sie sich.

«Er hat mich betrogen. Er ist in Bordellen gewesen, um sich von Frauen auspeitschen zu lassen oder um diese auszupeitschen und um andere Dinge zu tun, von denen wir nicht einmal den Ansatz einer Vorstellung haben. Und ich? Ich bin die dumme Ehefrau, die nichts merkt.»

Die Tür flog auf. «Wie konntest du so dämlich sein», brüllte Nick, als er in den Raum stürmte.

Frank folgte ihm langsamer mit gesenktem Kopf. «Das hätte dir auch passieren können.»

«Ist es aber nicht. Erstens hättest du Andrina gleich auf dem Friedhof kaltmachen können und zweitens: Weisst du, was es heisst, jemand habe dich in Aarau beim Friedhof und in Küttigen gesehen?»

Frank starrte Andrina an. «Du kannst von Glück reden, dass niemand dich gesehen hat, als du Andrina mitgenommen hast. Ist wenigstens ihr neuer Lover tot?»

«Keine Ahnung, ich –»

«Genau das meine ich. Du führst nichts sauber aus. Dauernd ist etwas, oder es gibt eine Panne!»

«Ich musste mich beeilen und konnte nicht nachschauen.»

«Beeilen ist das richtige Stichwort», schnaubte Nick. «Wir müssen verschwinden, und zwar schnell.»

Er starrte abwechselnd Andrina und Gabi an. Andrina konnte sehen, wie es in seinem Kopf arbeitete. Wie er Optionen verwarf und nach neuen suchte.

«Die beiden kommen mit. Vielleicht können wir sie später gebrauchen.» Er wandte sich an Frank. «Ich helfe dir, die beiden ins Auto zu verfrachten. Im Anschluss fährst du zum Parkplatz oben bei der Staffelegg. Du weisst schon, der an der Strasse, die von der Staffelegg nach Thalheim abzweigt. Da sollte um diese Zeit keiner sein. Ich organisiere inzwischen ein neues Auto.»

***

Langsam drang die Kälte ins Auto. Sie kroch von den Füssen die Beine hoch und war inzwischen im Hohlkreuz angekommen. Andrina wünschte sich für einen kurzen Moment die Zeit zurück, als sie in den Beinen kein Kälteempfinden gehabt hatte. Die am Rücken gefesselten Hände wurden taub, und das Tuch, mit dem sie geknebelt war, schnitt in die Mundwinkel. Immerhin hatte Frank Andrina die Fussfesseln abgenommen, als sie auf dem Parkplatz angekommen waren. Der Grund dafür war ihr nicht klar, aber sie war froh darum. So konnte sie die Position verändern, wenn der Rücken vom langen Sitzen zu schmerzen begann.

Gabi dagegen war weiterhin an Händen und Füssen gefesselt. In regelmässigen Abständen warfen sie einander einen Blick zu. In Gabis Augen las Andrina Panik. Ihr war klar, Nick würde sie töten, sobald er mit dem neuen Wagen kam. Andrina und Gabi waren unnötiger Ballast. Warum sie es nicht bereits in dem Haus getan hatten, konnte Andrina sich nicht erklären. Ein möglicher Grund war die Lage im Wohnquartier. Die Gefahr, dass jemand es mitbekam und die Polizei rief, war zu gross. Nick und Frank wollten einen Vorsprung haben, bevor ihre Leichen entdeckt wurden. Hier war der ideale Ort für einen

Doppelmord. Nick würde es selber erledigen, da er dieses Mal sichergehen wollte.

Er hatte Frank eingeschärft, sich nicht auffällig zu verhalten. Frank hatte die Geschwindigkeitsbeschränkung genau eingehalten.

Im Winter waren dieser und der Parkplatz auf der anderen Strassenseite voll, wenn Familien an den Hängen schlittelten, im Sommer konnte man von hier aus schöne Spaziergänge unternehmen.

Es war kurz nach Mitternacht, und es befand sich kein einziges Auto hier. Die Büsche trugen keine Blätter, schirmten aber die Sicht zu der schmalen Strasse nach Thalheim ab. Inzwischen war der Vollmond aufgegangen und tauchte alles in ein milchiges Licht. Deutlich konnte Andrina die Umgebung erkennen. Ein Wagen fuhr vorbei.

Bitte wundere dich, warum hier ein Auto steht, flehte Andrina im Stillen den Fahrer an. Der Wagen kehrte nicht zurück.

Andrina beobachtete Frank, der kettenrauchend vor dem Wagen hin- und herlief und in regelmässigen Abständen auf seine Armbanduhr schaute. In gleichen Abständen glühte das Ende der Zigarette auf. Bevor er sie zu Ende geraucht hatte, zündete er sich am Stummel eine neue an. Andrina hatte ihn nie rauchen gesehen und fragte sich, wie aus dem leidenschaftlichen Nichtraucher in einer solch kurzen Zeit ein Kettenraucher werden konnte. Aber sie hatte vieles sonst nicht von ihm gewusst.

Lichter erfassten den Einfahrtsbereich des Kiesparkplatzes. Ein dunkles Auto bog ab. Ein BMW – Fellers BMW. Wie immer das möglich war, er hatte sie gefunden.

Frank versteifte sich und warf die Zigarette auf den Boden. Offensichtlich hatte auch er den Wagen erkannt. Der BMW näherte sich. Fluchend riss Frank die Tür auf und zerrte Andrina aus dem Wagen. Kaum stand sie schwankend neben ihm, presste sich der Lauf einer Waffe gegen ihre Schläfe. Andrinas Herz raste. Frank hatte eine Waffe. Das war ihr nicht bewusst gewesen.

Der BMW fuhr eine Kurve. Die Scheinwerferlichter blendeten Andrina für einen kurzen Moment.

Der Wagen hielt an. Der Motor erstarb. Das Licht erlosch. Schnell konnte Andrina in dem Mondlicht wieder etwas erkennen. Die Fahrertür öffnete sich. Feller stieg mit erhobenen Händen aus, was Andrina irritierte. Im gleichen Moment erschien hinter ihm Nick, der eine Waffe an Fellers Hinterkopf presste.

«Was willst du mit dem hier?», rief Frank und senkte zu Andrinas Erleichterung die Waffe. «Willst du etwa mit seinem Auto abhauen? Das ist das Dämlichste, das du machen kannst.»

«Planänderung. Wir bringen nicht nur die beiden Weiber um, sondern erledigen ihn gleich mit.»

«Von Töten war nie die Rede.»

«Stell dich nicht so an. Du hast selber gesagt, du traust ihm und seiner Braut zu, uns an jedem Ort der Welt aufzustöbern. Also werden wir zusehen, dass das nicht geschieht.»

«Du willst einen Polizisten umbringen?»

«Warum nicht? Der ist auch nur ein Mensch wie alle anderen. Auf einen mehr oder weniger kommt es nicht an.»

«Vergiss es! Drei auf einmal. Das kann ich nicht. Es sind genug gestorben», rief Frank. «Ich habe das nie so gewollt.»

«Du weisst, was dich erwartet.»

«Ich kann nicht mehr und mach nicht mehr mit.»

«Ich habe gewusst, was für eine Memme du bist. Das hier musste früher oder später passieren. Eigentlich hätte ich es viel früher machen sollen.»

«Lass uns aufhören, Nick. Wir werden immer gejagt werden. Egal, ob von Marco oder einem anderen.»

Der Knall war ohrenbetäubend. Frank stöhnte auf und fasste sich an die Brust. Er sackte zusammen und riss Andrina mit sich. Dumpf stürzte sie auf ihn. Dabei hielt sie den Blick auf Nick gerichtet und erwartete den nächsten Schuss.

Im selben Augenblick wirbelte zu Andrinas Erstaunen Nick durch die Luft. Unsanft schlug er auf den Boden auf. Er stöhnte, als Feller kaum eine Sekunde später auf ihm landete.

Feller rammte seinen Ellenbogen in Nicks Seite und entwand ihm dabei die Waffe. Das Stöhnen ging in Aufschreie über, als die Faust Nick mehrere Male im Gesicht traf. Andrina wollte schreien, brachte aber wegen des Knebels keinen Laut hervor. Mit dem Knauf schlug Feller auf Nicks Kopf. Gleich darauf sprang er mit einer schnellen Bewegung auf und drehte Nick auf den Bauch. Nick schrie erneut auf. Feller liess sich mit den Knien auf seinen Rücken fallen, drehte Nicks Arm nach hinten und klemmte ihn zwischen seinen Beinen ein. Das Knacken war deutlich zu hören. Ein neuer Schrei. Feller presste den Lauf der Waffe gegen Nicks Schläfe.

«Am liebsten würde ich abdrücken», knurrte er.

Andrina war wie gelähmt. Würde er tatsächlich den inzwischen wehrlos am Boden liegenden und verletzten Mann erschiessen? Zeit verstrich. Keiner rührte sich. Hin und wieder war ein Stöhnen von Nick zu hören. Nach einer für Andrina endlos erscheinenden Zeit sicherte Feller die Waffe und steckte sie zu Andrinas Erleichterung in den Hosenbund. Er holte sein Handy aus der Jackentasche und forderte Verstärkung an.

DREIUNDZWANZIG

«Mir ist immer noch nicht klar, wie Nick Vonlanthen Marco überwältigen konnte», sagte Enrico. «Und warum er ihn geholt hat.» Er stellte einen Cappuccino und einen Espresso auf den Küchentisch.

Es war eine lange Nacht gewesen. Erst am Morgen hatte Andrina gehen dürfen. Enrico setzte sich Andrina gegenüber und fuhr mit der Hand über die Augenbrauen. Die Bartstoppeln warfen einen dunklen Schatten auf sein Gesicht. Er wirkte hundemüde. Genauso wie Andrina sich nach der durchwachten Nacht fühlte. Sie war jedoch überzeugt, keinen Schlaf finden zu können.

Ihre Gedanken wanderten zum Parkplatz bei der Staffelegg zurück.

Nachdem Feller Nick überwältigt hatte und Verstärkung gekommen war, hatte man Andrina und Gabi mit ins Polizeikommando genommen und getrennt befragt. Gabi war danach ins Spital gebracht worden. Vorhin hatte Andrina mit ihr telefoniert. Es ging ihr den Umständen entsprechend gut. Sie hatten lange miteinander gesprochen. Gabis Stimme hatte fest geklungen. Andrina war jedoch klar, früher oder später würden die vergangenen vier Monate Gabi einholen, sobald sich der Trubel ein wenig gelegt hatte. Sie hoffte, Gabi würde in diesem Moment nicht alleine sein. Sie würde für ihre Freundin da sein, egal, wann Gabi sie brauchte.

Als man Andrina gesagt hatte, sie dürfe gehen, hatte sie Enrico angerufen. Zum Glück hatte er nur eine Platzwunde, die ohne Probleme genäht werden konnte, und eine leichte Gehirnerschütterung davongetragen. Nach der ärztlichen Versorgung hatte er nach Hause gedurft.

Er war sofort gekommen. Andrina war froh gewesen, nicht alleine sein zu müssen.

«Nick wollte uns alle, inklusive Frank, von vorneherein loswerden. Gabi und ich waren unnötiger Ballast für seine Flucht. Frank war ihm zu wankelmütig und begann für ihn zu einem Risiko zu werden. Marco hat in seinen Augen ausreichend Kombinationsgabe, um ihn zu finden. Er wollte uns nacheinander oben bei der Staffelegg erschiessen und im Anschluss alleine flüchten.»

«So ein Wahnsinnsplan.»

Andrina streute Zucker auf den Schaum. «Er hat Marco als Frank angerufen und behauptet, mich beim KEBA-Parkplatz übergeben zu wollen. Marco hat alle Hebel in Bewegung gesetzt und ein Polizeiaufgebot organisiert. Leider wusste er nicht, dass Nick mir meinen Schlüsselbund abgenommen hatte. Dort ist ja noch sein Hausschlüssel dran. Er ist in Marcos Haus eingedrungen, hat sich den Zweitschlüssel des BMW unter den Nagel gerissen und auf dem Grundstück gewartet, bis Marco heimkam. Nachdem er sich hinter dem Fahrersitz versteckt hat, hat er Marco angerufen, der sofort aus dem Haus gestürzt kam. Kaum ist Marco ins Auto gesprungen, hat er ihm die Waffe an den Kopf gehalten und ihm befohlen, zu uns zu fahren.»

«So ein Himmelfahrtskommando. Das Ganze hat zum Glück nicht funktioniert.»

«Er war unter Druck.» Andrina trank einen Schluck. «Dem bin ich mir sicher. Wenn Marco nicht reagiert hätte, wären er, Gabi, Frank und ich tot.»

Ein Schauer durchlief ihren Körper. Sie dachte an die Brutalität, mit der Feller vorgegangen war und über die sie entsetzt war. Verständlich fand sie, Nick so festhalten zu wollen, damit er sich nicht mehr bewegen konnte. Die Schläge, die Feller ihm verpasst hatte, als Nick wehrlos am Boden gelegen hatte, waren für sie nicht nötig gewesen. Genauso wenig wie ihm die entsicherte Waffe an den Kopf zu halten. Wie kurz davor Feller gewesen war, abzudrücken, würde sie nie erfahren.

So etwas tat man in Andrinas Augen nicht, selbst wenn der Überwältigte ein hinterhältiger Mörder war und gerade vier weitere Menschen bedrohte. Feller hatte jedoch handeln müssen, um sie vor jemandem zu schützen, der bis vor vier Monaten noch kein Mörder gewesen war. Andrina fand es erschreckend, wie schnell aus einem normalen Menschen ein brutaler Mörder werden konnte und wie wenig es dafür brauchte.

In der Nacht hatte Andrina vieles erfahren, was bisher von der Polizei zurückgehalten worden war. Nick hatte zwei Monate vor Carolines Tod bei der Firma, in der Frank arbeitete, angefangen. Die beiden hatten sich auf Anhieb gut verstanden. An seinem Geburtstag hatte Nick Frank eingeladen, und die beide waren um die Häuser gezogen. Irgendwann war das Thema auf spezielle Sexpraktiken gekommen. Frank, dessen Zunge sich wegen des vielen Alkohols gelöst hatte, hatte ihm von seinen Vorlieben berichtet. Dabei war die Sprache auf einen Todesfall gekommen, den Frank vor mehreren Jahren verursacht hatte, der aber nie aufgeklärt worden war.

Die Erzählungen hatten Nick, der keine feste Freundin hatte, erregt. Zu gerne wollte er so etwas ausprobieren. Aber nicht einfach in Bordellen, sondern so, wie Frank es damals erlebt hatte. Er hatte Frank erpresst, er werde Gabi und seinen Freunden davon erzählen, was Frank heimlich trieb und was damals geschehen war.

Wie so oft fragte Andrina sich, warum sie nichts von Franks Vergangenheit bemerkt und wieso sie nicht gespürt hatte, er könne Carolines Mörder sein. Genauso geschockt war sie nach wie vor über Franks Wandlung vom guten Freund zu dem skrupellosen Mann, auch wenn er auf dem Parkplatz Anzeichen von Reue gezeigt hatte.

«Mit Vorwürfen ist keinem gedient», sagte Enrico. Er ergriff ihre Hand.

«Was?» Hatte sie laut gedacht?

«Frank hat alle getäuscht – dich, Gabi, Marco und all seine Freunde. Früher oder später wäre es herauskommen.»

Andrina schwieg.

«Möchtest du einen zweiten?» Er deutete auf Andrinas leere Tasse.

«Gerne, obwohl es vermutlich nicht gut ist, noch mehr Koffein zu trinken.»

«Wenn beide Seiten sadomasochistischen Sex wollen, ist es die Sache der betreffenden Personen», sagte Enrico, als er auf einen Knopf drückte und die Kaffeemaschine mit einem Zischen zum Leben erwachte.

«Caroline hat es nicht gewollt», rief Andrina. «Tamara genauso wenig. Beide wollten ganz bestimmt nicht sterben. Willst du ihn etwa in Schutz nehmen?»

«Nein. Ich finde das Ganze sehr tragisch. Nick Vonlanthen hat Frank erpresst, wenn ich das richtig verstehe.»

«Mit seiner Vergangenheit», sagte Andrina. «Immerhin hat er den Tod einer jungen Frau verschuldet.»

«Das war aber keine Absicht.»

«Ist es dadurch besser?», rief Andrina.

«Nein.» Enrico machte eine kurze Pause. «Sie haben sich bei einer Veranstaltung getroffen. Es war eine Einweihungsparty. Für was, habe ich vergessen.»

«Woher weisst du das?»

«Als ich dich abholen wollte, musste ich ein wenig warten und habe mit Susanna geredet.» Er stellte die Tasse vor Andrina hin und machte sich einen neuen Espresso. «Sie hat mir von dem Vorfall erzählt. Die beiden haben damals viel Alkohol konsumiert und sich zusammen in den Wald zurückgezogen. Sie war wie Frank betrunken und fand es vermutlich genauso anregend, gefesselt und ausgepeitscht zu werden. Was genau geschah und warum die Frau dabei starb, wird wohl immer verborgen bleiben. Fest steht nur, es war nicht Franks Absicht gewesen. Es war also kein Mord, sondern Totschlag. Ich möchte nicht in seiner Haut gesteckt haben, die ganze Zeit mit dem Bewusstsein zu leben, jemanden auf dem Gewissen zu haben. Was mir allerdings nicht klar ist, warum wurde das Verbrechen bis heute nicht aufgeklärt?»

«Sie haben die Leiche erst nach mehreren Wochen gefunden», sagte Andrina. «Da gab es keine brauchbaren Spuren mehr. Keiner hat die beiden zusammen weggehen gesehen. Somit fiel nie ein Verdacht auf Frank. Wie er die Befragungen durchgestanden hat, ohne Verdacht zu erregen, weiss ich nicht.

Er lebte in ständiger Angst, er könne früher oder später gefasst werden.»

«Nick wollte nur profitieren, wenn ich das mal so nennen darf, und sich nicht die Finger schmutzig machen.» Enrico stellte seine Tasse auf den Tisch und setzte sich neben Andrina auf die Eckbank. Er legte den Arm um sie. Sie lehnte den Kopf gegen seine Schulter. «Das Misshandeln und Töten hat Nick erregt. In Frank hatte er jemanden gefunden, der ihm half, das ausleben zu können. Mehr noch, er hatte ihn in der Hand.»

«Frank hätte um Hilfe bitten können, als er merkte, wie es eskalierte», sagte Andrina. «Gelegenheit dazu hatte er.»

«Es war eine Ausnahmesituation. Frank geriet unter Stress. Du weisst selber, dass man in gewissen Situationen irrational und für andere nicht nachvollziehbar handelt.»

Andrina dachte an den Sommer und ihre Flucht mit Enrico. Wie gut konnte sie dem zustimmen, was er sagte.

«Mit Carolines Tod hatte er ein weiteres Druckmittel», fuhr Enrico fort. Er hatte seinen Kopf auf Andrinas abgestützt. Sie spürte in ihren Haaren, wie sich sein Mund bewegte, als er sprach. «Somit geriet Frank tiefer in die kriminelle Mühle, die sich immer schneller drehte. Das Ganze entwickelte eine Eigendynamik. Nick Vonlanthen liess Frank die Drecksarbeit machen. Erst als Frank mehrmals versagte – schliesslich hast du seine Mordversuche überlebt –, nahm er die Sache in die Hand und wurde zum Ausführenden.» Er schwieg einen Moment. Andrina spürte, wie er den Geruch ihrer Haare einsog. Sie genoss seine Nähe und merkte, wie sie sich entspannte. «Um auf den Anfang unserer Diskussion zurückzukommen, es ist niemandem gedient, wenn du dich selber zerfleischst. Du trägst keine Verantwortung für das, was geschehen ist.» Enrico schwieg einen Moment. Er nahm ihre Hände, die ineinander verkrampft auf ihrem Schoss lagen, ohne seine Position zu verändern. Mit dem Zeigefinger strich er über Andrinas Handrücken.

«Ich habe bis jetzt nicht verstanden, wieso es Caroline traf», sagte Enrico.

«So wie ich Max in der Nacht verstanden habe, suchte Frank für die IT-Firma eine Person, die günstig Werbetexte verfassen konnte. Er hatte in einem Studentenjob-Portal eine Anzeige geschaltet.»

«Caroline hat sich gemeldet, um sich ein Sackgeld zu verdienen?», fragte Enrico.

«Genau», erwiderte Andrina. «Sie haben sich getroffen. Nick war bei dem Vorstellungsgespräch dabei. Caroline war eine hübsche junge Frau, die vor Lebenslust sprühte …» Andrina musste abbrechen, um die Wut, die sie plötzlich empfand, unter Kontrolle zu bekommen.

«Nick Vonlanthen hätte am wenigsten Schaden angerichtet, wenn er wie Frank in ein entsprechendes Bordell gegangen wäre», sagte Enrico. «So wären wenigstens keine Frauen gestorben.»

«Bist du sicher?»

«Nein.»

«Wie gesagt, ihn hat auch das Töten erregt.»

Sie blieben eine Weile so sitzen, bis Andrina sich aufrichtete. «Ich kann es immer noch nicht glauben, wie Frank jahrelang Gabi getäuscht hat und seine Vorlieben vor ihr und uns allen geheim halten konnte.»

«Wie passt Tamara ins Bild?» Enrico nahm Andrinas Kopf und dirigierte ihn zurück auf seine Schulter. Er nahm eine Strähne ihrer Haare und liess sie durch seine Finger gleiten.

«Gemäss Max kam Nick auf den Geschmack», sagte Andrina. «Es war wie eine Sucht. Einmal reichte nicht. Sie war zur falschen Zeit am falschen Ort. Als Frank damit beschäftigt war, mich im Stadtbach zu ertränken, hat Nick die Gelegenheit beim Schopf gepackt. Ich kann nicht verstehen, wie aus einem normalen Mann so ein Monster werden kann, nur weil er von sadomasochistischem Sex erzählt bekommt.»

«Was wann warum solche Taten auslöst und jemanden zu so einem Monster mutieren lässt, kann keiner ahnen. Lass uns nicht mehr darüber sprechen.» Enrico fasste Andrinas Kinn und drehte ihren Kopf, damit sie ihn ansah.

«Ich danke Gott dafür, dass du lebst.» Er küsste sie. «Wir sollten uns hinlegen und versuchen zu schlafen.»

«Ich weiss nicht, ob ich ein Auge zutun kann.»

«Lass es uns versuchen.»

Als Enrico aufstand und Andrina die Hand reichte, klingelte es an der Tür.

Er seufzte und verliess die Küche. Kurz darauf kehrte er mit Feller zurück. Andrina versteifte sich. Ihr war klar, warum Feller gekommen war. Jetzt war der Moment da, vor dem sie sich gefürchtet hatte.

Feller liess sich auf einen Stuhl fallen und fuhr mit der Hand durch die wirr vom Kopf abstehenden Haare. Er wirkte erschöpft, was durch den Schatten der Bartstoppeln verstärkt wurde.

«Möchtest du etwas trinken?», fragte Enrico. Er sprach weiterhin Italienisch, so wie er es die ganze Zeit mit Andrina getan hatte. «Einen Espresso?»

«Nein danke», sagte Feller ebenfalls in Italienisch. «Ich hatte mehr Kaffee, als gut ist.» Er schaute Andrina an. «Frank ist vor einer Stunde gestorben.»

Schweigen senkte sich über den Raum. Gleichzeitig mit der Verstärkung war die Ambulanz auf dem Parkplatz eingetroffen. Zu dem Zeitpunkt hatte Frank noch gelebt.

«Was ist mit dem anderen?», fragte Enrico.

«Der wird es überleben.» Das klang, als bedaure er es. «Minus zwei Zähne, eine gebrochene Nase, eine lädierte Schulter und zwei gebrochene Rippen.»

War das wirklich nötig gewesen, dachte Andrina.

Feller schien ihre Frage zu ahnen und machte eine unbestimmte Bewegung mit den Händen. Er erhob sich. «Ich möchte nur noch ins Bett. Komm, Andrina. Wir beide brauchen Ruhe.» Er wandte sich an Enrico, der sich an den Kühlschrank gelehnt hatte. «Danke, dass du dich um sie gekümmert hast.»

«Ich komme nicht mit», sagte Andrina und wechselte in Mundart.

Feller starrte sie einen Moment an. Langsam sank er zurück auf den Stuhl. «Wieso?»

«Ich weiss, das ist nicht der richtige Zeitpunkt, aber den wird es nie geben. Es ist vorbei mit uns, Marco.»

«Warum das?», rief Feller. Fassungslosigkeit stand ihm ins Gesicht geschrieben.

«Ich hatte in den letzten Wochen viel Zeit zum Nachdenken. Es ist nicht mehr das Gleiche wie früher. Zu viel ist passiert.»

«Wir wollten einen Neuanfang machen. In Engelberg ...» Er schluckte, und Andrina sah, wie sich sein Adamsapfel auf und ab bewegte.

«Ich habe es versucht. Ich bin zurückgekommen und mit dir nach Engelberg gefahren. Schon da war es nicht mehr wie früher. Es fehlte etwas. Ich habe Zeit gebraucht, bis ich verstanden habe, was.»

«Liegt es daran, weil ich nicht so viel in die Reha gekommen bin?»

«Nein.»

«Ich hatte viel zu tun», fuhr Feller fort, ohne auf Andrinas Antwort einzugehen. «In meinem Job ist das hin und wieder so. Das war früher kein Problem.»

«Marco, es ist nicht das», wiederholte Andrina. «Du hattest früher ebenfalls unregelmässige Arbeitszeiten und warst nicht immer da. Das hat mir nie etwas ausgemacht. Was weg ist, ist das Vertrauen – ein wichtiger Bestandteil einer Beziehung. Vermehrt hast du an mir gezweifelt und mir Sachen unterstellt. Du bist so hart geworden. Denk an letzten Sommer –»

«Ich weiss, ich habe Fehler gemacht», fiel Feller Andrina ins Wort. Deutlich hörte sie den Schmerz in seiner Stimme. Es tat weh, ihn so zu sehen. «Ich habe mich entschuldigt und –»

«Manchmal reicht eine Entschuldigung nicht. Nicht mehr.»

«Was muss ich tun?»

«Du kannst nichts tun. Du bedeutest mir immer noch viel – sehr viel, aber nicht so, wie du es mal hast. Ich möchte weiter mit dir in Kontakt sein. Als gute Freundin. Mehr geht nicht.»

Fellers Blick wanderte zu Enrico, der sich kaum merklich anspannte. Erkenntnis blitzte in Fellers Gesicht auf. «Ich verstehe», sagte er leise. «Wenn du nicht in unser Leben getreten wärst, wäre das hier nicht passiert. Von Anfang an habe ich es vermutet und hatte recht damit. Du hast hinter meinem Rücken –»

Enrico setzte an, Feller zu unterbrechen, aber Andrina kam ihm zuvor. «Bitte mach es nicht schwerer und bitte mach nicht mehr kaputt. Enrico trifft keine Schuld. Auch ohne ihn wäre es früher oder später vorbei gewesen. Das habe ich während meiner Reha-Zeit verstanden. Es ist deine Härte, mit der ich nicht – nicht mehr – zurechtkomme. Früher warst du nicht so. Ich weiss nicht, was dich so verändert hat.»

«Ich habe mich verändert?» Feller lachte auf. Das klang bitter. «Was ist mit dir?»

«Vielleicht habe ich mich auch verändert und kam früher mit deiner Härte besser klar.»

«Was meinst du mit Härte?» Als Andrina den Mund öffnete, hob er die Hand. «Vergiss es, das sind alles nur Ausflüchte!»

Verzweiflung, Wut, Zorn und Schmerz huschten über sein Gesicht, bevor es eine ausdruckslose Maske wurde. «Du willst nicht, weil du einen Neuen hast, und wechselst mich wie ein altes Hemd aus.» Feller wies mit dem Kopf auf Enrico. «Er ist nicht hart?»

Andrina schüttelte den Kopf.

Feller öffnete den Mund, schloss ihn aber wieder.

Bitte keine unschöne Diskussion, flehte sie ihn im Stillen an. Mach damit nicht eine mögliche Freundschaft zunichte. Sie hielt seinem Blick stand. Es war, als suche er in ihren Augen nach einem Anzeichen, dass das, was gerade geschehen war, nicht wahr sei.

Nach einer Weile stand er auf. Er legte die Hände auf den Tisch und beugte sich vor. «Du schmeisst mich aus deinem Leben. Bitte sieh zu, dass du nicht in irgendeiner Form in meinem wieder auftauchst.» Er drehte sich zu Enrico. Die beiden Männer schauten sich an. Die Luft zwischen ihnen schien elektrisch geladen zu sein. «Und du auch nicht, Bruder!» Das letzte Wort spie er förmlich aus.

Er ging Richtung Küchentür. Dort blieb er kurz stehen und schaute zu Andrina zurück, bevor er ohne ein weiteres Wort die Küche verliess. Die Schritte im Gang entfernten sich, und kurz darauf hörte Andrina die Haustür mit einem leisen Klicken ins Schloss fallen.

Glossar

Ambulanz – Krankenwagen
Bostitch – Zusammenhefter
Coiffeur – Friseur
Gotte – Patentante
Grosi – Koseform von Grossmutter
Holztäfer – Holzverkleidung
Kehricht – Müll
Kittel – Anzugjacke
Lavabo – Waschbecken
Nüsslisalat – Feldsalat
Pikett – Bereitschaftsdienst
Pneus – Autoreifen
Rossschwanz – Pferdeschwanz
Sackgeld – Taschengeld
Samichlaus – Nikolaus
Schlitteln – Schlitten fahren
Spital – Krankenhaus
Trottoir – Gehweg/Bürgersteig
Velo – Fahrrad
(Wohn-)Block – Hochhaus

Danke

Meine Krimiprojekte könnte ich nie ohne die Unterstützung vieler Menschen realisieren, die mich vom ersten getippten Wort bis zum Tag der Veröffentlichung begleiten.

Dieses Mal habe ich mir mit der Amnesie und den Rückenverletzungen anspruchsvolle Themen ausgesucht. Ich bin froh, dass ich mir hierfür fachliche Hilfe bei Dr. Ulrike Blatter, Dipl.-Psych. Stefanie Rösch, M. Sc. Psychologe Mahmoud Hemmo, Nadja Schweizer vom Paraplegikerzentrum Nottwil und meiner Freundin Claudia Vogt holen durfte. Sie haben mir neben der Auskunft von fachlichen Informationen auch dabei geholfen, mich in die Lage und Gefühle einer Person hineinzuversetzen, die unter Amnesie leidet beziehungsweise derartige Rückenverletzungen erlitten hat.

Ausserdem geht ein grosser Dank an B. für die Hilfe, was polizeiliche Dinge betrifft, sowie an die Agentur Dörnersche Verlagsgesellschaft und an die Buchplanung Dirk Meynecke, an meine Lektorin Irène Kost und an alle vom Emons-Verlag.

Last, but not least habe ich meiner Familie für die Geduld und das Verständnis zu danken, wenn ich wieder mal in die Krimiwelt abtauche.

Ina Haller
TOD IM AARGAU
Broschur, 224 Seiten
ISBN 978-3-95451-076-4

«Man nehme eine grosse Portion Krimispannung und Romantik, verfeinere sie mit einer Prise Kultur, hebe etwas Lokalkolorit darunter und garniere das Ganze mit einer attraktiven Protagonistin, fertig ist: ‹Tod im Aargau›.» Aargauer Zeitung

Ina Haller
GIFT IM AARGAU
Broschur, 240 Seiten
ISBN 978-3-95451-264-5

«Romantisch, ergreifend, spielerisch: Ina Haller versteht es, mit Emotionen zu spielen, mit denen der Figuren ebenso wie mit denen der Leser.» Kultur-Artour

www.emons-verlag.de

Ina Haller
DER METZGER VON AARAU
Broschur, 224 Seiten
ISBN 978-3-95451-483-0

In Aarau wird eine Anschlagserie auf Supermärkte verübt. Gleichzeitig erhält der Verlag, für den Andrina arbeitet, Postsendungen mit abgehackten Händen. Die Kantonspolizei unter der Leitung von Marco Feller steht vor einem Rätsel, noch dazu verschwindet eine Polizeibeamtin spurlos. Dann gerät Andrina ins Visier des Täters, und der Polizei droht endgültig die Zeit davonzulaufen …

www.emons-verlag.de

Ina Haller
SCHATTEN ÜBER DEM AARGAU
Broschur, 256 Seiten
ISBN 978-3-95451-796-1

Ein Lehrer der Alten Kantonsschule wird vergiftet, doch es gibt weder Motiv noch Verdächtige. Als ein weiterer Mord geschieht, beginnt Andrina Kaufmann undercover an der Schule zu ermitteln – und gerät unversehens nicht nur zur Hauptverdächtigen, sondern auch in Lebensgefahr ...

Ina Haller
AARGAU-FIEBER
Broschur, 304 Seiten
ISBN 978-3-7408-0058-1

Eine mysteriöse Krankheit verbreitet Angst und Schrecken im beschaulichen Aargau, auch Andrinas Schwester kämpft um ihr Leben. Unterdessen ermittelt die Kantonspolizei um Marco Feller in einer Mordserie an Mitarbeitern eines Pharmaunternehmens – gibt es einen Zusammenhang mit den Erkrankungen? Und was hat Fellers angeblicher Bruder damit zu tun, der wie aus dem Nichts aufgetaucht ist? Ein mörderisches Spiel beginnt ...

www.emons-verlag.de